U0951010

魅丽文化 桃夭工作室

小满 2

烟猫与酒 / ㊗著

廣東旅游出版社
GUANGDONG TRAVEL & TOURISM PRESS
中国 · 广州

图书在版编目（CIP）数据

小满．2 / 烟猫与酒著．— 广州 ：广东旅游出版社，2022.4
ISBN 978-7-5570-1757-6

Ⅰ．①小… Ⅱ．①烟… Ⅲ．①长篇小说－中国－当代 Ⅳ．① I247.5

中国版本图书馆 CIP 数据核字（2022）第 036231 号

小满 .2
Xiaoman. 2

出 版 人：刘志松
总 策 划：曾英姿
责任编辑：何 方 李 丽
责任校对：李瑞苑
责任技编：冼志良

广东旅游出版社出版发行
地址：广州市荔湾区沙面北街 71 号首、二层
邮编：510130
电话：020-87347732
印刷：人民今典印务有限公司
（湖南省长沙县黄花镇机场口社区财富大道 8 号 联系电话：0731-82757135）
开本：880 毫米 ×1230 毫米 1/32
字数：312 千字
印张：10.5
版次：2022 年 4 月第 1 版
印次：2022 年 4 月第 1 次印刷
定价：46.80 元

目录

C O N T E N T S

第一章
夏良真好

圣诞节的头一个星期，学校发通知，把今年的双旦晚会定在二十八号那天的晚自习，各年级报节目的同学可以开始准备了。

李猛和王朝很惆怅，在圣诞告白和联欢会告白这两个选项之间左右摇摆。

余首跟他们一样没主意，他还不只是没主意，想到一个校园告白要搞到联欢会上，紧张中又带着点儿激动，商量的时候说了两次“要不然算了”。

“算什么算啊？”李猛一脸恨铁不成钢的样子，往他肩上打了一拳，“等十年后你们俩结婚了，回想这次告白，浪不浪漫？带不带劲？”

余首思考了两秒。

“如果在高中怕这怕那，啥也没干就过去了，心里贫不贫瘠？”李猛又说。

柳小满在后面听着，心想李猛那点儿作文憋不出六百字的功底全用在劝人违纪上了。

三个臭皮匠磨了半天，直到韩雪璧来找余首，让他出一个节目报上去，李猛才说出最后的想法，认为余首在联欢会告白比较好——余首学过架子鼓，到时候随便跟谁搭个合唱，在台上敲着敲着把主唱的麦夺过来，边告白边从舞台上下来走向韩雪璧……

“九亿少女的梦。”王朝点点头。

夏良深深地叹了一口气。

平安夜那天下了今年的第一场雪。

雪下得还不小，晚自习前开始飘“盐粒”，一节课过去，走廊的栏杆上已经铺上了薄薄一层小雪被，并且还有继续下大的意思。

女生们激动得不行，一下课都围到走廊上看。

男生也激动，比如李猛和王朝，搜完天气预报，说今年冷得快，这两天还得下场大的雪，搓着余首的胳膊直说“如有神助”。

夏良在第一节晚自习下课后被以前班里的人叫了出去，过了两节课才回来，带回了一个大苹果和屁股后面跟着的罗浩。

他把苹果搁在柳小满桌上，在自己座位上坐下了。罗浩不用他操心，大摇大摆地在后门看了一圈，班里人看到罗浩也没当回事。罗浩拖一把凳子直接去李猛旁边，让李猛和王朝往里挤挤。

李猛和王朝正一起聊天，不太情愿地往里面挪一下，问他：“你怎么不去跟夏良挤？”

“别说废话。”罗浩含着腰往讲台上看，看班的老师坐在那儿，拿着一张报纸抖搂，底下闹得跟菜市场一样也没抬头。

“他让我挤，我还能来挤你们俩？”罗浩给李猛他们俩撂了两块巧克力，自己嘴里还嚼着一块，“你们俩香是怎么着？”

“你过来干吗？”李猛拆着巧克力问他。

“你们那边今天就不上课了？”王朝也问。

“我想来就来，你们管我？”罗浩横起胳膊撞了李猛一下，“有吃的都堵不住你们俩的嘴。”

他撞完李猛，又回头往柳小满桌上扔一块巧克力，还冲他伸出五根手指头，“嗨”了一声：“小残疾。”

柳小满很勉强地冲他咧咧嘴。

他对罗浩为什么过来没兴趣，比起巧克力，他更愿意去拿夏良给他的大苹果。

“你去买苹果了？”他问夏良。

“我良哥还用自己买苹果？”罗浩“哧哧”一通笑，“一到这些破节，他等着吃就行，大家排着队给他送呢。”

柳小满看他一眼。

“你听他胡扯。”夏良抖着兜帽里的雪，“是以前的同学给的。”

柳小满“哦”了一声，笑了笑，把苹果放了回去。

“哎，郭魏说咱们前脚刚走，黄慧知道你回班就去班里找你了，跟小红帽似的拎了一篮子小苹果。”罗浩把凳子往前挪挪，飞快地摁着手机，“要我说，这姐对你也够痴情了，一般都是男生给女生送东西，她逢个节就给你送东西，不然你答应她得了。”

“你能闭嘴吗？”夏良看着他，“不能就滚。”

“我不说了，不说了。”罗浩边说边飞快地把手机往夏良眼前晃了晃，“你真没想法？你看这篮子多可爱，要有人这么对我，我立马同意。她多好啊，也没来烦你，没赶上见你就把东西托给郭魏了。”

夏良有点不耐烦，蹙了一下眉毛。

罗浩赶紧把手机收回去，笑着抬抬手，做了一个认输的动作。

柳小满捏着笔在草稿本上画着，他本来是要画一个三角形解题，可罗浩太聒噪了，他放下苹果到现在就没能进状态，一个三角形描了八百遍，边儿都磨起毛了。

他没去想罗浩嘴里那个黄慧还是蓝慧，不过当罗浩的手机在眼前一晃而过的时候，他看见了照片里的一篮子小苹果，也没什么感觉。也不能说没感觉，客观来讲还挺可爱的。

每一个苹果都单独用闪闪的纸包装起来，很精致，一看就花了心思，一点儿也不傻。

他没觉得有什么不舒服的，可是为什么心里会有点儿烦呢？

他又描了两遍三角形，这次描过头了，笔尖滑出了三角形的范畴，在草稿纸上拉出去一长截。

心烦。

这样不中不洋的一个节，那个女生为什么还要专门送苹果？平时明明都想不起要吃一个苹果。

就算苹果送出去了，难道那个黄慧就觉得夏良会把她的苹果都吃掉？

就算夏良吃了她的苹果也代表不了什么，夏良难道会……

柳小满咬了咬颊内的肉。

柳小满盯着滑出去的那一条线看了一会儿，什么也没看出来。

柳小满很烦躁，又画了几道杠，把斜线埋起来，另掀了一页草稿纸。

初雪一直从晚自习下到前半夜，第二天早上人们睁眼，地上白茫茫的一片。

夏良来到教室，从桌斗里摸出一罐水果罐头。

这不像超市买的，没有标签，就是一个透明的玻璃瓶子，塞了满满一瓶，特别实在。

他将玻璃瓶子拿在手上颠了颠，看向闷头背书的柳小满。

“你送我的？”他把罐头搁在两人桌子中间。

柳小满没抬头，只在罐头瓶子上匆匆扫一眼，“嗯”了一声。

夏良没说话，嘴角一点点勾起来，继续歪头盯着他的脸。

直到两个耳朵被夏良盯得泛红发烫，柳小满才扛不住，扭头飞快解释：“这是我爷爷自己灌的，瓶子我都刷干净了，装一瓶给你尝尝。”

夏良还是笑，“哦”了一声，又问他：“你为什么送我罐头？别人不都送苹果吗？”说着他拿起罐头又看看，“还是黄桃的。”

“你不是不缺苹果吃吗？”柳小满看他一眼，小声说，“而且哪有人做苹果罐头，那得多难吃。”

夏良没说话，伸手往他脸上弹了一下，就着弹出去的手指抵住他的脸，让他往窗户上看。

柳小满顺着窗外望过去，看见窗外的台子上不知道什么时候多了一个圆滚滚的小雪人。

“啊？”他愣了愣，一脸惊讶地凑过去。

雪人不大，只有巴掌那么长，一只手就能攥过来，一上一下两个小圆球摞在一起，没有眼睛也没有鼻子，嘴巴那儿像有人用指甲印了一下，算是做出一张笑脸。

雪人胖肚子上也空空的，只在右边大概腰的位置斜插了一片叶子，好像举着一只小手，隔着玻璃冲他打招呼。

绿叶子是他们从楼下花坛里常青树上揪来的。

柳小满把窗户推开，雪人做法其实很简单，但他上上下下看了好几遍，惊讶里带着满满的惊喜。

“这是你捏的？”他扭头看夏良。

夏良已经靠回椅背上，把身前桌上的空间都留给柳小满趴着看雪人，笑着“啊”了一声，这姿势太近了，他动动膝盖就能碰上柳小满的腿："你喜欢吗？"

柳小满没说话，只是抿着嘴很腼腆地笑。

他看看夏良又看看雪人，再看夏良，嘴角扬起来的弧度一点点增大，连眼睛也弯起来了。

到了二十八号那天，虽然只有晚上可以挪出来开联欢会，白天还要正常上课，但从早读开始，整个校园各个年级就开始形成"不用好好上课"的氛围。

柳小满他们班一直不属于"平时会好好上课"的范畴，所以他们班的氛围是"不用好好坐着"。

李猛和王朝两人调皮得不得了，每人书包里都装着一兜稀奇古怪的东西，一整天就在跟柳小满和夏良现宝。

李猛："蜡烛！心形的！"

王朝："荧光棒，能插雪里。"

李猛："横幅！'韩雪璧，余首真的很喜欢你'，咋样，带劲不？"

王朝："哦，还有捧花，我姐结婚的时候没舍得扔，被我翻出来了。"

柳小满看得眼花缭乱，连余首都惊了，没想到他们俩能搞来这么多东西。

"这……到时候放哪儿啊？"他挺没底气，一样样翻着东西。

"操场啊，"李猛说，"正好从礼堂一出来对面就是操场。你别害怕，到时候我们一定给你安排完了，你拉着小班长出来就行。"

"有点儿夸张了吧？"余首笑了笑。

"装，你再装，"王朝指指他，在旁边乐，"头发梳得锃亮，词儿早就背好了吧？"

他这么一说还真是，几个人都笑了。

"能行啊？"余首又抓抓头发。

夏良朝他竖竖大拇指："帅。"

"这话要他们夸还行，你夸我都不敢接受。"余首笑着摆摆手。

"哎？哎？我们怎么感觉被冒犯了？"李猛和王朝立马就要捶他，"你什么意思啊？"

三人胡闹了一通，李猛看着时间，兴奋地直拱眉毛："还不止这些呢，我们还给你请了一个外援，他能整来秘密武器。"

"谁啊？"柳小满问。

“罗浩吧。”夏良说。

李猛朝他指了指：“不愧是你。”

夏良一副“我就知道”的表情。

那天他看罗浩跟这两个家伙聊得起劲，就知道罗浩一准儿要来凑热闹。

一天被老猪管着，他也是憋得慌。

“什么秘密武器？”余首问。

“到时候你就知道了，保证嗨！”王朝笑着说。

罗浩这个外援带来的东西，还真是一个秘密“武器”。

傍晚吃完饭，各个班里都组织着集合进礼堂了，他跟郭魏几个人才一人抱一个纸箱过来。

纸箱看着还挺沉，几人抱得呼哧带喘，脸上全部挂着“好久没搞事了，好兴奋”的猥琐笑容。

柳小满还在猜是什么东西，夏良已经很无奈地“唉”了一声。

“东西还留着呢？”他坐在跑道边中间的看台上，转转手里的矿泉水。

“必须的！”方正猛地一甩头发，“当初我全靠它风光无限，过年都没舍得交给我爸，就等着哪天再嗨一次。”

“什么东西？”柳小满好奇地问。

夏良还没说话，罗浩已经把纸箱往底下的座椅上一搁，笑着拍了拍：“大呲花！”

柳小满张了张嘴。

“烟花？”他数数箱子的数量，吃惊地问夏良，“在学校里放？”

“你们半年没背处分，一个个都着急了。”夏良站起来伸了伸懒腰，看着他们在下面折腾。

“你们俩在上面装仙人呢？”高宇翔扯着李猛他们定做的横幅直乐，抬手招呼，“下来一块儿啊！”

礼堂那边已经开场了，在操场就能听见主持人抑扬顿挫的朗诵，除了他们几个在操场中间跳来跳去布置，其他地方连一个人影都没有。

“你不是想凑热闹吗？”夏良捏捏柳小满的脖子，“走。”

柳小满真觉得挺好玩儿的，他没想到这些人上学不行，弄这种事儿倒是有模有样，这会儿蜡烛都摆两圈了，王朝和罗浩两人正一个头一个尾地撅着屁股挨个儿点火。

这些人以后估计能合开一个婚庆公司。

可有兴趣是有兴趣，一听夏良说“处分”，他又有点儿怵，犹豫着问：“真给处分啊？”

“这么一群人在这儿呢，处分也落不到你头上，”夏良乐了，带着他下去，“尚梁山头一个就得喊‘夏良’。”

他模仿了一下尚梁山低沉中带着着急的声音，柳小满想想那个画面，跟着笑了半天。

罗浩他们抱来的几个大箱子里也不全是烟花，真正的大呲花只有两箱，其他箱子里装的都是一些小呲花。

夏良随便开了一个箱子，翻翻里面的东西，招手喊柳小满过来。

“什么？”柳小满在他旁边蹲下。

“你玩过吗？”夏良拿了一包像棉布一样的东西给他。

“没有。”柳小满看看，这也不像烟花，就是一团布，质量也不咋好，一扯就能烂，“这是干吗的？”

“你见没见人玩过那种甩起来像一个光圈的烟花？”夏良用手指头画了一个圈。

“甩？”柳小满把棉布放回箱子里，抖了抖手腕，“用手甩？”

夏良笑了一声：“对。”

他掏出手机滑了一会儿，找出一个视频点开：“就这样的。”

柳小满朝他挨近，两人肩膀挤着肩膀一块儿看视频。

画面里的人还真是用手在甩烟花，甩出来倒是挺好看，就是甩圈的人跟着连蹦带跳的，一副被烫得不轻的模样有点儿傻。

“这不是……”柳小满觉得挺稀奇地看了一会儿，突然眯着眼睛仔细看画面里的人，“这是罗浩吧？”

“你还能看出来呢。”夏良把音量键摁上去两格，说不上来是土还是嗨的背景音乐一出来，配合着罗浩的动作有种说不上来的搞笑。

“罗浩跟要变身了似的。”柳小满笑着说，“这是什么时候录的？”

“当初方正跟女孩表白的时候，他自己发朋友圈里的，也不知道怎么这么想不开。”夏良退出视频，看看底下的一串评论，打了个“哈哈”上去，锁上手机放回兜里。

“他甩的就是这个？”柳小满又看看那包棉布。

“嗯。”夏良在箱子里又翻了翻，拽出来一根带手柄的链条，“接在这个上面甩。”

“神奇。”柳小满摸了摸，“烫着怎么办？”

“你想想罗浩。”夏良说。

两人又开始笑。

两人正笑着，身后点完蜡烛的罗浩捧着手机站起来，一脸悲愤地朝他们俩骂：“你们有病吧？”

蜡烛和横幅都布置好以后，几个人开始研究烟花。

“怎么摆？”王朝说，“一左一右？”

“冲哪儿左？冲哪儿右？”方正说。

“冲礼堂啊，还冲哪儿，”罗浩指指拉开的横幅，“就两边儿呗，搁远点儿，再给炸着。”

“剩下这些怎么办？”李猛看着剩下的两个箱子。

“我们找一个地方先放起来吧。”郭魏上下左右四处看看，“史来宝一准儿第一个跑过来，他有经验，逮着就得没收。”

“哪儿？”几个人都盯着他。

“自己想啊，”郭魏抓抓头发，“看我能看出个洞是怎么着？”

“要不把这些搬咱们教室去？”李猛看向夏良，“咱们教室就在二楼，上去不费劲。”

“尚梁山问起来东西算你的？”王朝说。

李猛不说话了。

“一群傻子。”方正一人捶了一拳，“我把宝贝拿出来做贡献，你们必须给我处理好，不能直接让人给我没收了啊。”

“良哥，别玩儿了，说句话吧。”罗浩踢踢夏良屁股底下的箱子。

夏良正在看短信，他妈妈发来的，快年底了，不知道她哪儿又不顺心了，打来两个电话被他摁了，就发了一篇小作文过来训他不孝顺。

他把后台一键清掉，朝旁边图书馆的楼上指了指：“那儿吧。”

罗浩他们恍然大悟，“啊”了一声。李猛王朝一头雾水，抻着脖子看："哪儿啊？"

"天台。"高宇翔连着搓了两个响指，"搬吧！"

他们学校的图书馆是一座三层的老楼，就在操场后面，以前当职工宿舍用，扩建完用不上了，也没舍得拆，塞了一点儿书就挂上了图书馆的牌子。

反正高中校园里的图书馆基本是一个摆设，爱学习的都在教室里刷题，不学的也不可能往这里迈。

但那老楼有一点挺好，有一个能上去的天台。

天台上堆着一些杂物，没多少人知道能上去，小胖无意中发现以后，不想在教室待，就往那儿跑。赶上春天闹困，天气又好的时候，几个人能横七竖八地在上面睡到被课间操震醒。

柳小满和李猛、王朝都是头一回上天台，围着栏杆看了一圈，稀奇得不行。

"完美，"李猛撑着栏杆朝操场那儿蹦了蹦，"正好全部能看见，不远不近的，他们也想不到要来楼上找人。"

"点完火就跑，真刺激。"王朝跟他对视着，嘿嘿一笑。

操场上的雪一早就被扫完了，天台上还积着不少，罗浩掀开角落杂物堆上盖着的挡雨布，在一张断了半截腿的旧桌子底下找了一片干净空地，把箱子摞进去。

"几点了，是不是差不多了？"郭魏边问边拿手机拍他们在操场上的杰作。

"快了。"王朝看看时间，"鱼头给我发消息了，再有两个节目就轮到他。"

"现在呢？"李猛跳着问，搓搓胳膊，"还有点儿小凉风。"

"一个半。"王朝无奈地说。

几个人在栏杆上趴着，听着礼堂里的歌舞声倒数，终于等到主持人嘹亮地喊："下一个节目，歌曲《情歌王》，表演者：高二（十二）班，马路驰、余首……"，他们全部激动地蹦了蹦，李猛和王朝弹起来就往楼下跑。

"火。"夏良说。

“拿了！”李猛拍拍裤兜，比了一个“OK”的手势。

柳小满抓着栏杆，站在夏良旁边，看着李猛和王朝连蹦带跳地朝操场的烛光跑，想起了小时候在楼下电器行看过的“超级马里奥”。

他突然觉得很神奇，往左边看。夏良望着操场，脸上也挂着笑。

他的左边是罗浩、郭魏他们，举着手机嘻嘻哈哈地笑着闹着，有风刮过来的时候很冷，每个人的脸都红扑扑的，眼睛却都很亮，塞满了雀跃和期待。

这些人本来都跟自己不在一个世界。柳小满想。

他的生活本来已经成了一潭难以再起波澜的死水，挂着一条胳膊晃晃荡荡，每天为了上学而上学，为了努力而努力，在学校和家里两点一线跑动，等待着看不见方向的未来的到来。

这样一个他，为什么现在能站在天台上，跟着这群人一起等待一场原本跟他无论如何也不可能有关系的“闹剧”呢？

他的眼睛重新看向夏良脸上。

为什么他认识夏良了呢？

为什么夏良能够带给他这么多意外，带他接触到这些人，接触到一个崭新、绚烂的世界？

这些本都不应该属于他，他所感受到的一切，全部来自夏良。

夏良真好。他认真地想。

当他看得入神的时候，礼堂里传出的歌声停了下来。片刻后，一浪接一浪的口哨和尖叫汹涌而起，几乎要掀翻屋顶。

与此同时，操场上“砰”的几声响，巨大的烟花伴着尖叫腾空，光芒夺目璀璨。

全校的空气都在黑夜里沸腾了。

青春。柳小满扭头看过去，脑海里第一次明晃晃地浮现出这个词。

罗浩他们已经兴奋到不行了，李猛和王朝点完烟花就飞快地跑回来，一群人在天台上鬼跳鬼叫，看着从礼堂里拥出来的人潮，高喊着“666”。

学生们在尖叫，谁也没想到礼堂外面还有这么大的一套节目，都笑着喊横幅上的字——韩雪璧！余首真的很喜欢你！

史来宝果然第一个跑过来，和几个老师一起手忙脚乱地赶人，远远地就能看见他那脑袋在烟花的映射下锃光瓦亮。

柳小满突然想起夏良之前在他面前学尚梁山，忍不住笑着转头再看夏良，正好跟夏良带着笑的目光对上了。

“这么开心啊？”夏良问他。

夏良的声音不高，脑袋上是烟花，操场上是人，背后是群魔乱舞，柳小满本来应该听不见才对，但他就是听见了，而且听得很清楚。夏良的声音就这么分明地从一切音浪里区分出来，传达到他耳朵里。

“嗯。”他笑着点点头，“感觉像过年一样。”

这句话莫名其妙把夏良逗乐了，他撑着栏杆上笑了半天。

笑完，他不知道从哪儿变出一根细细的仙女棒，递给柳小满：“拿着。”

“你从什么……”柳小满还想看他的手，不知道他从哪儿变出来的这东西。

夏良没说话，掏出火机，“嗤”的一声，把仙女棒点燃了。

小小的光球在他们之间绽开，柳小满一点点睁圆了眼睛。

“虽然他们弄这些真挺土的，但是看你这么高兴，”夏良也看着光球，然后抬眼看着他，“我还真有点儿后悔，胳膊为什么还没长好。”

余首的告白活动操办得既成功又失败：

成功在于真的很盛大，一个告白成功借了联欢会的氛围，并且直接碾压联欢会的风头，整个学校的学生都拥过来围观，又是烟花又是蜡烛，热闹得不得了，到后来连门卫都跟着过来一块儿赶人。

失败就很直接了，韩雪璧没答应他的告白，她不仅没答应，还气哭了。

柳小满料想过这个结局，回家的路上还认认真真地跟夏良分析了一通——韩雪璧虽然喜欢在老师跟前儿出一点儿小风头，但那都是向上的、跟学习有关的风头；余首在班里明着表现出对韩雪璧好以后，韩雪璧连话都不跟他多说，别提整这么大的阵仗了。

“可能真就像李猛说的那样，等到十年后回想起来，她才会觉得浪漫。”柳小满琢磨着说。

夏良点点头。

“不过也说不好。”他想了想，又接了一句。

“怎么？”夏良问。

柳小满攥攥书包带子，夏良给他的仙女棒烧剩下的签子还在他包里放着呢，他也不知道怎么的，鬼使神差没舍得扔，也不好意思让夏良知道，只说：“氛围挺好的，所有人都那么激动，指不定把韩雪璧弄晕头了。”

“我觉得不能。”夏良笑了笑。

这么肯定？柳小满看着他。

“要是她愿意早就答应了，不弄这些也会答应。”夏良看他一眼，“他们俩的胳膊又没断。”

柳小满愣了愣，耳朵有点儿发烫。

他没敢接话，低下头假装看路，继续往前走了两步。

“你不信啊？”夏良不紧不慢地跟着他，“打个赌吧，他们俩要是在一起了，我给你买一套卷子。”

这个赌注也太实用了吧。

柳小满没忍住笑了一声，问他：“那他们要是没在一起呢？”

“没在一起……”夏良想了想，“愿望先空着，等我想起来再跟你要。”

“什么啊。”柳小满心里其实还是倾向韩雪璧没答应，但夏良这么说他也没反驳，只是想笑。

“你猜啊。”夏良也笑着说。

虽然他们俩都猜到了这个结局，但怎么都没猜到，韩雪璧一家的反应会那么大。

之所以是“一家”，是第二天他们有一个算一个，全被叫去教导主任办公室，才发现韩雪璧的父母竟然找来学校了。

余首去教导主任办公室的路上还扣着王朝、李猛两人的脖子掐：“你们不是保证我能拿下吗？不是九亿少女的梦吗？你们这是点完火自己跑了，把我扔梦里了？”

“鱼头，你别不讲理啊！”李猛扯着脖子挣扎，“人家王朝姐姐、姐夫就是成了，你喜欢的这个不愿意做梦，你不能赖我们啊！”

“她怎么哭的？气的还是感动的？你说出来，我们想想看还能不能补救。”王朝还算有良心，问了一句。

“算了吧。”余首叹了一口气。

再来一回估计哭的是他。

想想告个白能把韩雪璧气哭，他已经挺郁闷了，再到办公室见着韩雪璧的爸妈，他直接就蒙了。

高二少年余首怎么也没想到，第一次跟喜欢的人的父母正式见面，会是这种场合、这种方式。

尚梁山也过来了，估计刚挨完训，一张脸黑得像锅底，瞪着他们。

昨天晚上他没在，难得想着休息半天提前回家，怎么也料不到学生给他捅这么大一娄子。

“是谁？”韩雪璧的妈妈坐在茶几后面，脸色很严肃地扫了一圈，最后把目光投向夏良脸上，上下扫了扫，问韩雪璧，“他？”

几个人都愣了，余首还瞪了夏良一眼，直接把夏良瞪笑了：“还真不是我。”

“你别给我嬉皮笑脸的！”尚梁山刚要开口，史来宝就抢在他前面骂了一句。史来宝抬手指着夏良，在空气中一通乱点，“我还不知道你，你不是主谋也得是个帮手！”

“哎，史老师，史老师，”高三组的教导主任也在，正端着一缸子红枣泡茶看热闹，边吹边喝边劝，“别激动，先问清楚。”

“还问什么问！”史来宝气得不轻，在办公桌后面叉着腰，“这个班就没一点儿学习的样子，整天搞一些乌烟瘴气的东西。你们不学人家还得学！你们胡闹人家不想闹！”

这话说出来就让人有点儿同情余首了，几人不约而同地朝他看过去。他正看着韩雪璧，韩雪璧没抬头，在她父母旁边红着眼。

“你不用看她。”韩雪璧的妈妈又说话了，这次是对着余首，“史老师说得没错，你做那些事，想没想过对韩雪璧的影响？”

她倒也没有说重话，虽然从柳小满他们进门后就一直锁着眉头，可是从穿着仪态与说话的语气，还是能看出她是一个挺有修养的人。

只是她真的很生气。

“昨天晚上，消息在家长群里都传遍了，照片、小视频，到处都是，认识的家长都来问我，说现在的孩子早恋就算了，还这么招摇，究竟是来上学的还是来干吗的？”韩雪璧的妈妈接着说，“我们家韩雪璧是来上学的，但我确实不知道你是来干吗的。”

说完这些，她扫了一眼韩雪璧，看向一直没说话的韩雪璧爸爸。

韩雪璧爸爸戴着眼镜，看起来挺斯文，他先端起茶几上的纸杯抿了一口水，才接着说："你父母知道你在学校浪费时间搞这些吗？"

"我不知道你是什么样的家庭，也没兴趣知道你的想法，"韩雪璧妈妈连珠炮一样立马接着说，"我们反正不是那种能接受孩子早恋的家庭，什么青春期、什么叛逆期，在我们家绝对不允许存在。"

"什么年龄做什么年龄该做的事，我问过韩雪璧了，她没跟你谈什么恋爱，你说喜欢她，她也拒绝了。"韩雪璧妈妈又皱了皱眉，"我们家就她一个孩子，我和她爸爸很重视对她的培养，她现在走的每一步都有计划，希望你控制自己，不要再影响她。不然，我只能找你父母谈谈，看看他们是不是也跟我们一样，觉得你做这种事特别无聊，特别幼稚。"

"妈……"两个"特别"她着重强调了一下，韩雪璧在旁边轻轻喊了一声，推推老妈的肩膀。

"妈什么妈！"韩雪璧妈妈毫不掩饰地挡了一下，从下往上瞪了她一眼。

余首动了动嘴角，像想说点儿什么，韩雪璧的爸爸在他开口前望着他，加了一句："你不要以为用那种方法真的能感动谁，大家喜欢的都是有能力的人，你们这个阶段，能代表能力的只有成绩。"

"如果我没猜错，你的成绩应该没有韩雪璧好。"他又说。

这句话一出来，包括李猛和王朝，每个人都在心里"嘫"了一声。

这太扎心了。

韩雪璧爸爸从头到尾只说了这三句话，但每一句都成功地让余首说不出话来。

柳小满其实能理解韩雪璧父母的意思，樊以扬的观念跟他们很像，他也一度很认同。

但是现在，当所有老师都不说话，所有人的目光都集中在余首脸上时，他突然觉得余首有点儿可怜。

余首其实没想那么多，他只是想告诉喜欢的人，他真的很喜欢她。

办公室里静默了一会儿，史来宝和尚梁山是故意没吭气儿。这种家长带着孩子找上来的情况不少见，有时候由家长开口，要比他们这些跟学生天天打照面的老师有震慑力。

高三组的教导主任看看氛围低沉，正想开口做总结打个圆场，余首声音很轻，但是很清楚地说了句：“对不起。”

这时，他没再看着韩雪璧，只是看着眼前的地板，或者更远处的茶几，也可能什么都没看，因为额发挡住了他大半的视线。柳小满看不真切他那两道目光到底投向哪里，也不知道这句“对不起”是说给韩雪璧听的，还是韩雪璧的父母听的。

他只看见余首嘴角的肌肉很轻微地扯动。

史来宝最后给余首的处分是记过，写检讨，入档案，理由是严重影响校园安全，万一引起火灾，后果不堪设想。

至于他们这群“从犯”，一人写一封检讨，全校通报批评。

“跟他没关系。”夏良站在最后面，靠着门，指了指柳小满，“他是半路被我们拉过去的，什么也没参与。”

史来宝脸色难看，瞪着柳小满看了半天，觉得他一条胳膊也确实做不出什么来，最后狠狠地“哼”了一声：“上回走廊里就有你，我记得你以前光学习不这样，以后少跟不该接触的人凑一块儿！”

柳小满低着头没说话，这么挨骂还是让他很害臊，“不该接触的人”直接把他拉了出去。

我真是被夏良的不要脸折服了。柳小满看着夏良拉他，不禁这样想。

这个时候他想到的，竟然是跟夏良的打赌果然输了。

他们从教导处出来后，尚梁山又把他们拉去办公室骂了一通，除了交给学校的检讨，他要他们一人再写一封检讨交给他，在班会上反省。

“你们出去站着，不想上课都别上了。”他吹胡子瞪眼，挥挥手，连带着柳小满全赶出去罚站，他还要再去跟韩雪璧的父母交流。

“我真服了。”李猛背着手靠在办公室走廊的墙上，无聊地乱撞，“什么事儿啊，不答应就不答应，她怎么还能把爸妈叫来？至不至于啊？”

“你少说两句吧。”王朝打断他，朝余首使个眼色。

余首说完那句“对不起”后就没再说过话，脸上也没什么表情，安静地站着。

“那确实，惨还是我鱼哥惨。”李猛撇撇嘴，撞了余首一下，“不好意思啊，鱼头，给你帮了个倒忙，偷鸡不成‘烛’把米……”

“不是你们的问题。”余首摇摇头，过了一会儿还是没忍住，又看了李猛一眼，“那个字念‘蚀’。”

“你的成绩蛮好的了。”夏良笑着对余首说。

余首很勉强地扬扬嘴角。

李猛骂了一声，没再接话，转头去看柳小满：“你不上课能行吗？不然你回去吧，尚梁山看见你溜了也不会说你。”

柳小满是很想回去，但他不敢走，摇了摇头。

幸好现在是上课时间，办公室走廊上没什么人，不至于太丢脸。

柳小满正想着，听见有人上楼的高跟鞋声，他扭头朝楼梯的方向看看，跟一个有点儿面熟的中年女人对视了一眼。

这人看起来又是一个家长。女人歪头打量他们四个，顿住脚步，皱皱眉，他赶紧继续垂头站着。

片刻后，他把头抬了起来。

面熟？

柳小满低头抬头的工夫，女人已经朝他们走过来。

不知道是不是因为周围安静，高跟鞋踩在地砖上的声音显得密集又响亮，女人最终在夏良跟前停了下来。

“你班主任跟我说，你最近表现不错，”她盯着夏良，视线锐利，语气没什么起伏，“就是这么表现的？”

夏良从看见女人起就没什么表情，两人对视了一会儿，他才问：“你怎么来了？”

“我是你妈。”夏良妈妈动了动嘴角，哼了一声。

柳小满偷偷打量他们俩的侧脸，心想怪不得他觉得这女人面熟。

柳小满去过夏良家里几次，连他姥爷都没能见上，关于他父母的话题，他们聊过的就是那模棱两可的几句：父母离婚，自己回来跟姥爷住。

柳小满怎么想都不觉得这是关系融洽的家庭氛围。

他这么多年“没爸没妈”，有时候不由得去想象别人的父母，想来想去，想起只有夏良爸爸在校门口踹上夏良的那一脚，以及夏良窗台边上那株气质很冷淡的尤加利。

柳小满唯一敢下定论的是，夏良爸妈至少有一个长得很好看，不然生不出夏良这样帅气的人。

现在他看见夏良的妈妈，知道自己这一点猜对了。

夏良跟他妈妈很像，具体哪儿像柳小满说不上来，就是有那股一看就知道是亲属的味儿。

两人颌骨与下巴的线条流畅，夏良妈妈整个人还要更柔和一些，但是很英气，气场十分强大。夏良的个子已经比她高了，她的眼睛微微上抬，盯着夏良，满眼都是怒火，一点儿不迁就。

刚才韩雪璧妈妈瞪着韩雪璧的时候，目光也差不多，却明显能让人感到她对韩雪璧的“恨铁不成钢”。

柳小满看着这两人，完全感受不出母子间该有的慈孝。

“什么鬼，”李猛别过头小声嘟囔，“今天是家长日？”

王朝不动声色地踢他一脚。

夏良妈妈朝他们挨个儿看了一眼，看到柳小满时，目光下意识朝他的肩膀看去，又飞快地收回。

柳小满微微拢了拢袖子。

他有点儿紧张。

抛开这是夏良的亲妈不说，单是被她望着，他也有点儿不自在。

而且这一眼终于让柳小满知道夏良跟他妈妈具体像在哪儿了。

眼珠。

夏良完全继承了他妈妈的黑眼珠，很好看，只是他看着柳小满时，是另一种感觉。中年人的眼神里带着更多的内敛与漠然。

就这很简单的一眼，柳小满突然有点儿能够代入刚才余首被韩雪璧父母打量时的心情，真可怕。

得益于夏良妈妈突然到来，尚梁山没让他们继续在办公室门口罚站，全赶回教室上课。

柳小满感觉自己都能看见班主任脸上快要凝成大字挂出来的“焦头烂额”。

不过回去的只有四个人，夏良被留了下来，而且一留就留了一整天，直到晚自习放学也没见他回来。

柳小满在教室里等了几分钟，有点儿说不上来的空虚。

空虚也没办法，柳小满跟李猛一块儿下楼去榕树底下等樊以扬的时候，由衷地觉得自己真是太没良心了——跟夏良一块儿走了一个来月，今天不能一起走了，来找樊以扬竟然还有点儿不情愿。

“今天你怎么没送他回去？他的胳膊终于长好了？”樊以扬也问他。

“没有。”柳小满不好意思地笑了笑，“他妈妈来了，可能跟妈妈一块儿回家了。”

“他妈妈？”樊以扬重复一遍，“她过来干什么？史来宝把昨天放烟花那些人的家长都叫去了？”

柳小满没跟樊以扬说那些人里还有自己，毕竟就像夏良说的，他也没实质性参与，只是去凑了个热闹，说出来还得被樊以扬训一顿，犯不上。

“不是，”柳小满在自行车后座上挪了挪屁股，“她就突然过来了，可能是跟班主任聊聊他的学习。”

“学习。”樊以扬笑了一声。

柳小满说完这一句，倒是有点儿担心，他想起夏良妈妈出现时说的那句话——“你班主任跟我说你最近表现不错，就是这么表现的”，从心里替夏良觉得冤。

他最近的表现挺不错的，哪知道这么倒霉，今天因为别人的事儿被罚了个站，就被他妈妈赶上了呢？

“小满，”樊以扬又喊了柳小满一声，“他的胳膊快好了，你就别在他身上耽误时间了，该学习学习。”

“嗯。”柳小满点点头。

不管怎么想，该学习确实得学习，最近他花在其他事情上的心思是有点儿多了，过了元旦很快就要期末考试，到时候考得差，真说不过去。

本来他想回去给夏良发微信问问情况，被樊以扬提醒以后，忍着没发。他到家先伺候爷爷洗漱吃药，帮着把第二天一早就要用的卷饼和食材准备了，才回房间处理今天的作业。

爷爷的腿虽然没大碍，但是磕了那一下还是挺受影响。本来爷爷膝盖就不好，天冷一点儿就容易疼，今年又冷得早，柳小满总想劝爷爷别摆摊子了，等冬天过去再说。爷爷就笑一声，赶他去学习，说“不当家不知油米贵”。

柳小满挺怕听见这话的，他总觉得自己是爷爷的累赘，一方面想做点儿什么给爷爷减轻负担，另一方面又明白，爷爷辛辛苦苦这些年，是为了让自己考个好学校，以后才可能有稍微好一点儿的出路。

这个阶段，他能做的只有学习。

一直到给自己规划的“今日必做”差不多完成了，他才搁下笔，舒了一口气，把夏良给他的手机拿出来登微信。

微信上有挺多未读消息，每次登录都有。

一开始，他认认真真每条微信都看，后来发现这些发消息的都不是人，除了李猛偶尔看见什么笑话会顺手转发给他，也不在乎他回不回，只留下一串“哈哈哈”以外，其他消息都是一些新闻和更新提醒，不看也无所谓。

他找到夏良的对话框，打上两个字，删掉，又重新起了个头，最后琢磨半天才决定直接开口问：你还好吧？

他发完等了一会儿，夏良没回他，他放下手机去洗漱，回来时正好看见屏幕亮了一下，有人给他发消息。

他赶紧趴在床沿上，点开微信看消息，不是夏良，是李猛，又给他发了一个什么东西在“哈哈哈哈”，他点了一下，系统提醒他更新客户端才能看。

——看不了。

他给李猛回过去。

——我的天，你既然在线！

——你还是柳小满本满吗？

李猛打字飞快，连着发来两条消息。

他在说什么？

柳小满缓缓地打过去一个问号。

他想了想，没忍住提醒了一句：是“竟然”，不是“既然”。

他为了找出两个双引号打了半天字，结果李猛回他一串省略号，就不说话了。

柳小满等他一会儿，抓抓脸，继续等夏良的消息。

在他等夏良回复微信的时间里，又做了一套练习题，听了一章听力，还复习了今天学的单词。

夏良依然没有理他。

柳小满在“再发一条微信问问”和“打个电话试试”这两个选项里犹豫不决，最后选择打开跟李猛的对话框。

——李猛，你知道夏良怎么样了吗？

他给李猛发消息过去。

李猛很快回复他：不知道啊。

李猛又发了一条微信：他胳膊又折了？

——没有。

——今天他没来班里，我发消息他也没回。

柳小满给他回微信。

——他肯定回家挨揍了。

李猛回道。

柳小满想象不出夏良挨揍的样子，哪怕是看起来像雷厉风行女强人一样的夏良妈妈也不行，他很惊讶，回道：啊？

李猛发了一只狗的表情包过来，又说：我去给你问问，你等着。

原来他是猜的。

柳小满一边等他一边研究他发来的狗，不明白这只狗为什么要被做成人脸，看起来有点儿奇怪，又有点儿好笑。

没等柳小满研究出来，手机上方连着弹出好几条消息，他点过去看，好像是一个“群”，好几个人在说话，看头像都是他认识的人。

比如正在说话的这个是罗浩。

不过认出罗浩之后，再看他发的消息，柳小满就愣了。

——他妈来了？

——可能她又想让他转学吧。

——我也是服了。

——你们不知道啊？他妈一直这样。

——留级也是她让夏良留的。良哥又无所谓，结果留完级了还弄这一出。

——谜。

——哈哈哈，夏良回家挨揍了。

——不过也说不准，夏良他妈，我有点儿不知道怎么说。

——毕竟人家是夏良亲妈，我说点儿什么也不好。

——不过我真觉得他妈是我见过最奇葩的妈了，比我妈都疯，要么不动手，上手就是死手。

——你们是不是没听他说过自己家里的事？他爸妈就没有爸妈的样儿，除了他姥爷靠谱，一家三口过得跟玩儿似的。

——哈哈哈！真的，我们一直觉得良哥打架狠是随他妈，不怕疼是被他妈练出来的。

——还真的假的，我骗你干吗？他耳朵后面好几道疤呢，明天你自己去摸啊。

……

后面他们开始说别的话题，柳小满没再看。

他反复看着罗浩这几条消息，底下他们不停地聊，还有人不知道怎么圈出他的名字，把他“拽”了过去。他没什么心情说话，“转学”他都顾不上多想了，几乎不受控制地看着有关打人的那几句来回确认。

他怎么想都感觉对不上——这些话，夏良，还有他那位看起来很精致的妈。

罗浩是说夏良被他妈妈打到耳朵后面缝了好几针吗？

这明明怎么看都像电视剧情节，还是法制频道、解救童工之类的。

他又滑动消息看了半天，还是想象不到要什么样的打法儿，才能把夏良那样的人打到在耳朵后面缝针。

但是要说不怕疼，柳小满回想一下夏良那两次断手时的反应，心里突然一阵哽得慌。

一个能把脑袋打开花的妈。

一个当街从车里蹬腿出来踹人的爸。

一个耐疼到断了胳膊只是皱着眉，自己去医院的夏良。

对很多事都很麻木的夏良。

柳小满脑子里出现夏良沉着嗓子说“柳小满，我胳膊疼”时的样子，他握着手机歪倒在床上，整个人说不来的难受。

第二章
全宇宙最大的秘密

夏良倒是没挨揍，但转学的事儿确实让罗浩说准了。

他老妈见到尚梁山就开门见山，听完他罚站的原因以后，觉得他在学校的状态并不尽人意，还是想给他转学。

“我没看出来他有什么改变，当时我们在电话里也说了，你改变不了他，我只能给他换一个学校。”她是这么说的。

尚梁山虽然在电话里就能感觉到夏良妈妈的强势，但没想到见了面她会这么咄咄逼人，好巧不巧还赶上夏良罚站，让他说什么都显得苍白无力。

“不能这么说，”他斟酌语言，“夏良最近还是有改变的，没逃课了，也有了学习的样子……他现在数学成绩很不错。”

夏良在旁边听他搜肠刮肚，无聊地换了一条腿撑着身体重心。

“我从班主任的角度考虑，还是建议夏良不要转学，”尚梁山继续说，“本来到了高二以后，就不建议学生转学了，而且他已经留级了一年，去别的学校还要重新适应新的环境，各方面综合起来，不一定比现在的状态好。”

“再说了，就算不考虑这些，也得等这个学期结束，哪有中途给孩子转学的。”尚梁山笑笑。

夏良妈妈微不可察地抬抬嘴角，打量着夏良没说话。

“还是再等等，变没变化还是要从考试上看，等期末吧，到时候看他有没有进步。”尚梁山也看向他，“我对他还是比较有信心的，他其实该明白的都明白。”

“发型倒是变了。”夏良妈妈笑了一声，她从下往上看着夏良，最后把目光定格在他的胳膊上，突然皱皱眉，“你的胳膊怎么还没好？”

这是一个当妈的问出来的话。

夏良望着她。

这是她在知道他骨折后，见面问出的第一个跟胳膊有关的话题。

他知道自己这个亲妈有些时候很“神经”，这些年他也习惯了，但今天却觉得很烦。

她永远想一出是一出，永远没商量，永远觉得他是一个没救的人，又永远都要以自以为对的方式“拯救”他的生活。

她说搬家就搬家，说让他搬回来就搬回来，说留级就留级，现在又要给他转学。

以前他对环境无所谓，在哪里都一样，现在他有了在乎的人，就完全不明白她突然以一副很关心自己学习的姿态跑过来，张嘴转学闭嘴改变，是在干什么。

一直没改变的人到底是谁？

“快了。”他平静地说。

跟班主任的交谈用不了多久，交谈结束以后，她也没让夏良去上课，跟班主任请了一天的假，带着夏良直接从学校出去了。

“我们去哪儿？”夏良站在车前面皱眉。

她怎么跟尚梁山一个模样，一边喊着不如意一边把他往教室外面带。

“我带你看看新学校。”夏良妈妈说。

“我没说我要转学。”夏良看着她。

他老妈没理他，直接上了驾驶座，扣完安全带才降下副驾驶座旁边的车窗，从里面望着他：“我没说现在给你转学。”

夏良拉开车门上车。

去的路上两人没什么话，车厢里的气氛比叫一辆车还沉闷。

夏良对这学校很熟悉，还没到光看路线就知道，十四中，就在他市中心那个家所在的学区。初中时他每天上下学都会经过那儿，没什么可看的，让他完全不懂专门跑来一趟的意义。

“我看过了，能走了吗？”到了校门口，夏良连车都没下，有些烦躁地问。

老妈倒是没赶他，车也没熄火，直接打个方向盘朝商场开过去：“你跟我去商场给你姥爷买点儿东西。”

夏良没说话，靠在椅背上看着窗外。

过了一会儿，他听见老妈问了句：“你姥爷最近怎么样？”

这问题听着都不是可不可笑的事儿，夏良甚至觉得有点儿可悲，他真的不知道别人家是不是也这样，一家人天南地北分开住，当妈当得跟儿子说不了两句话，当女儿当得要问自己儿子，爸爸过得怎么样。

夏良看着老妈总显得冷静疏离的表情，突然想起了依偎着爷爷给他端茶倒水的柳小满，柳小满的担心是真实的，叮嘱是真实的，爱也是真实的。

夏良觉得自己有点儿明白了，柳小满从一开始就带给他的“舒服”感究竟源于哪里。

他有温度，给人恰到好处的暖和。

“你就不能抽空自己去看看吗？”他对老妈说。

老妈没说话，直视着前方的红灯，好像什么话也没说过。

夏良妈妈买了一堆衣服和营养品，还订了一台除湿器，从餐厅订了一桌“合家饭”，给姥爷打了电话，两人又一路无言地回家。

姥爷见了女儿比夏良见了妈要开心些，家里算是有了点儿该有的氛围，老妈说着今年工作的情况——有多忙，年末季度有多紧张，压力多大，姥爷关心地问了几句。

“夏广志又找我了。”

当一顿饭快吃完时，老妈说了这么一句。

“他还要干什么？”姥爷不悦地问，“他要的东西不都已经给他了吗？他还闹什么？”

“谁知道他。”老妈夹了一筷子菜。

“你这一辈子，”姥爷叹了一口气，“该。当时我跟你妈左拦右劝，你跟他过不出个好儿，你不听，死拧。”

老妈没说话。

“你过出好日子了吗？”姥爷又说。

“那我最开始要离婚的时候，你们倒是直接同意，别继续左拦右劝啊。”老妈抬起了头。

“日子是你自己过的。”姥爷望着她，“你总觉得我跟你妈这辈子欠你，你别忘了你妈是怎么走的，闺女。”

“我都跟你说了我没这么想，你能不能别每次我回来都提我妈？”老妈一脸烦躁地搁下碗。

夏良妈妈搁碗的动静太大，碗撞上了汤勺，一勺热汤被撬起来，正好溅在夏良的胸口。

“你烫着没？”姥爷冲他皱皱眉。

夏良没说话，扔下筷子起身回房间。

他觉得很累，没心情去学校上课。他脱掉衣服在家睡了一觉，迷迷糊糊间还能听见老妈激动的声音。

夏良觉得他妈可能真的有病，焦躁症之类的，有话永远不会好好直说，冷静起来格外冷静，一旦触及让她烦躁的点，情绪就像无法自控一样，喜怒无常。

这一点她跟夏广志其实挺像。

一家子神经病。

夏良再睁眼，时间竟然直接蹦到了后半夜，他一觉睡了大半天。

夏良是被冷醒的，胳膊露在被子外面，一片冰凉。

空气里有雪的味道，他眯着眼从窗帘没拉严实的缝隙往外面看，乌蒙蒙的，看不出什么来，就重新把眼闭上，想接着刚才的困劲儿接着睡，直接睡到天亮。

夏良试了几分钟，越躺越清醒，这是彻底睡饱了。

夏良叹了一口气，睁开眼，把床头的手机拿了过来。

刚睁开的眼睛受不了光，他眯着往屏幕上看，看见柳小满的名字出现在一串未读消息里，他还有点儿惊讶，眼睛也不眯了，其他的都没管，直接点开柳小满的消息。

柳小满给他发了两条微信。

一条“你还好吧？”。

另一条只有一个表情，微信自带的“拥抱”小人。

两条消息之间隔了两个小时，夏良看了一会儿，拇指在小人上点了点，平时他觉得这些表情都很傻，这会儿怎么看怎么顺眼，既可爱，又温馨。

他能想象柳小满给他发消息时的样子，柳小满不会玩手机，打个字都要一个指头一个指头戳半天，但是很有耐心；柳小满找表情包时肯定觉得眼花缭乱，认认真真挑选，才选出这个能表达心情的“拥抱”来。

夏良把手机搁在一边，横起胳膊把手背盖在眼上，嘴角自行地往上扬。

他突然很想去见柳小满，就现在。

这个念头一出来，他直接开灯从床上坐了起来，又捞过手机看了眼时间，才三点四十三分。

他下床拉开窗帘，外面果然下雪了，今年的雪又密又多，院子里的小石桌被雪盖得像一块大雪饼。

夏良伸伸懒腰，头一次希望冬天的清晨能来得快一点。

凌晨五点二十分，柳小满抱着装卷饼的小筐从楼上下来，从宋叔家小超市的闸门后头拉出一块长板子，帮着爷爷支早点摊。

他不喜欢在雪天干活，做什么都觉得束手束脚，拉板子、搬凳子总有阻碍，放什么东西都要先掸半天雪。

当他把板子往高凳上架时，眼前出现了一双脚，他不敢抬头，怕板子翻出去，只能飞快地说：“不好意思，我们还没准备好，您先上别家看……”

他的话没说完，那人伸过来一只手，帮着他一块儿把板子架上去。

柳小满愣了愣，抬头就对上了夏良的眼睛。

天色还没透亮，夏良的头顶只有发黄的灯泡在照明，他的眼睛被照得发亮，大大方方地看柳小满。

“你怎么来了？”柳小满惊讶地问，他说话时都能看见白气从嘴里往外冒。

他说完心里还咯噔一响，扭头想朝宋叔超市里挂着的电子钟上看。

今天，他跟爷爷一块儿起晚了？

夏良被他的反应逗得想笑，顺手把他领口的拉链往上拽拽，说：“我睡醒了，就过来了。”

柳小满抿着嘴看他。

早上挺忙的，时间不那么够用，他得在爷爷端菜下来之前把摊子支好才行。

“你的头转过来一点儿。”他索性朝夏良伸出手。

“怎么了？”夏良边问边低头，配合着柳小满把脑袋伸过去。

柳小满的掌心很热，指头有点儿凉，手探到夏良左边耳后摸了摸，果然摸到了一条疤，不短，至少三厘米那么长，从耳后一直延伸进鬓后的头发里。

他的心抽痛了一下。

夏良耳后真的有疤。

“就为这个，你给我发了两条微信？”夏良倒是无所谓，他没把这些当成童年创伤，一道疤就是一道疤，谁小时候身上都得落下几道，疤留下，他长大了，就够了。

但是柳小满的在意依然让他觉得心里暖和。

他任柳小满摸着疤痕，眼里带了点儿笑。

爷爷下楼看见夏良也很惊讶，包了一个茶叶蛋往他手里塞：“你起这么早？来找小满上学？”

“啊。”夏良笑了笑，也没作假，把茶叶蛋收下了，问爷爷，“您的腿好点儿了？”

“没事了，我本来就没事。”爷爷摆摆手，往后避开咳了两声，“你那胳膊呢？你这孩子受罪了，医生说什么时候能拆石膏？”

说到胳膊，柳小满在旁边低头忙着，立马也看过来。

夏良跟他对视，又笑了一声：“差不多了。”

他朝摊子上看一眼，明白了大概的流程，伸手想帮帮忙，爷爷立马把他拍开，开了个玩笑：“这儿用不着你，你们俩两只手都没我自己利索。”

“你吃了吗？看想吃什么，我给你卷一个。”爷爷又问他。

“我现在不饿。”

夏良往旁边让了让，摊子支好就有人来买早点，柳小满已经拽着袋子在旁边准备了。

“要不你别在这儿了，跟同学一块儿去学校吧，等会儿扬扬来了，我跟他说一声。”爷爷说。

“不用。”柳小满和夏良同时开口。

“你们忙，我在……”夏良往四周看一圈，卖早点还真不是他能帮上忙的活儿，“旁边等会儿就行。”

柳小满飞快地看看他，朝宋叔超市指了指，示意他那边有吃早点用的凳子能坐。

其实他应该让夏良先走，他真要忙起来一时半会儿都闲不下来，等他挺无聊的。

其实夏良也犹豫了一下要不要走，倒不是怕等人无聊，反正他去学校也是一样的无聊，主要是他觉得自己在这儿，这对爷孙总要想着自己，耽误人干活。

还是有点儿冒失了。他在心里想着，看时间差不多就直接过来了，没考虑到人家还有正事儿要做，就这么跑过来，有点儿碍事。

不过想归想，他还是没有走，在柳小满指给他的凳子上坐下，看着柳小满熟练地给爷爷帮手，不紧不慢地把茶叶蛋磕开吃了。

夏良本来以为要等上一个钟，结果吃完蛋没多久，小满爷爷“哎哟”一声，对柳小满说：“袋子快没了。”

“这不是吗？”柳小满拨拨桌板底下挂着的一把袋子，又从自己围裙兜里掏出来几个。

“就这一袋袋子，呲呲响就没了，明后天不一定够。”爷爷手上不停，一脸认真地说。

柳小满“啊”了一声。袋子是消耗品，平时爷爷都是去市场一箱一箱地批发，最近可能是因为磕了一跤，两人的心思都没往上面放，把这茬忘了。

他还想说“没事儿，今天够用就行”，爷爷已经飞快地卷了两人份卷饼，塞进他书包里，说：“你去买两把袋子吧。”

“从宋叔这儿？”柳小满小声问。

小超市里买来的袋子肯定没有批发市场的实惠。

“上面不是有个大超市吗，”爷爷说，“你去看看，有就买，没有就算了，买了你也装着先去学校，别来回折腾浪费时间。”

“现在？”柳小满眨眨眼，似乎明白了什么，小声嘟囔一句，“袋子真缺假缺啊？”

“去吧，”爷爷笑了，眼神透出一丝狡黠，“大冷天的，让人等着不好。”

柳小满有点儿想笑，觉得爷爷真可爱，竟然还跟他玩套路，看来爷爷确实不想让夏良在这儿耗着。

他迟疑着，把围裙摘下来：“我现在走，爷爷你自己能行吗？”

“你都是我养起来的，今天缺你一会儿就不行啦？”爷爷赶他，“去吧，今天我就卖这些，卖完就收，不上下楼折腾。”

“那行。”柳小满点点头。

走之前，他又跟爷爷咬耳朵：“那扬扬哥来了你帮我说？”

“那不我说还能谁说？”爷爷有点儿想笑，看他一眼，“你还当人家真的多愿意载你呢，那么重。”

柳小满不好意思地笑了笑，心想您不知道怎么回事儿。

夏良对于柳小满这个时间要去买袋子觉得挺不可思议的，说“我上去买吧”，爷爷连连摆手，让他们俩快点去。

“真有这么急？”从老柳早点的摊子走出去几米了，他还在问，“你回去吧，我买了袋子给你们送来。”

柳小满看他一眼，还是想笑，踢了一脚路牙子上的雪，只说：“我爷爷应该挺喜欢你的。”

“是吗？”夏良笑了笑，有点儿明白了，没再坚持。

他确实有点儿长辈缘，挺神奇的，父母辈儿和再小点儿的孩子，对他都亲近不起来，就是莫名容易招老人稀罕。

小满爷爷口中那个“上面的大超市”，其实就是十字路口的便利店。

六点钟不到，路上除了赶早班的上班族，没什么人，偶尔有早起去学校背书的学生骑着自行车过去，头上顶着将亮的天光，嘴里呵着白气。

柳小满跟夏良逆行往上走，他其实很喜欢看这时候的行人，不管脸上的表情是麻木还是疲倦，很快都会被忙碌和生机替代，因为奔赴的都是前方，都在为崭新的一天努力。

袋子肯定是不用买的，他进去晃了一圈就出来，说贵，回头再去市场批发。

夏良没觉得袋子贵，但也没开口说什么，有些东西能随手买给柳小满，有些不能，他不想把他和柳小满之间的相处方式弄得像扶贫一样。

不过柳小满这句“贵”倒是让他想起了他老妈，一码归一码，他这个妈在当妈这方面不一定多合格，但在给钱这件事上，从来没有丁点儿亏待。

夏良从不觉得当爸妈的给小孩一大把超出生活费用之外的钱是天经地义的，哪怕是他爸妈这样的父母，也从没将家里给他的钱和“亏欠”“补偿”之类的词儿挂钩。

有爱才有亏欠，他妈亏欠的也许是自己的良心，不一定是他。

姥爷有自己的退休金，老妈给他的钱，他基本存了起来没动过。

夏良也存钱，但真正花老妈钱的人一直是他和他那个浪子一样的爸。

有时候这么想想，他也能理解他这个妈为什么能当成这副模样。

“你妈妈昨天打你了吗？”夏良正想着，柳小满问了一句。

“嗯？”夏良让他看自己的脸，“你看我像挨打的样子吗？”

柳小满挺认真地看了看，摇摇头：“不像。”又说，“你妈没打你就好。”

夏良笑了笑：“我看见罗浩在那个群里说的话了。”

“都是真的？”柳小满边走边问。

“差不多吧，”夏良说，“他说话喜欢夸张，其实没有那么……”他停下来想了想，抬抬眉毛，挑了一个形容词：“惨烈。”

柳小满笑了出来，跟眼前淡定且毫发无损的夏良比起来，罗浩昨天说的那些话是有些过于悚然了。

“那你耳朵后面那个疤，”柳小满指指自己的耳朵，“是阿姨打你后留下的吗？”

“是。”夏良也摸了摸耳后的疤，上回他想起这条疤还是断手那天，平时看不见也不怎么能摸着，不疼不痒的，没人提他一般也记不起来。

“她为什么打你？”柳小满继续问。

“你听没听过一句话？”夏良说，“下雨天打孩子——闲着也是闲着。”

这是一个歇后语，柳小满听过，但是他现在笑不出来。

那可是在脑袋上，总不能用手活活撕开一道口子，肯定手上得带着家伙。他虽然没妈，但有爷爷，他想象不到爷爷没事儿就薅个什么东西往他脑袋上招呼。

“多疼啊。”他说完，又问了一遍，“她为什么打你？”

夏良看向他。

为什么呢？连他也记不清了。

“我妈这个人，其实我也摸不透。”他把柳小满往身边拉了拉，从便利店出来后他们没从原路下去，抄近道直接进了小毛裤胡同，胡同里还盖着雪，容易脚滑。

“她挺忙的，估计压力也大。她和我爸还在一起的时候，两人总吵架，有时候还打架，摔东西，挺吓人的。”夏良回忆着说，算起来，这还是他第一次这么详细地跟别人说自己小时候的事儿，罗浩他们也没有过。

“有时候她不顺心，正好我又在旁边碍眼，她就动手打我两下，也不总这样，但是赶上了就没办法。”他笑笑，“小时候我以为家家都是这样的，生气了可以打孩子。”

“我长大以后就好了，她跟我爸彻底过不下去，也就没那么多气撒我身上，难得气急败坏一次，下手就狠点儿，耳朵这一道疤是用凳子抡出来的。”他说。

柳小满听着前面的话已经心里很不是滋味儿，听到“凳子”直接就蒙了，差点儿忘了继续走路：“凳子？”

“小凳子，”夏良抬手比画一下，“不大，给小孩儿坐的那种，但是是木头的，砸起来就挺有分量。”

“小孩也不行啊，”柳小满已经不知道心里是气还是急了，就觉得夏良的妈妈特别不可理喻，拽了夏良一下，“她怎么能这么打你？打出事怎么办？”

夏良笑着看他。

“你还笑。”柳小满皱眉。

“那我要哭吗？”夏良说。

柳小满被他问愣了。

“这是疤，不是伤口，已经不再疼了。”夏良说，“很多事由不得我，如果可以，我当然也不想挨这一下，但父母也不是我想要什么样的，就能给我选择。”

“你不是也一样。”夏良弹了一下他的额头。

柳小满动了动嘴角，没说话。

“人生呢，得往前看，”夏良继续往前走，“总惦记身上那一两道旧疤的人，不会有什么出息。”

柳小满望着他舒展又挺拔的脊背，明明知道他说得对，心里却不知道为什么更难受了。

这么好的一个人，如果自己是夏良的妈妈，绝对一下都舍不得打他。

柳小满一边想着自己似乎得当“爸爸”，一边抬脚跟上夏良，问他：“那转学呢？”

“我正要跟你说呢，”夏良回过头，倒退两步，“你还真得带我学习了，我妈跟尚梁山说了，期末考试的成绩要是看着不像样，直接转走。”

“哦。”柳小满皱皱鼻子。

“这事你是不是想想就觉得不高兴？”夏良笑着说。

“不是，”柳小满摇摇头，“你那么聪明，稍微学学成绩就能上来。我是觉得你早该好好学习了。”

夏良的脚步停了下来，挺认真地盯着柳小满看了一会儿。

“怎么了？”柳小满也低头看看自己身上，掸了掸衣服。

他低头走路，一个没注意就歪向了胡同墙边儿。夏良刚要提醒他注意脚下，那块儿路滑，他就滑了一跤，胳膊一抬扑倒在雪上。

他扑得太猛，还顺着下坡路往前滑了滑。

“哎……”柳小满喊了一声，有雪垫着疼倒是不疼，他就有点儿被这一下摔傻了。

他有多少年没跌得全身趴下了。

夏良也吓了一跳，赶紧过去要扶他。

“没事，”柳小满撑着地想起来，也不知道怎么就起不来，雪又滑又软，还脑袋俯冲，折腾了好几下都起不来，“这怎么还起不来了？”自己还问一句。

夏良看他折腾好几下，确实不是摔疼的样子，也不着急了，还有点儿想笑，觉得柳小满真的可爱又好玩儿。

柳小满努力了两把还是没用，等着夏良来扶自己，结果听动静不对，抬头看一眼，发现夏良竟然在笑。

“你怎么还笑？”他都想抓一把雪扔过去，但是想想自己这么大的人了，这一跤能摔成这样，也忍不住想笑。

太神奇了，要是换个人，哪怕是樊以扬，他都不一定能笑出来。

幸好天还算早，胡同里没有别的人经过。

“你快扶我一下。”他憋着笑说。

夏良过去试了一把，本来想一把将柳小满捞起来得了，可他自己一只手也借不上力，没忍住蹲在旁边又笑了一声。

“你还笑！”柳小满憋不住了，也跟着笑。

“你就跟一个贴地麻袋一样。”夏良笑着叹了一口气，往他头顶的发旋上戳了戳，“喊良哥，良哥抱你起来。”

柳小满心想，自己但凡有点儿志气都不能喊，但他闷了一会儿，还是开口小声喊了一句：“良哥。”

“柳小满，”夏良蹲在柳小满旁边，戳柳小满头发旋儿的手改成在他脑袋上抓了抓，“以后琢磨我吧。”

柳小满没说话，在雪地上趴了一会儿，掀掀眼皮瞅了夏良一眼。

然后他又开始努力想爬起来。

夏良被他气笑了，伸手朝他的肋巴骨底下抄过去，半圈着把他勒在怀里不撒手：“我跟你说话呢。”

“哪有这么说话的！”柳小满挣扎着，“你先让我起来。”

胡同墙檐上伸出一个大树杈，积雪扑簌簌地落下来，扬了两人满肩满头。

“我……”好半天，柳小满也不知道自己怎么就开了口，根本不知道自己想说什么，声音自动冒了出来，“我只有一条胳膊。”

“又来？”夏良看着他，“一个招儿你打算使几次？”

“不是，”柳小满摇摇头，他终于有点儿真实感了，之后涌上来的却是强烈的自卑，让他有点儿心慌，说话都结巴了，“我没想过有谁会真的……我就是……”

“你就是喜欢交断手的？”夏良接了句，“那以后我的手好了也把绷带缠上，你愿意看就天天看。”

“不是。”柳小满又看他一眼，“我是觉得你就算要交朋友，什么人都有，不会是我这样……”

“我从来没觉得你跟其他人有什么两样，”夏良认真地打断他，“你是要人伺候你吃饭，还是伺候你喝水了？”

柳小满说不出话了。

“而且你也说了，我想交什么朋友都能找到，”夏良笑了笑，继续对他说，“我就想和你交朋友，你是不是也应该配合我一下？”

他怎么会不愿意？他喜欢跟夏良一起回家，喜欢夏良时不时带他看见的新世界，明知道要被“欺负”，还是不想跟夏良拉开距离；他见到夏良就开心，见不到就惦记，他看见夏良笑就想笑，听说夏良受伤就难受……

柳小满觉得自己还是太自私，理性那一方差点儿咆哮着对他说“不可能，你想都不要想，你是个残疾”，感性这一方却只重复了一遍“这个人是夏良”，他的理智就塌陷得一塌糊涂。

这是夏良，特别好的夏良，一辈子可能就遇见这么一次。

“说话，”夏良掐着他的脸让他抬头，“我都这么说了你还纠结，我也太没面子了。”

“说什么？”柳小满脸上发烧，眼睛乱瞟。

“说你愿意，愿意得不得了。”夏良说。

柳小满再不好意思都被他的不要脸逗笑了，嘴角翘起来看他：“嗯。”

“嗯？”夏良的眼睛也弯起来。

“愿意。”柳小满说。

夏良掐在他脸上的手晃了晃，在他脑门儿上点了一下：“这回是真戳儿。”

柳小满一直到学校都觉得人还有点儿飘，真实与不真实来回地席卷着他，他觉得自己拥有了全宇宙最大的秘密，而这个秘密只有夏良和他知道。

夏良，现在光是想想这两个字，他都忍不住想笑。

如果扬扬哥知道这事，估计能气死。

柳小满想到樊以扬，还是紧张了一下，虽然不知道夏良会跟他一块“玩”多久，但不管怎么说，绝不能让樊以扬知道。

他想得很明白，夏良可能只是一时的兴趣，是逗他逗成了习惯，跟他相处起来觉得轻松自在，各种原因都有可能。

等到哪天夏良觉得他不好玩了，那他一定立刻离夏良远远的，绝不影响夏良的生活。

至于现在……

就算他是残疾，也应该有一点点享受快乐的机会吧？

夏良不知道柳小满在心里想些什么乱七八糟的，他只觉得今天的柳小满比平时可爱得多，哪儿哪儿都可爱。

李猛和王朝苦着脸在写检讨书，两封各要六百字，合起来就是一千两百字，内容还不能一样，得检出真诚检出心意，把人难为完了。

但是李猛一回头，发现身后两人却跟没事儿人一样，不仅浑身洋溢着不知道从哪儿冒出来的惬意，夏良竟然真的在学习。

“难道尚梁山对你宽厚到可以用学习来抵写检讨书？”李猛气得拍了一下桌子。

“神经病。”夏良笑着说。

李猛叽叽歪歪抱怨几句，写检讨书虽然痛苦，但是想想过两天就放元旦假，他又成了一条活龙。

“元旦上哪儿玩玩？”他继续问夏良和柳小满。

“没空。”夏良说。

“别啊，”李猛把凳子搬了搬，直接面朝他们俩坐着，“好不容易放个假……”

“你成天跟放假也差不了多少。”王朝打断他，接了一句。

“能一样吗？”李猛表示不服，“在学校里我的身心都是受禁锢的，我需要自由的空气！”

没人理他，他又去戳柳小满：“哎，小满子，你上回不还抓了一个娃娃吗？不然咱们再去抓？”

柳小满正在走神，李猛等了一会儿没等来答案，很悲愤地长长叹了一口气：“你们也太没劲了，那你们放假都干吗啊？”

“睡觉。”王朝说。

“学习。”夏良说。

“真的假的？”李猛一脸惊恐。

王朝都沉默了，眼神复杂地回头看了夏良一眼：“你妈真打你了啊？”

“真的？”连柳小满也歪着头问他。

现在他和夏良说话的感觉跟之前都不一样，以前是同桌，现在可是真朋友。

明明两人还是跟之前一样相处，但感觉真是太奇妙了。

“嗯，”夏良看他一眼，“你给我补课吧，去我家。”

柳小满“啊”了一声，愣愣地点点头：“好啊。”

跟夏良一起学习，这几个字能连在一起柳小满觉得很神奇。

他赶紧埋头继续做题。

“带我一个吧！”李猛忙说。

“滚。”夏良毫不犹豫地拒绝。

李猛“嘁”了一声，王朝和柳小满低着头一阵乐。

柳小满乐完了，小声对夏良说：“我帮你写吧？”

“什么？”夏良说。

“检讨书。”柳小满说。

“我听见了啊。”王朝在前面举举手。

夏良笑了笑，扫了柳小满一眼：“你这么想帮我写？”

“想个头。”柳小满嘟囔一句，埋头回去继续做题，“你好不容易开始学习了，我怕你一分心又不想学了。”

“不会，我随便找两篇抄上就行。”夏良说着，手欠地在柳小满背上弹了一下。

放假前一天，轮到柳小满他们值日。

做值日生，熬四节晚自习，放假一整天。

李猛来回数着接下来的几项流程，拎着桶走路都带风。

“扫地吧！”他站在卫生区正中间，很豪迈地一摆手。

“一天假，眼睛一闭一睁就过去了，你激动个啥子。”王朝没他这么兴奋，拿了笤帚、簸箕去默认的区域。

“你真要在家睡一整天啊？”李猛跟在他屁股后面念叨，还在试图劝他，“咱俩去爬山呗？”

柳小满也不明白，一天假怎么能让李猛开心成这样，放不放假对他来说真的没什么区别——一早要起来帮爷爷卖早点，搁在平时，收完摊就是上楼学习，学校怎么排时间他怎么排，不然也不知道干什么去。

一般到了中午或者傍晚，樊以扬会过来和他一块儿学习或者给他和爷爷送点儿东西，爷爷再整点儿什么让樊以扬送回去。时间真的一晃就过去了。

但是这次不一样。

柳小满一个脑子往两个方向思考，一边想着万一扬扬哥又过来了怎么说，另一边往夏良身上琢磨，问他："明天我几点去找你？"

夏良懒洋洋的，把垃圾扫成一个堆，正好要让柳小满拎簸箕过来，听见问话，他回头用扫帚勾了勾柳小满的脚踝，让柳小满往前来，说："你忙完就过来吧。"

"一早啊？"柳小满走过去，把簸箕搁在垃圾堆前面，让夏良扫进去。

"一日之计不是在于晨吗？"夏良说。

这样合作的好处是两人时不时就得头对头离得特别近，李猛跟王朝背对着他们在八丈远外讨论明天到底干吗，夏良用脑门儿顶了顶柳小满的额头。

柳小满捂着额头往后撤，一边撤一边上下左右一通看，心里既紧张又有点儿兴奋。

夏良笑了一声，没继续逗他，处理扫帚底下的垃圾。

柳小满像一只小猫一样，见夏良不招他了，又往回凑凑，继续问夏良："你起得来吗？"

平时一早上夏良能睡过去三节课。

"你在我就不困。"夏良说。

夏良又接了一句："你困了就跟我一块儿睡。"

柳小满抓着簸箕没说话，用眼角余光看他一眼，轻声反驳："学习，睡什么睡，自己睡去吧。"

夏良望着他，嘴角翘了翘，又开始笑。

他是真喜欢柳小满挨逗时的反应，柳小满特别欠"欺负"，看得他心里直痒痒。

冬天垃圾不多，叶子也都掉光了，王李二人组不知道讨没讨论出什么来，叽叽喳喳着过来把簸箕往垃圾桶里一扣，看了一圈，说："别扫了，除了雪没别的，今天也没人检查，倒了垃圾就走吧。"

回班级的路上，他们没从西边楼梯上去，经过东边楼梯口，李猛说要去找以前的同学约一约，脚一拐直接进了楼道。

虽然东西楼梯都在一层楼，但两边还是有比较明显的分界线。柳小满他们班在西边，平时从班门前经过的学生也不是都认得出谁是谁，但看久了基本上很眼熟。

到了东边，上下楼经过的学生他就没那么熟悉了。

柳小满突然想起了马硕，被他踩了鞋之后被夏良摁墙上那个人，就在东边哪个班。

柳小满刚想到这个人，旁边三四个男生晃荡过来，抄在他们前面上了楼梯，其中嗓门儿最大、长得最差的那个赫然是马硕。

马硕也看见他们了，要不是看见也不会非抢先一步上楼，边抬脚往楼梯上迈，还边看着柳小满“咦”了一声。

“他冲谁‘咦’呢？”王朝问了句。

夏良挺无聊的，看着马硕，只用眼神儿吓他，懒得吭气儿。

马硕估计是忌惮夏良，没直接呛呛，却抑扬顿挫地嚷嚷：“真点儿背，赶紧走，再来一脚，谁拦都不好使。”

柳小满和李猛拎着扫把走在最前面，本来也没想跟他呛，听他这么说就顿了一下，想让他先上去。

结果柳小满刚顿住，马硕一脚踩空，在楼梯口摔倒了。

马硕这一下摔得惊天动地，脸朝下趴着。

马硕惊得叫了一声，马硕的那两个小伙伴直接被他这操作吓蒙了，愣了愣，蹲在旁边一边问着“你没事儿吧”，一边撑着地狂笑。

马硕这一跤摔得太不体面了，柳小满知道笑人摔跤不礼貌，但眼前这架势直接让他想到了前两天的自己，没忍住跟着笑出了声。

现在想想夏良真够不是人的，也不说把他捞起来，就蹲在旁边看着他乐。

他想到这儿，转头想看一眼夏良的反应。夏良果然笑了，没他们笑得那么夸张，也在看他，笑得暖洋洋的，肯定也想起了那天他们俩的画面。

真好。柳小满心里突然冒出来一句。

这种人群里只有他们俩知道的小秘密的感觉。

没等他感慨完，夏良的眼神就冰凉了。

柳小满也有感应，扭头一看，马硕从地上站了起来，显然是被他们笑急眼了，自己丢人，不知道往哪儿发泄，就指着柳小满骂了一句："你有完没完？"

这也能赖上我？柳小满被他的逻辑惊呆了，眨眨眼不知道该说什么，手上却一空，扫把被夏良捞了过去，抬起来"啪"地打下马硕指人的手，扫把底部直接横在他脖子上，不让他往前。

"你说话干净点儿。"夏良看着他。

旁边还蹲地上乐的马硕小伙伴抬头看看，从楼梯上站起来往前走了两步。

李猛说了句"什么鬼"，王朝拨开他，也往前站了站。

正是英语听力前学生满世界蹿的时间，楼道口上上下下有不少人，都停下来往这边看。

"那是夏良？"柳小满听见有人问，"另一个是谁啊？"

"高二的。"旁边的人回答。

"我……"马硕从摔倒到被嘲笑，被扫把卡脖子，再到这句"高二的"，气得脸都哆嗦了，一把打开扫把，重新指着夏良骂了句，"留级跟多光荣一样！"

他骂得飞快，但是话音还没彻底落地，夏良一脚朝马硕踹了过去。

围观群众惊呼一声。

柳小满也吓了一跳。

夏良这一脚真用力气了，马硕往后连退了几步。

"我让你说话干净点儿。"他直接按着马硕的肩膀，从上往下看着马硕说。

楼梯口全被人围起来了，马硕班里的人问着"什么情况"挤进来，两个小伙伴看见自己人终于动了动，胡乱复述一遍情况，但是都没敢往前围。

这一切发生得很快，柳小满看得胆战心惊，突然想起罗浩那句"良哥的狠是随他妈"。

也不知道是不是人不禁念，刚才他想马硕来马硕，这会儿刚想到罗浩，就听见一道熟悉的声音传了进来："我良哥跟谁干架呢？"

罗浩和郭魏他们也是吃饱了撑的，想来问问夏良放假去不去玩儿，他们班离东边楼梯口近，每次都从这边过来。

几个人看着围观的人群就来劲，一听主角是夏良，当时就嗨了。

“哇。”方正挤进来，正好赶上夏良还没撤脚，在原地蹦了蹦，叫了一声。

“你也太牛了，还背着一个处分呢。”罗浩走过去把夏良挤开，低头冲着马硕抬抬下巴，“你干吗呢？”

“你起不来了？我送你去医务室啊。”郭魏跟着过来了，蹲下来朝马硕晃晃手。

也亏着马硕班里的人是一群㞞包，马硕一直就想在七班树立老大的形象，这会儿老大都被撂倒了，班里其他人嘟嘟囔囔的，对着这几个从高一浑到高三，成天打架上通报栏的学生，也起不来什么劲。

他们来了，夏良就没继续管，把扫把往李猛拎着的垃圾桶里一丢，带着柳小满直接拨开人群上楼了。

“散了散了，你带你们班的人回去。”罗浩随便指了一个人。

搁下东西，洗了手再回到班里，柳小满还有点儿没缓过来。

虽然上回夏良也对马硕动手了，但绝对跟这回没法比：夏良动手看着依然很轻松，马硕是真的一点儿不轻松。

他回来的时候刻意看了马硕一眼，感觉马硕都快被气晕了。

“不会有事吧？”他一脸担心地问夏良。

“什么？”夏良看他。

“马硕，”柳小满说，“他会不会带家长找你什么的？”

夏良“哦”了一声：“他叫马硕啊。”

柳小满一脸严肃地看着他。

“不会。”夏良笑了笑，“他这种人呢，就是宁愿回家自己趴被窝里哭，也不好意思把家长往学校领的类型。”

柳小满有点儿明白了，他又想起上回韩雪璧的爸妈来，连李猛都抱怨学校里的事儿竟扯上父母。

“是你们的规矩？”他又问。

“差不多。”夏良说。

“其实说白了，也就是自己在学校惹事，没脸让爸妈来擦屁股。”他又补充了一句。

柳小满有点儿放心了，心刚放下一半儿又提了起来："那万一他出事了怎么办？你那一脚都把他踢地上了。"

"不能。"夏良特别淡定，"我心里有数，他是自己脚后跟磕着台阶了，太激动，起不来。"

柳小满彻底放心了。

"不会又要写检讨书了吧？以后你真别打架了，他也没想怎么样。"柳小满看了一眼夏良的手，"你疼吗？"

夏良望着他没说话。

柳小满抬眼看他。

"疼啊。"夏良这才说，把手往柳小满掌心一搁，"你给吹吹吧。"

"神经病。"柳小满明白自己是瞎操心，赶紧把夏良的手甩开，闷头从桌斗里往外掏练习册。

夏良低头笑了半天。

第三章

永远温和，永远乐观向上

夏良刚要继续说话，李猛和罗浩他们晃晃荡荡地回来了。

“刚才真刺激！”李猛进了教室坐下就说，挪着凳子一会儿面向王朝一会儿面向夏良，脸上还带点儿“浑”，仿佛刚才把马硕踹在地上的人是他。

王朝比他正常多了，从后门进来后先跟夏良提了一句：“幸好你走得早，人差不多散了的时候，郭大嗓子来了。”

“没事。”夏良应了一声。

“不过他就是经过，没说什么。”王朝接着说，“问了一句罗浩他们。”

“他问我们干吗？”罗浩骂着坐上了窗台，其他人都被郭大嗓子撵回去了，只有他厚着脸皮跑过来。

“他回回见着我们就跟见着特务来炸教学楼一样，跟史秃子一样有病。”他半条胳膊伸进教室里，撑在夏良的桌子上。

柳小满对罗浩怎么都喜欢不起来，郭魏他们，他都能习惯，罗浩太能咋呼了，稍微挨近一点就想离得远远的。

虽然他刚才过去挤开夏良，让夏良注意身上还背着处分挺仗义的，但柳小满也不喜欢他。

尤其他一见到自己就要喊……

“哎，小残疾！”罗浩简直是配合着他的思路说话的。

柳小满看向罗浩，罗浩笑嘻嘻地问：“我听前面这两个哥们儿说了，刚才良哥护着你是不是倍儿酷？带劲吧？”

用你说？柳小满在心里回了一句，低头找英语听力书。

“你来干吗的？”夏良问他。

“你能不能别每回我来就这一句？”罗浩在窗台上晃着腿，“没事儿我就不能来找你了？”

“没事儿就滚。”夏良说。

“我问完就滚，”罗浩眉飞色舞，捅他一下，“明天出去玩吗？”

“去哪儿？”李猛特别积极地回头问。

“没定呢，郭魏他们几个疯子想去邻区兜一圈，看看什么河水……”罗浩想了想，也没想起那条破河的名字，一摆手，“随便什么吧，你们去啊？”

“合适吗？”李猛这时候倒扭捏了，拨拉一下头发，“骑自行车？你们都有吗？”

“你没有？”罗浩看了夏良一眼，夏良没反应，他就想了想说，“那你要想去，租一辆自行车？”

几个人都笑了，王朝骂了句“神经病”。

“你到底去不去啊？”罗浩又问夏良。

柳小满一边翻着练习册，一边竖起耳朵听。

李猛每次说出去玩儿，夏良没什么兴趣，但是罗浩他们说干什么，夏良一般都会去。

如果他去了也行，自己就不用给他补习，安安稳稳在家自习也蛮好的，毕竟快考试了，前面的内容都得抓一抓……

“不去。”夏良两个字儿打断了他的思绪。

柳小满在草稿纸上随手画了两个小圆圈。

“那你干吗啊？或者你说你想去哪儿玩吧，哥几个随你。”罗浩坚持着问。

“我哪儿都不去，”夏良摊开柳小满的历史笔记，翻了几页抄着，“学习。”

罗浩不说话了，正好英语听力的广播开始了，他摆了摆手，跳下窗台往回走：“什么学习。”

“那我是去还是不去啊？”李猛还在问。

“随便你。”夏良和罗浩同时说。

晚自习是郭大嗓子的课，不知道是不是柳小满想多了，他感觉郭大嗓子夹着书进来的时候朝他们的方向看了一眼。

“开心吗？”郭大嗓子抱着胳膊往讲台上一趴。

底下有人说开心有人说不开心。

“为什么不开心？放假还不开心啊？”郭大嗓子说，“是不是作业太多了？”

“是啊！”班里的人立马喊了起来，柳小满听见炸金花三兄弟吼了一声，“比上课布置的作业还多，快拉倒吧。”

还有人让郭大嗓子少布置点儿作业。

“不开心怎么办，还是得写作业。”郭大嗓子这才站直了，笑眯眯地从外套里掏出一沓卷子，让学生往后传，“一人两张，后天正好有我的课，到时候一个个检查。”

班里瞬间哀号一片。

“你们别叫了，有这个时间不如直接做题！”郭大嗓子把大家的声音都压下去，又笑着道，“背书也行，只能背政治。”

柳小满在班里吵闹的氛围里翻了翻郭大嗓子发的卷子，一张密密麻麻全是选择题，另一张是连答题格都没留的大题目。

“我不睡觉也写不完啊！”李猛喊了一声。

题量确实是挺大的。

“你写吗？”他问夏良。

夏良拿到卷子就将它放进了桌斗里，看了一眼柳小满手里的卷子：“你想让我写？”

当然了。

柳小满点点头：“写吧。”

“那就写。”夏良说。

夏良答应得这么爽快，柳小满反倒笑了出来：“你会写吗？我也没见你背过书，选择题全选 C？”

夏良也笑了笑：“一般人选 C，我这种比较帅的主要选 D。”

“厚脸皮。”柳小满弯弯眼睛。

“别的方面你可以质疑一下，颜值你也质疑，心虚不虚？”夏良看着他。

夏良的帅气真的没法反驳。

柳小满跟他对视一会儿，想起刚才罗浩用的形容词——带劲儿。

晚自习都是郭大嗓子的课，虽然他跟学生交流时脸上总会带着笑，但是时不时就要来点儿嘲讽，嗓门儿一提起来真能把人吓一跳，所以前两节课氛围还算不错。

但毕竟第二天要放假，到了第三节课，班里的人精神开始松散，到了第四节课，一个个直接暴露本性。

换位的换位，说话的说话。李猛最夸张，书包都收拾好了，抱在怀里，跟王朝一块儿一边吃卷面皮一边看电影。

最后一节课了，郭大嗓子也没太管，经过他们旁边时摇摇头，“哎”了一大声，敲着李猛的脑袋让他把卷面皮收起来。

柳小满三节课做完了一张半卷子，还剩三分之二的大题，脑子有点儿空洞，被班里闹得也静不下心，搁下笔叹了一口气。

“累了吧？”夏良说。

“还好。”柳小满凑过去看他在写什么。

夏良还真的做了郭大嗓子发下来的卷子，不过他跟柳小满做题的顺序不一样，他先做的大题。

卷子上没空格，他从柳小满那儿拽了几张草稿纸来写答案。柳小满拿了一张草稿纸看，夏良的字还是那么大气，手上好像自带尺子，满满一张摞起来特别好看。

他对着卷子看了几道问题，发现夏良虽然每道题字写得少，但是拆开来看，其实差不多都能挨上边儿，就是几乎全是自己的话，没有用专业术语，也没罗列一二三关键点。

“你真厉害。”他由衷地赞叹了一句。

“什么？”夏良也看过来。

“你没背过书，竟然还能答到点上。”柳小满把自己的政治书拽过来，“哗啦啦”地翻到对应的某一页指给夏良看，“你看，你的意思跟它一样，只不过没按它的点来写……这里再加一条对国家民族什么的影响，就差不多了。”

他很认真地给夏良说了两道题，说完以后看看夏良，发现夏良没看书，手背抵着腮帮子，歪头看自己的眼睛。

“你听了没？”他伸手过去，在夏良腰上戳了一下。

“听了。”夏良抓住他的手。

柳小满飞快地往旁边看，要把手抽回来，夏良喊了他一声：“柳小满。”

他停下来“嗯”了一声。

“以后你去做老师吧。”

“以后？”柳小满愣了愣。

他的神经对于所有关于“以后”“未来”这样的词都无比敏感，夏良这句话真的原原本本地按照每一个词的顺序一段一段地在他脑子里连起来。

“我做老师？”他复述了一遍，好像光是说说就做了异想天开的梦一样，蜷起指头连连摇头，“我不行，我只有……”

“当老师又不看你的胳膊。”夏良顿了一下，“而且当老师又不一定非得在讲台上，你用过学习机没有？”

“我……扬扬哥有一台，初中我见他用过。”他眨了眨眼。

“哦。”夏良扫了他一眼。

柳小满有点儿想笑：“小时候的事儿了。”

夏良也笑了，继续说：“现在不只学习机，还有很多教育机构有网课，你在家录课，发到线上就行。”

“线上？”柳小满的心“怦怦”地加速。

“就是网上。”夏良说着，“网课不看你的脸，就算看，你的胳膊也不碍事，人家有专门的软件，你捋知识点讲你的就行。”

“就像你给我讲的这样。”他补充道。

“能行吗？”柳小满又看了看卷子和政治书，“我又不专业。”

“你才高几。”夏良笑了一声，“现在站在讲台上给你上课的人，高中也只是一个学生，他们也是慢慢成长起来的。”

“你那么努力，肯定比郭大嗓子做得还好。”说着，他又笑了一声，“至少不会比尚梁山差。”

柳小满觉得自己脸上有点儿烫，这次却不是因为害羞。他从来不敢往“老师”这个方向想，每次模模糊糊地联想以后，第一个出现在他脑海里的画面，总是那一方三尺的早点摊，紧跟着他就收拢思绪，不敢继续想下去。

原来还可以这样。

对啊，扬扬哥的学习机里是有人讲课的，他为什么没想到呢？

他看着夏良，有点儿激动。

这个人为什么这么神奇？总能带着他看见以前想都不敢想的新事物，一次又一次，一场又一场，每一次他都以为很不可思议了，却又能迎来更加新奇，带给他更多希冀的冲击。

夏良怎么能这么好？

他觉得自己可能把前面十几年的幸运都攒到了现在，才能遇到这样好的夏良。

夏良看柳小满望着自己，倒是有点儿心疼。

老师，还是网课老师，大多数成绩好又上进的人可能都看不上，甚至只是一般人就业选择最迷茫时的最低方向，在柳小满这里，却如同打开了一扇新世界的大门。

也不知道柳小满一天到晚都在胡思乱想、自我否定些什么，一个就业方向都能让他开心成这样。

“你……”他刚想说点儿什么，突然眼前一黑，耳边同时炸起一整层楼的惊呼。

“停电了！”有人兴奋地喊了一声。

停电的时间很短，当灯光再亮起来的时候，班里一多半的人都在抱怨，为什么不干脆停到底，直接放学算了。

郭大嗓子从教室外进来，看了看时间，拍拍手让所有人安静，最后十来分钟了，稳住。

“我都准备趁机溜了！”李猛从前面愤愤地转过来，拍柳小满的桌子。

柳小满没理他，夏良也没理他，两人都在一本正经地答题。

晚上回到家，柳小满觉得时间过得比平时快，他却睡得比平时要晚。

他睡不着，心情有点儿像小时候老师说去春游，头一天晚上总是格外难熬。

他对未来有点儿期待，还有点儿不好意思承认的激动。

柳小满陪爷爷聊完天儿，回到卧室，想着明天学习效率肯定高不到哪儿去，他便静下心把剩下的政治题做完，又把计划里明天的任务都做了做，再抬头的时候已经半夜了。

柳小满翻了翻旧笔记，想了想明天去夏良家要给他讲什么，把书都收拾完后，爬到床上才发现夏良给他发了消息。

消息是零点发来的，内容只有八个字。

——元旦快乐，小满子。

柳小满盯着这几个字看了好几遍，扬起嘴角在床上翻了个身。

他看看时间，凌晨一点三十五分，不知道夏良睡了没，试着给他回了一条消息：你也是。

——你怎么还没睡？

夏良很快给他回过来。

柳小满赶紧继续打字：你不也是？

——你是不是就会打这四个字？

夏良回复他。

你也是。

你不也是。

柳小满被他逗笑了，两句话连着看起来是有点儿敷衍。

——早点睡吧。

他给夏良发过去。

他想了想，又再加了一句：明天我去找你。

——你是不是想到要来找我，开心得睡不着？

臭美。柳小满在心里想。当他看见夏良的名字那里显示对方正在输入，就没打字，等着看夏良还要说什么。

——你睡不着的话，我手机收藏夹里应该有好几个网址，你看着玩儿吧。

夏良说。

柳小满从那次以后真的不敢再去点夏良那些收藏的网址，这会儿看夏良这么说，虽然隔着手机，但整个人都有种被暗中观察的错觉，特别不好意思。

同时，他惊叹于夏良的脸皮真是太厚了。

——不看。

——睡觉。

——晚安。

他以前所未有的速度飞快地回过去。

然后他就睡不着了。

虽然柳小满睡得晚，但第二天早上他醒得比平时还早。

他迷迷瞪瞪睁开眼睛时，闹钟都还没响，他往床头看，距离铃响还有两分半钟。

爷爷已经起来了，柳小满能听见他在厨房忙活的动静，柳小满也没再赖床，坐起来套上衣服，叠好被子，拉开半扇窗户通风。

今天是元旦，买早点的人没有平时那么多，爷爷准备的菜也少，摊子出得快，收得也快，八点半左右就卖得差不多了，他们准备往回搬东西。

柳小满不知道接下来怎么安排，是现在就过去夏良家，还是再等一个钟。

要是按学校的时间来排，这会儿正要上第二节课，正是夏良睡觉的时间。

万一他还没醒，或者他姥爷还没走，柳小满想想觉得挺尴尬的。

“你琢磨什么呢？”爷爷问他，“一早上我就看你想干点儿什么。”

“今天我要去同学家，爷爷。”柳小满答应一句。

“哪个同学？那天来找你那个？”爷爷看着他。

“嗯。”柳小满点头。

“那你给人带点儿东西。”爷爷洗洗手，去厨房里翻找。

柳小满不好意思，靠着厨房门框，说：“我给他带过一瓶罐头。”

“一瓶够干什么？”爷爷笑了笑，“抠门。”

“我装了不少呢，”柳小满想想，“再装一瓶大的？”

“你装吧，我去倒一瓶米酒。”爷爷说。

“好。”柳小满美滋滋地去抱两个大玻璃瓶。

有东西拎着还是比没东西自然点儿，这样就算去早了，他也能从心理上把锅推给爷爷。

罐头和米酒都装完塞进书包里，他给夏良发了一条微信：你醒了吗？

他发完微信后看了看时间，九点十五分，心里盘算着要是夏良没回他，他就再等二十分钟。

结果两分钟后手机亮了一下，夏良回了他一个字：来。

柳小满把手机往枕头底下一塞，挎上书包又检查一遍东西，再去客厅把电视打开，给爷爷找了一个节目，喊了声爷爷。

爷爷在阳台刚答应一声就开始咳，他听得揪心，赶紧摘下书包去泡了一碗板蓝根。

等天暖和了，他一定得带爷爷去医院做做检查，这么咳下去真不行，听那声响越来越严重了，像拉风箱似的。

等咳嗽缓下来，没等他说话，爷爷先问了一句：“中午你还回来吃饭吗？”

柳小满觉得回不来，上午过去，夏良肯定不能让他中午就走。

本来他挺期待能跟夏良一块儿吃午饭，随便做点儿什么应该都挺有意思。但这会儿想想，今天怎么说也是元旦，让爷爷独自在家吃饭，自己也太不孝顺了。而且夏良姥爷也不一定今天还出去钓鱼。

他像刚睡醒一样，才想到这个问题。

“不然我不去了吧？”他对爷爷说。

“去。”爷爷立马朝他摆了下手，“你去跟你朋友玩儿，人家中午估计要留你吃饭，你看着点儿眼色，大概齐了就回家，别真坐那儿吃。”

“他家里就他和他姥爷，他姥爷不一定在家。”柳小满解释着。

爷爷望了他一会儿，“嘿”地笑了两声：“你还是想去。”

柳小满也笑了笑，不好意思地摁着遥控器换台：“我不是看今天元旦，不想你自己……”

“哎，”爷爷打断他，坐在凳子上喝了板蓝根，“年轻人就该跟年轻人一块儿玩，守着我这个糟老头子干什么？老人不讲究元旦，这要是过年，你要出去我也不能让你出。”

“那我晚上早点儿回来吃饭。”柳小满说。

“嗯，”爷爷抬手让他过来，他把脑袋伸过去，爷爷在他后脑勺上拍了拍，“你也好不容易放个假，好好玩儿。”

柳小满都走到门口了，又想起樊以扬，赶紧回头交代爷爷：“对了，爷爷，要是扬扬哥来了，你别说我去同学家，就说我去学校了。”

“怎么了？”爷爷端着碗看他。

“反正你别说，”柳小满有点儿别扭，“他不怎么喜欢我那个同学。”

“你去吧。”爷爷点点头。

柳小满走到夏良家门口，吸了一口气，抬头看了看天。

这还是除了樊以扬家以外，他第一次主动去别人家，敲门都觉得像做贼。

本来他只敲了三下，想想夏良家里还有个小院子，夏良不一定能听见，又敲了三下。

结果最后一下他还没敲，门就开了。

夏良穿着睡衣出现在门口，直接把他拉了进去。

“你再晚来一会儿，我就倒头去睡回笼觉了。”夏良说。

柳小满一看见他就不紧张了，挺开心的，由他拉着自己进屋。

小锅从客厅出来，伸着懒腰叫一声。他跟小锅打了个招呼，把书包从肩上摘下来搁在桌上，想给夏良把米酒和罐头掏出来。

“这是我爷……”柳小满话都没说完，夏良就在他后脑勺上敲了一下。

两人笑了好一会儿，小锅扒拉门发出一声动静，柳小满突然反应过来，推了夏良一把：“姥爷在家吗？”

“你就喊上姥爷了？”夏良去冰箱里拿了一袋提子，转身朝厨房走，“他一早就出去了，一天不钓鱼浑身不得劲儿。”

柳小满松了一口气，跟着夏良去厨房，重新说他带来的米酒和罐头：“这是我爷爷让我带来的，今天毕竟是元旦，怕你们一家人要一起吃饭。”

“不会，我们家不过节。”夏良把两挂提子放进大玻璃碗里洗着，一边洗一边问，“那你过来了，你爷爷怎么办？自己吃？”

“所以我觉得自己挺不孝顺的，”柳小满抓抓脸，“不过一般这种日子，扬扬哥都会过来喊我们一块儿吃饭。”

夏良边洗着提子边看他一眼。

柳小满“啊”了一声，换了一个话题：“今天我把以前的文综笔记……”

他的话没说完，夏良揪了一颗提子塞进他嘴里。

他只能嚼了吃下去。

竟然没有籽。

“我……”他吃完提子刚开口，又一颗塞进嘴里。

“我不……”又是一颗提子。

“我不吃了！”柳小满往后退开。

夏良没忍住笑了：“甜吗？”

柳小满瞪了他一眼，把嘴里的提子都咽了，还是诚实地点点头：“甜。”

“今天我把文综笔记给你带来了，”他往墙边靠靠，接着说，“你不想抄的话，回头复印一份也行，今天咱们主要把作业做了，一边做我一边给你讲。”

“今天你真是来给我讲题的？”夏良用膝盖顶了柳小满一下，把一碗提子塞进柳小满手里，去卧室收拾桌子。

他把电脑桌上的东西分别放好，把高脚椅踢过去，又去外面搬了一把椅子过来，坐在桌沿上冲柳小满拍了拍：“你坐这儿吧。”

柳小满眨眨眼：“啊。”

他刚迈了一步，想起来自己的书包还在客厅里放着，又转身往外走。

“你去哪儿？”夏良抓着他。

“我的书包在外面。”柳小满说。

柳小满拎着书包再回来，夏良也把自己包里那些乱七八糟的卷子本子掏了出来，一张张码着。

柳小满在他旁边坐下，看了两眼，突然想起来一个重要的问题："你有笔吗？"

夏良愣了愣，也看着他，显然是刚想到这茬儿，在书包里掏了两下，叹了一口气："我姥爷有毛笔，你要吗？从小楷到斗笔都有。"

"还斗笔。"柳小满笑了，他就知道会这样，掏了两根笔出来，分给夏良一支，"我一直想不通，我给你那么多笔，都去哪儿了？"

"是啊，它们去哪儿了呢？"夏良接过笔在手上转着，掀过一张数学卷子开始看，这是一个无解的问题。

半个上午的时间，柳小满发现夏良真的只是平时不学，如果让他沉下心做题，他其实很能坐得住。

至少在做数学题方面，根本不用他说什么，夏良还反过来给他说了一题。

两个人的笔尖一起在草稿纸上滑动，柳小满看夏良漂亮的字在纸上形成流畅的思路，听着他不急不缓的声调，三言两语就总结出一个新的解法，这种共同专注的感觉真的特别好。

"你不会是那种在学校不好好听，在家偷偷做题的人吧？"他忍不住问了一句。

"这是第一次有人这么说我。"夏良都笑了，食指和中指屈起来，在他鼻头上夹了一下，"你看我像吗？"

柳小满搓了搓鼻子，看看他答题格上依然很自我的解题方法，再看看同样懒得多写字的政治答题稿，在心里推翻这个好笑的念头。

夏良挑拣着把数学作业做了，再把剩下的政治大题做完，就搁下笔，揪了一颗提子嚼着，又揪了一颗塞进柳小满嘴里，往后仰着伸了个懒腰。

柳小满剩下的作业在夏良做数学题的时候就解决了，他也没带多的练习册来，就接着帮夏良整理文综笔记，顺便当作复习了。

夏良真上心似乎还挺像那么回事儿。

不知道过了多久，柳小满的肚子叫了一声，夏良才揉着肚子站起来："我饿了，做饭吃吧。"

他去冰箱里翻食材，柳小满在旁边歪着脑袋看，想象不到他是一个会做饭的人。

"你想吃什么？排骨还是鸡？"夏良问他。

整这么大？

他以为就下个水饺、热个包子什么的，顶多来碗西红柿炒鸡蛋。

柳小满一脸疑惑地看他："你会做？"

"那就三杯鸡，正好用你带来的米酒，然后再炖个排骨汤。"夏良直接拍板了，拎出东西往厨房走，"你不信啊？"

"三……杯？"柳小满有点儿费解。

"菜名，不是就给你吃三杯鸡。"夏良笑了，"你可以吃很多杯。"

"我没听过，"柳小满不好意思地笑笑，"也不会做。"

"你会吃就行，做的事儿我来。"夏良从他旁边过去。

柳小满搓了搓额头。

"我跟我姥爷住，他吧，做什么菜都不放盐，"夏良从橱柜里拎出两个大碗，把肉搁进去放微波炉里解冻，转手开始淘米煮饭，"我想吃点儿他做的东西，都得回一遍锅等我回上个把月锅，研究研究就练出来了。"

柳小满想象着夏良站在灶台前回锅的模样，又酷又无奈，嘴角不禁往上扬。

"我一直有个问题想问你。"柳小满靠在门框上，犹豫着开口，觉得自己现在应该有资格问一问。

"说。"夏良把米锅放进电饭煲里。

"当时在学校门口，车里那个人是你爸爸吗？"柳小满说。

夏良想了想才"哦"了一声，点点头："是。"

柳小满张张嘴。

没等他说话，夏良先笑了一声："你是不是觉得挺无语的？一个爸一个妈，比着赛的神经病。"

"没有。"柳小满想了想，又说，"他为什么要踹你？"

"好像是他让我找我妈要钱，他缺钱花了。"夏良利索地拍了两段葱，扔进锅里，"当时我没细听，觉得烦。"

"你爸爸怎么这样啊？"柳小满皱眉。

有这么一对父母，夏良还能成长得这么好，真不容易。

幸亏他还有姥爷。

"我爸一直就这样，"夏良表情挺平静的，"我也想不明白我妈当时怎么能看上他，那么窝囊一个人。”

“他要本事没本事，要学历没学历，我妈应该是被他那张脸迷惑了双眼。”夏良又接了一句，“一码归一码，他们俩的结婚照真的挺好看，发在网上能招来一群小姑娘喊神仙夫妻。”

你自己也差不多。

柳小满在心里想，弄一堆你的照片发出去，你也得被一群小姑娘追着喊。

就冲夏良和他妈妈的长相，夏良爸爸就不会差到哪儿去。

再想想他的爸妈，要不是姥爷那儿还有本旧相簿，前两年他收拾东西时无意中翻出来看见了，都记不住他们长什么样了。

“你家呢，为什么只有你跟你爷爷两个人？”夏良问他，微波炉“叮”的一声响，他把排骨端出来。

“我妈走了，我爸没多久也走了。”柳小满简单地说。

柳小满说不出什么复杂的情节，事情就是这样，想像电视里一样加点儿感人的情节都加不出来。

“走？”夏良重复一遍。

“就是普通的走，从家里走了，不是人没了。”柳小满解释道，“他们走了以后就一直没回来，也没再联系我们。”

“在你出事之后？”夏良看着他。

“嗯。”柳小满点头。

夏良没说话，拧开水龙头，洗了洗手，才冲柳小满张开胳膊：“过来。”

“我没事儿，”柳小满笑了笑，还是走过去把手搭在夏良的背上，“都这么多年了，我早就习惯了。”

“我给你充充电。”夏良顺了顺他的后背。

夏良炖的排骨汤和三杯鸡，也不说能媲美饭店，不过对于一个高中生来说，能做成这样已经很好了，味道尝起来比夏良会做饭还让柳小满惊讶。

“好香啊。”他很真诚地发出赞美，“闻着香，吃着也香。”

“你吃过螺蛳粉吗？”夏良又往他碗里扔了一块鸡腿肉。

“没有，”柳小满说，“但是我听说闻着很臭。”

夏良也不知道怎么就被柳小满这句“很臭”逗乐了，夹的排骨都掉回碗里，他笑完了再夹起来，说：“它闻着臭，吃着是香的，下回我煮给你尝尝。”

“那个你也会？”柳小满喝了一口汤，他以为这些粉啊肠的，都是学校门口摊子上做出来的那种。

“那个比这些好做。”夏良指指桌上的排骨和鸡。

“咱们就这么吃了没事儿吗？你姥爷真不回来吃啊？”柳小满问。

“他不回，回也没事儿。”夏良说，“他做菜我嫌没味儿，我做的他也觉得咸，你敞开了吃。”

汤足饭饱，柳小满打了个饱嗝。夏良吃得比他快，在旁边吃着提子等他：“饱了？”

“撑了。”柳小满拍了拍肚子。

夏良开始收拾碗筷。

这活儿柳小满能干，干起来还很利索，刚才夏良做饭他掺和不上，现在赶紧跟夏良一块儿收拾。

夏良没跟他客套，从他摞起来的碗碟上拿走两个碗，让他方便端着。

柳小满跟着他把盘子全送进水槽，拧开水龙头，问了句：“你都不好奇吗？”

“什么？”夏良把洗洁精递给他。

“我的胳膊。”柳小满说。

这话其实从夏良只问到他父母，没再继续问时他就想说了。

除了李猛那种自来熟的人，大部分人如果询问起他的父母或胳膊，两个问题基本是挨着的。

“你的胳膊怎么回事？”

“啊，那你只跟爷爷一起生活，父母呢？”

“天哪。”

两问一叹，然后他们可能会说点儿安慰他的话，像完成一篇读后感，或是发表看故事的感言。

他真的已经尽可能做到心里坦然了，也宁愿听故事的人能用他的态度来对待他，该怎么样还怎么样。

但像夏良这样，对他的胳膊一句话没提过，他自己都忍不住好奇。

毕竟是交心的人，对于交心的人，就是更想知道他的生活，也更想把自己剖开让他知道。

夏良真就不想知道为什么？还是说他已经从李猛那儿知道了？

这回换成夏良在旁边靠着。他望着柳小满，想了想才说：“可能我从心底里就没觉得你跟平常人有什么不一样，还真没多琢磨过。”

也不能说没有一点儿好奇，夏良刚见到这个名字传遍校园的柳小满时，也想过他到底经历了什么才会受这么重的伤。

夏良从别人口中多少听到了一点儿原因，他记得大概是电击，之后这个初始问题渐渐被柳小满讨他喜欢的性格所取代。

到底经历了什么，才能让一个受过那么大创伤的人成长得坚强自立，面对谁都能微笑，永远温和，永远乐观向上？

与其说他想知道柳小满发生过什么，倒不如说他更好奇他没有经历的柳小满的过去。

他想知道的，从来都是完整的柳小满，而不是柳小满缺失的那条胳膊。

柳小满能明白夏良的意思，别人的好意他总是能明白。他冲洗着水槽里的碗碟，笑了一声，轻声说：“我特别喜欢你这样。”

“我哪样？”夏良也笑了。

“你特别好。”柳小满回头看着他，认真地说。

一点儿也不新奇的四个字。夏良看着他。

但就是这么简单到普通的四个字，他听在耳朵里，心里却像被东西填满了，就像柳小满带给他的感觉，轻轻柔柔，满满当当。

他伸出手，在柳小满的额头上弹了一记。

晚上柳小满要早点回家吃饭，中午一过，也就没剩多少时间了。

太阳光转向了，他们没继续坐在电脑桌前，挨着挤在了小沙发上靠着。柳小满跟夏良说了自己胳膊出事的缘由，其实也就那两三句话的事儿。

之后两人又开始学习，夏良膝盖上搁着政治书，柳小满拿着夏良的大题答题稿，连题带知识点给他大概捋了捋。

中途也不知道谁先犯的困，竟然还靠在一块儿睡了一觉。等柳小满再睁眼，窗外都要擦黑了。

“我送你回去。”夏良跟着他一块儿要套衣服。

“不用，”柳小满赶紧拦夏良，“你姥爷该回来了，别让他到了家里乌漆麻黑的，还没人在家。”

夏良笑了笑，没再坚持：“那明天见。”

其实柳小满坚持不让夏良送他，除了考虑到夏良姥爷，还有个让他右眼直跳的因素——樊以扬。

柳小满有种直觉，就凭他一贯的运气，以及跟樊以扬家这么多年相处下来的习惯，回家时必然会遇上……

“小满？”柳小满走到宋叔超市门口，樊以扬拎着一瓶酱油从里面出来了。

“啊。”柳小满下意识脖子根儿一烫，今天跟之前还不一样，心虚指数至少上升两百来点。

“扬扬哥，”他停下来喊了一声，不敢看樊以扬的脸，就歪头盯着他手上的酱油瓶子，“买酱油呢？”

“你去学校了？”樊以扬望着他。

看来爷爷按他教的那样说了，柳小满点点头。

樊以扬没有立刻说话，盯着柳小满看了一会儿，很轻地叹了一口气：“爷爷自己在家呢，中午我千拉万拽把他请过去吃了顿饭，他吃完就回来了，刚上去再叫他，说什么也不去。”

“他等我呢，我跟他说了晚上回来吃。”柳小满笑着眯了眯眼。柳小满是心虚，但樊以扬一家对自己和爷爷真的没话说，自己非常感激。

“回头我去谢谢叔叔阿姨。”他动动脚打算上楼。

要按平时他这么说，樊以扬肯定说“得了吧”，但今天果然处处都不一样。他的脚还没迈开，樊以扬挺认真地接了句：“别回头了，你吃完饭就去找我吧。”

“啊？”柳小满眨眨眼。

这么急？爷爷中午在人家里吃太多了？

“我有点儿事跟你说，顺便给你拿一套卷子，我看你练习题做得差不多了。”樊以扬说，这时候他才终于有了点儿笑脸，“快考试了。”

“好，那我吃完饭过去。”柳小满只能点点头。

“你上去吧。”樊以扬拍拍他，拎着酱油走了。

柳小满一颗心掰成三瓣儿在胸口里蹦着，心想樊以扬绝对是发现什么了，不然不能这么严肃。

但是也不该这样啊，早上他去找夏良也没遇上樊以扬，总不能樊以扬听爷爷说他去学校了，跟着去找了吧？

不是没可能，樊阿姨可能会让他去学校接自己一块儿吃饭，樊以扬又说练习……

练习题！

柳小满突然想到了某种可能，忙三步并作五步拔脚往楼上跑。

学校哪还有练习题，放假了，要带的都让他带回家了。

他在楼道里就能闻到别人家做晚饭的油烟香气，推开门，味道更香了，他都没来得及去跟爷爷打招呼，一边蹬鞋一边喊“爷爷，我回来了”。爷爷的声音模糊，像在房间里打电话，也没理他，他就直接跑进房间。

他打开灯，夏良给他的手机果然在枕头底下露着一个角。

“唉。”柳小满叹了一口气，摘掉书包坐在床沿上，把手机往里推了推。

他太大意了，早上把手机随便往枕头底下一搁就走了，忘了检查检查。

扬扬哥有得叨唠了。

本来他还想躺在床上伸伸懒腰，再苦恼半分钟，爷爷那边突然带着火气喝了一声“你回什么”，语气还很激烈。他连忙坐起来，跑去爷爷房间看。

“爷爷？”他试着喊了一声。

电话已经挂了，爷爷正连咳带喘从屋里出来，坐在凳子上就一阵呼哧，还摆摆手表示没事。

柳小满知道他这是气得呛着了，忙去给他倒热水。

柳小满端出茶缸子放在桌上，给爷爷捶捶背，又问：“怎么了，你气成这样？”

爷爷还是没说话，咳嗽缓下来后端起茶水喝着，脸色难看，不知道在沉思什么。

柳小满心里有点儿慌，爷爷不说话他也不敢追着问。他听那一锅菜还在锅里咕嘟着，就去厨房把火拧小，没忍住想，这要是夏良，估计顺手就能做了。

等他从厨房出来，爷爷终于说话了。

“你爸来电话了，”爷爷抬眼看着他，“说要回来。”

第四章
直觉告诉他，这就是他爸

“啊。”柳小满愣了愣。

爷爷说完这句话就没有再说了，柳小满也没说话，回厨房里拿拿筷子拿拿碗，进进出出了几趟，不知道自己在想什么。

他爸回来？他脑子里被这句话塞满，没有思路。

明明中午他还在跟夏良说着这两个关键词——“我爸”“不回来”，现在关键词之一从否定变成了肯定，他却一头雾水，既没有思绪也没有情绪，只是不断重复这句话。

他爸回来？回来干什么？回这个城市还是要回家？

爷爷沉默着，又喝了两口热茶，把锅里的菜铲出来。

直到爷孙俩坐上椅子准备开饭，爷爷才给他倒了一杯果汁，笑着说：“对于你们来说，这是新的一年了。”

柳小满也笑了笑。

“你爸说想回来过年。”爷爷给他夹了一筷子菜。

柳小满知道爷爷是在说他爸，又“啊”一声，望着碗里发怔。

过年……今年过年早，从现在到过年，最多三周。

他还是不知道要说什么，只能拎筷子吃菜。

柳小满吃完饭，把碗筷洗干净，跟爷爷说了一声，就拿着错题集去找樊以扬。

本来他不想这么早去，想不到樊以扬如果质问他手机的事儿，或者万一问了更深的、让他始料未及的问题，他该怎么办。

但现在他的心情跟刚才不一样了。

现在他知道他爸要回来了，这个信息就像一颗掉在水盆里的黄豆，开始并没什么大波澜，只是“噗”地响了一声，但随着它吸水一点点泡开，心里涨得他不管想不想都不得不在意。

它就在那儿，就明晃晃在那儿。

他想看不到，但它就是涨在眼里，涨在心里，涨得他毫无心情去想别的事，只觉得心里发闷。

樊以扬是从小陪着他长大的，陪他经历了一次次变故，比谁都清楚他家里的事。他陡然得到这种消息，除了去找樊以扬，想不到该怎么排解自己的愁闷。

临出门之前，他给爷爷打开了电视，电视里咿咿呀呀唱着他听不懂的戏，他又回头看了眼爷爷。

爷爷背对着他坐在阳台上，不知道在想什么，肩膀和背脊都垮着驼着，看起来羸弱又瘦小。

柳小满想起他刚出事的时候，他妈他爸接连离家，爷爷也总这样坐在阳台上，不发一言。

不过那时候他还有着健康的体魄，手上还会夹着烟，像一个中年人一样，肩膀稳稳的。

现在他已经很老了，比实际上的年龄还要显得苍老。

柳小满突然觉得精神恍惚。

爷爷是从什么时候变成这样一个小老头了呢？

爷爷跟他爸不一样，这些年，爷爷身为父亲，肯定很想念自己的儿子吧？

柳小满到樊以扬家的时候，他们也刚吃完晚饭，樊妈妈在厨房洗碗，柳小满隔着门就听见她喊：“我占手，来个人去开门啊。”

开门的人是樊爸爸，他见到柳小满，扬起眉毛笑了笑：“小满来啦，你这时间挑的，我们刚吃完饭，你再早十分钟都赶趟儿。”

“小满来了？”樊妈妈从厨房探头出来看他一眼，“你这孩子，大中午的去学校，我专门给你蒸了大蹄包。你吃饭了吗？没吃我给你热热，多吃点儿。”

说完，她喊樊以扬："扬扬，给小满拿蛋黄酥，我放电视机底下了。"

电视里播着中央台的娱乐节目，樊以扬从房间里出来："你来了？"

柳小满笑着一一答话，明明他来过樊以扬家无数次，这次的对比却无比分明。

这是一个正常的家，温暖，明亮，友好，跟他的家永远不一样。

柳小满进了樊以扬的房间，关上门，屋里立马成了另一个小世界。

樊以扬没有一上来就提手机的事，先把柳小满的错题本拿去翻了翻，让他坐下给他讲题。

柳小满觉得自己听得挺认真的，樊以扬说的他能明白，也记着了。但是当他听见樊以扬喊他"小满"的时候，他一抬眼，才发现樊以扬竟然在皱眉。

"嗯？"他答应一声。

"我喊你两遍了，你老走神。"樊以扬把笔搁下，"你看着我。"

柳小满看着他。

"你最近……"樊以扬开了个头，自己都觉得烦，他知道柳小满懂事，从小到大都懂事，学习从来不用人提溜着耳朵一遍遍说。

可是最近柳小满明显松散了，别人可能感觉不到，甚至柳小满自己都不一定能感受到，但是他知道，他太了解柳小满了，柳小满的状态现在从里到外都不对。

"你最近怎么回事儿？"他的声音缓和了点儿。

柳小满垂着脑袋，抠了抠自己的裤子。

"我给你算算账。"樊以扬"唰"地抖开一张草稿纸。

"最后一星期基本是备考，这学期已经结束了。"他在纸上画了一条杠，在杠上定了几个点，"你现在高二，还有寒假，二月份寒假开学，到七月暑假，掐头去尾就四个月。"

"四个月十六周，一周六天课，刨掉'清明''五一'，各种活动，"樊以扬在纸上圈了一个大大的"九十"，"满打满算，你从现在到高三，连一百天的上课时间都没有。"

柳小满望着这个"九十"发愣。

"然后在这九十天里，你每天要匀出半天给夏良。"樊以扬看着他。

柳小满听见夏良的名字，身体动了动。

就是这微弱的一动，樊以扬突然觉得自己什么都不用说了。

什么手机、道理，都没意义。柳小满的心思现在就不在学习上，全被夏良和他花里胡哨的东西占满了。

他也不是不能理解，毕竟对于柳小满而言，夏良带给柳小满的全是没经历也没见过的新鲜玩意儿，柳小满再懂事也只是一个少年，对于新鲜的事物理所当然有向往。

但他不能只是一个少年。樊以扬控制着不让自己皱眉。

其他少年都可以在这个年龄把心思匀给吃喝玩乐，因为哪怕他们成绩再不堪，至少有两只手，考上几流的学校都能找到一个将就的工作，至少看起来体面。柳小满和他们真的不一样，柳小满除了一条胳膊和那个早点摊，什么都没有。

他的童年、少年，前面小半截时间已经算是毁掉了，以后的生活真的不能再毁一次。

“小满，”樊以扬很轻地叹了一口气，重新让他看着自己，“咱们的出路只有高考，你是，我也是。”

柳小满张张嘴，想说什么，樊以扬打断他：“你不能泄劲儿，至少现在不能。马上要过年了，好歹最后这几……”

“我爸要回来了。”柳小满定定地望着他。

樊以扬猛地一愣。

他第一反应是看向柳小满的胳膊，然后又盯着柳小满，跟柳小满刚听到这个消息一样，他也有点儿蒙。

“什……”他开口后又停下想了想，“回来？”

“嗯。”柳小满点头。

“什么时候？”樊以扬问。

“不知道，他说想回来过年。”柳小满说。

“他跟你说的？”樊以扬接着问。

“我爷爷。”柳小满慢吞吞地捏起笔，在“九十”下面一道道画着，“他给我爷爷打电话了，说想回来过年。”

柳小满重复了一次。

樊以扬没说话，屋里沉默下来，隐隐能听到客厅里电视的声响和樊爸樊妈的说笑声。

这些年，他以为柳小满的爸爸与柳小满的妈妈都随着柳小满的胳膊一起远去了。

“你爸……”樊以扬想了想又开口，“叔叔，说了具体的时间吗？”

柳小满摇头。

对啊，回来过年，又不会到了大年三十那天才回家。过年过年，论的是一个“过”字，可能他年二十九就回来，可能过了腊八就回来，可能明天就回来。

他连电话都打来了，回家还会远吗？

樊以扬跟他想的一样，心情也跟他的一样，有点儿沉闷。

“你是怎么想的？”他问柳小满。

柳小满没想法，来之前没想法，跟樊以扬说完依然没想法，他总觉得在说别人家的事儿一样，怎么理解都觉得荒唐。

“叔叔回来也好。”樊以扬看柳小满不说话，摸摸他的头发，“爷爷年纪大了，你明年也要成年了，叔叔回来了，也算有个家的样子。”

柳小满勉强咧了咧嘴。

“那你妈妈呢？联系过你们吗？”樊以扬继续问他。

“不知道。”柳小满轻声说。

他爸爸是什么时候开始跟爷爷联系的？今天还是从前？如果是今天才联系，为什么突然就要回来？如果是一直保持联系，为什么这么多年都不回来？

他什么都不知道。

就像樊以扬算的那样，这学期的最后一周，时间过得飞快。

柳小满没跟夏良提他爸爸的事儿，在夏良面前他还是有点儿自尊，不想总提起糟糕的家事。

而且夏良最近挺烦的，似乎快过年了，各家形式上还是趋向“团圆”。夏良妈妈最近给夏良打电话比之前密集得多，话语间总是揪着他学习。

各人有各人的烦恼，最后一周李猛过得如坐针毡，每临近考试一天，他就更神经质一天。当尚梁山拿着考场表在讲台上念每个人考场号的时候，他都要崩溃了，像死猪一样趴在桌上嘀咕“这不完了吗”。

柳小满表示爱莫能助。

考试头一天的晚自习，他跟夏良一起掐着时间做了一套文综卷子——卷子是樊以扬给的，题目有点儿难，但是成功帮他滤出了两个没复习到的小知识点。

两人做完卷子以后，互相换着批卷子，总分三百，柳小满得了两百六十四分，夏良得了一百八十七分。

“我这分数比你少那么多。”夏良把两人的卷子摆一块儿拍了一张。

“挺好的。”柳小满在他的分数后面画了一个小太阳，“上回月考你才考了一百四十五分。”

“我都忘了，你记这么清楚？”夏良对着小太阳又拍了一张。

柳小满得意地扬扬眉毛：“你每次进步我都记得。”

“这么感人，我都要流泪了。”夏良笑着说。

“如果你这次期末考文综能上两百分，我也流泪。”柳小满说。

“真的？”夏良看着他。

“你试试，我觉得你行。”柳小满鼓励着碰碰夏良的手。

“你是不是还要拉个钩啊？”夏良的眼角扬起。

柳小满把小指伸出来：“你想拉钩，那拉一个也行。”

“成，我想了。”夏良的小指跟他的圈在一块儿拉了拉。

“本来就是你想。”柳小满把手收回去，抽出卷子的答案搁在两人中间，“拉钩了就不能变卦了，你就得考两百分。”

“柳小满，”夏良把答案摊开，对着选择题把正确的勾上，“你有没有觉得自己胆子变大了？”

觉得。不用夏良说，他也这样想，跟夏良拉钩，这在他们熟悉起来之前真是想都不要想。

“胆子变大了是好还是不好？”他歪头去看夏良的眼睛。

“好。”夏良点点头，把手往桌上一搁，“胆子越大越好。”

柳小满笑着把他推开。

学生们考试时匀不出心思想其他的，考试结束以后，这学期才算松了一口气。

成绩当天出不来，高三的考完还要上一周课，到大年二十八才放假，高二的也跟着多补了几天课。

李猛在这几天里直接从将要死去过度成不人不鬼，他花了一个晚上做出来的小抄啥用没有，还被监考老师收了，让尚梁山去领他。他求了尚梁山半天，让尚梁山别告诉他妈，回来的时候整个人一副要跳楼的架势。

王朝的心情没什么起伏，该怎么样还怎么样。

夏良也没反应，柳小满问他感觉怎么样，他只说了句“凑合”。

“你都填满了吗？”柳小满问他。

“嗯。”夏良答应一声。

“那就行。”柳小满松了一口气。

夏良都笑了：“你对我就这点儿要求，说好的两百分呢？”

“我相信你。”柳小满笑着说。

他是真的相信夏良，就算夏良没尽力，好歹不会跟刚开始一样，因为“懒得写”这种不可理喻的理由交白卷。

日子过得太顺畅，也太紧凑了，他都忘记他还有个十几年没出现的“爸”要回来过年。

柳小满爸爸到家那天是他们补课结束的那天，大年二十五，周五，柳小满要去学校拿成绩单。

补课的时间不上早自习，他不用去那么早，帮着爷爷把摊子收拾好，又把家里的卫生弄了弄，要过年了，该收拾的得收拾。

他收拾得太入神了，樊以扬的自行车铃都在楼下响了起来，他才着急忙慌地撇下抹布去换衣服。

可能是因为心急，他一会儿忘东一会儿忘西，走到门口要换鞋了，竟然发现书包没拿。

上学不带书包。他笑了自己一声，转身回去拿书包。

敲门的声音就在这时候响了起来。

“小满？”爷爷在屋里喊一声。

“不是我，我没走呢，”柳小满挎着书包出来，“是扬扬哥吧。”

“我这就下……”他一边开门一边说话，门开了，话却没能说下去。

一个非常陌生的中年男人站在门口。柳小满脑子一蒙。

直觉告诉他，这就是他爸。

男人看着很狼狈，头发和脸上都泛着油光，一边肩膀上背着一个大的旅行包，脚边还立着一个同样很大的行李箱。箱子把手上系着一个塑料袋，系得不严，露着里面的东西——一碗方便面，一条拆开的饼干，还有两三个苹果。

他可能是坐了一夜火车，刚下来。

“是……”男人跟柳小满一样有些手足无措，但是调整得很迅速，他先看向柳小满的胳膊，然后看向柳小满的脸，说不上来他是不是想做一个笑的表情，咬肌那一圈很僵硬地动了动，声音也很生硬，问，“是小满吧？”

“谁啊？”爷爷在房间咳着喊。

“我是……”男人嗫嚅了一句，像被这一声吓得愣了愣，没继续往下说，迅速回头看了看。

柳小满也在看他身后。

他身后没有行李箱，没有另一个旅行袋，也没有泡面和苹果，是另一个神色疲惫的中年女人。

“这是郑淑梅，你梅姨。”男人飞快地轻声介绍。

郑淑梅冲他笑了笑，笑容里带着跟男人同款的狼狈，怀里抱着一床被子。

她为什么要抱着被子？

柳小满做不出反应，他条件反射想回个微笑，嘴角却扯不起来，只感觉有人用小锤在他头顶一下下敲着。

“这是……”男人介绍完郑淑梅，竟然又拍了拍她怀里抱的被子。

当他从郑淑梅怀里抬起一个戴着虎头帽的脑袋时，柳小满才反应过来这并不是被子，是一个睡得鼻子、眼都皱在一起的小孩，小孩好像很不舒服，倚在郑淑梅肩上无精打采地望着柳小满。

爷爷不知道什么时候从房间里出来了，站在客厅里。

“这是你小弟，灿灿。”男人的声音低了低，“你先让我们进去吧。”

在男人说“你先让我们进去”后，柳小满都不知道自己到底让没让，男人拎起行李箱直接从他身边往里面挤，他趔趄了一下，还是那个梅姨扶了扶他。

“我要掉了。”灿灿面无表情地说。

“慢点。”她往怀里掇掇孩子，拍了一下小满爸，说话带着外地人的口音，不明显，但是有。

“谁让你进来了？”爷爷终于说话了。

小满爸搬东西的动作顿了一下，嗓音有点儿发颤：“爸……”

“你别喊我爸，我受不起。”爷爷往前走两步，像撵鸡撵鸭一样往外摆手，“你出去，从哪儿来的回哪儿去。”

“爸！”小满爸“咚”地给爷爷跪下了，行李箱被带倒在地上，苹果滚了一地。

“滚！”爷爷扯着嗓子咳了一阵，摘下拖鞋往他身上扔。

小满爸低着头没躲，拖鞋打在他肩膀上。门外的梅姨紧跟着跪了下去，还把灿灿从怀里拉出来，照着他的膝盖窝砍了一手刀，也摁着他跪下：“喊爷爷！”

“爷爷。”灿灿缩缩脖子，有点害怕地喊了一声。

他们都挤在门边，这一跪带动了柳小满，柳小满像被惊到一样，往旁边退了退，睁圆眼睛，回头望着爷爷。

干什么？这都是在干什么？

爷爷瞪着他们，还在咳，眼睛也被激得发红，他不是要哭，是在生气。

“你先让我们进屋吧，爸，灿灿发烧呢。”小满爸爸只闷着脑袋说。

一股穿堂风刮进来，屋里烧的炉子就聚了薄薄的一点儿暖气，一下子全给挥空了。

爷爷咳得柳小满揪心，柳小满想去给他倒杯水，还没走过去就被拦下来：“小满，你先去上学。”

“爷……”柳小满还在发愣。

“去！”爷爷瞪他一眼。

柳小满恍惚着走到楼下，看见樊以扬坐在自行车上看着他，才有了点儿真实感。

他像做了一场短暂又没逻辑的梦一样。

他专门回头看看，楼道里安安静静的，他……爸跟那女人孩子应该已经进屋了。

“楼上怎么了？”樊以扬问他。

“我……”柳小满停顿了一下才把那个字说出来，见了面以后他反而更觉得爸爸陌生了，“爸回来了。”

“啊。”樊以扬眨眨眼。

“我刚骑车过来的时候看见两个人拎着东西……”他朝楼上指指。

“就是他们。”柳小满的脑子一片空白。

"他们？"樊以扬试着问，"阿姨也回来了？"

柳小满说不上来为什么，可能是蒙到了极致，所有的神经都迟缓变异了，听樊以扬这么问，他突然觉得很好笑。

他试了试，并不能笑出来。

"不是。"他跨上樊以扬的自行车，"是另一个阿姨。"

樊以扬理解了片刻，开口想安慰他："小满……"

"还带了一个孩子。"柳小满机械地接着说，"叫灿灿。"

不知道孩子的大名是不是柳小灿。

他不够圆满，生命一点儿也不灿烂，所以他爸生了一个灿烂的。他认真地在心里想着。

樊以扬没再说话，开始蹬自行车。

当他还对"父亲"这个角色有期待的时候，他不是没幻想过爸爸回来一起生活的日子。

那时候他接触最多的"爸爸"是樊以扬的爸爸，他对爸爸的幻想就是樊爸爸的形象——文质彬彬，干脆利落，薪酬不用那么优渥，一家人吃喝不愁就够了；顾孩子，疼老婆，对所有人都有礼客套，进退有度。

那个形象跟刚才因为赶路油头油脸，拖家带口进门跪地的人，怎么都重合不起来。

现在柳小满对于爸爸早就没有期待了，所以他不在乎他亲爸的形象，只想知道他爸现在回来干吗。

他跟樊以扬到学校时还在思索这个问题。

他爸说是回来过年，那年后会走吗？

如果他爸一直住下去，他怎么办？

他很迷茫，想到灿灿那么小，他没接触过这个年龄的小孩，不知道灿灿是三四岁还是四五岁。

他们住哪儿啊？家里一共就两间屋子。

"小满，"樊以扬的声音打断他的思路，一脸担忧地看着他，"你还好吧？"

"嗯。"柳小满点头，他知道得调整情绪，到学校了，就又点了一下头，“好。”

“今天你们是不是领了成绩单就能走了？”樊以扬问他。

“上午还要上课，不过应该会早放学。”柳小满说。

“那你中午，”樊以扬想了想，“等我？还是你……”

“我没事儿，”柳小满终于调动起整张脸的神经，对他露出一个笑，“早晚得回去，中午不回，晚上也得回。”

他这话说得没错，怎么都得回家。樊以扬也没坚持，劝了他几句，他反过来把樊以扬赶走了，让樊以扬赶紧去停车上课。

柳小满到了教室里发现人来得还不算多，李猛、王朝都还没到，夏良已经坐在座位上，正靠着凳子玩手机。

柳小满走过去坐下，夏良转过头看他，他冲夏良笑了笑。

“你怎么了？”夏良直接盯着他问。

“嗯？”柳小满摸摸脸，他觉得自己刚才上来恢复得挺好的。学校就是这么个地方，不管你心里多不舒服，多难受，一进校门看见那么多人阳光灿烂，自然开始自我消化负面情绪，不想跟大环境显得太格格不入，也不想让更多人关注到自己。

“我好好的。”他对夏良说。

“是吗？”夏良把手机放下，手指在柳小满的眼角点了一下，“我怎么觉得你快哭了呢？”

柳小满一愣，然后长久地望着夏良。

他没想哭，真没想哭，从看着他爸那一家三口出现在门口到刚才，他都没想哭。他一直觉得自己是一个眼泪挺少的人，不是真紧急要命的情况都想不到要哭。

但就是夏良这一句话，他突然就觉得鼻子发酸，浑身无力。

“中午你送我回家吧。”他张张嘴对夏良说。

“好啊。”夏良见柳小满不想说，也不逼着问，只笑了一下，“让你送我个把月送累了，换过来我送你。”

柳小满垂着眼，笑了笑。

期末考的成绩按照全班来看还挺好的，平均分在年级里进步了，不是倒数第二，成了倒数第三。

夏良没考到两百分，一百九十七分，有点儿可惜，但还是让柳小满很惊喜；他的数学成绩依然好，少错一道选择题就奔上一百三十分了；英语和语文也及格了，尤其是语文，九十二分，尚梁山盯着他看了好几眼。

“你这到二本线了啊，良哥。”王朝搜了搜今年的高考分数线，惊讶地喊。

他的成绩没什么变化，跟之前差不多，李猛则以野马脱缰的气势一口气下滑了三十多名，直奔后十，已经面色痛苦濒临死亡了。

“高二的卷子，没有可比性。”夏良没什么所谓。

话是这么说，但柳小满还是替他高兴，只要进步了就值得高兴。

但是他对自己高兴不起来，还有点儿沮丧。

他退步了，还不是一名，是两名。

虽说班里前五名的上下浮动很正常，依然在年级五十名以内，但是就像樊以扬给他算的那样，他的成绩禁不住有任何的波动。

韩雪璧在学期的最后一次考试中终于登了顶，她超常发挥，语文考了一百三十一分，英语拿了满分。

“开大了啊！”后排有人嚷。

柳小满看着她挺得笔直的脊背，心想那次家长来了以后，应该给了她不少压力。

余首也进步了，比上次考试多出了三四十分，估计韩雪璧父母那番话对他的刺激不小。

他自己也该有压力了。

柳小满看着他的分数条，想想家里那一屋子人，一张张脸和混乱的场面在脑海中掠过，他有些焦虑，闭了闭眼。

他这样下去真的不行，真的不行。

当焦虑丝丝缕缕汇成烦躁时，夏良温热的手在他后脖子上捏了捏。

柳小满抬头看他。

“放学先别回家，咱俩找个地方抱在一块儿哭吧。”夏良说。

夏良一说话柳小满脑海中就有画面，想到那个画面他就忍不住笑。他把夏良的手拍开，小声说了句：“有病。”

“那怎么办，我们都拉钩了，考到两百你陪我哭，”夏良也笑了笑，手背撑着脸看他，“我没考到，不就得反过来陪你哭。”

“你很好了，一百九十七四舍五入就是两百了。”柳小满有些累，趴在桌子上跟他对视。

“那你难受什么呢？”夏良望着他，“跟韩雪璧就差了两道选择题的分，四舍五入一下你还是第一。”

柳小满没说话。

这不一样。

“下回你把丢掉的分补回来，错一道补两道，丢一分夺两分。”手机振动了一下，夏良拿出来看一眼摁掉，扔回桌斗里，拨了一下柳小满的头发继续对他说，“开学再考试，你把分都拿回来。”

夏良的手指很长，手也比他大一圈，每次从他头发里摩挲过去都很舒服，带来的感觉跟樊以扬的完全不一样。

虽然同样是能够给予他力量的人，但人跟人之间真的有很大的不同。

夏良的力量很随意，说的话随意，动作也随意，但就是这么轻松随意的鼓励，却总能奇异地让他舒服起来。

“嗯。”柳小满答应着，缓慢地眨了一下眼。

说是还要上一上午的课，到了第四节课就直接结束了。柳小满把整整一黑板的寒假作业记完，又听尚梁山絮叨几句，从学校出来时，时间刚到十一点十五分。

“明天出去玩儿吗？”当他们在校门口分别的时候，李猛半死不活地问。

“还能玩？”夏良都快被他逗笑了。

“你先回家领死吧。”王朝拍拍他的肩膀。

高三的还在上课，高二的在路口朝四面八方分开，路上看着也就不剩多少学生。

“我怎么送你？从这下去直接回家，还是从胡同里转过去？”夏良在等红绿灯的时候往两个方向比画了一下，问柳小满。

“胡同吧。”柳小满想了想。

他还是有点儿不太情愿这么快回去面对那三个人。

他回去了说什么呢？

“走。”绿灯跳过来了，夏良推他一把。

从路口到胡同口之前是一小段路，路上好几家卖吃食的店，靠着马路的那边时不时有卖零嘴的小商贩，推着小车等生意。

今天这段路有点儿热闹，前面卖棉花糖的小摊像有人吵起来了，有孩子扯着嗓子哭，引得路人放慢脚步回头看。

柳小满隔着人群都能听见一个女人在嚷嚷：“孩子就看看，要吃我们也会买，真给你碰坏了，你不说我们也买，你一个大老爷们儿至于跟一个娃娃较劲？推一下又一下，你冲谁呢？大家给评评理。”

女人声音不小，语速很快，带点儿外地人的口音。

柳小满停下了。

夏良没有看这种热闹的兴趣，被揪上了半天脱不开身，麻烦。

他想带着柳小满走，柳小满没动，他转过头看柳小满，发现柳小满的脸色很难看。

“怎么了？”他迅速地拉着柳小满走开。

“你们看……哎，小满！”女人同时朝着这边喊了一声，并且大步走过来，“是小满吧？”

夏良和柳小满只能回头看过去。

“我带灿灿出来买东西，绕晕了，这卖糖棍的还跟我闹，都给他钱了，还叽叽歪歪烦人。”梅姨像见到了自己人一样，冲卖棉花糖的小贩翻了一个白眼，又挺了挺脊背，一只手拎着一个塑料袋，另一只手牵着哭惨了的灿灿大步走过来。

“走，咱们回家，你爸还在家做菜等你呢！”她拽了一把柳小满，力气很大，正拽在他空着的那条袖子上。柳小满没防备，在她手里打了个转儿。

夏良看见梅姨伸手就皱了皱眉，她拽上柳小满的袖子，夏良直接摁住她的手腕，盯着她说：“你别拽他。”

梅姨拽了一只空袖子也愣了一下，她看了看夏良，又飞快地看了看柳小满，脸上露出恍然大悟的表情。

夏良这才把手松开，从梅姨手里把柳小满的袖子拽出来，表情和缓了点儿：“他不方便。”

“啊。”梅姨有些尴尬，咧咧嘴，“我忘了。”

柳小满没说话，耷拉着眼皮，拎了拎自己被拽歪的领口。

梅姨比早上刚出现时清爽了很多，换了身干净衣服，洗了脸、梳了头，但骨子里那股他说不上来的感觉依然抹不去。灿灿还在旁边敞着嘴大哭，周围都是在附近生活多年的老街坊，他能听见有人在窃窃私语。

“这不是老柳家那个孙子吗？柳勇回来了？”

“小的是谁啊？”

“这么多年了，他肯定得再找一个。”

……

柳勇就是柳小满他爸。

如果有什么是比被众人盯着胳膊更让柳小满想逃避的事，那就是被人盯着胳膊议论，不管议论的内容是什么。

“你先回去吧。”他轻声对梅姨说，看了一眼旁边的灿灿。

“我……”梅姨朝四周扫了一圈，也被灿灿哭个不停闹得心烦，用膝盖顶了他一下，“别哭了！”

灿灿的哭声戛然而止，向上翻着眼皮看看自己的妈，搓了搓鼻子。

“你顺着路口下去，看见宋叔超市就到家了。”柳小满说。

“你现在不回家？”梅姨还在问。

柳小满不想说话了，一句话都不想说。他用力抿了抿嘴，还是摇摇头回答她：“我过一会儿再回去。”

夏良跟在柳小满身后走着，不远不近的距离，就像曾经柳小满在他身后的距离一样。

梅姨带着灿灿离开后，柳小满迅速地转身，朝胡同里走。夏良知道他不想说话，没有立刻问他到底发生了什么事，但是心里大概猜出了点东西。

傻瓜爹，还弄个小的回来。

夏良经过姥爷家门口，看了一眼，脚下没停，继续跟着柳小满。

一直往上拐进了小巷里，柳小满的脚步才开始放慢。到了小巷中间，前后的声音都被遥远地隔绝在外，他才像脱力一样，肩头一垮，停了下来。

夏良在心里叹了一口气，往前走两步，张开一条胳膊从背后搂住他的肩。

“你终于找到能哭的地方了？”他另一只手轻轻覆上他的眼睛，

声音放得很低，“哭吧，我接着呢。”

柳小满的眼睛一下子就泛起了湿意。

夏良的掌心能感觉到。

但是很快的，他用力眨了两下眼睛，又把眼泪全逼回去了。

“不用。”他把夏良的手拉下来，“你再给我充充电吧。”

夏良笑了一声：“你名字里可带了一个满字，得充满点儿。”

柳小满不知道自己充满电没有，如果可以的话，他想就这么不睁眼，不抬头，变成一只鸵鸟，什么都不去管，也不用回家，一切一定会非常轻松。

但是不行。不仅是他不去面对不行，总是在夏良面前露出丧气脆弱的那一面也不行。

没有人会喜欢看另一个总是处在负能量中的人，谁都有一大堆的烦心事，他不想成为任何人的麻烦。

“他们说要在你家过年？”夏良听柳小满说完始末，问他。

“嗯。”柳小满贴着墙根儿慢吞吞地走，“爷爷是这么说的。”

“过完年以后呢？”夏良又问。

“我不知道。”柳小满叹了一口气，“都出门买菜了……”

梅姨到家的第一天就像一个主人一样出门买菜了，还这么自然地拉着他要“回家”。

“你爸还在家做菜等你呢”，柳小满想想这句话都觉得窒息。

这种自然无比的入侵，配合着他们进门时落魄的模样，怎么看都不像过个年就走的架势。

夏良明白柳小满的意思，想想那个小家里还要再挤进来三个人，他都替柳小满头疼：“那你怎么办？”

“你睡哪儿？”他补充一句。

“我跟爷爷睡吧。”柳小满说。

毕竟他们带了一个孩子，早上他听他爸说话，孩子还在发烧，就算大人能铺被子在沙发上睡，孩子也不行。

就算没有孩子也有梅姨，她是一个女性，肯定得有自己的空间，不然一屋子老爷们儿，换一件衣服都费劲。

他和爷爷怎么都不可能不让一张床给他们。

他想到这里，突然很担心自己房间里的东西——夏良的手机，他的书，还有床头的大章鱼。

这下连在外面拖延时间也拖不下去了，柳小满停下来看着夏良，说：“你别送了，先回家吧。”

要是按夏良的想法，他想让柳小满直接去他那儿住几天，把这个便宜弟弟在家的日子挨过去再说。

毕竟现在不如平时上学，早上一睁眼去学校了，一天眼不见心不烦。晚上回去也相处不了几个钟头，灯一关眼一闭，凑合着睡了也就算了。

关键是现在放假，还是过年，柳小满本来就不是一个没事儿往外跑的人，只能闷在家里被迫面对他们。

而且这事也没法儿说。不论再好的关系，家事还是家事，是搁在心底里的另一方世界。从柳小满一开始不想告诉他这些事儿他就能明白，柳小满从心底里不想让他觉得自己家里很麻烦。

柳小满太敏感了。

夏良心里挺不得劲儿，有点儿心疼他。

“柳小满，”他又向前一步，在柳小满跟前站定，“你能想起来我的手机号吗？”

柳小满大脑一片空白，一脸诚实地摇摇头。

“回去背。”夏良戳了一下他的额头，“好好背，刻在脑子里，不管出什么事，你第一个想到的人要是我，第一个联系的也要是我。”

“我一定会在。”他对柳小满说。

“不管你在哪儿，在干什么，想找我就立马找。你什么都别多想，我一定过去接你。”他顿了一下，扬了一下眉毛，“别去找你那个扬扬哥，他在这方面就是一块废料。”

柳小满听着前面的话已经感动了，到了最后一句，毫无准备地笑出了声。

“你怎么还贬低别人？”他真的越来越不想跟夏良分开了。

夏良真的太好了。

夏良抬起一只手，摁着他的脑袋晃了晃：“这叫战术自夸。”

回到家门口前，柳小满闭上眼，深呼吸了一下。

隔着门他已经能听见灿灿扯着嗓子喊“饿”的声音了。

柳小满把钥匙插进锁孔里，刚转了一下，门直接从里面开了。梅姨腰上束着围裙，脚上踩着拖鞋，都是新买来的，态度却像本来就在这家的女主人一样，上来就笑，热情地说："你回来啦？"

"嗯。"柳小满点了点头，他反倒有点儿拘束，很勉强地笑了笑，把钥匙拔出来。

"满，来吃饭。"爷爷在餐桌前喊他。

柳小满答应一声，一边换着鞋一边打量家里。一屋子的烟火气，饭菜已经端上桌了，爷爷和他那个爸都坐在桌上，灿灿也在，抱着一张凳子攀上爬下的，手里摆弄着……

他定睛看了一眼，是他的大章鱼。

梅姨顺着柳小满的视线看过去，立马在围裙上擦擦手，指着灿灿："哥哥回来了，你把东西给哥哥放回去！"她又赶紧跟柳小满解释，"上午我让灿灿在你床上睡了一觉，他看见了章鱼非要玩儿……别的东西我都没让他动。手机你没带，放在枕头底下，我怕他乱摸，都给你放床头柜里了。"

柳小满正从里到外难受别扭着，听见"手机"心脏猛地一跳，去看爷爷，爷爷没反应，像没听见一样，夹了一筷子菜。

倒是灿灿扭头看看柳小满的脸，是那种典型的试探眼光，见柳小满没发言，就把大章鱼往怀里一搂："我不！"

"你这小孩！"梅姨抬脚就上去了，把大章鱼夺了过来，"我说了等你哥哥回来，你就把大章鱼放回去！不听话！"

灿灿嘴一噘，仰起脖子又开始哭。

柳小满真的觉得烦透了。

对方是一个孩子，那么小，他不能跟对方计较。就算不是一个孩子，是一个差不多大的同龄人，他也未必能真的拉下脸。

这是他宝贝的大章鱼，但在别人眼里就是一块布做的娃娃，是拿给孩子玩儿、无关紧要的东西。现在孩子还哭了，他连心底那点儿不愉快都不能表现，不想显得自己跟孩子置气，没教养。

爷爷还在呢。

柳小满压着心里的不快，张了张嘴，刚想说没事儿，让他再玩一会儿吧。一直闷头没说话的亲爸估计被哭烦了，皱着眉头"啧"了一声，冲梅姨说："一个娃娃，给他玩玩怎么了？哭哭哭，哭得人闹心。"

他一开口，柳小满就感觉自己的脑子“嗡”了一下，什么话也说不出来了。

梅姨拿着大章鱼站在原地，有点儿没主意，又看了看柳小满。

突然“啪”的一声响，爷爷把筷子拍在了桌上。

“把大章鱼给小满放回去。”他没回头看梅姨，嗓子很低沉，带着咳久了漏风一样的气音。

灿灿跟一个开关一样，当即闭嘴不哭了，抠了抠自己的脸。

“啊，放呢。”梅姨立马说，“就放呢。”

这半天，柳小满都不知道自己是怎么过来的。

五个人的餐桌让他很不适，筷头跟另一双筷子在同一碟菜里碰上让人不适，只能飞快地挪开；饭后收拾碗筷一向是他的活儿，现在被梅姨抢着做了，让他别管，去学习；他锁上房间门，摊开作业本，刚觉得喘了一口气，没做两页，门被推开了，梅姨挺不好意思的，抱着睡着的灿灿，小声问他能不能让灿灿在床上睡一会儿。

柳小满把自己的东西收了收，搬去了爷爷的房间。

爷爷也在午睡，他坐在床沿愣了一会儿，去客厅搬了一把凳子回来。

柳小满搬凳子的时候他爸还在客厅里坐着，也不能说坐，半坐半靠倚在沙发上，一边抽烟一边玩手机。不知道他在看什么东西，一会儿一串笑声，一会儿又一串笑声，时间很短，听着主角还都不一样，情节也不连贯。

他看见柳小满出来，下意识想坐好，腿都放下去了，估计觉得自己到底是一个长辈，面对十几年没见的儿子也用不着这么客气，就没再动，保持着这个姿势窝在沙发上。

烟灰掉在沙发上一截，他随手抹了抹，望着柳小满张张嘴，招呼了一声：“中午你吃饱了吧？”

这个问题问得傻，格外像没话找话。

柳小满能理解他，毕竟自己也没话说。

“嗯。”他只能尴尬地点点头，目光也不想跟他爸对上，拖着凳子回去。

本来他想顺便去趟卫生间，看灿灿一个人在他屋里睡着，客厅也没有梅姨的影子，就没好意思去敲门。

爷爷一直没提手机的事儿，柳小满不知道他是早就知道，还是在家里给自己留着面子。柳小满也不敢看爷爷，偷偷背了背夏良的手机号，背完就把手机跟衣服一起搁在了柜子里。

爷爷没跟他提的还有他爸这一家三口，为什么回来、待多久、之后还走不走、不走的话怎么办……很多问题，爷爷不提，他也梗在心里不好开口——两室一厅，随便说句话隔壁都能听到。

不过不管他们待多久，第一天晚上柳小满就过得十分痛苦。

爷爷年龄大了，肺之类的器官本来就不好，夜里打呼噜这都不提，关键是咳嗽和家里被子不够。

平时只有他跟爷爷两个人，夏天盖小薄被盖被单都不是事儿；冬天就一人两床被子，一层盖着一层搭着，赶着天晴就勤晒晒，够用。

现在来了一家三口，在爷爷箱底翻了半天才拖出一床厚被子，不知道多少年了，一股霉味儿，里外都蛀出了虫眼，根本不能睡。

灿灿嫌被子臭，不盖。梅姨掸了又掸，倒是没表示什么，只笑笑说明天去商场看看，买一床新的，今晚在床中间垫上衣服凑合凑合。

“我不盖！”灿灿拱进柳小满的被窝里不出来。

本来他就发烧，柳小满也不能把厚被子抱走，只好取了上面的被子，拿去爷爷卧室，借着爷爷的被窝将就一宿。

刚开始柳小满还左掖掖右掩掩，想把被子堵得搪风一点儿。后来他发现自己只要动动，爷爷就要下床出去咳嗽，来回折腾了几趟，再上床的时候喘气儿都得哼哼了。

他不敢再动了，胳膊腿儿都不敢动，不敢让爷爷再下床吹风。

柳小满就这么就着爷爷的呼噜和咳嗽、隔壁接连不停的起夜、卫生间的抽水声、灿灿闹着要回家的哭叫声等等动静过了一夜。第二天他一睁眼，就觉得鼻塞，脑子嗡嗡响。

外面天还没亮，爷爷已经起来了，要准备支早点摊。

他围着被子在床上愣神儿，半天都想不通一切怎么就变成了这样。

当柳小满和爷爷端着锅碗瓢盆下楼摆摊子时，他爸还在屋里睡，头也没伸一个。

倒是梅姨跟着起来了，特别利索地把自己拾掇好，二话不说就下楼学着忙活。

柳小满的活儿又被抢走了，梅姨让他回去补觉。他看看爷爷，爷爷也没跟梅姨客气，摆摆手让他上去。

柳小满不放心，站在旁边看了一会儿，确定梅姨是真心想帮忙，也帮得上忙，才扭头上楼。

他在客厅里打了两个喷嚏，给自己倒了一杯热水，纠结着是直接做作业还是再睡个回笼觉。

最后他被发疼的脑袋打败，重新抖开被窝钻了进去。

这是他这么多年来，头一次睡上回笼觉。

柳小满蜷在被窝里，蹬了蹬腿，感叹了一声——真舒服。

可惜这个觉他睡得不踏实，没舒服多久。

不知道他是做梦还是在现实中，灿灿一直在叫，电视也开了，声音很大，很吵，中间还夹杂了两声他爸不耐烦的咋呼，让灿灿安静点儿。

最后他是被一串稳定、漫长且有节奏的拍门声吵醒的。

头重脚轻的柳小满下床开门，灿灿在门口蹲着，见到他出来就捂脸跑了。

柳小满握着门把手站了一会儿，重新把房门关上。

他看看时间，自己只睡了四十分钟。

房门又被敲响了，这次只有“咚咚”的两声，接着响起灿灿跑开的脚步声。

柳小满闭了闭眼，人疲惫至极，蹲在地上，把脸埋进膝盖里。

第五章
你为什么只有一条胳膊？

大年二十九那天下午，柳小满在爷爷房间里写作业。

门外嘈杂的电视声、灿灿自娱自乐的闹声、厨房里梅姨炸东西准备年货的锅碗瓢盆叮咚声，还有爷爷跟他爸的交流声……许许多多的声音交织在一起，擀成一条粗粗的麻绳，从他的左耳穿进右耳，又从右耳磨磋回左耳。

他是有在什么环境下都能学习的毅力，但是这几天，这种坚持越来越困难。

每一天都比头一天更吵闹，这三口人在他和爷爷的家里住着，每一天也比头一天更自然，更不客气。

今天上午，他那个爸已经能在厨房里翻箱倒柜找东西吃了，把爷爷酿的罐头和米酒都盛出来一大盆，带着灿灿一起吃。

爷爷看见了倒是没说什么，总不能不让他们吃。只是柳小满觉得心疼，这些东西平时他们爷孙俩儿都舍不得吃，必要的时候是要装起来送人的。

但好一些的方面也不是没有，梅姨虽然爱咋呼，做事说话都风风火火，但是她稍有一点点“外人”的自觉，家里家外的活计都揽了，忙活起来也不说累。

柳小满觉得自己有点儿自私，一方面嫌他们烦，另一方面又觉得爷爷多少能休息休息，所以对梅姨的态度也更礼貌一些。

他最讨厌的是灿灿。

灿灿会翻东西，大叫，在各个房间串来串去，白天疯闹、晚上哭，尤其喜欢在柳小满想自己待一会儿的时候来做点儿什么，引起他的注意力。

柳小满不好意思锁门，灿灿如果拧不开就会一直拧。不管怎么说，他们已经住进来了，爷爷的态度也已经挺明显，他身为孙子就不好拿出一副不待见他们的做派来。

只是他实在很迷惑，小孩子为什么能对一个明显对自己没兴趣的人有这么大的兴趣呢？

柳小满真的没有跟小孩子相处的经验，他家没啥亲戚，仅有的几个上一辈的亲戚也都隔得很远，早就不走动了。毕竟走动需要的是相互，他和爷爷没有多余的钱去支付这些走动的花销，人家自然也就不来了。

所以他真不知道，是所有小孩都那么不招人喜欢，还是只有灿灿。

柳小满想着，叹了一口气。可能是因为感冒了，他的抵抗力降低了，连心志也变得脆弱了。

他脑袋混沌，枕着胳膊趴了一会儿，看看关着的房门，把夏良的手机跟耳机找了出来。

本来柳小满只是想戴着耳机听听音乐，但是一打开屏幕，他的手不由自主地点开了夏良的微信。

那天两人分开后就没再见面，只偷偷在微信上聊了几句。夏良那边感觉也不怎么轻松，发一句话总要隔一会儿才能回过来，说他妈也回来了，柳小满就没敢多说。

他真的更愿意现在没放假，还能每天去上课，跟夏良在教室里一起坐着，什么也不干都很舒服。

这会儿他看着自己跟夏良的聊天记录，没忍住打了两个字过去：良哥。

夏良没回消息。柳小满插上耳机，点开名字里带着“音乐”的APP（应用程序），摸索着播放一个“让你身心放松”的歌单。

音乐声一起来，他整个人都有种松了一口气的感觉。

怪不得别人说音乐是人类的好朋友，在这种时候它能隔绝外面的声音，让他沉浸在自己的世界里，真的太净化心灵了。

歌是英文的，舒缓中带着一点儿节奏感，一首首听着蛮舒服，就是让人有点儿想睡。

他不能睡。

他晃晃脑袋，捏起笔继续做题。

他其实有点儿想听夏良第一次放给他听的那首歌，但是不知道名字，也找不着。

音乐突然被“叮叮咚咚”的动静打断，吓了他一跳，声音不知道怎么突然变得很大。

柳小满忙把笔放下，想调音量，手机拿起来才发现屏幕上的画面变了，夏良的头像和名字在提示他是否接通视频电话。

视频？他把手机拿近了点儿，只犹豫了一下，很快点了“同意”。

夏良的脸出现在手机里，他看见柳小满就笑着“哎”一声：“吓我一跳，两个大眼珠。”

柳小满一瞬间心情变好了，眼睛跟嘴角都弯了起来。

“你往后退退，手机搁在桌上，”夏良说，“我要看你的脸。”

柳小满把手机靠书放着，才发现右上角也能看见自己的脸。

“你瘦了。”夏良盯着他看了一会儿后说。

柳小满摸了摸自己的脸，还行，他没觉得自己瘦了，可能手机里看人要瘦一点儿。

不过他仔细看看夏良，倒也没瘦，还是那么好看。

“我就想着你不能说话，所以打了一个视频电话，”夏良说，“我说你听着就行。”

柳小满点点头，他看看夏良那边的背景，应该是在他房间的小沙发上。

“这几天你还好吗？”夏良接着说。

柳小满看着他，不知道该不该摇头。

他不好，一点儿也不好，糟透了。

但是他不想一打电话就说这个，好像他状况很多一样，而且能看见夏良的脸，这件事带来的开心一下子抵掉了一大半的不好。

他点点头。

夏良不用他承认也能想到他好不到哪儿去，状况肯定一大堆。但是他不想表达自己就不拆穿，换了一个问题。

这问题比刚才的好回答。

要搁在平时两人面对面，或者发消息，柳小满都不一定好意思承认。他在视频里不知道怎么脸皮变厚了，都不用犹豫，直接点了点头。

夏良笑了一声。

“我看见你给我发消息，就知道你想我了。”夏良说着话，朝镜头下面看了看，伸手捋了两下什么，“我刚才出去了，帮着拎年货。”

柳小满在草稿纸上写了个“妈”，将它举起来。

夏良的眼睛都弯了：“你不该喊阿姨吗？”

柳小满把纸往桌上一扣。

“是。”夏良这才答应，“这几天她也不知道怎么那么闲，一直在家盯着我。”而且情绪波动很大。

这点夏良没说。

他觉得应该跟他爸明天要回来有关，他老妈都有点儿神经质了，正常的时候也正常，一有点儿让她心情不愉快的事儿，立马就翻脸，比如姥爷到了过年前一天还去钓鱼，再比如每次夏良想出去。

要搁平时夏良也不管她这一套，可现在马上过年了，还在姥爷跟前儿，他不想把母子两人的关系闹得太不愉快。

“过年，你别惹家里人生气”，柳小满飞快地写。

夏良看了一眼柳小满写的字，没继续说自己，问柳小满：“你家明天怎么过？那三口过完年能走吗？”

够呛。柳小满摇摇头。

平时过年虽然只有他和爷爷两个人，他也不喜欢冬天，不喜欢年岁更迭为爷爷带来的健康流失，但真到了年关，那个氛围该有的还是有，该喜气还是要喜气。

今年他是无论如何都喜不起来了，别说喜，没哭都算不错。

两人“说”着话，夏良那边的镜头晃了晃，像有什么东西要蹿上来。

接着镜头底下就出现了小锅胡乱扒拉的一只前爪和硬往镜头上贴的一张大脸。

“它非想上来，看看我在跟谁说话。”夏良笑着说，摸了摸小锅的脑袋。

小锅在夏良腿根儿上活动了两下，想趴下，夏良支起一条腿踩着沙发边沿，向后靠了靠，让它能舒服地趴在他腿中间。

小锅果然趴下了，揣着手，继续仰脸盯着镜头。

“怎么办呢？”夏良靠着沙发，一只手拿着手机，搭在屈起来的膝盖上，另一只手随意地顺着小锅的毛，脑袋微微后仰着看他，“我想去找你玩。”

柳小满跟他隔着视频对望，从头顶到心窝，整个人软绵绵的。

我也想。

他不能说话，只垂着眼角。

柳小满还想继续聊点儿什么，突然隔着耳机敏锐地捕捉到门把手转动的声音，他有点儿慌乱，把手机扣进作业里。他摘下耳机的同时，听见那头夏良妈妈似乎也喊了一声“夏良”。

外面乱七八糟的声音又灌满耳朵，他扭过头去看，开门的不是爷爷，灿灿两只手挂在门把手上，像一只猴子一样吊着，要进不进，露出半张脸看着他。

灿灿总是这样，柳小满都快无奈了。

门外的大人好像没注意到灿灿在干什么，还在各忙各的，柳小满跟他对视一会儿，见他没有要自觉出去的意思，站起来准备去关门。

在柳小满站起来到走过去的过程里，灿灿一直挂在门上，盯着他那条空荡荡的袖子。他站在门前，刚要去握门把手，灿灿脆生生地问了句：“你为什么只有一条胳膊？”

柳小满伸出去的五指像被蜇到一样蜷了蜷。

他已经很多年没听过这么直白的问话了。

屋里屋外一瞬间变得很安静。

梅姨从厨房里冲了出来，手上举着一只大漏勺，她的眼睛瞪得很大，五官都显得有些狰狞，吼了一声：“灿灿！”

灿灿从门把手上掉下去，坐在地上，想不明白自己一句话怎么引起这么大的反应，眨了眨眼，有点儿发愣。

“你把他弄过去啊！”小满爸也吼了一声，还拍了一下桌子。

灿灿被吓着了，嘴巴一噘又开始哭。梅姨走过来，薅着他棉裤上的背带，一把将他拎起来，另一只手攥着漏勺，朝房门上带：“小满，你学你的，姨不让他来烦你了。”

门在柳小满面前被猛地合上，柳小满在原地站着，门外是梅姨打孩子的巴掌声、灿灿的哭声、他那个爸不耐烦的咆哮声，还有爷爷的咳嗽声。

隔着门的这一边是自己。

一个只有一条胳膊的残疾，像一个外人，像一个见不得光的累赘，像一个不定时的雷——踩一下能引爆一整间屋子的地雷。

他不知道自己在想什么，脑子因为感冒而思考迟缓。在一片噪音里，灿灿那句“你为什么只有一条胳膊”混合着外面的聒噪一起不断地回荡在他耳边。

你为什么只有一条胳膊？

你为什么只有一条胳膊？

你为什么只有一条胳膊？

是啊，他也想知道。

他努力让自己坦然，努力让自己不去自卑，努力相信只要努力就可以跟其他人一样，不受冷眼地活着，努力接受有残缺的自己。

他真的努力了，可他也想知道，为什么就是他呢？为什么是他只有一条胳膊？

不知道过了多久，可能只有十几秒，可能是一分钟，他吸了吸鼻子，坐回桌子前把手机重新拿出来。

屏幕上的视频已经挂断了，在他与夏良的对话框里，显示着“聊天时长 05：36”。

房门又被拧开时，柳小满都不想扭头看了，现在不管谁进来他都露不出笑来。

“满啊。”爷爷喊了他一声。

“啊。”柳小满应着，手上没停，闷头接着做题。

爷爷在他身后的床沿上坐下，摸一把他的脑袋。

柳小满把笔放下，转过来对着爷爷。

“你爸这一家子回来，你心里不得劲儿吧？”爷爷问。

“没有。”柳小满小声说。

“你跟我还装呢。”爷爷闷着笑了一声。

柳小满很艰难地咧咧嘴。

门外梅姨还在骂孩子，灿灿还在扯着嗓子哭，他爸喊了两嗓子也没压下去，索性不管了，把电视机音量又调高一倍。

柳小满有种错觉，现在他只要推门出去就能走到大街上。

“你知道我为啥不赶他们走吗？”爷爷朝他凑近了点儿，小声问。

这问题不好回答，其实根本不需要什么原因，这是爷爷的亲儿子，光这一条就足够了。

但柳小满不敢直接这么说，他总觉得如果他真的直接说出来，爷爷会伤心。

他养了个什么儿子呢，出了事把家扔下跑了，十几年后不声不响地说带人回来，又这么窝窝囊囊地回来了。

“他是你爸。”爷爷没等柳小满回答，接着说。

柳小满掀起眼皮看着他。

“满啊，血是切不断的。”爷爷把他的手拉进掌心里摸了摸，“你是你爸生的，这一辈子都变不了。”

“就像他是我生的一样。”他哑着嗓子说。

“爷爷跟你说点儿掏心窝的话，这些年我也没跟你说过，老想着你还小。”爷爷望着他的眼睛，目光里是让人难受的慈祥，“这话今天我觉得该说，我总觉得今天不说就没时间了。”

他又交代柳小满：“我只说一遍，想到哪儿说到哪儿，你听过了别跟人家说，也别老想着，听听记着就行。”

柳小满突然发现他有好久没这样跟爷爷面对面、长时间地对视了，明明他们每天生活在一起。爷爷的眼球是从什么时候变得不再透亮的呢？他竟然跟爷爷驼起的脊背一样无知。

“爷爷你说。”他也攥住爷爷的手。

“人这个东西啊，得有个家。”爷爷把他的掌心摊开，一下下摸着。

“人得有个地方，不管到什么时候，想回去了都能回得去的地方。不管什么样的人，到了一定岁数他都想家。年轻的时候你能跑，等跑不动了，最想回去的还是爹妈身边。”

“你爸一样，以后你也一样。”

“他再不争气，再不是个东西，身上也流着我的血。人说落叶归根，爷爷没文化，也知道这话用在你爸身上不合适，但意思是这个意思。”

“你这一辈子还长着呢，这十来年我拖着你，哪天我没了，你一个人怎么办？”

“你可能觉得受委屈，别说你委屈，我看你也心疼。能不疼吗？这些年你是我拉扯大的，就从那么点儿大，一口一口地养这么大，你哪儿难受了、磕碰了，爷爷不心疼？”

“要是你当年没撑下来，没了，我一个老头儿活到现在，他柳勇就算跪在地上把头磕烂我都不让他进门。我就算死在家里，臭在家里，也不用他尽什么孝。”

“爷……”柳小满听不得这个，立马要打断爷爷。

“你听着。”爷爷拍拍他的手。

“那爷爷不是还有你吗？我得替你想。我就想啊，他这时候回来也好，趁着我还能动弹，能给你规整一个家。”

“我知道你看不上他们。以后你考上大学了，我不在了，你就飞，飞得远远的，只要你能飞得动，飞去哪儿都行。

“但你不管飞去哪儿，得有个家。”

“我就怕我的满啊，这辈子这么苦，哪天飞累了，想回头了，连一个开门的人都没有，那可咋办啊？”

爷爷像一头苍老的龙一样，眨着眼睛，哽咽了一声。

柳小满的眼眶跟着冒出了眼泪，他想抽出手去给爷爷拿卫生纸，爷爷抓着他没放。

“我早晚有那么一天，没啥避讳的。其实你想想也会觉得挺有意思，老天爷这个狗玩意儿，他夺你多少给你多少，那都跟用皮尺量过一样，该给你的，到点了他就得给，该收走的，三更留不到五时。”

“你这一辈子该遇着哪些人，那些人该在什么时间、什么地点出现在你跟前儿，都是有数的。”

“它算着我该走了，就把你爸给你送来了。”

爷爷别开脸，使劲咳了几声，咳完，沙哑着嗓子又笑了一声。

“你得记着爷爷这句话，砍断了骨头连着筋。”

“他能回来，心里多少就有你。我也观察了一阵，你梅姨是一个实在人，咋的也比你那个没良心的亲妈强一点儿。可是后妈始终是后妈，她再实在也占个‘后’字，还带个儿子，那就没有不偏心的后妈。”

“以后爷爷不在了……”爷爷顿了一下，重新攥紧柳小满的手，眼睛红得吓人，“你受点儿委屈就忍忍，你吃点儿亏也别说。你就有口饭吃口饭，好好学习，一定考好，考出去，学到本事了，去爷爷地头上放一挂鞭子，我在地里也能闭上眼。”

“那个小灿灿，这个年龄淘气，不懂事，你别跟他一样，长大处好了，这就是你兄弟，关键时候都得互相帮衬着，不让你被欺负。”

“爷爷！”柳小满听不下去了，强忍着要哭喊出来，再一次打断爷爷。

“最后一件事。”爷爷竖起一根食指，示意他小点声，然后像一个分享秘密的老顽童一样贴近他耳朵边，轻声说，“存折、现金、房本，都在这张床底下的柜子里，密码爷爷都写在小本上，也搁里面了。”

爷爷拍了拍床板。

“该交代的事儿早几年我就写好了，都在里头放着，等我走了，这房子就是你的。”

在这间连宽敞都算不上的逼仄小屋里，在他们相依为命了十几年的家里，隔着门外吵吵闹闹的一家人，爷孙俩头顶着头说悄悄话。

“东西全是我小满的，谁要都别给。”

很多年以后，柳小满依然能清晰地回想起这一幕，他能一字不差地想起爷爷说的这些话，能记得这每一个字是如何由里往外，一刀一刀地剜着他的心的。

他不明白他熬过了断胳膊那一次劫难，眼泪怎么还能有这么多，一股一股地从眼窝里往脸上涌，停都停不下来。

不是说一切都是有数的吗？为什么痛苦、酸楚和眼泪总要脱离这个范畴呢？

他用手给爷爷抹眼泪，觉得总是抹不完。他想喊声爷爷，张张嘴却发不出声音来。

“我不要。”柳小满的胸口像塞满了吸水的棉花，噎得发疼，疼得他只能哑着嗓子哽出来这一句。

他不要这些，他就要爷爷平平安安、长命百岁就够了。

爷爷也给柳小满抹眼泪，他的手指又粗又厚，像老树皮一样刺脸，把柳小满的眼角脸颊抹得一片通红，最后只能笑着拍拍柳小满：“傻瓜。”

“你老是这个姿势，胳膊腿儿都麻了。”爷爷松开柳小满，揉揉自己的右肩，撑着床一点点站起来，“你学习吧，过一会儿跟你爸去扬扬家一趟。”

去樊以扬家没什么别的事儿，就是柳小满他爸也回来好几天了，樊家替他照顾老父弱儿这么多年，他理所应当得去拜访拜访，道个谢。

“我用……去不？”临出门前，梅姨凑过来小声问小满爸。

“你去什么去，你知道人家是谁？”小满爸不耐烦地说。

梅姨就不说话了，拎着外套让小满爸穿上。

柳小满在旁边看着，虽然没说话，心里也觉得别扭。

既然他跟爷爷想到一块儿去了，都觉得梅姨人还不错，那再看他爸对梅姨呼来喝去，梅姨还没抱怨，全心全意伺候他们爷俩儿的模样，就替她不值。

她怎么能看上他爸这样的人？图他爸什么呢？

图他爸年龄大？图他爸不洗澡？

他脑子里冒出一句从电视里听来的话。

两人去楼下宋叔超市里拎了点儿东西，宋叔结账的时候盯着小满爸看了好几眼，又看了看他旁边的柳小满。

小满爸走的时候楼下还是电器行，宋叔超市是后来开的，那时候宋叔跟他们家不熟，但是宋叔是附近的街坊，他多少还是有点儿印象。

而且这几天街上都传遍了，老柳家那个柳勇回来了，带了一个新女人，生了一个新儿子，有胳膊有腿的。

“是勇哥吗？”他问小满爸。

“啊，你不敢认了？”小满爸笑了笑，眼皮掀了掀，像心虚似的，也不好好抬起来看人。

“你真是勇哥啊？”宋叔喊了一声，“哎哟，这些年你去哪儿发展了？你这回来老爷子该享福了，再不用受罪了。”

“发什么展，”小满爸“嗐”着，掏烟给他，“我就做做工程，也不景气。”

柳小满只听了一耳朵就转身去了门口，踮着鞋尖等他。

他听不下去了。

樊以扬一家前几天就知道小满爸回来了，见人上门也没惊讶，像他从来没走过一样。

柳小满到了樊以扬家反而比在现在的家还自在，等着樊以扬跟他爸打完招呼，两人就回房间一块儿缩着。

“你还好吗？”樊以扬靠在墙上问他。

柳小满坐在床沿玩手指头，抿嘴朝他笑笑，没说好也没说不好。

“眼眶怎么……你哭了？”樊以扬往前一步，蹲下来看着柳小满。

“没有。”柳小满往旁边避避，揉揉眼睛，“我没睡好。”

樊以扬叹了一口气，把他的手扒拉下来：“脏，别乱揉。”

柳小满就把手放下，不知道干吗。

两人听着外面大人们的说话声，挺模糊的，偶尔能听清楚几个词儿，又不想真往耳朵里进。

“小满，”樊以扬又轻轻喊了他一声，“要是你在家待着不得劲儿，来我这儿过几天也行。”

“不用。”柳小满摇摇头，“爷爷还在家呢。”

“对。”樊以扬皱了一下眉，“让爷爷待那儿也不行。”

柳小满觉得今天他好像比自己还愁，状态也不像平时那么好，就笑着推了推他的肩膀：“你是不是怕那人？”

“谁？”樊以扬问。

柳小满指指门口。

他不想在柳勇跟前儿喊爸，隔着墙也喊不出口。

樊以扬也扯着嘴角笑了一下，望一眼柳小满的胳膊：“我从小就有点儿怕他，你忘了？”

“啊。”柳小满想了想。

记忆这个东西很神奇，尤其他出事前的回忆又被电没了一大半儿，小时候的事儿全部像糨糊一样裹成一团。本来他没有这个印象，但是樊以扬一说，脑海中又有那么点儿画面，跟看别人的故事似的。

“你想起来没？”樊以扬盯着他。

“嗯……”柳小满拖着嗓子说，“没有。”

樊以扬没说话，继续看着他。

“我连他们俩的脸都想不起来了，怎么会记得这些事儿。”柳小满笑着说。

樊爸樊妈要留柳小满和他爸吃饭，两人一起摆着手拒绝了。

柳勇是没脸，柳小满是不想在别人家还要跟他这个爸一起吃饭，饭桌上少不得要说点儿什么，话题肯定跟他爸有关，他张不开嘴，也一句都不想听。

樊家人也明白，没有多留，硬给柳小满拿了一大纸袋点心，让他带回去吃。

柳小满拎着点心跟他爸往回走，来时天还亮，这会儿回去就擦黑了。

年二十九了，街上也没什么人，家家户户该团圆的都团圆了。柳小满仰头看了一圈，家属楼每一扇小窗户里的灯都亮着，谁家在炖肉，谁家在打麻将，谁家在说笑，都透过窗子渗透出一缕幸福到大街上，闻着就是过年该有的气息。

真好。

就算柳小满想到等会儿回去要面对的是一个乱糟糟的家，这种氛围也让他觉得这世界很多时候很可爱。

如果他没残疾，现在跟樊以扬一样，是一个身体健康、成绩好的少年，这样跟着他爸拜完年回家吃饭，应该也挺……

“我……”没等他接上“挺”什么，他爸突然开口说话，把他的情绪惊散了。

柳小满从后面看着他，没搭腔，等着听他说话。

他爸没回头，也没停下，只把脚步放慢了点儿，继续说：“这些年我也不是不想回来，不是……不要你。”

“我在外面跟人干工程，把钱都搁进去了，磨了好几个地方，工资就跟挤牙膏一样，回不来。”

“我跟你梅姨也是在工地上认识的，她是乡下人，去给工地做饭，是一个好人，跟我……算是吃亏。但她一直没抱怨过，我就琢磨至少得让她过个像样的日子，这些年就光顾着在外面挣钱了。”

“今年那个工头跑了，我实在没办法了，灿灿得上幼儿园，幼儿园能拖，再以后上小学……”

柳勇短短几句话里夹杂着很多方言，柳小满听不懂，但是从他的语气里能明白都是骂人的脏话。

一直到说“灿灿”之前，他听着这些话，心里都没有任何波澜。

在灿灿、幼儿园、上小学这些关键词出现后，他突然就感到一阵反感与恼火。

——梅姨和灿灿确实是你应负的责任，可是爷爷呢？你从走到回，到底把爷爷放在哪儿了？

柳小满根本不期望能从他嘴里听到跟自己有关的话，不期望他能说出些父爱如山的话，甚至不期望他能编几句瞎话来骗自己。

骗也没有用，亲情是最骗不了人的东西，一个眼神你就知道自己到底是讨喜还是累赘。

他就是替爷爷不值，想想下午爷爷跟自己说的那些话，从心底里替爷爷难受。

柳勇还在继续说着，柳小满一句也不想再听，他酝酿着语言想打断柳勇的话，还没等他开口，就听见有人喊了自己一声。

“柳小满！”是夏良的声音。

他心里一惊，连忙回过头去找夏良。夏良正从小巷口往下走，在之前来找他的那根路灯下站着，冲他招了招手。

柳小满都不知道自己是怎么忍着没直接朝他那儿跑的，刚才要说的话全忘干净了。他匆匆对柳勇说了句：“你先回去吧，跟爷爷说，我同学来找我了。”

“谁啊？”柳勇盯着夏良问。

“我同学。”柳小满重复一遍，转身就要走。

他迈出去一大步了，看看手上的东西，又转回去递给柳勇：“给灿灿吃吧。”

柳勇看看夏良看看他，接了袋子过去。

柳小满没再管他，径直走向夏良。

夏良见他过来了，也没在路灯底下继续等着，倒退了两步，转过身，朝着小巷走。

柳小满前面几步还能保持匀速，等夏良身子一转，消失在暗沉沉的巷口，他就按捺不住跑了过去。

柳小满拐进小巷，发现夏良果然在里面站着，抓着领子把他揪了进去。

“重新来一次。”夏良放开他，又后退了几步。

柳小满处于被快乐冲昏了头脑的阶段，本来没明白他是什么意思，只抓着他不想松手。

直到夏良站好以后，重新冲他张开胳膊，大大方方地看着他：“过来。”

现在天上应该放一朵烟花。柳小满想，就像他的心情一样。

他抬起腿，不管不顾地往前迈过去。

“你怎么过来了？”柳小满开心地问。

夏良笑着“哎”了两声：“小心我的胳膊，别又骨折了。”

“你的胳膊不好了吗？”柳小满赶紧松开他。

“该拆的拆了，不还得恢复吗？”夏良在他后背上捋了两把，“我两边胳膊到现在色儿都不一样，给你看一眼？”

“我看看。”柳小满往上撸他的袖子。

夏良把两边袖子都撸上去。

“是不一样。”柳小满拉着他往有光的地方走了一段，凑近了仔细看看，指指他拆了石膏的那一条胳膊，“这边好像还有点儿细。”

夏良掀起眼皮看他：“这就嫌细了？”

柳小满一开始没懂他怎么用上“嫌”这个八竿子打不着的字儿，反应过来以后就想笑：“你没完了？”

“你怎么出来的？”他绕回一开始的问题。

“被你说得好像我拘在哪儿了。”夏良把他的手攥着，往兜里一揣，带着他往前走，“说一声不就出来了。”

“真的？”柳小满手心发烫，有点儿紧张，往前后左右看一圈。

“你想干点儿什么？”夏良没继续这个话题，问了他一声。

其实没那么真。

他妈真的不对劲，下午喊他那一声就是问他在给谁打电话。他拉开门，一见她那架势就皱皱眉，问她：“你趴门上听我打电话？”

“你跟谁说话呢？”老妈只是盯着他坚持问。

夏良跟她对视了一会儿，逼着自己变回面无表情：“没谁。”

再怎么着这还是亲妈，夏良了解他老妈的脾气，吃软不吃硬，真不讲理起来软硬不吃，只依着自己脾气来。

如果老妈真知道了点儿什么，两人这么怼下去，老妈保不齐会动手。

夏良不怕挨打，也不怕和老妈闹翻，但不能是现在。现在他首先要保证的是不能转学，更不能牵扯柳小满，那不是个事儿。

他想想高中这个阶段还真挺无奈的，连个转学自由都不能保证，再小再大点儿都比现在轻松——再小不在乎，再大管不着。

“出去吧，我困了。”最后他只能直接把门关上。

年前他也想消停消停，不想每次母子俩碰上都鸡飞狗跳。

这会儿他能出来，还是因为老妈带着姥爷出门了，但这些他都不能跟柳小满说。

“我不干吗，就想跟你一块儿待一会儿。”柳小满吸了吸鼻子。

“你感冒了？”夏良看他一眼，“那找一个暖和的地方，我带你看电影？”

“去电影院看？”柳小满问。

“你想去吗？”夏良只反问他。

想去，他肯定想去，但不行。

柳小满摇摇头：“我还没吃饭。”

“那就吃饭。”夏良掏出手机，打算约个火锅。

“不是，我得回家吃。”柳小满揣在他兜里的手晃了晃，“爷爷在家等我呢。”

“那我去给你买好吃的，你抱回家吃。”夏良拉着他就要买吃的。

“我不吃，”柳小满赶紧拒绝，“家里还有个灿灿，买回去也是他的。”

夏良停下来看了他一会儿：“你知不知道你现在特别像那种人？”

“什么？”柳小满莫名想笑。

“问想吃什么，说随便，然后这个不要那个也不要的小女生。”夏良在他手心里揉了一把，“特欠揍。”

“这不是真实情况吗？”柳小满笑出来了，也揉揉他。

“你快点儿，给句痛快话。”夏良说，“干点儿什么？”

“你就陪我走到头，再走回来。”柳小满朝前面望过去，“就一起遛弯。”

“就完了？”夏良问

柳小满眨眨眼：“那你还想怎么着？连门都出不来的人。”

这回轮到夏良笑了：“你还挤对上我了。”

“我跟你待一会儿就行了。”柳小满轻声说。真的待一会儿就行了。在夏良这儿充上一会儿电，他就能撑很多天。

两人就这么把步子放得慢慢的，从巷头溜达到巷尾，又从巷尾溜回巷头。

“那小孩叫灿灿？”夏良跟他闲聊。

“嗯。”柳小满点头。

“灿什么，柳灿烂？”夏良说。

“不能吧？”柳小满皱了下眉头，“那得多难听。”

“你自己都不知道。”夏良笑了，又问柳小满，“你是不是特嫌弃他？”

“其实也没有，”柳小满实话实说，“我挺烦他的，但是也说不上嫌。”

毕竟就是一个小孩。

而且说到底，灿灿还跟他有一半的血缘关系。

“柳小满，要没这些破事儿，你应该是一个挺好的哥哥。”夏良看着他。

“真的？”柳小满也不知道夏良从哪儿看出来的，他这个挺好的哥哥到现在连人家名字都不知道。

“真的，”夏良说，“你那么好欺负，给你当个弟弟妹妹，怎么当怎么滋润。”

柳小满用眼角余光看他：“你要是当哥哥肯定特别欠。”

“我给谁当哥哥，谁能美得在天上飞行吧？”夏良说。

“你这脸……”柳小满笑得不行，“越来越大。”

“羡慕？”夏良望着他。

“嘁。”柳小满笑了一声。

美好的时间总是很短暂。两人从小巷里出来，又溜达到柳小满家楼下，柳小满跟夏良告别：“你快回去吧。”

这会儿柳小满的心情跟刚才猛地看见夏良来找他，那就是一个天上一个地下。他嘴上说着让夏良走，眼睛却看着夏良，也不想上楼，夏良动一动，他的目光就跟着动，眼睛都不眨。

夏良看着他，重新站定了，有点儿无奈地苦笑一声：“你这样我还能走吗？”

“你走。”柳小满还是看着他。

夏良跟他对视了两秒，一抬胳膊，搂着柳小满的肩直接上楼：“我把你送到家门口。”

“不用。”柳小满忙垂着脑袋拒绝，这都到楼下了。

“上去。”夏良把他往楼上推了一下。

后来柳小满想想，他真的不知道这是不是老天的安排。

像爷爷说的那样，一切都用皮尺量好了，一分一毫都差不了。

当柳小满走到楼梯拐角的时候，还沉浸在不舍和开心的情绪里，他不敢真让夏良送他到家门口，开门时爷爷如果看见了，肯定要留夏良吃晚饭。

如果是平时都无所谓，现在他家里乌烟瘴气的，夏良虽然不说，但他也明白，而且夏良妈妈那边肯定也不好办，各有各的不方便。

老楼隔音不好，楼道里都能模模糊糊听见别家的声音，他竖着一只耳朵捕捉自己家的动静，隐隐听见了爷爷咳嗽的声音，他又推了推夏良的胳膊：“你快回去吧，我也得进去了。”

说话间，两人都听见了从屋里传来的动静——

“砰！”

还不是单纯的“砰”，是稀里哗啦的“砰”。

像有什么大件儿东西倒在地上，也像餐桌掀翻了，菜碗汤碟碎了一地。

柳小满愣了愣，然后猛地回过头，夏良几乎同时说了句“你家”，两人一块儿跑过去，柳小满拍了一下门就赶紧掏钥匙。

门被拧开的同时，屋里也有人在使劲儿，梅姨一脸惊慌失措，站在门口，也不清楚究竟是谁打开门的，他们也没心思管，推开梅姨就往客厅里跑。

柳小满望见客厅里场面的一瞬间，真正听见了“天塌了”的声音。

餐桌真的被掀翻了，饭菜碎片到处都是，一片狼藉，灿灿目瞪口呆坐在沙发上，表情很害怕，因为在那一地的汤汤水水里躺着他的爷爷，而爷爷在抽搐，脖子一梗一梗地抽搐。

他像一个可怕的怪物，嘴里嚷着悚然的怪声，说话口齿不清。

柳勇在旁边跪着，整个人已经蒙了。他试着把爷爷揽在怀里抱起来，见柳小满和夏良突然进来，很慌张地解释：“我没说什么，我不知道怎么了，我就说了点儿话，我……”

柳小满根本听不见柳勇在说话，这一刻他的感觉很诡异，所有的动作都成了慢动作，柳勇的嘴一张一合，他只能听见爷爷怪异的嚷声。明明他从没见过这种情况，但“中风”两个字却像一道惊雷一样从天而降，砸得他猛地眩晕了一秒。

愣怔其实就这一秒，不用等他的大脑反应过来，身体已经自动地扑了过去，跟着要扶起爷爷。

“别动！”夏良喊了一声。

他没管，他已经完全没有别的意识了，只是用着他那一条胳膊要把爷爷扶起来。

明天就过年了，爷爷不能这么不体面地躺在地上。

“别动，柳小满！”夏良跑过来，狠狠扒了他一下，同时猛地把旁边跟着乱使劲儿的柳勇推开，“不能动！”

“这是我爷爷！”柳小满拧不过他，有些崩溃，冲他吼了一声。

“这种情况下不能随便动他！”夏良也冲柳小满吼。

柳小满没被人这么吼过，愣了愣，意识突然清明了点儿，重新去看地上的爷爷。爷爷还在抽搐，已经翻着眼珠要昏过去了。

“医院……”他哆嗦着手要爬起来去打电话，夏良拉了他一把，另一只手已经扣着手机拨 120。

柳勇抹了一把脸，在旁边看着夏良飞快地描述病情和地址。他是真的慌了，不能去动爸爸，他就不知道能干什么了。

夏良挂掉电话，见他们都稍微稳定了点儿，就赶紧搀上爷爷的半边身子，冲柳勇抬下巴：“你跟我一起扶爷爷，别晃着他的脑袋。”

柳勇忙跟他一起使劲。

扶到一半，柳勇恍然大悟一样突然抬起头，先望向一张脸已经煞白的柳小满，又望着夏良：“钱……我……”

夏良几乎听见自己紧咬后槽牙后发出“嘎”的一声，他忍着没骂出来，只盯着柳勇吼了一个字：“扶！”

第六章
英雄病

这一年的年二十九，对于柳小满来说是一个彻底的噩梦。

爷爷被送到医院时已经昏迷了，柳小满头昏脑涨，从医生嘴里听到颅内压过高、左脑基底节出血近三十毫升等等陌生的词语，只觉得天旋地转。

“什么意思？”他的大脑一片空白，问话时脸颊上的肌肉在抖动。

“就是中风。”大夫很严肃地告诉他，“患者情况挺严重的，不过你们发现得算是比较及时，也没有随意搬动患者。如果拖延得再久一点或者处理不得当，患者变成植物人，甚至去世都有可能。”

柳小满接不上话。

医生说的每一个字他都能听懂，为什么连在一起就是听不明白呢？

“那我爷爷以后……”柳小满再开口时，喉咙的干涩把他自己都吓了一跳，他使劲咽了咽唾沫才能接着问下去，“以后还能好吗？”

“如果你爷爷能醒来，身体机能肯定是需要康复过程的，瘫痪、丧失抓握吞咽能力，这些都有可能。关键是你爷爷出血的位置不好，”医生手指飞快地点着片子，“靠近语言中枢，会直接影响说话认字，尤其又是老年人，恢复起来很费力。”

“是身体还是说话认字？”柳小满问，他实在说不出多余的话，问完怕医生不明白他的意思，又逼着自己补充了一句，“恢复？”

然而医生能明白柳小满的意思，他们见过太多太多这样的病例了，在柳小满那句“恢复”问出来前，就点点头直接开口：“都是。”

柳小满张了张嘴，又张了张，他想问为什么，但是说不出话。

医生看看他一边空荡荡的袖筒，微不可察地叹了一口气，语气和缓了些许："脑出血对脑细胞的损伤是直接的，不可修复。如果你爷爷能醒来，一段时间内会对很多事情感到迷惘，可能连你是谁、他是谁都记不住，这些都需要时间来恢复。"

医生说了两个"如果能醒来"，柳小满听到最后一句，看着医生，突然产生了很奇异的幻觉。

柳小满觉得医生好像一条鱼，嘴巴一张一合，却听不清医生在说什么，就像隔着水隔着雾，但是不知道究竟是他在水里还是医生在水里。

他觉得自己喘不上气，浑身都湿透了，身体往下坠着，十分沉重。他想咆哮、想大吼、想让医生大点儿声，他听不懂。他不明白为什么会变成这样，明明下午他离开家的时候爷爷还在笑着跟他说话，为什么几个小时后就变成了医生描述的这样。

他们说的是一个人吗？

他想问一堆问题，却一个字都问不出来，连呼吸都困难。

"康复，"柳勇在旁边同样迷茫，他问医生，"就在医院里做康复吗？"

"康复中心。"面对成年人，医生的语速重新快了起来，"患者度过危险期以后你们自己联系。"

"那费用……"柳勇还想问。

柳小满剧烈地打了一个哆嗦，他觉得自己像一只灌满水的气球，柳勇最后这一句话等于一脚把气球踩爆了。

"啊——"他歇斯底里，弯着腰叫了一声。

医生谨慎地往后退了一步，病人家属接受不了这种状况很常见，但是这个小孩的反应太突然了，一直到上一秒他还只是脸色惨淡，至少看起来比较冷静，这一嗓子实在是把医生吓了一跳。

柳勇也吓着了，跟着医生往后退。他瞠目结舌，望着这个陌生的儿子，不知道该怎么办。

"啊——"

柳小满又喊了一声。

这次柳小满直接蹲到了地上，他站不稳了。

在第二道叫声爆发出来的同时，科室的门被猛地推开了，夏良从走廊里冲进来，捞起站不稳的柳小满，把他捂在怀里往外带，冲医生点点头：“抱歉，我先带他去冷静一下。”

夏良把柳小满连拖带抱带进了走廊的安全通道里，厚重的安全门“吱呀”一声扣上，夏良立马捧着柳小满的脸喊他：“柳小满，看我。”

柳小满看不了夏良，他没有力气，胸口的氧气像被那两声喊叫全部抽空了，只能发出喘不上气来的“呵”声。他的眼泪刹不住，从眼窝里往外冒，他看不清东西，也不想看，身体猛烈地打着摆子，直往下出溜。

“柳小满，小满，喘气！”夏良托着他，给他顺气，让他呼吸，“我在呢，什么事儿都没有。”

柳小满隔着厚重的泪水看他，嘴唇还在抖。

“柳小满，我在这儿。”夏良的声音很低，“我是夏良。”

他的耳边回荡了两遍“夏良”的名字，人清醒了一点儿，紧跟着袭来的是更加鲜明强烈的疼，是挖心挖肺一样的疼，是拳头凿心一样的疼，是胸口被挤压到缺氧的疼。

“夏良，良哥，”他抽噎着，喊出模糊的名字，终于喘过气来，揪着夏良的衣服把脑袋抵上去，把全身的重量压上去，像一个孩子一样无助地号啕大哭，“我好疼啊！”

夏良紧紧地搂着他，闭了闭眼。

“我知道。”他抚着柳小满的后背，“我知道。”

人的情绪真的是很神奇的东西。

柳小满掏干所有的力气哭完这一场，哆嗦着逼迫自己冷静，并且成功地冷静下来。

他不能哭了，他得把心气儿攒着，去照顾爷爷。

爷爷做完手术还在病房里观察，柳勇不知道在哪儿，柳小满自己在走廊里坐着，也没找他。

柳小满不想见他。

柳小满彻底发泄情绪后，心态渐渐平和，感觉脑子转得慢慢地，每一根血管里的血流淌得缓慢。他什么都不想想，甚至不想知道柳勇究竟说了什么、做了什么，才能把爷爷气到中风。

虽然医生说，这对于老年人来说算是好发病，就算没受刺激也可能突发，但柳小满依然认为这跟柳勇脱不开干系。

在柳勇回来之前，他跟爷爷说不上过得多好，但他至少有爷爷。

夏良出去了一趟，回来时带了从便利店买来的盒饭和热豆奶，柳小满没胃口吃，夏良就把豆奶打开让他喝，又撕开一个紫菜包饭给他。

“必须吃。”夏良把东西递到他嘴边，“不饿也得吃，不吃没法照顾爷爷。”

柳小满就把饭团接过来，嚼了咽下去，吃完也没想起来是什么味道。

“你吃。”柳小满把夏良买来的盒饭推给他。

他这一张嘴才发现自己的嗓子已经哑得不像样了。

“怎么这声儿了。”他自我调整，笑了一下。

“我吃过了。”夏良望着他，把豆奶又给他递过去，轻声说，“现在你知道嗓子哑了？也不听听你刚刚什么动静。把医生吓得踉跄。”

“我都没注意。”柳小满不好意思地笑笑。

虽然吃下去的东西毫无感觉，不觉得饿也不觉得饱，但柳小满的身体还是自行恢复了力量。柳小满觉得自己现在出去也没事儿了，就问夏良：“几点了？”

“九点半。”夏良掏出手机看了一眼。

同时，他看见了他老妈未接来电后面醒目的数字“14”。

他滑掉信息，把手机塞回去。

“你不回家没事儿吗？”柳小满有点儿担心。

“嗯，没事儿。”

“那你能不能替我在这儿守一会儿？”柳小满又问他。

“去厕所？”夏良朝一个方向指指，“顺着那儿走。”

“不是。”柳小满摇摇头，“我回家一趟，手术费还有什么的……我得去取钱。”

“这个点？”夏良都笑了，“你安心坐着吧，该缴的钱都缴完了。我不是说了吗，我在呢。”

“不行。”柳小满听夏良这么说，更坐不住了，直接站了起来。

柳小满心里再没数也明白动手术的概念，夏良是有钱，但都是他家里给的钱，自己怎么也不能让他掏。

“你急什么，我又没说白给你。”夏良没动，直接抬手把他拽回来坐着，“算我借你的，以后这些事儿都了了，你爷爷身体好了，你慢慢折给我。”

“折？”柳小满皱皱眉。

还折早饭啊？吃到下辈子？

“随便你怎么折，折钱折饭折其他。”夏良说，“你有什么折什么，折到还清钱为止。”

“良哥有钱。”夏良抬抬眉毛，自己都笑了。

柳小满久久地看着夏良，钱他肯定要一分不少地还给夏良，明天天亮了他就去取钱，但眼下他实在不知道该说什么。

这些天，这么突然的打击，这么让人心寒的柳勇，挡在他们和自己之间的夏良，真的像他的超级英雄一样。

“你哪儿来那么多钱？”柳小满半天才憋出一句话。

就算是他老妈每天不着家拿钱砸，也不应该吧？

对于高中生来说，不对，应该说以他的眼界来看，怎么想这钱也不算小数才对。

“你知不知道有个东西叫股票？”夏良挺随意地问他。

柳小满当然知道了，他还知道新闻上有学生炒股赚了多少钱，但身边就坐着一个炒股的学生，感觉可太不一样了。

毕竟从柳小满所处的环境来看，赚钱真的只能是工作，再怎么着也得是高考以后的事儿。

“你炒股啊？”他眨眨眼。

怪不得他总看手机。

“玩儿。”夏良说，“我不盯着手机炒股，没瘾。”

“什么人都能炒吗？”柳小满还是有点儿没概念，总觉得这是另一个世界的事儿。

不过这事要是发生在夏良身上，想想也没那么奇怪。

他那么聪明，好像玩什么都能玩出花样来。

而且夏良数学好，不好好学成绩都好，柳小满虽然不明白其中的门道，但是数学好等于逻辑思维好，逻辑思维好，赚钱肯定能用上。

“成年了去开个户头都行。”夏良说。

“那我，”柳小满结巴了一下，指指自己，“我以后是不是也能试试？”

“你啊？”夏良弯了弯眼睛，“手跟脚似的，打几个字都费劲。”

“嘁。”柳小满也笑了笑。

他笑完还是不放心，小声问夏良：“你的钱真的够吗？”

夏良想了想，跟他比画了一个大概的数字。

柳小满在心里吃了一惊。

“运气好。”夏良说。

“良哥真厉害。”柳小满笑眯了眼。

“见钱眼开的玩意儿。”夏良弹了他一下。

调剂情绪的话题过去，柳小满的心情还是沉重。

爷爷还不知道多久能醒，他虽然不舍得夏良，但也不能让夏良在这儿陪他耗着。

“你先回去吧。”他又对夏良说。

“我走了，你呢？”夏良反问他。

“我就在这儿。”柳小满说。

夏良直接没理柳小满，把柳小满摁着躺在横椅上。

“你闭上眼，什么也别想。”他一只手覆上柳小满的眼皮。

“睡一觉吧，你醒了，爷爷就醒了。”夏良对他说。

柳小满以为自己根本不可能睡着，不说心里沉甸甸的搁着事儿，就是这环境他也睡不着。

但他不仅睡着了，还睡得很快。

他带着一点儿自我逃避的情绪，渴盼能像夏良说的那样，一睁开眼，发现一切只是一场梦。

柳勇再回来是将近一个小时以后的事情，柳小满还没醒。

夏良看他出现在自己面前，心里除了看不上他，没有任何反应，掀掀眼皮，喊都懒得喊一声。

“我回去拿钱了。”柳勇身上带着浓厚的烟味儿，他在夏良对面坐下，看看蜷着躺在横椅上的柳小满。

夏良没说话，把柳小满衣服后的帽子拉上来盖着他。

“但是人家说缴过费了，”柳勇的目光从柳小满身上挪到夏良脸上，又从夏良脸上挪回柳小满身上，再回去盯着他，“是你吧？”

“嗯。”夏良头也没抬，应了一声。

“我……”柳勇的喉结动了动，声音低沉，“先谢谢你。”

夏良继续不说话。

柳勇等了一会儿，有点儿别扭，换了一个前倾的姿势，两条胳膊压在膝盖上，接着说：“医生说老爷子如果醒了，得去专门的康复医院治，还不能是一个康复点，具体的我也不太了解，我问了大概的费用……”

可能是最后一丝自尊让他没把那个数字说出口，转为干巴巴地抿着嘴，很艰难才说出后半句：“钱可能暂时不能还你。”

夏良终于看向柳勇，两人的目光隔着走廊对上，先移开的是柳勇。

还挺神奇。夏良在心里想。

两个爸都窝囊成这样，说他跟柳小满不是老天安排的好同桌都不行。

“我能问你一件事儿吗？”他轻声开了口。

柳勇看过来。

“骨子里不是当爹的料，当初哪儿来的脸敢生？”夏良直直地盯着他。

当夏良回到姥爷家时，远处不知道谁家已经放起了鞭炮。

他看了眼时间，五点五十九分。

他又抬头看看天色，还行，天没亮，就勉强算是在大年三十之前。

他进了院子，看见客厅灯亮着都不觉得惊讶。小锅在院子里缩着，看见他回来就歪歪扭扭地蹦过来，翘着尾巴叫。

——它被赶出来了，老妈在家里看不得带毛的东西，嫌脏。

夏良弯腰，搓搓它的毛脑袋，揪着它的后脖子把它拎起来托在怀里。

“饿了？”他用鼻尖贴贴小锅冰凉的鼻头。

小锅扒着他，细声细气地叫了一声。

夏良带着一身寒气推开家门，电视以最小的音量开着，他刚换完拖鞋，老妈就穿着睡衣从厨房里出来，抱着胳膊直接问他：“你去哪儿了？”跟着又问，“为什么不接电话？”

说问句都勉强，这直接就是质问。

夏良在医院跑上跑下半天，又一夜没睡，被柳小满赶回来时，爷爷还没醒。他懒得说话，从柜子上拿猫粮袋子，直接抱着小锅回屋。

“夏良，我在跟你说话！”老妈尖锐地喝了一声。

家里很安静，这冷不丁一嗓子炸得人脑仁儿疼。

“你能不喊吗？”夏良在房门前停下，有点儿不耐烦，别过去小半张脸。

“你凭什么用这种语气跟我说话？我欠你的？”老妈一下迈过来两步。

“你知不知道几点了？你知不知道今天什么日子？你揣一部手机在身上是不会接还是不会打？”她接着喊，声音稍微控制了一点儿，火气却蹿得更高了。

夏良无奈地拧了拧眉心，一脚踢开了门：“我累了，有事儿明天说。”

“夏良！”老妈又喊一声。

回应她的是关上的房门。

她的脑子“嗡”的一声响，抄起地上的热水瓶砸了过去。

水胆爆炸的声音在门上响开，夏良脱掉外套，先把猫粮给小锅倒上，他蹲在旁边看它吃了几口，起身坐上床沿。

他望着从门缝底下一点点漫进来的水，垂下眼皮，过了一会儿才仰面倒在被单上，眯着眼呼了一口气。

真挺累的，他都不想开窗去通风。

他累的来源，柳小满占的比重都不算多，而是他这个妈，以及天亮以后她的质问，即将迎来的一“家”四口的大年饭。

他们又要吵，夏良不用猜都能想到结局，年年都这样。

夏良闭了闭眼。

说出去外人估计都不能理解，明明夫妻俩已经离婚了，一年三百六十五天，他们家四口人除了他和姥爷，随便哪两对儿连上线都相处得很糟糕，最后这一天还非要凑到一块儿再吵一场大的。

别说外人了，他自己都不懂他们图什么。

柳小满那一家他也不懂。

夏良问完柳勇那句话以后，以为他但凡还有点儿血气都得发火，但他没有。

他确实恼火，夏良能看出来，他被一个跟自己儿子差不多大的学生怼上这么一句，不恼火都没法儿做人。

可他就算恼火，还没敢冲着夏良。他捏了捏拳头，拧着眉毛瞪了夏良一会儿。夏良没避没让，眼皮不动，就那么跟他对视，他就把劲儿泄了。

他心虚。

这么多年他对家里的亏欠，自己心里的不安，十年回一趟家就把老爷子气得中风，包括根源上的贫穷，都是砌起他剧烈心虚的一砖一瓦。

夏良没有将人踩到底的爱好，要搁在别人身上，他连这一句都懒得张嘴。只是因为这是柳小满。

也正因为这是柳小满的爸，打断骨头连着筋，他说什么做什么必须留有余地。

柳小满。夏良想着这三个字，重新睁开眼看头顶上的灯。

李猛曾经打趣儿地说过“小满不满，夏良不良”，后面四个字夏良不怎么认同，前面四个字，现在他想想觉得真实到不服都不行。

不只是胳膊，柳小满遭遇的种种，从个人到家庭，没有一样能称得上一个“满”字。

半满都没有，这么朴素的“小满”的心愿，他都达不成。

记得他刚断胳膊那几天，烦得够呛，蹲在院子里琢磨柳小满。当时他只想着柳小满上进、努力，还觉得老天爷公平，有得必有失，给柳小满这么好的性格，交换方式是夺走柳小满一条胳膊。

现在他只觉得老天冷漠。

这个世界对于柳小满一点儿也不公平。

这已经不是自不自强的问题了，现实就是残酷，这样突兀闯回来的一家子、中风不能自理的爷爷、日后源源不断的医疗花销，还有眼见着就要到来的高考。

一件又一件逃脱不掉的事情，全部一股脑儿压上柳小满，柳小满还那么瘦。

夏良一脸烦躁，呼出一口气，起身推开了窗。

天色一点点在变，冷冽的空气带着些许鞭炮的硫黄味儿，冲散了房间里的暖气和烟雾，也把他的头脑吹得清明了许多。

如果这些事儿发生在……罗浩吧，罗浩身上，他也觉得无奈，也会尽可能地帮帮忙，但也就到这儿了，多的也帮不上。

夏良在心里叹了一口气，旋身躺在沙发上，一条胳膊压上额头，另一条胳膊随便在沙发边沿伸出去，手指在麻绳地垫上画了一个圈。

人与人之间的感情也许是某种病理，能直接引发针对一人的英雄病。

他闭上眼睛，把沙发毯拽过来盖在身上。

他睡的时间不长，估计是姿势不对或压着哪儿了，还连着做了两三个梦。

夏良被吵醒的时候都梦晕了，忘了自己睡在窗台下边，一睁眼天光大亮，刺得他眼睛还没完全睁开，就猛地闭上。

他坐起来再睁开眼，看什么东西都是蓝色的，带着斑驳的小星星。

他的胳膊肘架在膝盖上，用手指撑着脸，一边等脑子缓过劲儿，一边竖起耳朵听客厅里的声音。他缓过来后，掏手机看时间，十一点半。

他该去医院了。

他又翻了翻未读消息和电话，没有柳小满，只有罗浩、郭魏几个家伙在群里叽叽喳喳，光红包就发了几十个，轮着圈让他发。

夏良在群里发了两百块钱的拼手气红包，套上衣服从房间走出去。

桌上饭菜已经摆上了，今天姥爷没能去钓鱼，坐在沙发上面无表情地看电视。姥爷旁边是他爸夏广志，穿得人模狗样，嘴皮子翻飞在嗑瓜子。厨房里，他妈在炖鱼，一辈子就会这么一个硬菜，其他饭菜都是酒店送来的，只有这个她年年必须自己做。

一个嗑瓜子、一个炖鱼，隔着一个客厅，两人还在吵。

“你别跟我吵，今天我心情好，不是来跟你吵的。开发区那套房子，你趁早跟我去改过来，那是婚后财产，说别的都没用。”夏广志说。

“你要点儿脸吧，房子我烂在那儿都不给你，窝囊废。”老妈说。

“老爷子，你听听吧，她就这态度，我一说点儿什么她就这态度，我跟她就没话说，整个儿一泼妇。”夏广志说。

“铛”，老妈把锅铲砸进锅里。

“良良起来了？昨天你干吗去了，早上才回来？”姥爷说。

夏良“嗯”了一声，没朝他们那儿过，直接去卫生间洗漱。

“你没看见我啊？喊爸要我教你吗？”夏广志把手上的瓜子扔果

盘里，扬着嗓子喊了一声，“你从哪儿弄的一只三脚猫？”

“夏良，你给我过来！”老妈也喊他。

夏良拧开水龙头，对着镜子看了一会儿自己的脸，把满脸的烦躁压下去，才弯腰掬水洗脸。

一群神经病。

夏良洗漱完出去，那三位已经准备上桌吃饭了。姥爷坐在主座，夏广志在邻座开酒，他老妈从厨房往外端菜，三人各忙各的，有条有理，离了婚的夫妻俩依然在吵。

吵到一半儿，夏广志还去院子里放了一小挂鞭炮。

夏良差点儿都被这诡异中透着和谐，和谐里又掺着恶心的画面逗乐了，去厨房翻了半圈，想找一个饭盒，没找着，出来问姥爷：“饭盒又藏哪儿了？”

“什么饭盒？”老妈摘掉围裙从厨房出来，皱着眉扒拉他一下，“你是不是有病？一夜没着家，我不跟你算账你还起劲了是不是？”

“用不着，我好像搁橱柜里了，”姥爷想了想，“底下那两格，你翻翻。”

“翻什么翻啊！”老妈转身冲着姥爷吼。

“别咋呼。”姥爷也烦她。

夏良撇开她进去找饭盒，刚掏出来准备洗洗，就被她一把拍在地上。

“你别逼我，夏良！”她脖颈上的青筋都起来了，指着夏良的鼻子，“我忍你好几天了，我生你养你，没什么对不起你，你一天天摆臭脸给谁看呢？”

“你别看。”夏良看一眼滚在地上的饭盒也火了，把她的手打开。

老妈的手又抬起来了，带着掌风就要甩过来，姥爷喝了她一声，她强忍着攥了回去，深呼吸了一下，继续问夏良：“我再好好问你一遍，昨晚你去哪儿了，现在又要去哪儿？”

夏良觉得自己脑子里有一根线，一点点地绷直了，他控制着不让它绷到头，只说：“同学爷爷中风。”

“人家爷爷中风跟你有什么关系？”老妈的嗓音尖锐起来。

夏良本来想忍，嘴角动了动还是没有忍住，心底一股股的火焰顶着他，他用平稳的声调反过来质问老妈：“我姥姥怎么走的？”

“啪”！那个巴掌到底甩上来了。

老妈的手劲很大，几乎不是扇，是拍。夏良的嘴角很迅速地肿了，他抹了一下，嘴角被老妈的指甲刮出了血。

老妈瞪着他，身体抖动。

姥姥的话题是家里默认的禁题，姥爷偶尔提到，老妈都要拍桌子。

这会儿姥爷坐在餐桌前稳稳当当吃着菜，头也没抬。

夏良冲老妈扬了扬刮烂的那边嘴角。

他真的不想用这种方式来脱身，但这个家，这个年，这个氛围，让他一秒都待不下去。

大家不是都憋着一腔火吗？那就都爆炸吧。

他拿了外套就要出去，已经走到门口了，夏广志拍了一下桌子，说不上那究竟是什么语气，有点儿像看热闹，又有点儿感慨，唱戏似的说：“宋懿啊，你养的好儿子！”

“滚！”老妈要朝他冲过来。

夏良转身过去推开她，大步朝夏广志走过去：“轮得到你在这儿拍桌子吗？”

“你这个兔崽子！”夏广志又拍了一下桌子，梗着脖子看他，“你真当自己是个玩意儿了？你跟谁说话呢？我是你亲爹，你上学这么多年白学了？没学怎么喊爸爸？”

夏良最恶心他在姥爷跟前嘴里不干不净，皱着眉打断他：“我只认我姥爷，这是我姥爷家，你可以滚了。”

“我滚什么？”夏广志蹬开凳子站起来，“你姥爷跟你妈生的你？”

这话绝对是嘴皮子一秃噜顺出来的，夏广志向来说话不干净，这句说到一半儿他脸色都变了。

但是泼出去的水、开了弓的箭，恶心人的效果不会因为他是否有意而减弱。

夏良脑子里的线断得很清脆，取而代之的是昨晚他对柳勇说的那句话。

没等夏广志的话完全落地，他狠狠地抡起拳头砸了上去。

夏广志始料未及，他甚至有点儿震惊自己说了那句蠢话，想回头跟夏良姥爷说一句“爸，我不是那个意思”。

等到两人隔开时，夏广志的半边脸已经肿起来了，夏良的左边眉弓快挨着眼皮那儿被搓开一道口子，是为了避开太阳穴硬刮过去的。

两人的嘴角都裂开往外渗血，夏广志完全是被捶的，夏良不同，被他老妈刮破的那一道口子又被夏广志豁开了。

最后夏良还想再给夏广志下巴窝里扬一拳头，但是老妈抱住了他的胳膊，很恐慌地在叫他的名字，他怕误伤老妈，忍着撤了力气。

夏良这么一犹豫，夏广志又往他胯骨上狠狠蹬了一脚，他心底的暴躁瞬间被点着了，恨不得抬起腿朝夏广志裤裆上招呼。

“兔崽子！你有种啊！”夏广志被姥爷摁着，他眼底都通红了，还在蹬着腿想冲上来。

“夏良，你赶紧出去！”姥爷冲他喊。

“你是不是疯了？啊？疯了！”老妈也在他耳朵边儿尖叫。

夏良好像第一次听见她对自己说话用上哭腔，这种焦虑里带着哭腔的喊声让她显出了难得一见的脆弱。

这是他妈。

夏良狠狠闭了闭眼，咬牙忍着心底沸腾到要爆炸的情绪，甩开她的胳膊，大步走了出去。

“你给我回来！我打不死你！”夏广志还在身后愤怒地吼。

爆发力这个东西非常神奇，夏良挨上夏广志那几拳时，披上衣服摔门从家里出去时，甚至在车上被司机从后视镜偷偷打量时，都没觉得疼。

他只是恶心、烦躁，不只是对他妈、夏广志，还对自己。

很多时候这个家就像一堆鸟粪，不是一鼓作气恶心他，也不能一股脑儿全用铲子锄了，而是时不时掉下来，有时候大点儿，有时候小点儿；有时候密一点儿，有时候疏一点儿。

但是鸟粪都黏在他身上，糊在他身上，抹不掉也擦不干净，想离这堆鸟粪远一点儿也不能真正实现。

这就是他的“家”。

这就是他的家人们，像每个人都有的那样。

他反感这种生活，反感随时像斗鸡一样的生活方式，他从小就抵触这些，抵触被同化，抵触变成跟他们一样让人随时顾忌、随时恐慌的动手型人格，他不想成一个“疯子”，可还是避免不了。

夏良对着夏广志挥拳的那一瞬间，拱起他怒火的不仅仅是夏广志那张臭嘴，还有对自己深深的厌恶和反感。

不管怎么说，这是他亲生父亲。

他被逼到向亲生父亲动手。

厌恶和反感随着每一拳加重，可他却停不下来。

这其实是一种很可怕的感觉，

他心里像有个魔鬼在轻轻地笑，笑着对他说：你看啊，夏良，你就是这样只能用拳头解决问题的垃圾。

等车停在医院门口，他推开车门往下迈的时候，才发现指关节上的皮不知道什么时候也擦破了，胯骨连着侧腹那块儿抻着，疼得他皱眉。

他咬着牙把迈出去的那只脚踩稳，不想因为这一疼打摆子，不像样。

“门诊在另外那扇门。”司机还挺好心，都掉转车头准备开走了，还是犹豫着降下车窗提醒他一句。

夏良冲他举举手机：“五星。”

“我不是这意思。”司机笑着“嗨”了一声。

夏良没再接话，按按自己滚烫疼痛的眉弓，先去找卫生间洗脸。

他来得太匆忙了，不能直接这么去找柳小满，会吓着柳小满。

这时候柳小满其实刚到医院没多久。

夏良走之后，柳勇让柳小满回家睡一会儿，他在这儿等着，等会儿让梅姨过来，柳小满没听。

等主治医生终于来上班了，他仔细地问了问，爷爷手术后各项指标虽然还算稳定，但至少得观察一天，没状况再转去普通病房，现在他就算守在医院也没有用。

他又追着问了大概的费用，医生看看他的胳膊，叹了一口气，给他大概算了一笔钱，说了各种可能的情况，还说了身为家属应该做什么准备，什么时间能进去探望，如果病人出状况，随时要传唤家属签字，怎么安排，这得家属自己来定。

柳小满听完后沉默了几秒，转身要回家。

他走出去半步，又赶紧停下，弯腰给医生鞠了个躬。

回家的路上，他的头很晕，大年三十的公交车上人很少，有两三站甚至只有他一个人。

他枕在车窗上眯了一会儿，睡不着，脑袋还被颠得生疼，但他也没力气抬起来。

下车后走到十字路口，看见自家楼下支起来的早点摊子愣了愣，明明知道不可能，还是拔起脚往前跑。

梅姨正要收摊子，实在是没什么生意。她见到柳小满突然出现在眼前，一副愣怔的模样，她的心一下子揪得很紧，擦着手从摊子后面迎出来，喊他："小满，你爷爷咋样了？"

柳小满没想到爷爷倒下了，梅姨竟然一个人在摆摊，他心里空落落的，说不上来什么滋味儿。

他有点儿失望，摆摊的人不再是爷爷了，物是人非的感觉太强烈，而失望里又含着一点儿感激。

柳勇没工作，大夫跟他说的数字对他而言很惊人，如果摊子再搁置了，家里就真的没收入了。

"爷爷没醒，还得观察。"他摇摇头，帮着梅姨一块儿收摊子，"灿灿一个人在家呢？"

"啊。"梅姨从愣神的状态抽离回来，没说什么，只接过他手里的活儿赶他上去："你快上去歇一会儿，家里有早点，你吃了睡一觉。你嗓子都哑了，不歇歇，你撑不住。"

柳小满没跟她抢活干，转身上去了。

家里很安静，没有响起爷爷平时唤他的一声"小满"；家里也很冷，炉子没点，可能怕灿灿一个人在家煤气熏着不安全。

厨房锅里放着几张烙饼和一大碗米粥，柳小满飞快地洗漱完，过去盛了一碗开始喝。

一开始他只是喝粥，像喝水，尝不出味道，也没有饥饱，只是想着夏良说不吃东西没力气照顾爷爷，就往嘴里灌东西。

估计是灌急了，也可能是刚在公交车上又熏又颠，第一碗粥灌到底的时候他突然很想吐，搁下碗，对着水槽吐了一团粥。

他吐完就觉得饿了，抹抹嘴，又盛一碗粥接着灌，灌着灌着喉咙就开始发哽，吞咽变得很费力，眼泪一颗颗滚出来往碗里掉。

他端着碗，没手去擦眼泪，就和着眼泪继续喝粥，这次他喝出味道了，是咸的。

柳小满从床底把爷爷交代他的小柜子打开，里面放着一些旧东西，别的他都没翻，只把一个小铁盒拿出来，用床角撬开。

小铁盒里面有很多证件，还有用塑料袋包着的现金和存折。他都倒出来看看，心里大概算了算总数，小小地松了一口气，同时又觉得无比心酸。

这笔数字比他想象的多很多，多到让他有些吃惊。

他想象不到那一份份几块钱的卷饼是怎么积攒出这些钱的，爷爷一辈子省吃俭用，生病了也不舍得去医院，攒下的钱其实都是买他的健康。

柳小满把密码记在心里，把用得上的都装进书包里放好，其他东西原样放回去，背上书包站起来。

他想了想，把夏良给他的手机和充电器也带着，还有两本练习册，他一块儿装进了包里。

柳小满拉开门，灿灿穿着秋衣秋裤，踩着巨大的毛拖鞋在门口仰着脸看他。

柳小满跟他对视了片刻，没说话，也不想说，侧身从他身边绕过去，关上了房门。

梅姨在楼道口抱着两个菜盆跟他遇上，很急地"哎"了一声，仰着脸喊他："你不歇一会儿啊，小满？"

"不了，我还得过去。"柳小满往下走了几阶楼梯给她让路，轻声说，"你上去吧，灿灿已经醒了。"

"那你等我一会儿，我跟你一块儿过去。"梅姨赶紧要上楼。

"不用。"柳小满摇摇头，"监护室也进不去，去了只能在外面等，没用。"

梅姨重新停下来看他，微微蹙着眉，犹豫着不知道该说什么。

"你……"柳小满想了想，微微垂下眼皮，"不嫌麻烦的话，中午做点儿饭带过去吧，他还在那儿呢。"

"他"指的当然是柳勇。

梅姨立马“哎”一声，点点头，柳小满转身要走，她又拦了一下。

“今天实在是没什么人……”她放下怀里抱着的菜盆，在围裙里掏了掏，抓出一把零钱揣进柳小满兜里，像怕被人听去惦记一样，咬着柳小满的耳朵飞快地说，“这几天早上的钱我都给你爷爷，你爷爷进医院了，就你拿着吧。”

柳小满看了一眼梅姨，梅姨没什么多的表情，也看着他。

他该问问他们昨天究竟说了什么。

他想了想，从兜里捉了几张纸钞出来看看面额，塞回梅姨手里：“买菜用。”

柳小满先去了一趟社区，人家都忙着过年，光等李婶儿过来就用了一会儿。

柳小满也没怎么具体多说，只大概报了一下情况，托她问问有没有什么政策能用上，该开的证明都给开开。

李婶儿很唏嘘，说回头老街坊都去医院看看，柳小满道了谢，转身去银行。

他没敢多取钱，怕身上钱多弄丢，只把夏良昨天垫的取上装好，就赶紧奔着医院过去。

走廊里不止他们一家家属在候着，柳小满走之前坐的位置已经被别家坐了，柳勇一脸疲惫，招手让他过去。

柳小满跟他没话说，很轻地点了下头表示看见了，就去病房外面，撑着玻璃墙往里看。

爷爷还是没醒。

柳小满脑子里又浮现出医生那句“如果能醒来”，他不敢再往下想。

他到现在依然觉得这一切很像在做梦，他在梦里无意识地奔走，好像已经走很久了，事实上才第一天。他只能这样无意识奔走，不敢停不敢想，一旦停下来去思考，这一切就真的太可怕了。

当夏良突然出现在身旁，喊他“柳小满”时，他第一反应是惊喜，跟着强大的安心与喜悦就一块儿在心口卷起来。

“你怎么……”他本来想说你怎么这时候来了，看清夏良脸上的两道口子后，整个人猛地僵在了原地。

“我的脸怎么烂了？”夏良替他把后面的话接上。

他笑了一下，抬手用掌心很随意地在眉弓上抹了抹，望着柳小满：“还行，来找你之前我研究了一会儿，没破相，不然我就不来了。”

柳小满没说话，投向夏良脸上的目光随着动作挪到他手上，心就跟他搓破的皮一样皱成了一团，拉着他就朝消防通道里走。

门后的楼梯上也有人坐着，都很麻木，还有人在聊天，见他们进来只是抬抬眼皮。

柳小满就继续往上，一直爬到没人的小天台才停下来，在太阳底下再看夏良的脸，胸口酸得一阵翻涌。

他想摸摸夏良的伤口，又怕夏良疼，说不出来的情绪一个劲儿地乱拱。

他就知道夏良不可能没事儿。

夏良妈妈那么可怕，前几天夏良连家都出不来，昨天一宿没着家，怎么可能没事儿。

他想到这次夏良是因为他挨揍，鼻子就控制不住发酸，忙低下头，捉着夏良的手翻过来翻过去地看。夏良任他看着，嘴角忍不住往下耷拉。

——你别哭了，哭多了真的很招人烦。

你给我憋住，柳小满。

最后，他浅浅地吸了一口气，哑着嗓子重新问：“你现在就过来，吃饭了吗？”

第七章
他的充电站

夏良很难说得清柳小满究竟为什么对他有这么大的安抚性。

就像夏良说不清为什么莫名就被这个小残疾吸引，莫名想认识他，想见到他，他每时每刻能带给自己的“舒服”究竟缘于什么。

可能是他的家像一个军火库，包括他自己，一个屋檐下架了四个钢箭火炮，谁和谁发生摩擦都能一点就着，因此对温和无害的人格外有好感。

可也不能说单纯因为柳小满温和无害，能做到温和无害的人不能说太多，但也不少，他也遇见过。尤其他们都是学生，学校里的同学都坏不到哪儿去，很多女生，包括他初中时认识的那个女生，温柔可爱起来好得不得了。

但不一样，没有一个人的感觉跟柳小满带给他的一样。

柳小满能让他踏实。

哪怕只是看着柳小满，他心里也安宁。

柳小满身上有一股无形的劲儿，乐观、向上、努力、真诚，用自己的方式善待对他并不怎么友好的世界，善待每一个人。

他身上有着对于夏良来说独特的光，不刺眼，但是有。

这不只是柔和，这是另一种力量。

“你吃饭了吗？”夏良看着他。

“我喝了粥。”柳小满吸了一下鼻子。

“你回家了？”夏良又问，“怎么样？”

这个“怎么样”既问家里也问爷爷，柳小满都跟他说了，家里没事，梅姨很好，替爷爷在摆早点摊。爷爷还没醒，但是医生说指标都挺正常，再观察一天看看。

“你这是怎么了？”柳小满说完了就盯着他，指指他的脸。

夏良没跟他说他老妈抽的那一通风，只一语带过说了句他爸回来了，两人回回见了面都得动手，跟春晚的《难忘今宵》一样，是固定节目。

“啊。”柳小满眨眨眼，“车里踢你那个？”

“你能不总提吗？”夏良笑了，“我还能有几个爸？”

“他怎么这样啊？”柳小满笑不出来，看着夏良的脸还是心疼。

这么好看的一张脸他也舍得这么下手。

他小心地摸了摸夏良的伤口，手指又绕去夏良耳根后面探探那条旧疤，心里难受得不行。

“你心疼了？”夏良歪歪头看着他。

柳小满瞥了他一眼，一张脸皱巴着：“得上点儿药吧？”

“去吃饭吧，你陪我吃。”夏良说，他看看四周，天台底下的人都在急匆匆地奔走，没人抬头，“我先去看看你爷爷醒没醒。”

小满爷爷还是没醒，但是梅姨来了，带着饭菜和灿灿。

柳小满下去只看见她和灿灿，没看见柳勇。梅姨说他被护士叫过去了，说是商量什么治疗。

她见到夏良还吓一跳，“哟”了一声：“这孩子脸怎么了？”

灿灿也在她旁边瞪着眼睛看。

柳小满赶紧要去找柳勇，刚一转身，柳勇跟着护士回来了。原来医院只是要进一步确定基本措施和用药，柳勇已经签完字了。

“我能进去看看我爷爷吗？”柳小满忙说。

“现在还不行。”护士摇摇头就走了。

“找个地方先一块儿吃点儿饭吧。”柳勇在旁边望着他们。

夏良看柳小满，柳小满摇摇头，下意识伸手拉着夏良的袖子，不想让他们跟夏良沾上边，说：“你们吃吧，我们出去吃。”

“我包了饺子。”梅姨忙说。

这不是包子还是饺子的事儿。

柳小满还是摇头，扭头问夏良：“那个手机的号码是多少？”

夏良说了一串数字。

柳小满从包里抽出纸笔记下来，柳勇知道他的意思，赶紧掏出手机说：“你再说一遍，我录手机里就行。”

柳小满没理他，把写着电话的字条撕给梅姨：“爷爷这边如果有情况，你打这个号码就能找着我。”

“行，好。”梅姨看看柳勇，把字条接过去折好放起来。

在这整个过程里，灿灿一直盯着夏良看。

夏良上次见他还是他在大街上哭，挺烦的，这会儿对他也没什么好感。

他对大部分小孩儿都没好感。他们这片儿老城区，胡同里大多都是老人带孩子，也不怎么讲究。孩子小点儿的时候，老人就带着他们，每天端个小马扎在家门口坐着闲聊，孩子大了就一群群凑在一块儿乱跑。

那些孩子老给人一种流鼻涕的感觉。

今天灿灿脸上拾掇得挺干净，但是瞪着眼睛盯人就不眨眼，也不知道什么毛病。

夏良面无表情地跟他对视，一边嘴角突然微微一扬，冲他亮了亮虎牙。

灿灿小小的脑瓜上仿佛弹出一个巨大的惊叹号，赶紧缩他妈妈腿后头去了。

柳小满交完字条，一抬眼正好看见这一幕，憋着笑跟夏良往外走，从走廊拐个弯出去了才笑出来。

“你怎么还吓唬小孩啊？”他用眼角余光看着夏良。

“看着烦。”夏良说，“他在家没事儿也这么盯你玩儿？”

“他也没别的能玩儿。”柳小满想起自己的大章鱼。

“不过你比我想象的硬气多了，”夏良笑了笑，“看都没看你爸一眼。”

“我不想跟他说话。”柳小满叹了一口气，“爷爷要是醒不过来，我真不知道怎么在家里面对他。”

夏良也想象不到。他揽着柳小满的肩膀搓了搓：“你爷爷会醒的，吉人自有天相。”

柳小满现在其实特别想找一个地方和夏良安安稳稳待一会儿。

但他们走在医院的人潮里，除了“嗯”一声点点头，什么都做不了。

医院是一个没有“过年”概念的地方，死神没有年假，在今天进出医院的人，面色只会比平时更难看，更加匆忙。

他们经过急诊科的时候，看见一个奔跑的女人，很瘦，她怀里抱着的孩子是一个胖墩儿，看着快有她一半儿重了。孩子舞着一手的血，尖叫着哭，一看就是放炮把手炸烂了。

女人踩着高跟鞋健步如飞，白着脸冲进急诊室喊医生，护士立马围上去，引着她往里面跑。

柳小满看着她飞快地远去，心里对她的力量感到有些费解，又有点儿说不来的羡慕。

大概“为母则刚”就是这个意思。

可能他也曾这样被人抱在怀里冲进医院，只是他对这种爱的记忆已经完全没有了。

现在是需要他为了爷爷撑起来的阶段。

夏良不想让柳小满看太多这种画面，从各种角度都不想。

夏良把柳小满的脑袋转回来，带着他继续往外走，问：“你想吃什么？”

“都行。”柳小满答应一声，又补充，“挑你想吃的就行。”

他没什么胃口。

医院附近的饭店好几家都开着门，夏良在来的路上看了。

夏良正在盘算去哪家饭店，对面有人一只手拎着饭盒，另一只手拎着一箱牛奶，步履匆匆地过来。

经过门框时，他们出对方进，撞到了一起。夏良半边身子被对方拎着牛奶的那条胳膊撞上，两人都撞得趔趄。

“哎。”夏良猛地一皱眉。

对方本来有点儿恼火，但看到夏良脸上的血道子，也不想真呛呛，不耐烦地丢了句“抱歉”，就飞快地侧身进门走了。

夏良“哎”那一声也不是要呛火，他是被牛奶箱子的尖角撞着胯部了。

他的手本来就抄在衣服兜里，往胯骨上摁了摁，动作没什么幅度，但是柳小满看出来了，立马问：“怎么了？”

柳小满顺着夏良的手腕往他胯上摸：“那人撞着你了？”

“虽然我无所谓，”夏良的视线从柳小满贴在身前的脑袋上望出去，看看日光下四周来来往往的人们，“但你确定咱俩要一直在这儿？”

柳小满撒开手看着他：“我认真问你呢。”

“我们先找一个地方坐下。”夏良迈下大门前面的台阶，蹙了一下眉。

他们俩没走远，随便进了马路对面一家开门的馆子。店里人还不少，除了那种一看表情就是从医院出来的家属，还有几桌年轻客人，包括学生情侣，他们中午不想在家闷着，就跑出来快乐地过二人世界。

两人挑了一个靠里的位置坐下，旁边正好有一盆发财树，把这张桌子圈成了一个半封闭的卡座。

点完菜后，夏良把自己手机掏出来点了点，站起来丢给柳小满：“你点红包玩吧。”

“你去哪儿？”柳小满忙问，又看看手机，“什么红包？”

“你看见‘恭喜发财’就点。”夏良说着，指了一下卫生间的指示牌。

柳小满点点头，开始点红包。

他点开第一个红包就开心地喊了一声：“六块八！”

夏良带着笑看他一眼，转身去卫生间。

这家的卫生间挺干净，进去就是一面大镜子，底下接着就是便池。

这个设计让人有点儿费解，夏良想不通老板得自恋成什么样，竟然喜欢欣赏撒尿时的自己。

不过这时候倒是很方便，他先看看自己的脸，眉弓那儿已经没那么肿了，一眼看过去不再是一副刚惹过事的烂德行。

左右没有人，他直接拉开裤子看了看，被夏广志蹬过的地方连带着旁边凹下去的小腹，红了一大块儿。胯骨上贴着骨头的那一块已经开始发紫了，刚才被牛奶箱子撞击的胯骨窝儿也青了一团。

他摁一下，生疼。

夏良有点儿暴躁，又拧了拧眉。

夏良正拉着裤子研究镜子，身后隔间的门被推开一扇，一个戴眼镜的男青年拉着裤子拉链从里面出来。

男青年的目光跟镜子里夏良的目光对上，他愣了愣，再看看夏良的姿势，眼神有点儿意味深长。

夏良无语，调整了一下姿势，被迫顺便撒了尿。

傻瓜店老板。

眼镜男一脸谨慎，把自己的裤门儿又拽了拽，飞快地出去了。

夏良洗完手回到卡座里，柳小满把他的手机递回来："刚才有电话。"

夏良接过手机看了一眼，是他老妈的号码。

"红包点完了？"他把通知栏清空，问柳小满。

"点了，三百五十多块钱，你们真能发。"柳小满眉毛往上一扬，趴在桌上跟夏良说话，"你发的那个红包我点了四十七块钱，你看底下罗浩说的话没有？他说他才八毛，骂你呢。"

他说着就乐了，夏良跟着他一块儿乐，然后点开跟他单人的聊天框，给他发了两个两百块钱的红包。

"去点你自己的吧。"夏良把手机扣上。

"嗯？"柳小满把手机掏出来，先把夏良给他发的两个红包点开，惊讶地看着金额，"这是真钱假钱啊？能花吗？"

"真钱。"夏良把餐具拆开，用茶水洗了洗。

"你发真钱给我干吗？"柳小满急了。

本来他就欠着夏良钱，夏良还发红包。

"你拿着手机点半天，当然算你的。"夏良一本正经地说。

"夏良。"柳小满的脸色跟刚才卫生间里眼镜男的脸色一样，"我也就打字慢点儿，你是不是真当我蠢？"

夏良笑了："你那是慢'点'儿吗？上回我等你回复消息的工夫，李猛在群里作了一首诗。"

"反正我不要。"柳小满把手机放在桌上戳着，"这个怎么发给你？"

"今天过年，压岁钱。"夏良把涮好的碗筷抵着手机推回去，再把柳小满那一套餐具拿过来拆开，"换成平时，你哭着喊'良哥'，我也不给你。"

"我就那么欠。"柳小满没忍住笑了。

夏良也笑一声，冲他抬抬下巴："自己手机再去点一轮。"

"我是不是也得发给你们？"柳小满问。

“你想发？”夏良问。

“嗯。”柳小满点头。

别的道理他可能还没那么懂，但是“有来有往”和“互相帮助”一直是爷爷身体力行教给他的东西。

他不喜欢欠别人。

“行，回头我教你。”夏良说。

服务员来上菜时两人都没说话，夏良看手机，柳小满看他。

等服务员走了，他们在发财树后面又缩成一团。柳小满的胳膊杵在桌子上撑着脸，冲夏良小声喊：“良哥。”

“嗯？”夏良在手机上点着，没抬头。

柳小满也没说话。

夏良手上没停，掀起眼皮看他：“什么？”

“我就想喊你一声。”柳小满看着他笑了笑。

两人就这么面对面坐着，喊一声都踏实。

夏良跟他对视了一会儿，最后摁了几下手机，把它放下了。

“我在附近订了几天房，”他给柳小满夹了一筷子牛肉，“你过不过来跟我一起住？”

“你为什么要在外面住？”柳小满愣着问。

“只住几天，”夏良说，“等我爸妈走了我就回去。”

刚才他看房子的时候心里闪过一个念头，如果出来租一间房，带着柳小满一块儿住，应该是一件挺舒服的事儿，但是这个念头只能在脑子里过一圈。

就像柳小满离不开他爷爷一样，夏良也放心不下姥爷。

虽然他这个姥爷心里只有钓鱼，一天能见上面的时间半天都不到，但那是他唯一正常的亲人了。

他老妈是独女，年假一结束又要忙得全世界飞，大几个月见不着一面。姥爷嘴上不说，他也知道姥爷挺不愿意一个人的，自己刚从市区回来住时，老爷子连着两三天在家守着他，鱼都没去钓。

人老了都怕孤独。

就是这么一点儿怕孤独的脆弱，跟流在血管里的血液一起，凝成名为“亲情”的锁链，捆着每一个人，谁也无法真正地做到自我。

而且柳小满也不一定愿意。

“我不行。”柳小满果然摇摇头，“我得看着爷爷。”

提起爷爷他又开始发愁，神情焦灼，盯着眼前的筷碟，语速不由得加快：“医生说我们要做好爷爷有各种并发症的心理准备，他说了一堆我没怎么记住，就记得肺炎，我爷爷平时就咳，一直也没有……”

夏良没有打断他，安静地听他说。

柳小满看起来是一个不需要发泄的人，也不像会发泄，昨天号啕大哭的那一场已经是他能表现出的最大的情绪。可亲人生病是漫长的折磨，除非病人痊愈，或者到彻底无能为力的那一天，这个过程里，家属的焦虑会不断叠加。

柳小满不善于把焦虑外放，跟人在一起时他下意识会隐藏情绪，拿出有精神的那一面，顶天了就是走个神。

现在他的话明显增多，夏良得让他说。

虽然这没什么用，但是柳小满愿意在他面前说出来，就比藏在心里强。

不过柳小满没说几句自己的事儿，说到一半他突然皱眉，看着夏良说：“你不是被家里赶出来了吧？”

夏良都笑了，他是真不想跟柳小满说具体原因，都说不明白。

“只有我想走，没有谁能赶我走。”他对柳小满说。

柳小满还是看着他，缓缓地眨了一下眼：“肯定是因为昨天的事吧？”

大年二十九一晚上没回家，大年三十就带着一脸血道子出来住，除非他缺的不是一条胳膊，而是半个脑子，否则无论夏良怎么说，他都不会相信事情跟自己无关。

夏良拿着筷子看了他一会儿，又夹了一口菜，语速挺慢地说：“你要非说有关系，也不是一点儿没有。”

柳小满的眼角猛地一动。

“昨天到现在你是不是没再睡？”他问柳小满。

柳小满看着他不说话。

昨天他睡了两个钟以后确实没再睡，他不想睡，也睡不着。

“我吧，是真的因为我爸妈都在，吵得心烦。”他们点的热椰奶送上来了，夏良给柳小满倒了一杯，“以前他们俩都回来的时候，我也会出去住几天，清静了再回去。”

“有时候我出去会叫上罗浩他们，反正都不想在家待着，”他把杯子递过去，“但是这次我就想跟你待一块儿。”

“最近你都要泡医院，所以我订了这附近的房子，你累了想睡一会儿，想找我，直接就能找着。”夏良说，“我想去找你，也直接就能看见你。”

“你懂我意思没？”他看着柳小满，在心里叹了一口气。

柳小满还是没说话，把夏良夹给他的牛肉夹起来吃了。

他吃完牛肉起身，端着椰奶坐在了夏良这边，胳膊跟他紧挨着。

这是他的充电站。

吃完饭回到医院，柳小满跟梅姨商量了一会儿，医院不能没人，至少得有一个家属随时候着。柳勇从昨天晚上到现在一直在医院，下午让他回去补个觉，晚上再过来替自己。

“不行。”梅姨摇头，“你也得回去歇着，大人能熬，小孩哪有这么熬的，姨在这儿看着就行了。”

柳小满估计是跟夏良一块儿吃了顿热饭，本来没觉得多乏，现在胃里一熨帖，从心到脑子也觉得麻木，很疲惫。

可他不敢让梅姨在这儿，毕竟是外人，跟爷爷也没感情，真有点儿什么事她肯定不会那么尽心。

“不用。”他摆摆手，“你们商量着怎么安排吧，我跟他互相替。”

梅姨看着他张了张嘴：“小满，其实你爸……”

柳小满没接话也没问话，等着听她想说什么。

“他也挺不容易的。”梅姨朝柳勇的方向看一眼，“我知道你对他……你有你的难处，但是他其实……这些年他在外面也难，也想家，但是回不来。当初他是那样走的，哪那么容易回来，他不敢回。他带着我跟灿灿回来，自己也觉得没脸，来前好几宿睡不踏实。我们也真不是为了图什么才回来……反正我是不图什么，不然我也不能跟着他。实在是……灿灿该上学了，我们怎么都行，小孩儿不能耽误啊。小满，你听我说这些可能觉得心寒，但是……”

梅姨是工地上的女人，没什么文化，说话颠来倒去，重复了好几遍也没说到重点。

最后她自己都说不下去了，索性往耳朵上捋了一把散下来的头发，说："反正我们回来了，不管怎么样，你爷爷这儿就是我婆家，我就是他儿媳妇。你认不认，我也是你后妈。该我做的事儿我指定做好，天灾人祸，咱就这命，出事儿了就扛着，咱们一家就这么过吧。"

柳小满听前面的话心里都没有波动，既不能理解，也没有那天听柳勇说话时的愤怒。因为他很清楚，这事确实跟梅姨没什么关系。

从走到回，是柳勇跟他和爷爷之间的事儿。

也正因为如此，当柳小满听她说到"咱们一家"这四个字时，他有些想笑。

他不是冷笑，是真的迷茫到一定程度了，觉得理解不来。

怎么一家？这么多年都是他跟爷爷一块儿熬，你们一家三口在外面，两个群体突兀又僵硬地挤回一个屋檐下，我的家人倒下了，我和你们就成"一家"了？

只要爷爷一天不醒，柳小满心里就一天没法释怀，他现在不想也无法去思考梅姨的话，可能有些理论是对的，比如就这么个命，出事了就扛着。至于其他的，不管是柳勇还是灿灿，现在都跟他无关。

哪怕柳勇下午回去收拾收拾东西拖家带口又跑了，他也不会有什么感觉，他现在只顾得上爷爷。

估计是这样的想法太悲观，等晚上柳勇换身衣服拎着吃的重新回来，柳小满看着他好像一夜间沧桑了不少的脸，都觉得他不容易。

"你去歇歇吧。"柳勇知道柳小满不想跟自己说话，也没多说别的，只把拎在手上的饭盒递给他，"你梅姨包的饺子，好歹今天过年，你吃一点。"

柳小满看着饭盒，不知道该不该接，倒不是为了柳勇，主要是觉得梅姨中午来送一趟饺子他就没吃，晚上她还惦记着让柳勇送来，如果他还不接，也挺伤人的。

柳小满还在犹豫，夏良在旁边接了饭盒。

柳小满抬起眼皮看他。

"晚上他去我那儿，先不回家了。"夏良没看他，对柳勇说。

柳勇盯着他看了一会儿，又看看柳小满，嘴角动了动："也行。"

夏良订的房子就在医院后面，走十分钟就到，去之前他们回了一趟柳小满家，拿几件换洗衣服。

到柳小满家楼下后，夏良没上去，柳小满自己上去拿换洗衣服，用了点儿时间，可能梅姨又拉着他说了些话。拿完衣服去民宿的路上，他时不时扫一眼夏良拎在手里的饭盒，心里说不上来什么感觉。

夏良也没再提，有些情况既成事实，旁观者能看明白，身陷其中的人如果不想明白，那别人说什么也没用，只能由着他慢慢去接受。

他只想让柳小满别太累。

“等会儿到了民宿，你吃点儿东西就睡吧。”他对柳小满说。

“你呢？”柳小满问他。

“我当然跟你一起。”夏良笑了，往他背上拍了一巴掌，“就一张床，你还想独占？”

柳小满往旁边躲了躲。

但等到了地方，夏良用房东发来的密码把门锁打开，进去刚开个灯，柳小满就默不吭声地往他身旁一靠。

夏良“哎”一声，把人从背后转过来：“你倒是打个报告啊，我当屋里藏了一个人，进门就占我便宜。”

柳小满没说话，只是埋着脸倚着他。夏良也就靠着鞋柜陪他。

不知道过了几分钟，他把柳小满的脑袋掰起来：“你不是睡着了吧？”

“没有。”柳小满笑了，拍开夏良的手打量房子，“我就是不想动。”

“你先去洗个澡再休息。”夏良过去开空调，脱掉外套往沙发上一丢，又把柳小满的外套也扒掉，手指头往他毛衣领口里探探，“你在医院泡一天，我都不想伸手碰你。”

柳小满正转着脖子，想问这房子怎么跟他在电视里看的那些宾馆和酒店不一样，跟别人的家似的突然听夏良来这么一句，都忘了自己在想什么了，抿抿嘴，用眼角余光望着夏良。

“瞧你什么表情，”夏良把他拽过去，“一副不想讲卫生的表情。”

“神经病。”柳小满被他说得想笑，把胳膊抽出来，继续在屋子里转悠。

柳小满接近二十四小时没合眼，东奔西跑心里又搁事儿，被热水一烫，可怕的疲惫感全部涌了上来，压得他连眉毛都觉得沉。

开浴室门的时候，他觉得自己眼皮都睁不开了，出去就得躺下。

结果他一开门，客厅里很香，桌上摆好了饭菜，电视里热热闹闹放着“春晚”，夏良在窗户前打电话，正好说句“挂了”转过来。夏良见他出来了，把手机往沙发上一扔，朝餐桌前走：“过来，吃饭。”

柳小满不知道这是一种什么感觉。

他突然有点儿想哭，觉得这一瞬间的温暖比热水澡还好用，真正地感到了“解乏”。

如果他没遇见夏良，没跟夏良在一块儿，这个大年三十会是什么情景？只剩冷冰冰的家，陌生的“家人”，布满消毒水味道的医院走廊，以及躺在床上不睁眼的爷爷。

他吸了一口气，让发涩的喉咙缓过来，转头看了一眼电视。

小品里，为了抢房子吵架又重归于好的两兄弟在懊悔拥抱，他看了一会儿，突然说：“我现在特别想长两条胳膊。”

“一只手不够你用了？”夏良在开米饭的盖子，随口说。

“嗯。”柳小满点点头，“我特别想完整地抱抱你。”

夏良的手顿了一下。

“完整的拥抱到底是什么滋味？”柳小满抬了抬他孤独的右臂，一脸茫然地问。

夏良放下米饭，走过去用左手紧紧地揽住柳小满。

“就是这样。”他说。

这是柳小满和夏良在一起过的第一个年。

吃完饭，夏良也洗完澡，两人就一块儿看电视，偶尔在手机上跟群里的罗浩、李猛他们说几句。

柳小满困得眼睛都眯着了，电视里载歌载舞，他神游天外，只有放到小品的时候才能凝起精神跟着笑一声。

“你撑着精神干什么呢？看《难忘今宵》？”夏良看着他。

柳小满确实是在撑着，他不舍得睡，现在能跟夏良这么多待一分钟都很难得，他总觉得就这么睡过去，一夜就浪费了。

“我上次完整地看到《难忘今宵》都是好几年前了。”他侧侧身，胳膊往夏良胸口上一搭，压着他的肩膀，“后来爷爷睡得都早。”

夏良不想他想起来爷爷又难受：“我上次看这么长时间的‘春晚’也是好几年前了。”

“你不喜欢看‘春晚’？”柳小满用他的肩头磨了两下眼睛，打起精神问。

他喜欢看小品，虽然越来越不好笑，但这种节目本身还是挺有意思的。

“没氛围。”夏良说，“他们在电视里吵吵，我爸妈在旁边吵吵，我直接抓把瓜子看他们俩多好。”

人困的时候笑点好像会变低，柳小满想着那个画面，也不知道怎么就“嘿”地咧了下嘴，然后莫名地笑了半天。

他已经快没力气了，这么一笑把仅有的劲儿掏空了，脑袋都从夏良肩头歪到沙发靠背上，笑完自己还说了句：“我笑什么呢？”

“谁知道你。”夏良被他逗乐了。

笑归笑，柳小满想到夏良的父母，又重新坐好，捧着夏良的脸看了看。

伤口已经结痂了，比上午第一眼看过去时恢复了很多。但是夏良皮肤白，刚才洗澡又被热水泡过，现在那些结痂的地方浮现着淡淡的红色，柳小满还是觉得疼，心里憋得慌。

“他们下手也太重了。”他摸摸夏良的脸。

这要弄伤眼睛可怎么办？

睡觉前，他翻身想仔细再看看，膝盖抬起来不知道磕了哪儿，夏良往后缩了一下。

夏良动作不明显，但是柳小满感觉到不对。

“你怎么了？”他赶紧要往夏良身上看，同时想起中午从医院出来的时候，夏良被人撞上那一下，当时反应就不太对。

后来夏良没再表现异常，他竟然就忘了。

夏良把他的手隔开，欠身半坐起来靠上床头，在黑暗中蹙了蹙眉。

柳小满那一下正好杵在他胯窝里，跟中午的箱子角顶着同一个地方。

柳小满没心思再跟他扯嘴皮，很利索地旋身，拧亮了床头灯，盯着他不撒手："给我看看。"

夏良跟他对视一会儿，很轻地叹了一口气，把手松开了。

柳小满就着黄澄澄的灯光看过去，整个人都愣了。

夏良的左边胯骨到侧腹全红了，不是那种鲜活的红，是闷得发紫的红，紫色里渗着曲折的血丝，在黄澄澄的灯光下看着特别骇人。

"你……"他惊得有点儿说不出话。

"看着吓人而已。"夏良看了一眼就把衣服拉下来，抬起胳膊要重新把灯拧灭，"睡你的觉。"

柳小满不让他动，把他的衣服又撩开。

这根本不能用"青青紫紫"来形容。

柳小满感觉有东西哽在喉咙口，上不去也下不来，噎得他只能张嘴喘气，心像被人揪着拧了一把，什么话也说不出来。

柳小满哑着嗓子问夏良："是这儿吗？"

"哪儿？"他看着瘀青的地方，夏良看着他。

"我刚刚碰到的地方。"柳小满说。

"再往下点儿。"夏良说。

柳小满又往下摸了摸，说是摸，其实一点儿劲儿都不敢使，只用指腹在四周摩挲着。

夏良感受着他的小心，心里有点儿说不上来的滋味。

其实真不疼，不碰就不疼，疼他也不觉得有什么，就摊上了这样的一对父母，他跟柳小满说过，没办法。

但自己无所谓是一码事，被人在乎着又是另一种截然不同的心情。

"真不疼，本来伤的地方没这么鲜艳，洗澡碰上热水烫出来的。"他放低了声音，安抚柳小满。

柳小满眼圈通红。

他并不想哭，眼泪是最没用的东西，这两天已经掉得够多了，但是他忍不住。

他忍不住想，这得多疼啊。

他忍不住想，夏良脸上有伤，身上还藏着这么大一块伤口，夏良那对爸妈到底对夏良干了些什么？

他忍不住想，好好一个年，夏良就这么带着一身青紫血痕从家里出来，装得像没事儿人一样，如果自己没发现，夏良直到好了也不会说。

而这一切都是因为自己。

他这么想着，眼泪就流下来了。

他觉得疼，心疼，也替夏良疼。

“为什么啊？”他攥着夏良的衣服，哭腔压都压不住，“他们到底凭什么这么对你啊？”

夏良在朦胧昏沉的灯光里安慰着他，感受着他激动到剧烈的心跳。

谁知道呢？他又在心里叹了一口气。

“不是有你吗？”他拍了拍柳小满的背，笑着轻声说。

爷爷是在正月初四那天下午“醒”的。

当时柳小满正在楼梯间做题，学习他不敢落下，前几天兵荒马乱静不下心，这两天爷爷转了病房，他也强迫自己适应节奏，抓紧把落下的作业都补回来。他什么都不能想，不能想爷爷如果醒不过来怎么办，不能想以后，他只有现在。

当梅姨过来喊他时，他还沉浸在题目里没拔出来，一边抬眼望着梅姨，脑子里一边飞速地转着公式。

他先看见梅姨的口型喊出了五个字，跟着耳朵里才听见她在喊：“你爷爷醒了！”

解题思路迅速中止，他扔下练习册就冲了出去。

推开病房门的那一刻，柳小满以为能看到一个清醒的爷爷，望着他能说话，像以前一样喊他“小满”。

但是柳小满扑到病床跟前，发现并不是这样。

爷爷确实“醒”了，他半睁着眼看向窗外，歪斜的面颊肌肉微微颤着，但只是如此。

“爷爷！”柳小满激动又小心地去拉他的手，喊他，他没有回应。

夏良去叫医生，柳小满跪在床边离爷爷更近一点儿，把动作跟声音都弄得更清晰：“爷爷，我是小满啊。”

爷爷朝他转了转眼珠，目光很呆滞，很快又追着光源把头转了回去。

“这咋……”梅姨在旁边睁圆了眼，“咋还不认人了呢？”

柳小满也不知道，他有点儿慌了，攥紧爷爷的手摇了摇，接着跟爷爷说话：“爷爷，我是小满，你看看我，你不记得我了？”

爷爷像很困倦一样，又把眼睛闭上了。

直到医生过来给爷爷做了检查，柳小满才明白，爷爷现在的情况算不上“苏醒”。

“他能睁眼，能听你说话，能跟你配合运动，这三点全满足才是醒过来的标志。”医生说，“你爷爷现在属于意识障碍状态，也就是还不算醒，睁眼昏迷。”

这番话不让人费解，柳小满能明白，忙接着问医生：“他至少能睁眼了，这就是好事，对吗？慢慢就能恢复了，是不是？”

“不好说。”医生摇摇头。

“什么意思？”柳小满愣了。

“有反应当然是好事，你爷爷现在能睁眼，证明他自己求生意志很坚定，”医生说，“后面还要看他的肢体反应……通俗点儿说，如果他就卡在这个阶段了，后面可能就这样了，毕竟是老人，年龄也大了。”

“可是他都睁眼了。”柳小满有点儿愣怔。

“是，睁眼是好事，”医生安抚他，“我就是要把可能的情况都跟你说明白，同时我们肯定得尽最大努力治疗病人，还是很有希望的。”

“你们家属一定要配合，多观察病人的反应，现在可以多跟他说话，给他做做按摩，刺激他。”医生补充一句。

“好。”柳小满点点头，说了两遍，“好。”

虽然被医生吓了一跳，但等爷爷做完检查，重新被推回来安置好，柳小满还是忍不住雀跃，至少爷爷睁眼了。

他心里只有这一句：至少爷爷睁眼了。

“爷爷睁眼了！”他跟夏良独处的时候还忍不住重复。

“嗯。”夏良带着笑看他，“一切都会好起来。”

说起来是一句安慰话，但落到现实中，这个好起来的过程真的十分漫长。

人的心态是随着现状而变化的，爷爷昏迷的时候柳小满只盼着他能睁眼，当他真的睁了眼，又开始期待下一步。

一旦这个“下一步”的到来变得迟缓，家属急切和焦躁的程度就比睁眼之前更甚。

日子已经不是按天过了，是以爷爷每一次的睁眼来过的。

柳小满第一次在爷爷“清醒”时看到他身体振动，以为是肢体恢复知觉了，跑去找医生，才知道只是嗓子里有痰咳不出来，憋的。

肺和呼吸道是爷爷的一个大问题，医生先前给做他了检查，他有一定程度的尘肺，必须时刻注意，还要定时吸痰。

每次吸痰是爷爷最痛苦的时候，明明动不了，却能感到他整个人都恨不得从床上躬起来。

柳小满看不了这个场面，第一次看过以后，回回爷爷吸痰他都要避开。

初六上午，樊以扬一家突然出现在了医院。

当时柳小满刚跟柳勇一起给爷爷翻了个身，他明显感到爷爷又瘦了一大圈，骨头却格外沉，他想帮着搬爷爷的腿都费劲，还是夏良跟着一块儿托，三个人才顺顺当当地把爷爷翻过去。

爷爷很不舒服，从喉管里发出“吭吭”的怪声。

“这是不是想说话了？”柳勇弯腰凑到爷爷跟前，“爸？”

爷爷会看他，仍然只是看看，没有多余的反应。

柳小满心里猛地一酸，一下下给爷爷顺着背。

这哪是想说话，爷爷这是想咳嗽，难受。

“爷爷？”他抱着希冀喊了一声，“我是小满。”

爷爷没理他，吭哧完，又闭了眼。

他在床边愣了一会儿，夏良捏捏他的后脖子。

“小满？”樊以扬的声音在柳小满身后响起，柳小满还以为自己出现了幻听。

柳勇在对面“啊”一声站起来，他跟着扭头，见到樊以扬一家三口拎着东西站在身后，樊阿姨脸上还挂着藏不住的忧心，微微皱着眉。

大人在屋里说话，柳小满跟着樊以扬去了外面。

“我刚从老家回来。”樊以扬的表情跟他妈妈很像，眉毛轻拧着，“爷爷怎么突然就这样了？”

柳小满跟他说事情的经过，说着心里渐渐有些难挨。

爷爷出事以后，他没心思去想别的，只在做题的时候想到了樊以扬。樊以扬不出现还好，现在突然出现在眼前，他就难以自制地涌起倾诉的欲望。

扬扬哥对他而言始终是不一样的。

这些天他虽然有夏良陪着，但他和夏良之间的感情与亲情到底不同，夏良给他的力量跟樊以扬带给他的来自两个不同的方向。

最困难的那些年是樊以扬陪他度过的，给他手，给他力量，护着他一直长大，在他心里，樊以扬就是他亦兄亦父的半个亲人。

他看见樊以扬就像在逆境里突然看见了“自己人”，没有了戒心和防备，在柳勇、梅姨面前不敢轻易泄露的脆弱和迷茫，“呼啦”一下全涌了上来。

他絮絮叨叨说了很多，说得很细，不知道说了多久，最后觉得嘴都有点儿干，搓了搓脸，降低声音：“刚才给爷爷翻身，那么瘦的一条腿我也没抬动，真的不知道……”

后面的话他没说下去，但是樊以扬能明白。

他望着柳小满，表情很难以形容，不是单纯的悲悯与心疼，还有些说不出来的成分，很沉重。

“那你这些天怎么过的？”樊以扬的嗓子有些沙哑，问他。

“夏良陪着我。”柳小满说着，下意识又去看看他的反应。

都这时候了，樊以扬当然不会对夏良的帮助有什么不好的反应。只是柳小满突然想到自己跟樊以扬说话，夏良没过来，那他也不可能在病房里跟樊叔叔、柳勇他们在一块儿。

他去哪儿了？

柳小满从安全门上的透明板望出去，没看见夏良的身影。

他突然有点儿心慌。

好歹他这里来了樊以扬，夏良是因为自己跟家里闹掰的，把家扔在身后出来陪着他，他竟然就把夏良扔在了外面。

“我……”他想跟樊以扬说我去找找夏良，刚开口，樊以扬抱着他拍了拍。

“对不起。”他的声音很轻。

柳小满也抱抱他：“你说什么对不起。”

樊以扬顿了一下，放开他："这几天我没在。"

"现在我能看见你心里已经很踏实了。"柳小满一心想去找夏良，冲他笑了笑。

夏良没在走廊里，也没在平时他们会去歇歇的小天台。

柳小满绕了半天才想起还有手机这个大宝贝，赶紧折回病房去拿。

樊以扬的爸妈已经从柳勇那儿知道了事情的经过，樊阿姨见了他鼻子就一红，抱了抱他，从嗓子眼儿里哽咽一句："可怜的孩子。"

柳小满很感激他们，听了这话也难受，但他还是想找夏良。

可樊以扬一家专门来了，而且真的就是从老家回来，看见支早点摊的人只剩下梅姨，问了情况后立马就过来了，他也不能拿上手机就走。

他们又坐着说了一会儿话，等他终于找一个借口从病房出来，时间已经过去快一个小时了。

电话接通时，夏良那边很安静，柳小满立马喊了他一声"良哥"："我出来了，你在哪儿呢？"

"家。"夏良说。

柳小满下意识以为是这几天他们住的那个小房子，抬脚就要过去："我去找你。"

"我姥爷家。"夏良跟他解释了一声。

"啊。"柳小满愣了愣，"你回去了？"

"嗯。"夏良的声音听不出什么起伏，跟平时一样，"有点儿事，老头儿喊我回来一趟。"

"那行，你就好好在家待着，我这儿没问题。"柳小满忙说。

夏良没多说什么，交代他中午记得吃饭，就把电话挂了。

柳小满拿着手机在原地站了一会儿。

他跟前就是住院部用来活动的小花园，今天天气很好，有太阳，不少病人被家属搀着在散步，虽然还是冬天，但有那么点儿欣欣向荣的意思。

可他的心情"荣"不起来，很奇怪。

明明他是想让夏良回去的，夏良有家，有姥爷，有自己的生活，在这儿陪他颠来倒去这么多天，他早就心疼了。

再怎么说自己也不能让夏良一整年都在医院里陪自己，他也得歇一歇，喘口气。

但夏良真的走了，他瞬间心里就缺了一大块，空落落的，很难受。

第八章
我要转学了

这不是姥爷第一次给他打电话。

大年三十那天晚上，柳小满洗澡出来时夏良挂掉的那个电话就是姥爷打来的。

姥爷让夏良回家，有话好好说。夏良说没话说，等他爸妈走了再说。

夏广志当天中午就走了，大过年的被亲儿子打了一顿，他脸皮再厚也吃不下这顿饭。夏广志走的时候还在骂骂咧咧，扬言下次见到夏良要把他的腿打断。

老妈是正月初三走的，中间回来了两次，姥爷给他打电话，说有正经事儿要跟他说，他还是没回去。

他放不下柳小满，也真的不想回去面对那个家。

直到今天，樊以扬一家过来，正好姥爷又给他来了电话，他才答应下来。

回去的路上，他在车里闭了一会儿眼睛，这些天来他头一次感到明显的疲累，从四肢百骸往外扩散。

但他只是闭着眼，没能睡着。

一个人的状态是骗不了人的。

柳小满跟他在一起的时候能被他逗着笑，能说话，能稍微放松，但都藏不住心底深处的无助和恐慌。

夏良明白柳小满有多害怕，怕爷爷真的不行了，他那个家就算挤满了三口人，依然只剩下他自己。

他也明白樊以扬对于柳小满的意义，那是跟一只老母鸡一样，从学习到生活都恨不得把柳小满锁起来看着的樊以扬。

他们是从小一起长大的，这种情分根深蒂固，无可取代。

但是柳小满在看见樊以扬的瞬间松弛下来的肩膀和他奔着樊以扬就过去了的背影，还是控制不住地在夏良头脑里来回晃着。

夏良呼出一口气，重新睁眼朝窗外看。

不能说他介意，也不能说毫无感觉，那不现实，毕竟柳小满是直接从他身边跑向了樊以扬。

他就是有些怅然，自己没能经历柳小满过去的时光。

那个陪着柳小满一起长大、能带给他更大力量的人不是他。

夏良回到家，还没进院，姥爷就从屋里迎了出来。两人挺多天没见，他重新面对夏良也没有表现出过多的情绪，只跟平时一样招呼夏良："回来啦？"

"嗯。"夏良答应一声，朝小锅常待的小石桌上看。

院子里没有它，它也没像往常一样从屋里迎出来，他皱了下眉："我的猫呢？"

"跑出去玩儿了。"姥爷说，"你没在家，它也不爱在家待着。"

"您没去钓鱼？"夏良又问他。

"你要回来我还能去钓鱼吗？"姥爷拍拍他，把他往屋里推，"快进去，你妈给你做了一桌子菜。"

夏良走进客厅，桌上果然已经摆上了碗碟，他看一眼就知道还是饭店送来的，他妈没有这样的手艺。

不早不晚，也不知道她弄这一桌菜干吗。

"你回来了？"老妈端着米饭从厨房出来，盯着他看了一眼。

然后她把锅放下，擦擦手，上来往夏良眉弓上摸了摸："快好了。"

夏良别过头躲开了。

"坐下吃饭吧。"老妈没说什么，转身进厨房拿锅铲。

夏良犹豫了片刻，脱下外套在餐桌前坐下了。

他是带着提防进的门，如果他老妈跟之前一样，上来不出三句话就想上手，那他压根儿不用坐下，转身就能走。

可她换了一个路子，不论心理上还是行动上，夏良就有些被动，毕竟这是他妈。

他不是石头缝里蹦出来的，不可能不希望被亲妈温和地对待，也不可能不希望家庭关系有所缓和。

这顿饭的前半截都算得上正常——对于他家一贯的画风，几乎是正常到了异常，老妈没跟他吵，没用咄咄逼人的语气问他为什么不回家，甚至给他夹了一筷子菜。

夏良没动筷子，他有预感，后面一定有别的事儿在等着他。

预感成真是在他接完柳小满打来的电话以后。

夏良听见柳小满把自己口中的"家"当成他们那间小房子，心里酸得像被扭了一把，如果不是老妈在对面望着他，他可能站起来就要回去。

"你不是要说事儿吗？"挂掉电话后，他没再拿筷子，直视着老妈。

老妈跟他对着看了一会儿，嘴里还小幅度地嚼着菜。

她不发疯的时候一向很精致，餐桌礼仪很好，嘴角轻轻嚅动，饭菜都咽下去后，还要先抿一口汤顺一顺，然后才放下汤碗开口说话。

"转学的事儿我已经找人给你安排了，过几天开学，你直接去十四中报到。"她语气平淡，"你班主任的电话回头我发给你。"

如果只看她的表情，夏良会以为她只是在说今天的太阳很好，等会儿要出去买件衣服。

"谁？"他盯着老妈。

"你。"老妈继续吃饭。

夏良不知道自己用了多大的力气才忍着没直接掀翻桌子。

他厌恶情绪无法自控时的自己，他妈和夏广志每次歇斯底里砸东西的样子在脑海中飞速地旋转，他抗拒变成他们那样，每一次都用尽全力来抗拒，却总是有下一次更加无法容忍的事情发生。

"你说话都不作数的吗？"他的手在腿上攥成拳头，烦躁在瞬间冲到了极点，他甚至有点儿纳闷儿。

先前老妈浪费了半天时间，在尚梁山办公室说的那些成绩进不进步的话全是假的？

"什么话？"老妈夹菜的手停了一下，望着他，很快想了起来，"哦，成绩进步了就不转学？就凭你考回来的那点儿分？"

“夏良，”老妈的嘴角勾了勾，带了点儿讥诮，“你连考个二本都悬，还有脸跟我说？”

夏良第一次真正地感受到愤怒是怎么像火山喷发一样从身体里拱上来的。

剧烈，恼火，爆炸，嗡鸣，种种能感受与不能感受的情绪，仿佛有了具象，撕扯拉拽分裂他的理智。

他想咆哮，想发泄，想砸翻他妈妈还握在手里的筷子，想像她曾经每一次质问自己一样，问她为什么。

愤怒的情绪即将失控的那一刻，柳小满通红的眼圈出现在他脑海中。

掉眼泪的柳小满，小心翼翼不敢碰他伤口的柳小满，把他的手贴在脸上的柳小满，憋着哭腔问“他们凭什么这么对你啊”的柳小满，总是忍不住自责一切是因他而起的柳小满……

现在柳小满需要的不是一个只能发火、带着一身戾气让他恐慌的夏良。

像从无形中伸出来一只手扼着他的脖子，生生把他已经拱到喉咙口的怒火硬卡下去。

夏良控制着自己的手腕不去砸东西，控制着腿和脚，没有直接把桌子蹬翻，他站起来的时候能听见脑子里尖锐的哨声，这声音顶着他的后脑勺，像钢筋一样贯穿他的太阳穴。

“我说了，”他撑着桌子看着老妈，以最大程度控制自己的音量，嗓子里憋着火，像锯过一样，干涩发哑，“我不转学。”

“我也说了，”老妈终于撑不下去温和的戏码，狠狠地把筷子拍在桌上，“由不得你。”

“夏良，”姥爷赶在夏良开口之前站了起来，拦他一下，“你来。”说完姥爷就转身进了房间。

这是夏良跟老妈之间的事儿，夏良不能把火往姥爷身上撒，跟老妈对视了一会儿，他踢开凳子跟着进去。

“我这两天也听说了前面老柳家的事。”姥爷坐在书柜前的藤椅上，夏良一进来他就开了口，“你这几天都给他家帮忙？”

“谈不上帮。”夏良靠在桌沿上。

“我孙子仁义。”姥爷点了点头。

夏良抬起眼皮看姥爷。

“道理我不用跟你讲，你不爱跟我聊，但我知道，该懂的你都懂。”姥爷也看着他，“这么多年你妈就这样，你清楚。我到这把岁数了，有时候也拿她没辙。”

“所以你就觉得她该这样？”夏良反问他。

“母子之间有些事儿谈不上该不该，她是我生的，小时候被我管。你是她生的，你就该被她管。”姥爷说，“要真什么都不管，就跟前面老柳家一样，或者跟你爸一样，你也快活不到哪儿去。”

夏良本来就被一股气顶着，听姥爷说这些只觉得更心烦，直接打断他：“我们说的是一码事儿吗？”

姥爷望着他，沉默了一会儿，叹了一口气：“良良啊。”

夏良忍着没有转身就走，皱着眉毛。

“你有主意，从小就有，这点跟你妈一模一样，你们俩就是太有主意了。”姥爷朝藤椅上一靠，闭了闭眼，“但是你比她强，你有心气儿，沉得住。你妈在你这个年龄，我就已经管不住了。她是心高，老想往外飞，觉得自己什么都行。”

“后来她不就跟你爸了，我们说什么她都不听，非要和你爸在一起。折腾了这么多年，自己过得不得劲儿，就老想管着你，怕你走她的老路。”姥爷接着说。

“我能走她什么老路？”夏良有点儿想笑。

“你说呢？”姥爷睁开眼，直直地看着他。

老人的眼睛是很锐利的。

但就这一眼，却像锋利的刀一样，夏良猛地发觉自己还是太嫩了，在姥爷这样的注视下，他什么秘密都没有。

他从头到脚，从里到外，都被他们看在眼里。

“所以呢？”他没有退让，已经说不出现在心里是什么情绪了，各种感受一股脑儿地顶上来压着他。他拿不准他们到底知道了多少，只坚持着不能避开。

“你妈那句话其实说得对，”姥爷的目光重新柔和下来，“由不得你。”

夏良的嘴角动了动。

“这个阶段真就由不得你。她给你转了学，你就得去上，没有监护人给你走程序，你自己也没法转回去。”姥爷接着说，“除非你不上学了，跟她拧着来，真把你高中三年和以后的大学四年荒废掉。”

他眯了眯眼：“你自己想想，值不值。”

“你再想想你想当的人，以后想做的事儿，真离了学历，能不能行。”姥爷说。

夏良跟他对视着，想到拼了命学习的柳小满，突然产生一股无力感。

柳小满第八次偷偷把手机摸出来看，樊以扬想装看不见都来不及转头。

“你把手机拿上来吧，转着脑袋累不累？”他用筷子敲敲柳小满的餐盘。

柳小满不好意思地笑笑，确定了一下夏良依然没消息、没电话，也没给他发微信，就把手机塞回去继续吃饭。

他们现在在医院的食堂里，上午樊爸樊妈走了以后，樊以扬留下来陪着他，中午一块儿在医院吃了顿饭，傍晚梅姨多拎了一个两层的保温盒来，是樊妈妈做的菜，托她带过来，让两个小孩一起吃。

“一块儿去吃点儿吧。”樊以扬接过保温盒时对梅姨说。

“不用，不用。”梅姨赶紧摆摆手，“我在家吃了饭，病床不能离人，你们快去，等会儿菜凉了。”

灿灿又在旁边盯着樊以扬看，樊以扬看看柳小满，柳小满看了眼灿灿，想起了夏良。

“他吃了吗？”柳小满问梅姨。

“吃了，都吃了，你快去吃你的吧。”梅姨把灿灿往后扒拉一把，也想到了夏良，“那个小孩儿，今天没跟你一块儿？”

“他回去了。”柳小满不想多说。

“那你晚上回家睡吧？”梅姨望着他。

柳小满打心底里不想回去，但是如果夏良不在，他也不想一个人去房子里待着，只能“嗯”一声。

他不想回家，吃饭也没什么胃口。

夏良一分钟没消息，他就焦心一分钟。

柳小满这次的焦心跟上次夏良被他妈妈带走的焦心还不一样，上次柳小满只是担心，没什么实际概念。这次柳小满是知道他爸妈真的会下狠手，生怕他再带一身伤回来。

吃饭是需要气氛的，樊以扬看他像一只鸡崽子一样挑着米往嘴里送，又憋着什么都不说，也被带得没什么胃口。

“手机是夏良给你的？”他索性摊开了跟柳小满聊。

柳小满看他一眼，点点头。

“我就知道。”樊以扬抬了抬头，“元旦我在你家就看见了。”

柳小满没说话，他还是有点儿不敢在樊以扬跟前多提夏良。

“他给你买的手机？”樊以扬又问。

“旧的。”柳小满说，“他以前换下来的手机。”

樊以扬把自己盘子里的肉给他夹了一块：“我刚听梅姨话的意思，这几天你们两个都住在一起？”

柳小满的筷子已经拎起来了，听见他这么问，又收了回去。

“干什么？”樊以扬差点儿被他气笑了，“你承认了我还能不让你吃饭？”

柳小满本来是条件反射去夹菜，每次跟樊以扬一块儿吃饭，樊以扬给他夹了什么他都会直接吃掉。这会儿他把筷子收回去是一时间不知道该怎么说，只好又去夹菜，“嗯”了一声。

这次樊以扬没有立刻接话，两人安静地吃了一会儿饭。

柳小满习惯把跟夏良在一起的时间都当成秘密，没事儿就自己偷着乐。反正除了樊以扬，也没人问他，问了他也不敢多说，跟一管牙膏一样，挤一下吐一口。

樊以扬则是不知道还能说什么。

他不傻。

一个大过年的不回家，连着好几天陪同学在外面住，帮着照顾同学中风的爷爷。

另一个呢？他看了一眼闷头吃饭，明显心里搁着事儿的柳小满，在心里叹了一口气。

之前他就有那么点儿预感，这种预感的出处要详细去说也说不出来，就是一种同龄人的直觉。毕竟大家都在青春期，有点儿小躁动、小变化，身上的气场都会变得不一样，藏都藏不住。

樊以扬能理解，但是不太能接受，尤其是在面对柳小满的情况下。

而且……

虽然樊以扬打心底里不愿意这么想，但现实就摆在眼前：柳小满是一个断了一条胳膊的残疾，夏良跟他一块儿玩，到底图他什么呢？

如果柳小满是一个胳膊腿儿都完整的“正常人”，樊以扬都不会这么想不开。

就因为柳小满情况特殊，是一个残疾，涉及交朋友这方面的问题已经挺让人放不下了，现在柳小满却跟他完全不在一个世界的夏良搅和在一块儿。

樊以扬简直不知道心里是什么滋味儿，他甚至觉得有点儿魔幻。

“你想没想过……”他试着重开话头，说了四个字，仍不知道自己能说什么。

柳小满是蜗牛性子，所有的情绪和表达都是内敛的，他在安心的环境里愿意伸两个角出来探探，一旦觉得不安，只会往回缩，揪也揪不出来，说了也不听。

柳小满看起来软软乎乎没脾气，骨子里就是一根筋。

现在爷爷在病床上躺着，家里又挤进来一家三口，柳小满能说能笑全靠硬撑，这时候自己肯定不适合跟他说这些事。

樊以扬琢磨了一会儿，还是想试着旁敲侧击：“你想没想过，夏良他……”

“夏良特别好。”柳小满抬头打断他的话。

樊以扬愣了一下。

这是柳小满第一次这么干脆地跟他表达自己的想法。

柳小满说完自己也愣了。

他完全是脱口而出，前面樊以扬一个接一个的问题他不敢说什么，如果樊以扬继续提问，问他和夏良这几天相处的细节，他还是会低着脑袋不敢多说。

因为柳小满明白樊以扬对他好，问问题，了解他的情况，初衷都是为他好，这一点没有人比他更明白了。

但是到了这一句，以“夏良他”为开头的这个句式，他已经太熟悉了。

夏良跟你不在一个世界，夏良跟你不是一种人，夏良身边都是些什么朋友，夏良能不能给你带来好的影响……

若以前樊以扬说这些，柳小满会犹豫，会纠结，会权衡，会在心里嘀咕。

虽然樊以扬说了半年都没用，但也有那么两次柳小满被说动了，试着去跟夏良拉开距离。

可是在这个时候，在夏良陪着他熬过这几天以后，他听不得樊以扬说夏良什么不好，一句也不行。

夏良对他而言很好，非常好，特别好，这一点现在已经不会再因为任何人的质疑而改变，即便是同样对他好的樊以扬也不行。

两人对视了一会儿，柳小满耷拉下眼皮道了歉。

“对不起，扬扬哥。”他刚才的语气太冲了。

樊以扬没说话。

柳小满从自己盘子里挑了一块很大的肉夹过去。

“吃饭吧。”樊以扬重新把筷子拿起来，“待会儿我给你讲题。”

手机第一次漫长的振动，夏良没动。

他仰面倒在沙发上，小锅从他左手边踩着肚子跳到右手边，用鼻头去顶振动的手机。

夏良睁开眼，他明明没有睡着，但窗外的天色竟然不知道什么时候变黑了，卧室里死气沉沉的。

他望着黑漆漆的天花板，直到手机振动结束，他才重新闭上眼睛。

手机第二次振动跟第一次只隔了半分钟，小锅很轻地叫了一声，把手机从沙发上扒拉下去。夏良呼出一口气，动动胳膊把手机捞上来。

“夏良，你能不能行了？”电话一接通，罗浩直接开嚷，“过个年给你过闭关了是怎么着？发消息不回，打电话不接，你买一部手机能不能没事儿看两眼？”

“说事儿。”夏良打断他。

“你嗓子怎么了？感冒啊？”罗浩问。

不用罗浩提，自己声音出来夏良听着都难受，又干又哑，声带像用砂纸磨了一夜，说两个字嗓子眼儿都发紧。

他把手机摁了免提扔桌上，晃晃发晕的脑子，去厨房找了一瓶水。

“没什么事儿，”罗浩在电话里接着喊，“我们出来玩儿了，现在要去撸串，还是新世纪后面那家，就差你了，赶紧过来！”

“你确定人家开门了？”夏良听见郭魏在问。

“初几了还不开门，再不开门，马上开春了。”罗浩无所谓地说，说完他又冲夏良嚷，“你赶紧来！半个小时，你不来我们就去你家轰你，看着办吧！”

他们没给夏良拒绝的时间，直接挂了电话。

其实他们挂电话的速度跟夏良去不去撸串完全构不成关系，夏良只要不想去，他们轰到哪儿也没用。

家里没人，他拎着水重新回到卧室，在黑暗里灌了两口水。

如果转学能跟去烧烤摊一样随性就好了，他想到这一点就更没心情去了，什么心情都没有，只觉得累和烦。

无能为力的累，导致无法挣脱的烦。

他这种情绪从中午姥爷说完那些话以后就没有消退，在身体里越积越高。

他知道姥爷说的是对的，也正是因为这个“对”，让他从心底里难以接受。

他不知道怎么说服自己接受这个现实，也不知道怎么去跟柳小满说。

前几天他刚信誓旦旦地说完“有我在”，转眼就被转学了，简直就像他妈一样，说话不作数。

夏良想到柳小满可能会露出的眼神和表情，就连多喝一口水的心情都没有。

中午老妈走之前跟他说了最后一句话：“我不锁着你，这几天你想干什么还能去干，回不回家都随你，但是开了学你就跟我回去住，离你新学校近，省得你一天跑来跑去，心还野在外面。”

当时他没法张嘴接话，他必须浑身每个关节都拧得紧紧的，才能忍住不冲她吼出来。

现在他回想起来，依然想吼。破坏欲又伴着暴躁涌上来，他手里的水瓶被攥到扭曲变形，他狠狠把水瓶往墙角一掼，在瓶盖爆开的声响里躺回沙发上。

烦。这种被拿捏着、什么都无法掌控的感觉让他烦透了。

他抬手覆上自己的眼睛。

又不知道过了多久，窗外似乎更暗了，手机在这期间振动了两次，夏良没看，一猜就知道是罗浩他们又在催人。

直到一声很轻的“叮咚”响起来，夏良说不上来是种什么感应，坐起来拿起扣在桌上的手机。

——良哥。

屏幕上显示着短短的一条消息，是柳小满发来的。

夏良看着这两个字，拇指缓缓悬在屏幕上方。

手机将要解锁时，又是“叮咚”一声，屏幕上跳出新的消息。

柳小满打字很慢，几个字要打很久。

——你好不好？

柳小满不知道自己是几点睡着的，给夏良发完消息，他就一直攥着手机等他回复，最开始是盯着屏幕看，后来一点点撑不住了，就把手撑在枕头上贴着耳边。

现在他不怕手机被谁发现，夏良只要回他，他就能被振醒。

这是他年后第一次回家住，夜里睡得并不踏实，睡眠很浅，思维很跳跃，感觉一直在醒，没醒来的时间都在持续地做着梦。

第一次他梦见夏良回复说“不太好”，他赶紧睁开眼去看，什么都没有。

第二次他梦见樊以扬来跟他一起做作业，做着做着樊以扬突然搁下笔，很冷漠地看着他，说“夏良跟你不是一个世界的人，赶紧分开吧，现在不分开，以后也会分开”。他很着急地想解释，张嘴又说不出话，樊以扬只低下头，说“做题吧”。

第三次他梦见柳勇带着梅姨和灿灿突然拉开房门，面无表情地让他走，说这里是他们的家。

第四个梦最可怕，他梦见自己在医院里跑来跑去照顾爷爷，拎着水壶顶开病房的门，爷爷突然从病床上坐起来，手脚眼嘴都很利索，像没出过事一样，看着他说：“满啊，你别管我了。”

柳小满心里一惊，沁着满背的冷汗，猛地睁开眼。

窗外的天色已经开始变亮了，手机在柳小满耳边“嗡嗡”地振动。

他坐起来抹了一把眼，默念着“梦都是相反的”，然后把手机拿过来。这么断断续续的一夜他也睡到了七点多，看见来电人是“接电话”，连忙点了接听键。

“你醒了？”夏良没等他说话就先开了口，“响了三声还没接，我正要挂掉让你多睡一会儿。”

明明只是一天没见，夏良的声音听起来竟然让柳小满鼻子一酸。他没接夏良的话，直接问夏良：“你没事吧？”

“没事。”夏良很轻地笑了笑。

柳小满悬了一夜的心放下一半，另一半惦记着刚才梦里的爷爷，他用脖子夹住电话，掀被下床，说：“你没事就好，我现在要去医院，你……”

“你在哪儿？”夏良打断他。

“我家。”柳小满说。

“你去洗漱吧，我跟你一块儿去医院。”夏良说。

“你要来找我吗？”柳小满重新把手机拿在手里。

“嗯。”夏良答应一声，“等我。”

柳小满飞快地收拾完，挎着书包下楼，梅姨已经把摊子支起来了，她现在做得很熟练，看见柳小满出来就飞快地给他卷了一个饼。

“过几天是不是快开学了？”她问柳小满。

柳小满点点头：“快了。”

想到开学他有点儿发愁，学习不能放下，爷爷也不能，如果从早到晚的课一节不落的话，他每天只能晚上放了学才能去看爷爷。

接着他又想到了樊以扬，昨天他跟樊以扬说完“夏良特别好”以后，两人就没再多说别的。樊以扬把最近攒下来的题跟他说了。从医院回来，樊以扬就像平时从学校送他回家一样，到了楼下就回家了。

高三学生今天就要开学，樊以扬说刚开学学习比较紧张，会抽时间去看爷爷。他不敢耽误樊以扬的时间，距离高考没几个月了，算算今年六月樊以扬就要踏上高考考场，他竟然觉得很不真实。

高考，他有些怅然地想着这个词。

扬扬哥考完就会轮到他。

上一年的“高考”还没这么让人感到近在眼前，现在一过了年，真是每个人的时间都在加快，步步紧逼。

“开学了你就好好上学，你爷爷那儿有你爸跟我呢。”梅姨说着话，手上又卷出一个厚厚的蛋饼，用袋子包好了递给柳小满。

柳小满刚把上一个饼在书包里放好，愣了愣：“我吃一个就够了。”

“你不是还有个小伙伴吗？”梅姨把饼往柳小满手里一搁，“给他也带一个。”

梅姨口中他的“小伙伴”是夏良。

柳小满拿着卷饼，看她一眼，每天从爷爷手里接过两份早点的时光仿佛在昨日，那种物是人非的感觉又一次卷了上来。

“谢谢。”他轻声说着，把第二个卷饼也塞进书包里。

夏良直接叫了一辆车到路口，柳小满拉开车门进去就盯着他的脸看。

他看见夏良的脸好好的还不够，还想把夏良的裤子、衣服都撩起来看看。

“看不够了？”夏良任他摆着自己的手，盯着他。

“你真没事儿？”柳小满瞟了眼司机的后脑勺，又问他一遍。

夏良沉默了一秒，捏捏他的手指头：“嗯，没事儿。”

柳小满很想问他，你真没事儿为什么昨天一天都没消息，直到早上才来个电话。

不过他也明白，有些时候有些事，真的只想搁在心里，不愿意说出去和人共享。

当时夏良胯骨被踢青也藏着没说，要不是脑袋不能摘下来别裤腰里，那么帅的一张脸没地方藏，他连脸上那两道口子也不会愿意让自己知道。

他只当夏良跟之前一样，在家有点儿什么事习惯性瞒着。

他也最怕这个，他真的宁愿夏良把心里的不愉快都说出来。虽然他也没什么办法解决，可至少能听，能心疼，他不是一个只能被瞒着听好消息的尿包。

但要是真的什么都往外说，那也不是夏良的性格，他只是从心底盼着夏良是真的好好的，不想逼他因为自己去改变什么。

而且眼下他们还在车里，当着司机他也没法追着问，只能悄悄捏了一下夏良的手，转移话题，开始说自己昨天做的梦。

梦是倒着说的，柳小满先从爷爷那一截说起，略过了樊以扬那段，最后说到梦见夏良给他回复说“不太好”，他又观察了一下夏良的表情。

“怪不得说梦都是反的，对吧？”他试探着问。

夏良跟他对视着，一万种情绪在心里翻涌。

昨天他收到柳小满的两条消息后，这些年来头一次主动给老妈打了一个电话，压着情绪很认真地想跟她谈谈，看转学的事儿还能不能商量。

“手续都办完了，现在肯定是没得商量，以后看你表现。”老妈只给了他这么一句话，说完就把电话挂了。

夏良不想骗柳小满，不想在骗完他开心以后再告诉他真相，却又更不想让他在最后这几天的相处里，跟自己处在同样的焦虑中。

何况这个梦里还有爷爷。

“是啊。”他只能笑着说。

柳小满那个梦里唯一的好事，大概就是梦到爷爷的那一段真的是倒着来的。

到了医院，柳勇看见他就很激动地让他快过来，说爷爷的手能动了。

他赶紧扑过去，爷爷还在睡，他屏着呼吸小心地看了半天，问柳勇：“哪只手？”

“这只。”柳勇比了比爷爷的右手，“弹了两下，这两根手指头。”

柳小满又等了很久，还是没等到爷爷弹手，但是他知道柳勇不会在这件事上骗他，心里还是无比雀跃。

从爷爷第一次睁眼到现在能弹手，在外人眼里大概就是几天，对于他来说，已经太漫长、太漫长了。

医生对爷爷检查身体后，给出的解释依然很客观，先让柳小满不要激动，爷爷依然处于浅昏迷的状态，后续的恢复不知道要持续多久，希望依然有限。

柳小满这次没太被影响，他什么也不想了，就专心配合医院的全部治疗。爷爷康复一点儿就算一点儿，哪怕真就这么着了，他也不在乎。

他小时候爷爷怎么养他的，以后他就怎么拼命去养着爷爷。

只要不像梦里那样，爷爷自己没了求生意志，只要他还有爷爷，就够了。

开学前的最后几天，时间在这点儿希冀带来的欢欣里飞速晃过。

夏良继续陪着他，像之前一样，两人还住在那间小屋子里，每天早上去替换柳勇，在医院待一天，傍晚梅姨再过来替他。

晚上回去他们就凑在一块儿说话，点东西回来吃，或者出去吃，吃完在附近随便逛逛，当散步。

散一会儿就得回去，柳小满要写作业，作业写完了也要自己找练习题写，赶在开学前还有时间，他争分夺秒地写。

开学的氛围已经很明晰地袭来了，连李猛最近在群里说话都不只是漫天扯皮，和王朝两人开始预定他的寒假作业，约着报到那天早点儿过去，必须交的那几门课得早点儿补。

柳小满答应了，小半个月没见，他还真的有点儿想他们。

四个人一块儿去卫生区扫地，晚自习他跟夏良在后排听着他们斗嘴。早读课，前后左右除了他，睡趴下一片……一个寒假而已，现在他回想起来，那些日子竟然都成了曾经无忧无虑的好时光。

“良哥。”柳小满把最后一天给自己安排的任务做完，舒出一口气，喊了夏良一声。

“嗯。”夏良在窗台前应着，然后搁下笔过去找他。

柳小满问：“你一直在这儿不回家，真没事儿吗？”

“没事儿。”夏良随意地说。

“你要是有心事，得告诉我。”柳小满认真地看着他。

他想逗夏良开心，像平时夏良逗他那样。他想了想，搓了搓夏良的胳膊，又说：“你告诉我，我才好安慰你。”

“安慰我？”夏良果然笑了。

“你怎么安慰我？”夏良问他。

柳小满：“你定。”

夏良看了他一会儿：“去抓娃娃吧。”

“现在？”柳小满看了看时间，刚过八点，应该也来得及。

“嗯。”夏良说走就走，站起来拉着他去换衣服。

他们去的还是上次李猛过生日唱歌的那家商场，从这里过去要比从家去近得多，从民宿出门到走进商场大门，他们一共只用了不到二十分钟。

这个时间商场果然还很热闹，买东西的人不多，大多是吃饭和看电影。

柳小满还是第一次在晚上来商场，他最近没有心情出门，去哪儿都是脚步匆匆，这会儿突然来晃一圈，看着身边往来惬意的人群，有点儿恍如隔世的轻松。

柳小满找到那个阻碍电梯口的巨大的抓娃娃机，看着它就没忍住笑了起来。

“就因为它挡着，这个电梯口的人还是这么少。”他走过去在机子上拍了拍，扭头对夏良说。

夏良的目光一直投向柳小满身上，他很沉默，两人目光对上了他才扬了一下嘴角，过去扫了下码。

“你想要哪个？”他像上次一样，站在柳小满身后，望着抓娃娃机背板镜子上映出来的柳小满。

柳小满挺认真地看了一圈，机子里的娃娃跟上次他们抓的时候不一样了，没了大章鱼，换成许多他认不出来形象的玩偶。

“那个吧。”他看了半天也没选出称心的，怎么看都没有大章鱼顺眼，就随便指了一个离出货口最近的丑向日葵。

夏良看了一眼丑向日葵，攥上手柄。

柳小满握住另外一根手柄，很专注地配合着夏良，这次他比上次有经验，很快就定好了位。

“快拍！”他不敢乱动，头也没回地对夏良说。

夏良的目光重新从操控手投向镜子里的柳小满脸上，现在的柳小满很专注，眼睛里亮晶晶的，盯着他的向日葵。

确定按钮拍下去后，机械手伴着音乐“吱吱嘎嘎”地开始伸展。

“柳小满。”夏良听见自己的声音裹在其中，明明很沙哑，传递到耳朵里却很清晰。

柳小满还在盯着下降的机械手，听见夏良喊他，嘴角扬起来，也从镜子里望向夏良。

“我要转学了。”夏良看着他。

柳小满没反应过来，愣了愣，持续盯着夏良。

夏良没有表情地跟他对视，不是在开玩笑。

柳小满眨了眨眼，那点儿笑意很快消退下去，他张张嘴“啊”了一声，之后很半天都没说出话来。

机械手在丑向日葵上抓了个空。

“哦，遗憾，继续努力！”抓娃娃机背景音大声响起。

柳小满还没从夏良说他要转学的消息里拔出来，听着这个声音，心里想着真难听。

“还抓吗？”夏良问他。

柳小满摇摇头。

“看电影吗？还是想吃点什么？”夏良又问。

柳小满还是摇头。

“你想做什么，我陪你去。”夏良看着他。

柳小满怔着脑子想了一会儿，什么也想不到，也没情绪，就觉得心里有点儿空。

“那……”夏良往旁边看看。

“咱们回去吧。”柳小满拉了一下夏良的袖子，“我就想跟你多待一会儿。”

这话一说出来，他的鼻子突然就一酸。

他这才意识过来，夏良转学就意味着他们之间不再只是半张桌子的距离。

两人拉开距离的时长，还将是之后无比漫长的整个高中。

回去的路上，两人都没怎么说话，夏良是说不出来，柳小满是想不到要说什么。

其实只是转学而已，两人又不是见不到了，他们还在一个城市，只是要分开上课，只是离得远了点。

“你要转到哪所学校？”柳小满终于想到这个关键的问题。

“十四中。”夏良说。

柳小满“哦”了一声，然后又开始沉默。

十四中是好学校，柳小满没去过，但是重点学校就那几所，谁都知道。

十四中大概在……他试着想象出一幅地图，勾出他家和十四中之间的路线，但是他不知道十四中具体的位置，地图从家里伸展出一条线，就茫然着不知道该往哪儿画了。

“不然去看看十四中吧？”他对夏良说。

“好。”夏良让司机调头，去十四中。

十四中离医院不算远，十分钟左右就能到，但这表示离柳小满的家和学校又多了十分钟的路程。

如果打车的话，要小半个钟头，坐公交就更麻烦了，四十五分钟起步。

四十五分钟，柳小满不断地往脑子里加着数字，一节课加半个课间休息时间。

十四中没什么好看的，没他们学校大，毕竟在市中心，老校区，寸土寸金，站在校门口就能看清楚里面的几栋教学楼。而且十四中跟他们学校一样，只有高三的在上课，大晚上黑漆漆的，连大门旁边挂着的铭牌都看不清。

司机把车停下，夏良拉车门要下去，柳小满把他拦住了。

“我就想知道它在哪儿，回去吧。”他真的只是想知道他跟夏良要隔多远的距离，并没有兴趣在这个时间逛别人的校园。

“你们到底要去哪儿啊？”司机有点儿烦躁，敲敲方向盘。

“还是刚才那个地址。”夏良说。

回到民宿后，柳小满去洗了把脸，在卫生间待了好一会儿才出来。

他一开门，夏良就站在门口等着他。

“你哭了？”他在柳小满眼角抹了抹。

柳小满摇摇头，避开他的手。

回到这个小房子里，他又感到了不现实，明明夏良就在跟前，抬手就能碰到；明明他们两个人就该明天一起去学校报到，看李猛王朝他们抄作业，等着尚梁山来开抓不清重点的班会，然后像上学期一样每天上学放学，夏良已经开始努力了，他们还能一起听课做题。

他竟然说转学就转学了，太突然了。

柳小满真的没有心理准备。

夏良妈妈不是说只要夏良期末考试有进步，就不给他转学吗？为什么一定要这样？

“你那天回家就是因为转学？”他问夏良。

“嗯。”夏良把柳小满慢悠悠地带回沙发上。

“你想转学吗？”柳小满又问。

夏良看着他，这几天一直窝在心底的倦怠终于不用掩藏，释放了出来，声音还是沙哑的：“你觉得呢？”

柳小满刚压下去的酸涩立马又拱了起来。

“那你不告诉我，”他瞪着夏良，“你就自己难受，你就自己憋……”

他说着说着就难受，转过去往眼睛上使劲搓了一下，又搓一下。

他光想想夏良那种无奈的心情，夏良还要陪着他，每天逗他开心，心里就憋闷得受不了。

他怎么就这么能忍呢？什么都忍着，不难受吗？

“你学聪明了啊，”夏良笑了一下，把他转回去，“知道不看着我哭了。”

柳小满笑不出来，继续问夏良：“那你是不是不能在姥爷家住了？”

“不能了，”夏良说，“我回我妈那儿住。”

“那你……”柳小满吸了一下鼻子，“好好学习。”

“你还惦记这个呢？”夏良又笑了。

他能不惦记吗？

夏良要是早点儿好好学、不吊儿郎当，他妈还能给他转学？

柳小满不想理他，碰碰他的胳膊。

“我会好好学习的，努力赶上你，跟你考差不多的学校。”夏良放轻了声音说。

“考同一个学校。”柳小满哑着嗓子打断他。

“好，同一个。”

“有时间我就回来看你。”他接着说。

“不用，你放假再来。”柳小满接着打断他。

“那就每星期一次。”夏良说。

柳小满没说话。

“柳小满，”夏良喊了他一声，“不管发生什么事，都别影响你自己，你就闷头学你的。”

“嗯。”柳小满答应着。

“你心情不好就找我，别找樊以扬。”夏良又交代。

柳小满笑了起来。

分别前的一夜总是过得又快又难挨。

柳小满又是一夜没睡好，但是今天他没有做梦，只是心里不踏实。

柳小满觉得自己是在每次睁眼里看着天色一点点擦亮的，他想到天亮后要跟夏良分开，心里就堵得难受。

最后他彻底撑不住了，是怎么在这种难受里睡过去的他都记不清，等到被夏良喊醒，已经七点了。

柳小满迷糊着脑袋在床上坐了一会儿，他们八点半报到，现在还能再去医院看一眼爷爷。

“你们学校……”这四个字说出来都别扭，他顿了一下才接上，“几点报到？”

“八九点，都一样。”夏良把他从床上拽起来，“去刷牙，等会儿我送你过去再去学校。”

“不用。”柳小满摇了下头，“你也直接去学校，第一天别迟到了，给班主任留个好印象。”

“那我跟你去医院看一眼爷爷再走。”夏良说。

“其实也不用。”柳小满在心里算着时间。

“我怎么觉得你今天特别乐意我赶紧走？”夏良说。”

“我不乐意又有什么用，”柳小满小声嘟囔着，夏良把牙膏都给他挤好了，漱漱口直接能往嘴里塞，“你自己不好好学习……”

夏良拍了他一巴掌。

出门之前，他们又检查了一遍带来的东西，很神奇，明明没觉得过去多久，但他们确实在这儿住了一个多星期。

用的、穿的零零散散地拿过来，现在也林林总总地堆了一书包。

“你这些衣服什么的，直接带去学校？”夏良问他。

“等会儿放我爷爷那儿吧，”柳小满想了想，“晚上我再去取。”

夏良没说话，把手机充电器递给他。

他们两个的手机充电器这几天都插在一起，现在拔下来分别收进各自包里，那种将要分离的感觉又分明了起来。

柳小满推开房门，一只脚已经迈出去了，又收回来把门关上。

分别最难受的时间其实是分别之前和之后。

真到了要各自转身的那一刻，大家来不及说什么话，也来不及告别。

他坐上夏良叫来的车，夏良把车门给他关上，两人隔着车窗挥了挥手，也就那么分开了。

柳小满坐在车里，看着外面一片片掠过的马路楼宇，起先没什么感觉，只是愣着。

等车开到第一个红灯停下来，他在刹车的惯力中微微往前倾了倾，心底没反应过来的难受突然被晃醒了，一圈圈地扩散到全身，连手指尖动一动都觉得费力。

他扣着座椅让自己坐好，慢慢地抽了一口气。

从现在开始，夏良跟他就真的应了樊以扬那句话——不在一个世界。

柳小满到班里的时间还算早，学校的氛围不需要过渡，他从后门进去就看见班里赶作业赶成一片的人头，闹哄哄的，熟悉得就跟昨天一样。

李猛果然像他说的那样已经到了，穿着新衣服新鞋坐在凳子上抓耳挠腮，见到柳小满就蹦起来吼了一声："我的满啊！"

柳小满还想盯着夏良的桌子看看，被他这动静吓了一跳，笑了笑，把书包搁在桌上准备掏纸巾。

桌子椅子小半个月没动了，他得擦擦。

"你别掏纸巾了，我都给你擦完了，你直接把书包给我就行。"李猛把他摁着坐下，风风火火地抱走了书包。

他过个年手速和语速都没降下，边抄作业边扯着嗓子，想跟柳小满闲聊："你跟夏良两人真绝了，过个年想出来玩玩，怎么都叫不出来……哎，你们俩不会在一块儿待着吧？太不够意思了……我跟你说，我这年过的……"

他说了一堆话也没得到回应，没忍住回头看了柳小满一眼："你倒是回我一句啊，我当你出去了……你愣什么呢？"

柳小满没发愣，他是在看夏良的桌子。

放假那天夏良的桌斗里还塞满了书，什么都没带走，现在已经空了，不知道他什么时候回来整理的。

他往桌斗里摸了摸，掏出来一支笔，是之前借给夏良那一堆笔里的一支。

李猛还处于刚开学的兴奋里，说要等夏良和王朝来了中午一块儿去吃饭。

柳小满听后，心里只觉得空虚。

他已经没有同桌了。

第九章 我负责跟你同步

李猛和王朝对于夏良转学这件事非常震惊。

“不是，这人有没有心啊？”李猛从早上知道这事儿开始，一直到晚自习还在叫唤，“好歹一个学期的同学，转学了也说一声吧？”

“可能人家就是怕说了，得听你在这儿叨叨个没完吧。”王朝比他接受能力强，正靠着墙玩手机。

“我拿他当朋友来着，”李猛不太乐意，怼了王朝一下，“你，你们，我都觉得挺处得来的，有事儿都愿意跟你们说，结果转学这么大的事儿……就这？”

“死了！”王朝说。

李猛又转过去拍柳小满的桌子：“就这？”

柳小满闷头写作业的动作停下来，抬眼看着李猛，很想叹口气，但他抿着嘴没做表情。

他明白李猛不爽的点在哪儿，如果夏良只是挺好的同桌，同桌转学了都没告诉自己一声，他也会觉得失落，觉得对方压根儿没把自己当个……都不说朋友了，就关系不错的同学吧，都算不上。

但对方是夏良，他就完全能理解。

如果是他要转学，也不会人人都说一遍，就像现在他爷爷躺在医院里，他也不想声张，谁都不想说。

不是说他不拿李猛他们当朋友，就是不想说。

他说了也没什么用，别人只能看着他“啊”一声，然后说点儿安慰的话，还得小心翼翼地启动下一个话题。

他对事不对人，就是不想把自己都觉得不愉快的心事和全世界分享。

不能说他们这种习惯是对的，毕竟李猛确实是伤着心了。

可这也纯粹就是性格问题，每个人都不一样。李猛一直是有点儿什么事恨不得扬个喇叭踩着桌子哭着号。他愿意听，虽然大部分内容都听得人想笑，不过偶尔也会挺真情实感地为他发发愁，比如成绩单下来了，是直接回家跪着还是能熬一天是一天。

他跟夏良就是相反的类型。

虽然昨天他才知道夏良要转学，心里也难受，也憋闷，也不高兴，但他的不高兴基本上是在替夏良不高兴。

如果换作是他，夏良应该也一样。

现在李猛不住地跟他抱怨，抱怨夏良不讲义气，其实他觉得不止李猛、王朝，估计除了他，连罗浩他们，夏良都没提前说。

如果不是他们近期都在一块儿，夏良连自己也不会告诉。

但是他这个唯一的知情人当得并不愉快，丝毫不。

夏良转学，他比李猛要不舒服十倍，却一分也不能表现出来。

夏良转学了，夏良不在他旁边，他不能一转头就看见夏良了。

夏良有了新的学校、新的班级、新的同学、新的同桌。

夏良有没有认真听课？会不会又在政治课上睡觉？

夏良会不会遇到一个各方面都跟他合拍的新朋友？

夏良他妈会不会又对他动手？

……

层出不穷的“夏良”就挤在他每一个脑细胞之间，他必须把所有的精神都投进上课、听讲、做题里，才能忍着不去想夏良。

李猛每次跟他喊一句夏良，就等于在他脑子里扎一针，提醒他一遍，夏良转学了。

然后那些以“夏良”为开头的问题就像一堆狂奔的灿灿，舞着小手，一个接一个尖叫着从他脑子里再冲一圈。

“他是转学，又不是不上学了，”柳小满捏着笔头无意识地转笔，“要是哪天他不上学了，肯定会告诉你。”

“拉倒吧，就他那性子，”李猛不知道从哪儿搓了一个卫生纸团弹到夏良桌子上，“还不上学了，他就是上天了也不带回头看人一眼。”

柳小满的目光忍不住跟着纸团投向夏良桌上，他不知道能再说点儿什么，耷拉下眼皮重新凝神看题。

尚梁山从后门突然进来把王朝吓了一跳，他骤然发现了夏良的重要性，没个人在身后挡着，玩个手机都没有安全感。

他是来喊柳小满的，柳小满隐隐感觉尚梁山要跟他说什么，不是很情愿地跟出去。

“我听说你爷爷住院了？”尚梁山开门见山。

果然。

柳小满不知道他是怎么知道的，这些班主任真的特别神奇，之前他总试着跟夏良谈心，也把夏良的家事了解得七七八八。

“嗯。”他应了一声。

“你要调整好自己的心态，现在对你来说，最要紧的还是学习，”尚梁山望着他，“你有什么困难可以跟我说。”

柳小满又“嗯”一声。

他不是敷衍，是真不知道能说什么。

尚梁山是好意，这没得说，但他从小到大最不会应付的就是这样口头上的好意。

“夏良转学的事你知道吧？”尚梁山见他没有多说的兴致，沉默了一下，换一个话题。

柳小满还想“嗯”，想想连着“嗯”有点儿不礼貌，就点了下头：“知道。”

“你自己坐后面习惯吗？要不然我给你调个位置，去前几排坐？”尚梁山说，“你看黑板、听课什么的也方便点儿。”

柳小满看了他一眼，这完全就是知道自己家里出事，找一个理由想表达一下关心。

之前他跟夏良两个人在后排坐了一个学期都没有不方便，现在少一个人，他能不方便到哪儿去？

“不用。”他拒绝了，想想又加了一句，“谢谢老师。”

有时候他还挺替尚梁山发愁的，他能感觉到尚梁山想当个好班主任，关心学生，但是尚梁山的说话方法莫名让人无语。

尚梁山又说了几句有的没的，柳小满边听边走神。

如果换一个和蔼可亲的女老师，这一段能加不少感情戏。

晚自习放学的铃声响起，柳小满还在解一道做了半截的数学题。

李猛收拾完书包往桌上一坐，蹬蹬他的桌子："走吧，良哥不在了，你跟猛哥一起放学。"

"我得……"柳小满张嘴说了两个字，顿住了。

他条件反射想说他得跟樊以扬一起走，但是不行，他得去医院看爷爷。

柳小满想到爷爷就坐不住了，迅速盯着草稿纸往下推了推公式，确定这道题能做出来，就合上练习本收拾书包。

"我知道你跟我樊神一块儿走，我就跟你一块儿下个楼。"李猛说。说完他自己乐了一声，"这对话似曾相识？"

柳小满也笑了笑，还真是，连放学对话都变成了跟夏良熟悉起来之前的模式。

"哎，这学期晚上樊神还来不来给你补课了？"下楼的时候李猛问他。

"不行了。"柳小满想想，"他得准备高考。"

他自己也总得往医院跑。

"也是。我少了一个绝佳的晚回家的理由。"李猛叹了一口气，"高考……不就只有四个月了吗？哎哟，这词儿一出来，我都替他紧张。"

柳小满悄悄看他一眼。

——你先替自己紧张吧。

两人到大榕树底下分开，樊以扬已经到了，一只手握着车把，另一只手拿着一本小册子。

"扬扬哥。"柳小满喊他一声，有点儿不好意思，"你等一会儿了吧？"

"没有，我下楼就拿着它出来的。"樊以扬把小册子扔车筐里，要去摘柳小满的书包。

"不用，"柳小满拦他一下，"我得去医院，你赶紧回家学习吧。"

"现在？"樊以扬愣了愣。

"嗯。"柳小满点点头，"不然白天没时间。"

“晚上你在那儿睡？”樊以扬皱了下眉头。

“不行。”柳小满也想皱眉，虽然对柳勇和梅姨挺不好意思的，但是他真的不能耽误早上上课，在医院守夜熬不过来。

“那走吧，我跟你一块去。”樊以扬还是把他的书包摘过去。

“你别，”柳小满赶紧又拦他，“都几月几号了，你赶紧回家复习吧。”

“二月七号。”樊以扬笑笑，“自己叫自己樊神有点儿厚脸皮，不过这点儿时间我还是拿得出来的。”

“上来吧，”他拍拍自行车后座，“我先把车停回家，咱们打车过去。”

柳小满没再坚持，有樊以扬陪着确实比他自己要安心，他不想耽误时间，赶紧上了车快去快回。

路上，樊以扬给自己妈妈打了一个电话，解释情况，樊妈妈没说什么，交代他们注意安全就挂了电话。

樊以扬问柳小满开学状态怎么样，又让他最近精神绷紧一点儿，从现在开始每一次月考都不能放松。

“扬扬哥，”柳小满想到刚才李猛问他的话，“你紧张吗？”

“现在还行，等到跟前儿了我肯定会紧张。”樊以扬说。

柳小满点点头。

“你开始紧张了？”樊以扬反过来问他。

“我从上学开始，每一天都在紧张。”柳小满说。

樊以扬看他一眼，没说话。

爷爷那边没什么状况，今天一天也没什么进展。

柳小满不能在医院久待，樊以扬的时间他不敢耽误。他过去趴在病床边看了爷爷一眼，问问柳勇具体情况，就拿了早上搁在这儿的衣服准备回家。

柳勇送他们到楼梯口，顺便要去抽根烟，柳小满的指尖在掌心里抠了好几下，才转身问他：“你能撑住吗？”

“啊？”柳勇怔了一下，这些天来，柳小满几乎就没跟他主动说过话，说也只是问爷爷的事。

“我没事儿。”他突然有点儿不知道该接什么，在额头上搓了一下，“我能行，我和你梅姨都安排好时间了，白天她来，晚上我来，没事儿。你就好好上课，爷爷有什么情况我肯定给你打电话，你不用每天来。”

“你快回去吧，”他又说，“你姨做了饭在家等你呢。”

他的语速很快，一口气说了一连串话。柳小满没再多说，跟着樊以扬转身走了。

从医院回到家楼下，柳小满才觉得这一天算是接近结束，松了一口气。

樊以扬看一眼他垮下的肩膀，问他：“以后你每天都要这么跑？”

“看情况吧。”柳小满也有点儿茫然，“我争取每天都去。”

说是这么说，其实他自己也知道不太可行。

之前放假，他吃住都在医院附近，还有夏良陪着，来回几趟都没觉得费劲。

今天，他就早上晚上折腾了一遍，现在到了家楼下，竟然累得有点儿抬不起腿。

果然上课还是耗脑子。

“小满，”樊以扬摸摸他的头发，看着他，“不管什么事儿，都得往长远了做打算。”

“嗯。”柳小满点点头。

他明白，这样的日子将成为他的常态，就像再也长不回来的胳膊一样，漫长地伴随着他。

他必须调整好状态，迎着它熬下去。

回到门前，他还在拧钥匙时梅姨就给他开了门。

“你回来了？”她把柳小满迎进去，就赶紧从厨房往外端东西，“我今天蒸了包子。你上课累了吧？赶紧来吃点儿。”

灿灿还没睡，在沙发上滚着看电视，听见动静转过头看着他。

之所以用“滚”，是他把自己窝成了一个球，脑袋杵着沙发缝，抱着自己的脚在啃。

柳小满看过来的时候，他的脚指头刚从嘴里拔出来，还嘬了一口。

柳小满缓缓地挪开眼，感觉不是很有胃口。

“我不饿，晚饭在学校吃过了。”他对梅姨说。

“啊？”梅姨还在给他盛米粥，“你吃一点儿，吃不完也没事儿，吃一点儿睡得香。”

柳小满真的不饿，他很累，只想赶紧洗漱做题睡觉。

他刚要摇头，梅姨又说：“吃半个包子也行，你太瘦了。”

她不是作假。

柳小满跟她对视了一会儿，能看出来她确实是想让自己吃个包子。

可能她是想让他更快接纳她这个后妈。

可能她想表示，就算爷爷不在，她的态度也不会有任何变化。

可能她不想自己做出来的东西没人品尝。

也可能她是真的想让他吃一个包子。

柳小满突然想起了樊以扬的妈妈，小时候她经常会煲各种各样的汤给樊以扬喝，樊以扬有时候不想喝，她会把两只碗往桌子上一扽：“喝！小满也喝！”

樊以扬每次喝汤都喝得很无奈，柳小满其实喝得很开心，但那是别人的妈妈，他不好意思表现出来。

眼前这个人也不是他妈妈，是身后那个啃脚指头的小孩的妈，是跟着他那个十几年不回家的爸突然冒出来的“后妈”。

柳小满不是三岁，明白她对自己所表现出来的好，不管出于几成真心，多多少少都有刻意与示好的成分。

即使是这样，柳小满看着她从自己进门开始就忙个不停，又端又盛，心里也有点儿……

他不知道怎么形容。

算不上触动，就是跟上次的饺子一样，他感觉自己一直坚持不吃，包饺子的人应该挺失落的。

“我……”他犹豫着，从大碗里拿了一个包子，“吃一个就行了。”

早就过饭点了，包子还是热的，她直接就端了出来，包子应该是一直在锅里热着。

“好，你吃一个，尝尝味道怎么样，以后我多做点儿每天卖几屉。”梅姨咧嘴笑了一下。

柳小满开始吃包子。

“灿灿，把电视关了，回去睡觉！”她冲灿灿喊，转回来接着跟柳小满说话，“早上我把你爷爷那屋的被子都抱出去晒了，看见有富余的床单也换了一张，别的我都没动，你晚上盖盖，肯定暖和。”

柳小满点点头说了句“谢谢”，用最快的速度把包子吃掉，洗漱完回了卧室。

包子是猪肉白菜馅儿的，还挺香。

柳小满关上房门，把书包搁在凳子上，他终于彻底松散下来，歪着身子躺在床上。

被子已经铺好了，确实有太阳的味道，他用脸蹭了蹭，年前跟爷爷一块儿睡在这儿还觉得挤，被子怎么掖都漏风，这会儿觉得整张床都空。

其实应该跟他们换个房间。柳小满在心里权衡。

那边是一家三口，虽然他那张床挤挤也能睡下，而且现在夫妻俩轮着往医院倒，一个大人带一个小孩睡觉肯定没问题，但是他一个人住着主卧大床，好像不太能说得过去。

可他又怕爷爷哪天出院了回来，再换房间他们会不乐意。

这种掺杂着利益的问题琢磨起来让人有些心烦。

柳小满不喜欢这样的自己，吃个包子，睡张床都要算上半天的账。他很反感这些让心思变得复杂的算计，想这些的时候，他觉得自己有种说不上来的感觉。

可是他没办法。

这一点瞬间让他有些无力疲乏。

爷爷倒下了，就像樊以扬说的，凡事都得往长远了做打算。

他挣扎着从床上起来，还要继续做晚自习没做完的练习。

他在一鼓作气闷头学习和先跟夏良说两句话这两个选项中挣扎了一会儿，还是没抵住诱惑，把手机掏了出来。

柳小满生怕自己总忍不住看手机分神，这一天都把手机搁在书包夹层里没敢往外拿。现在他一打开手机，硬是有点儿出门放风一样的激动，人也不困了，盘着腿往床上一坐。

在解锁手机到点开微信的过程里，他已经把数学题都扔没了，脑子里只冒出一堆的话想跟夏良说。

如果让他挑要紧的说也挑不出来，都在脑子里滚着，想来想去，还是一句“良哥”。

结果微信一登上，手机最上方跟夏良的对话框就噌噌噌地顶上来好多条消息。

他赶紧点开对话框，一眼扫过去每条消息都想看，又都舍不得看，整个人立马像打了鸡血一样，心脏跟着弹出来的消息一起怦怦怦。

消息都是一条条的，隔着时间，应该是到课间了，夏良想起来了就给他发一条，从早到晚都有，中间还夹着几张照片。

他拉到最上面一条往下看。

——到了。

——这学校校服丑绝了，比尚梁山选的班服还丑。

——哟，班主任有点儿英俊。

——我在二十七班，给你看看座位。

——跟咱们在班里的位置差不多。

——啊。

——新同桌话真多，李猛2.0版。

——小眼镜戴得挺斯文。

——重点班的学生也就那么回事儿，上课状态还不如你。

——全世界的政治课都一个尿性。

——历史课不错。

——这儿的食堂真难吃。

——中午你也不看手机？

——行吧，没良心的东西。

——困了。

——竟然有人找我借笔，差点儿给我整笑了。

——晚上你到家跟我说一声，我给你打电话。

——柳小满。
——柳小满柳小满柳小满柳小满。
——没事，我就顺手多打几遍。

——柳小满。

柳小满看着这些消息，没有立刻给夏良回过去。

他看了一遍，又拉上去从头到尾看一遍，完了再看一遍。

他看消息的时候其实没想什么，也没空想。

夏良明明废话多，没几句实用的，但他就是想看，还看不够。

他浑身都暖暖的，一会儿工夫捧着手机换了好几个姿势，眼睛跟手指仿佛都有自己的想法，一遍遍地看到底，拉上去，滑下来。

一开始，柳小满来回倒了几遍，再琢磨，越琢磨越开心。

他想想夏良发这几句话时的状态，心里就忍不住想笑。

这种被人惦记着的感觉真好。

柳小满在床上扑腾一圈，扑腾完再把手机拿过来，他差点儿没攥稳砸上自己的脸，就翻个身趴在枕头上，用手指头戳着屏幕给夏良回复消息。

——良哥。
——我回来……

他第二句话都没能戳完，屏幕一闪，夏良的电话就打过来了。

"良哥。"柳小满赶紧滑了接听键，坐起来喊了一声。

"你还知道回消息啊？"夏良的声音带着笑，"我都打算等周末去找你，看看能攒多少条消息了。"

"你周末要回来？"柳小满抓着重点问他。

"我不是说了一周回一次吗？"夏良说，"你不乐意啊？那我不回了。"

"没有！"柳小满知道他是故意的，还是连忙说，"那你星期天来？"

"星期六吧，我下了晚自习就去找你。"夏良又笑了。

"今天你怎么过的？"夏良像走了几步换了一个位置，"现在是不是就你一个人坐？"

"是啊，"外面不知道是梅姨还是灿灿去卫生间，柳小满把声音放低了点儿，"跟以前一样，李猛他们俩知道你转学气坏了，尚梁山不知道怎么知道我家的事儿，问我要不要换一个座位去前面，估计是想表达一下关心和安慰……"

他絮絮叨叨又说了几句，像夏良给他发的消息那样，把今天自己的生活也分享了一遍。

夏良一直安静地听着，偶尔接一句，笑一声，等柳小满说完，他在电话那头说："你换个座位也行。"

"为什么？"柳小满本来正架着一条腿在晃脚指头，听他这么说也不晃了。

"我不想你一个人坐着。"夏良说。

"没事儿，"柳小满抿抿嘴，心里又开始发热，"李猛老回头跟我说话，差不多。"

"跟谁差不多？跟我差不多？"夏良说，"我在你那儿就跟李猛一个效果？"

"不是，"柳小满笑得不行，想起夏良给他发的消息里那个李猛2.0版，"你现在的同桌不也跟李猛差不多吗？"

"那李猛还是不太能够。"夏良也笑了，"同样是话多，话题和水准李猛得落人二十四条街。"

"他都说什么？"柳小满有点儿好奇。

"怎么才能变得跟我一样帅。"夏良说。

"神经病。"柳小满又开始笑。

"我不知道说什么，不是很想理他。"夏良想了想，"他介绍了一下学校，挺……热情的。"

"哦。"柳小满答应一声。

他又问了问夏良那边具体的情况，夏良表示都在那堆消息里了，除了上课没什么好说的。

"你去医院看你爷爷了吗？"说完自己的话题，夏良反过来问他。

"去了。"提到爷爷，柳小满胸口起伏不断，叹了一口气，"没进展。"

"慢慢来吧，急也没用。"夏良把声音放轻，"我陪着你呢。"

"良哥，"柳小满又翻了个身，"你得好好学习。"

"学。"夏良一本正经道，"等着吧，良哥从重点中学偷卷子给你。"

柳小满又笑了半天。

要不是被夏良妈妈打断，他们这么东一句西一句的能聊上一个钟。

当时柳小满还在问夏良有没有笔写作业，先听见电话那头有敲门声，夏良还没说话，好像就有人进来了。

"几点了，还打电话？"夏良妈妈问。

她的声音还跟之前柳小满在学校听她说话一样，又平稳又冷淡，没什么起伏，柳小满顿时不敢吭声了。

"睡吧，我回头找你。"夏良说。

柳小满知道他这句话是跟自己说的，"嗯"了一声，那边就挂断了。

好……严啊。

他贴着手机又听了两声挂断后的"嘟嘟"声，有点儿愣。

看来夏良妈妈是真的要下功夫看着夏良学习了。

耳朵被手机焐得有点儿烫，他坐起来揉了揉，看看时间，明明没觉得说了几句话，竟然已经过了半个小时。

他也得赶紧做题。

柳小满掏出练习册坐在桌子前，又开始担心夏良。

柳小满希望夏良别跟他妈妈顶嘴，他真的怕夏良妈妈再拿东西往夏良脑袋上抡。

虽然愉快的聊天结束了，但有了这一通电话，柳小满的心还是定下来不少。

万事开头难这话不是没道理的，最混乱的第一天过去，又有了等夏良来找他的奔头，之后的一周，柳小满虽然是掰着手指头过的，但也一天比一天能适应现在的节奏。

梅姨不用他帮着摆摊子，他也没多睡，还是能早起就早起，把时间都用来背书，感觉占了时间一大笔便宜。

柳小满在每天背完书要去学校之前会看一眼手机，肯定能收到夏良发的消息。

夏良现在不睡懒觉了，有时候给他拍一张早饭的照片，有时候就一句早安。不管夏良发什么，他看着都觉得安心。

旁边夏良的空桌子被他物尽其用，放不下的练习卷子都往那儿放，几天下来竟然桌上桌斗差不多要塞满了。其中还有王朝贡献来的半摞书，为他的后背堆砌安全感。

中午和傍晚他照旧跟樊以扬一起吃饭，樊以扬是在第二天从罗浩嘴里知道夏良转学的事儿的。

他跟柳小满确认了一遍，知道夏良去了十四中，抬抬眉毛也没说什么，不过当天又给了柳小满一套真题。

柳小满有点儿想笑，觉得有时候扬扬哥其实挺幼稚的。

我的小伙伴终于不跟我讨厌的坏学生一块儿玩了，赶紧送一套卷子当礼物。

扬扬哥幼稚得可爱。

柳小满去医院看爷爷的时间也固定了，头三天他坚持放学都去，樊以扬陪了他两趟，他不好意思总占用樊以扬的时间，而且也确实有点儿吃不消——回到家只剩下疲惫，梅姨多少要聊几句，想着法儿给他塞点东西吃。洗漱完再跟夏良说一会儿话，时间就不剩下多少。解决完当天给自己定下的学习任务，睡觉时总觉得刚闭上眼闹钟就响了，然后第二天周而复始。

他跟樊以扬商量了一下，决定把每天去一趟医院定成隔天去一趟，周末无所谓，不用来回跑，待一天都没事儿。

这样一做，时间好像立马变快了。

一周拢共就七天，前面三天已经过去，再隔上两次，就到了周末。

夏良说周六晚上放了学就来，柳小满头天晚上就开始兴奋，做完该做的题还睡不着，索性重新爬起来背了一页单词。

第二天早上，他被闹钟叫醒，几乎是同时，夏良就给他打了一个电话。

柳小满第一反应是夏良不能来了，一瞬间甚至有点儿抗拒接电话。

结果接通电话以后夏良直接问他："晚上怎么见？我是去学校找你，还是去医院找你？"

听声音夏良像在走路，柳小满刚睁眼，被问得都有点儿蒙，先定好直接医院见，又问夏良："你怎么起这么早？"

"我醒了就出来了，想给你打一个电话，我妈在家，听见了又要起劲。"夏良说。

"这才几点啊？"柳小满有点儿心疼夏良。

他是早起成习惯了，起来还要背书，夏良不仅起来了，还为了打个电话专门出来了，一大早的……

"你们学校开门了吗？"他接着问夏良，"你能进去吗？"

"你当重点中学是闹着玩儿呢？"夏良笑了笑，"二十四小时为学生服务。"

柳小满没拆穿夏良，但是他突然想到夏良现在如果打一个电话都不能在家，那夏良每天晚上给自己打电话的时候都在哪儿？

夏良连电话都不能打，今天晚上就来找他，过上一夜，夏良妈妈还不得疯？

"挂了吧。"夏良打断他的思路，"我去吃早饭，你晚上把手机带着，别我去医院找不着你，只能跟你爸对着干瞪眼。"

"好。"柳小满答应一声，心情复杂地挂了电话。

柳小满心里搁着这事儿，一整天过得都不得劲儿。

分别跟相见一样，都是来临之前最难受的，前者来得太快，后者来得太慢。

白天都是课还好熬，一节节听也就过去了，到了晚自习，时间一下就变得无比缓慢，还是一节课比一节课慢。

李猛想着明天不上课又兴奋了，在自己位子上坐着不过瘾，最后两节课跑去夏良位子上坐着，趴在那一堆书后面看电影打发时间。

他不是抠抠桌子就是晃晃凳子，隔五分钟制造一次噪音，隔十分钟拖着嗓子跟柳小满说一句："好慢啊！"

柳小满被他烦得够呛，但是充分理解到他的心情。

时间过得太慢了，他也觉得慢。

就算他手上不停地做题，心里也跟长草了似的，觉得今天的晚自习怕是蓄了南孚电池，一节更比十节长。

当离放学还剩十分钟的时候，班里基本直接放羊了，收拾书包的收拾书包，咋呼的咋呼，十三班的学生已经闹哄哄地在走廊里窜了一片。

柳小满想做完手上的题，听见窗户被拉开，他以为是尚梁山来查岗，头也没抬。

李猛手忙脚乱地扣着手机转头看，紧跟着就"啊"了一声。

疯了吧？柳小满被他吼得思路都乱了，无奈地朝窗外看过去。

他对上夏良的眼睛，直接就愣了。

"这叫差不多？"夏良抬下巴冲李猛指了指，嘴角带笑望着他。

想见的人突然出现在眼前，这种事不论发生几次都让人开心。

柳小满动了动嘴唇，想说话，还没开口，李猛就弹起来往夏良胳膊上捶了一下，招呼着前面的王朝一块儿冲他又叫又喊。

后排其他人也"嗡嗡"地开始议论，看班老师在讲台上拍桌子："后面的，几分钟都坐不住啊？"

李猛的声音小了点儿，柳小满没再想开口，又跟夏良对视一眼，然后低下头继续写刚才没写完的题，但他根本控制不住情绪，弯着眼睛忍不住地笑。

"你什么情况啊？不转学了吗？"下课铃一响，李猛立马蹦起来冲夏良喊。

"我回来办事儿。"夏良回他。

"什么事儿啊？"李猛接着喊。

"你管我？"夏良说。

李猛"啊"一声捂住心口，很夸张地朝王朝身上倒："心穿孔了。"

王朝没搭理李猛，他看见夏良也挺高兴，边收拾书包边问：“新学校还行？”

“嗯。”夏良应了一声。

“以后你还回来吗？学籍是不是转不走，还在咱们这儿？”王朝说。

“在这儿。”夏良点了下头，“之后高考体检报名之类的都得回来办。”

王朝跟他对了一下拳头。

刚下课的几分钟最闹腾，教室里的人推桌子踢凳子进进出出。李猛他们在窗边说着话，余首也来打了个招呼。柳小满飞快地收拾书包，没事儿就掀起眼皮扫一眼夏良，心情好得不得了。

他感觉回到了上学期。

王朝每天都是第一拨回家的，跟夏良说完话，看看东西都收拾完了，背上书包问：“一块儿下去？”

“走吧！”李猛拉了一下柳小满的书包。

柳小满像以前那样，跟在夏良侧后方半步，从楼梯口上面下来的学生还堵在一起缓慢移动着，他们融进队伍里，跟着往下走。

“哎，夏良，”李猛在前面往回勾着头说话，“你不会是办完事儿专门来看柳小满的吧？”

“专门看你的。”夏良说。

“你要是再真诚点儿，我都信了。”李猛撞撞王朝，“同桌，你要是走了能不能专门回来看我？”

“我看柳小满吧。”王朝咂了咂嘴。

李猛笑着去勒他的脖子。

到了大榕树下，柳小满跟樊以扬解释为什么今天不需要他带着先回家时，从心到脑门儿都发虚。

夏良跟李猛、王朝他们先出校门了，他直接跟樊以扬说晚上要去医院，还要在医院住，从学校直接过去就行了，一句都没敢提夏良。

他感觉如果自己提了夏良，樊以扬能把真题要回去。

“那你注意安全，”樊以扬交代他，“有什么事儿可以给我打电话。”

“好。”柳小满连着点了两下头。

樊以扬骑车从校门出去他都还觉得紧张，怕樊以扬跟夏良撞上。

他在校门口看了一圈，没见着夏良的影子，朝小锅总爱待的小路看一眼，他像有心灵感应一样，朝那边走过去。

夏良果然在不远处的路牙子边站着，冲他招招手。

柳小满的脚步都轻快了。

他来找小锅？怎么突然来学校了？不是说医院见吗？这几天过得怎么样？

一堆问题同时冒出来，他跑到夏良跟前，头一句问出来的还是："晚上你不回去，你妈妈没事吧？"

"她能有什么事儿。"夏良在柳小满头发上抓了一把。

"你回家没事儿吗？"柳小满解释。

"没事。"夏良掏出手机看看，带着他往大路上走，"车到了，先去医院。"

"你不用去趟姥爷家看看他吗？"柳小满问。

"明天去。"夏良说。

"你怎么直接来学校了？"柳小满又问，"还没放学就来了，最后一节课没上？"

"他们学校放假头一天晚上只上三节课，"夏良接着答，"去医院也是等，干脆我就来接你了。"

柳小满把刚才想到的那些问题问完，心里的担心又绕了回去。

"良哥，"他喊了一声，跟夏良坐在车后座上，觉得今天的自己就是一个提问箱，"你是不是每次给我打电话都得出去？"

"得看情况，我想跟你多说一会儿就出去打电话。"夏良看他一眼。

"她……"柳小满欲言又止，他想问夏良又挨打没有，看一眼司机，觉得这种问题还是等只有他们两个人的时候再问比较好。

柳勇隔了一周再见到夏良有点儿拘谨，钱永远是一个很实际的问题，越没钱越实际，因为那天晚上夏良垫付了医药费，他一个中年人在夏良跟前儿怎么都觉得不自在。

夏良对他还是跟之前一样，不搭理，除了柳小满，夏良也不爱搭理谁。

他陪着柳小满一块儿听了听爷爷今天的状况，又帮着柳勇一块儿给爷爷翻了个身，他就去走廊里等着，让柳小满跟爷爷待一会儿。

其间，老妈给夏良打了一个电话，语气冷淡，问他去哪儿了，刚到周末就跑，心怎么就那么野。

“看我姥爷。”夏良只说了一句就把电话挂了。

老妈又打了两个电话，他把手机调成静音，都没再接。

柳小满从病房出来的时候没看见夏良，心里一咯噔，想起了上次夏良突然回家时找不到他的心情。

别吧？这回他比上次有经验，直接掏手机就要打电话。他手机锁还没解开，夏良摁着手机推开安全门，从消防通道走了出来。

“良哥。”柳小满赶紧喊了一声。

“出来了？”夏良朝他走过来。

“嗯，”柳小满看着他，“你没事吧？”

“这么会儿工夫，你都问十回了，”夏良叹了一口气，“你自己还有事儿没？”

“没事了。”柳小满又看一眼病房。

柳小满就是对柳勇有点儿不好意思，周末还得让他一个人守夜。

“走吧。”夏良把手机塞回兜里。

他们去的还是之前的那家民宿，柳小满有点儿惊讶，瞪着夏良：“你不会把它租下来了吧？”

“还真不是。”夏良笑了，“我正好看它这个时间能预订，就订了。”

捕捉到“预订”这个词，柳小满眨了下眼，看着夏良：“你星期几订的？”

“前天。”夏良摁着门锁密码，“还是大前天。”

柳小满往他脚后跟上轻轻踢了一下。

两人进到民宿里，说了大半天的话，柳小满才掏出作业本开始做题。

夏良这次是带着书包来的，也拿出一张卷子，跟他一块儿做。

“哟。”柳小满把卷子拿过来翻了翻。

“感动吗？”夏良坐下后把他的笔拿了过来。

“你这人……”柳小满习以为常，从书包里又拿了一支笔出来。

“这个日子得纪念一下吧？”夏良飞快地看着题目。

“什么？”柳小满把自己的草稿本摊开，放在中间。

“分开后的一个星期重聚，以激情做题来庆祝。”夏良说。

“真做假做啊？”柳小满笑着说。

“说点儿废话。”夏良勾上一道选择题。

夏良就是那种典型不学不知道，一学吓一跳的类型。

柳小满以为他得跟之前一样，写了半张卷子就扔笔了，结果自己这边一页接一页写，差不多把给自己规定的任务完成了，夏良也一张接一张写，一直没停笔。

他写得还挺认真。

柳小满停下来看他。

看来“士别三日，当刮目相看”是真的，更别说他们别了七日。

“良哥。”他喊了一声。

“嗯。”夏良答应着，手上还在写。

“你想考哪所学校？”柳小满问。

夏良这才抬眼看着他：“你不是想让我跟你考同一所学校吗？”

柳小满“嗯”了一声，他真的想。

“所以这个问题你自己想就行了。”夏良重新看卷子，“我负责跟你同步。”

柳小满看着他写完这题，笑了笑，没再说什么。

不知道怎么的，他看到夏良真的主动开始学习，突然想得特别多。

他肯定想跟夏良上一个学校，现在有多想，以后就有多想。

成绩上的差异不要紧，夏良不是李猛那样一点儿不学的人，他有底子，聪明，关键是数学和地理好，光这两点在文科生里就能占不小的便宜。

现在才高二，只要他下功夫，达到一本线不是不可能。

但现在他们才高二。

夏良是很优秀的。也许他有那么两层……两万八千层滤镜吧，就算没有，他的方方面面在同龄人里也够得上“优秀”。

现在他们读高中，世界只有两方校园那么大，遇见的人也就那么多，以后真去了大学，再以后……还会经历什么，见识什么，接触哪些人，过上什么样的生活，谁都说不准。

他唯一能说准的，就是夏良的未来一定不会差。

柳小满有些走神，不太敢绕过来想自己。

夏良说跟着他的节奏走，可他根本走不了多远。

爷爷就在病房上躺着，现在距离中风倒下那天已经过去快一个月了，进展还是只能动动手。

他完全想不到爷爷要多久能恢复，甚至不知道爷爷还能不能恢复。

钱，高考，家，胳膊，还有爷爷……万一柳勇撑不住，再跟十几年前一样跑了，他不在家附近，爷爷谁照顾？

这些因素绕成了一环套一环的圆圈，他的生活轨迹早早地被固定在这些圈里，跑不去远方，也不能、不敢、不会往远处跑。

他每天闷头学习，抽时间去看爷爷，把脑子塞满，这些问题全部无法细想。

夏良不用想这些，他只要付出就会有回报，自己却不一定。

到时候已经把脚下的路越走越宽、越走越远的夏良，回头看看只能画着圈在原地跑的自己，不知道他会怎么看待这段青春时的……

冲动。

或者说，体验吧。

柳小满有点儿出神，夏良在他眼前打了个响指。

“竟然还有我提醒你做题的时候。”夏良说。

“你写完了？”他把夏良的卷子拿过来。

“嗯。”夏良伸个懒腰。

夏良做的是一套文综卷子，十四中的卷子都是他们老师自己出的，前面的选择题难度差不多，后面的大题确实有好几道是很好的题型。

柳小满抄了下来，又跟夏良一起对着答案，给他讲了讲题，这一系列流程走完，时间都过两点了。

平常这个时间他早就困了，现在跟夏良待着不仅不困，还想再翻翻夏良有什么好卷子。

“你疯了啊？”夏良把柳小满的笔抽走，往桌上一扔，拉着他站起来，“睡觉，你有精神，我都困了。”

“我知道你的笔都是怎么没的了。”柳小满伸手想把滚到桌边的笔拿回来，夏良以为他还要坚持，从后面拉住他，推着他往床边走。

“我真困了，你别喊我良哥了，我喊你满哥吧，你是真能熬。”

“那倒也不用。”柳小满笑着护了个痒。

第十章
疼

生物钟这个东西太强大，柳小满跟夏良头天晚上熬到夜里三点，第二天睁眼的时候活像被人扯着神经，扒着眼皮，硬从梦里拎出来的。

他们意识还未完全清醒，纯粹是身体机能自发苏醒。

他坐起来在床头缓了一会儿，看了看时间，七点零二分。

他睡了四个小时，脑子都是麻木的。

夏良还在睡，窗帘缝隙里透进来一缕天光，今天天气应该不错，光线从他脸上斜过去，眼睫毛上顶着光，比平时睁眼时看起来长很多。

他盯了夏良一会儿，余光里床头柜上夏良的手机亮起来，打进来一个电话。

来电人没备注，只是一串号码。

夏良的手机开静音了，手机没响也没振动，但是对方坚持了好一会儿才挂断。

屏幕还没熄灭，还是那个号码，又打了进来。

夏良妈妈？应该不会，亲妈的手机号怎么都该有个备注。

柳小满犹豫了两秒，还是没舍得喊醒夏良，轻手轻脚地下床去洗漱。

自己过半小时再喊他吧。

没等到半小时，当柳小满在桌边干动嘴不发声地默背英语单词时，夏良就醒了。

他先是往身边一拍，没摸着柳小满，就蹙眉眯眼往四周看，见柳小满在桌前背单词，他“哎”一声翻个身趴在床上，被这感天动地的学习精神逗乐了。

“尚梁山都该给你颁个奖。”他闭着眼说了一句，开了一宿空调，嗓子干出了磨砂质感。

“你醒了？”柳小满转头看他。

夏良继续趴着，后脑勺对着他，“嗯”了一声。

“你等会儿是不是要去姥爷家？”柳小满走到床边，摸了摸夏良的头发，有点儿扎手，逆着推手感很好。

本来他只想摸一下头发，一个没忍住又摸了两下。

夏良又“嗯”了一声，听着像要睡回笼觉。

柳小满等一会儿要去医院，跟夏良也不同路，有心想让他多睡一会儿，想起来刚才的电话，就喊了声“良哥”，说：“你手机刚有电话。”

夏良没动。

“两个。”他补充。

夏良这才动了动，还是没抬头，抬起手拍上床头柜，把手机盲抓过去。

他不用猜都知道是谁的电话，而且何止两个。

夏良打开手机后台，除了六个未接来电，还有四条短信。

——你没在姥爷家，在哪儿？

——我的耐心和时间都是有限度的，你以为我给你转学，又要空出这么多时间看着你，是在跟你闹着玩？

——接电话。

——夏良，你别逼我。

最后一条短信是五分钟前发的。

谁在逼谁？

夏良照旧把后台一键清了。

睡眠不足还是有点儿影响心情，他闭了闭眼，把涌上胸口的那点儿烦闷压下去，重新捞过手机解了锁。

“吃什么？”他问柳小满。

“都行，我不怎么饿。”柳小满在他拿手机后就重新回桌子前背单词，听他这么问才转过来，“你不用回去？”

“不用。”夏良坐起来，没继续说电话的事儿，“不饿也得吃，你没听过那句话吗？”

“什么？”柳小满接他的话茬。

“早饭不吃容易秃头。”夏良随便点了两屉包子、两碗粥，顺手给柳小满加了一个茶叶蛋，“你一天学得走火入魔本来就有危险，以后再秃得跟一个河童一样……”

“有病。”柳小满笑着打断他。

吃完早饭，两人收拾收拾出了门。

“你中午得跟姥爷吃饭吧？吃完还回来吗？”在医院门口分开的时候，柳小满问。

“回。”夏良整理了一下他的领子，“到时候我给你打电话。”

“好。”柳小满点头，“那你去吧。”

叫的车正好到了，夏良接起电话跟司机确认地址，一边倒着走了两步，一边朝柳小满挥了挥手。

柳小满也挥挥手。

他远远看着夏良去马路对面上了车，才转身进医院。

他在楼梯口看见奔跑的灿灿时愣了愣，以为认错了小孩，都走过去了又停下来仔细看一眼，灿灿也转过头看他。

没错，是他

逮着人就瞪着眼睛看，除了灿灿还能是谁。

爷爷的病房在二楼，他在楼梯口上上下下地跑着玩，柳小满看看左右没见到梅姨，正犹豫着要不要喊他跟自己上去，就听见“哎哟”一声。

“谁家小孩啊！”一个看着挺年轻的女人半弯着身子使劲擦自己的鞋，瞪着灿灿，“在楼梯口乱跑什么啊，家长能不能看好了？”

灿灿也不说话，飞快地抬手朝柳小满一指。

这下他不管都得管了。

柳小满有些无奈，走了下去，边跟人道歉边拽着灿灿的衣服，让他从楼梯上起来。

“真受不了！”那女的本来想多说几句，看看柳小满的胳膊，一脸不乐意地走了。

“你……”柳小满低头冲灿灿皱眉。

还没等他说话，灿灿特别自觉地攥上他的手，另一只手往鼻子底下豪迈地抹了抹。

柳小满心里一阵别扭。

他不仅别扭灿灿汗涔涔、脏兮兮的手心，还别扭这样好像真成灿灿的家长一样。

他理性上明白，但心理上还是不能接受自己就这么多了三个“家人”。

他把手从灿灿脏兮兮的爪子里抽出来，特别想往灿灿衣服上抹抹。

“你跟着我就行了。”他对灿灿说。

灿灿看了他一眼，一副无所谓的样子，改成抓他的衣角。

柳小满叹了一口气。

这个时间一般早点摊子还没收，但是灿灿既然在，梅姨肯定也在，或者来了一趟。

两人到二楼拐个弯，远远地就看见梅姨跟柳勇在病房门口正说着话。

灿灿撒开他的衣服跑过去。梅姨回过头，他还在想要不要提醒她一下，不要让灿灿在楼梯处跑着玩儿，挺危险的。梅姨就先朝他走了一步。

“小满！”她的表情激动又有点儿复杂，“你爷爷好像醒了！”

柳小满在原地站住，先疑惑了一下醒了就醒了，怎么还好像，等疑惑到一半，他眨了下眼，赶紧撒腿往病房里跑。

他喊了几声爷爷，才明白梅姨那句“好像”用得有多准确。

主治医生之前就跟他说过，“苏醒”的标志是能睁眼，能听人说话，而且能配合着说话给予反应。

“爷爷？”柳小满喊他。

爷爷从他进来在床边坐下，眼珠就转了过去。

“爷爷，我是小满。”柳小满摸摸他的手。

爷爷望着他，想向旁边转开。

“爷爷，”柳小满试着跟他交流，“你的手能动了，弹弹手好不好？”

爷爷的眼皮动了动，再盯着他看了一会儿，手指弹了一下。

柳小满的鼻子猛地一酸，他盯着爷爷的手，张开嘴吸了一口气才继续说：“爷爷，你能听懂我的话了，是不是？”

爷爷的眼皮耷拉下来，朝窗外有光的地方看。

“爷爷，你再动动，”柳小满又摸摸他的手，一脸期待地等着，“这只手，你再动动……”

爷爷眼皮一合，又不理他了。

柳小满等了一会儿，爷爷虽然没再理他，但他还是忍不住激动。

爷爷肯定知道自己在跟他说话。

之前爷爷只是会跟着声音转着眼珠子看看，现在能配合着动手了，就算只配合了一下，也是配合。

医生用了半天给爷爷做完检查，他又追着医生问了半天，医生的态度一如既往，保守里带着安抚，柳小满也坚持有一点儿进步都是进步。

爷爷用了近一个星期睁开眼，在睁眼两个星期后能听懂人的话，有了开头就会有发展，下个恢复阶段不管要用多久，肯定有希望了，有总比没有强。

医生跟柳小满说完，把柳勇叫了过去。柳小满回病房守着爷爷，继续陪着爷爷说话。

他激动半天总觉得少点儿什么，这会儿闲下来才反应过来，他该把这个消息跟夏良分享一下。

不知道夏良现在是不是还在跟姥爷吃饭，他没打电话，敲了十分钟手机，费劲地给他发了一条消息。

夏良没回消息。

起初柳小满没把这事放在心上，拿了卷子出来做题。

等下午过去，都快到傍晚了，夏良还是没回，也没像他说的那样，给柳小满打电话。

柳小满想起上午那两个未接来电，越想越觉得不好。

为什么每次夏良来找他，最后都不能顺顺当当的呢？

他盯着手机发愣，在微信和电话簿之间来回切换，还是没敢打电话多打扰夏良。

可能他跟姥爷一周没见，中午吃多了，睡了个午觉。

他不敢往不好的方向想，只能这么安慰自己，又给夏良发了几条消息。

反正夏良说了会给他打电话，就肯定会打。

只是本来他想晚上跟夏良一起吃饭，现在看样子是吃不成了。

“小满。”天色擦黑以后，梅姨拎着保温盒过来，里面是她做的饭。

柳小满接过保温盒道了声谢，梅姨抱着灿灿坐在他对面，看着他吃。

他们的目光有点儿过于集中，柳小满心里七上八下的，也不怎么有胃口，吃了几口就把勺子放下了，问梅姨：“您是不是有什么话要说？”

“你先吃。”梅姨咧了下嘴，把灿灿往怀里又勒了勒。

灿灿其实很想自己玩儿，被她强制勒着，苦着一张脸说了句“太紧了”。

“我不饿。”柳小满把勺子放下了。

“那你……”梅姨把灿灿从怀里放下去，站起来示意柳小满跟她出去，“来，姨跟你说点事儿。”

柳小满跟着梅姨去了安全通道，梅姨表情有些尴尬，酝酿了一会儿才开口：“是这样的，你爷爷的治疗费该缴了，但是我跟你爸手头的钱……”

啊，柳小满猜到了，果然是跟钱有关。

怪不得早上他过来就看见他们夫妻两个在商量，眼神复杂。

“你爸不好意思跟你张嘴，我也不好意思，但是实在是……”梅姨搓了搓手，声音都低了一个度，“真没有了……”

“晚上回家我拿钱给你。”柳小满轻声打断她，“我爷爷这些年存的钱还有。”

梅姨看着他，一副猛地松了一口气的表情。

她还想说点儿不好意思的话，柳小满没心情听，直接问还有没有别的事，她说没有了，他就点点头，转身推门出去。

真的不意外，他知道会有这一天，五个人的花销，两口子早该透支了。

只是现在花出去的钱远比早点摊挣进来的多，不知道等爷爷存下来的钱也掏空后，他们还能花什么。

回到病房后，灿灿趴在床尾，拿着一个不知道从哪儿带来的小玩具在玩。

柳小满看他没压着爷爷的脚，就没管他，坐在床头盯着爷爷出神。

爷爷睡一觉又醒了，也盯着柳小满看。

“爷爷。”柳小满喊他，给他抬抬胳膊晃晃腿，刺激肌肉。

当手机在书包里“嗡”地振起来时，他差点儿没听到，还是灿灿喊了声“包里有东西在振”，他才赶紧拿手机出来。

夏良终于来电话了。

柳小满松了一口气，赶紧朝窗边走了两步，点了接听。

“良哥！”他控制着音量，很开心地喊了一声。

“我不过去了。”夏良那边很安静，声音有些压抑，“你该吃饭就吃饭吧，我们回头联系。”

柳小满愣了愣，还没想“啊”一声表示听见了，电话就已经挂了。

夏良打完这一通电话以后，整整一星期没再联系柳小满。

每天晚上的电话没有了，早上的消息也没有，柳小满给他发几条微信他也没回。

李猛他们那个微信群柳小满很久没点进去看了，消息始终攒着“99+”，他把这几天的聊天记录翻了个遍，夏良也没在里面说过话。

他整个人好像被谁藏起来了一样，无声无息。

柳小满不知道发生了什么，只明白肯定又跟他家里有关。

说是跟家里有关，其实还是因为夏良来找自己，一宿没回家，也没跟他妈妈联系。

是因为他。

柳小满不敢给夏良打电话，夏良在家给柳小满打电话都得背着他妈妈，柳小满生怕自己一个电话打过去，母子俩正在说话，或者又被他妈妈听见。

他想想夏良最后那通电话里强压着怒火的语气，就觉得揪心，脑子里全是他耳朵后面的疤和脸上的擦伤、胯上的瘀青。

夏良从不细说那些伤痕是怎么造成的，夏良家人会在什么情况下动手，夏良做了什么会触发他们使用暴力手段，柳小满一点儿也摸不着底。

就是这种什么都不知道的状况最让人恐慌。

他什么都做不了，连能做什么都不知道。

如果夏良还在他们学校，他可以问罗浩和郭魏。但是他不在，罗浩也什么都不清楚。

柳小满在微信上问他的时候他也没多惊讶，只说正常，夏良不想理人的时候谁的消息都不看。

——你没看我以前找他回回都得去你们班吗？这家伙烦得很，拿手机当模型使。

——别说三四天了，去年暑假，他自己出去浪了半个月，谁也没联系。

——郭魏那个呆子还要报警，哈哈哈。

罗浩给他发了几条信息。

——不过你急啥啊，小残疾，想我良哥了？

——你想他就去找他呗。

罗浩又发消息过来。

他打字跟不用手一样，柳小满还在输入框里打字回他第一条消息，他哐哐哐就刷了满屏。

柳小满的手指在键盘上停了一会儿，把打上去的字都删了。他沉默很久，不知道该回什么，该怎么跟罗浩解释，最后只能打了句“谢谢”。

尚梁山说他们月底有联考，这学期的第一场考试很严肃，现在到考试前的一个星期，谁都不能掉以轻心。

不用他说，柳小满也不敢掉以轻心，上学期期末考的成绩还压在他心上，寒假没时间复习巩固，开学到现在他总是两头跑，忙忙叨叨，这种脚不沾地的感觉让他十分不踏实。

除了准备考试，还有病床上的爷爷等着他。

配合运动是一个信号，这几天不管是他去看爷爷，还是听梅姨说，都感觉爷爷的状态每天都有进展。

在爷爷状态有进展的同时，每天的医药费也在同步。

那天晚上，他直接给了梅姨一张存折，梅姨拉着他又说了一会儿话，说柳勇想去找个活儿干，之前就该找，但是他去干活就必须找个护工来照顾爷爷，不然梅姨一个人还带着灿灿，熬不过来。

可那笔钱挤不出来，他们只能先这么撑着。

梅姨看着存折上的数字，跟柳小满商量，从这里面支钱请护工，让柳勇去工作，行不行？

不行也得行。

这张存折是爷爷几张存折里钱比较多的一张，如果还照现在这样的进度消费，拿出去也撑不了多久。

柳小满对于梅姨还想着跟自己商量觉得挺安慰，他让梅姨自行安排，看着办吧。

考试、爷爷、钱、夏良，每一样他都放不下，每一样都沉甸甸地压在心上，压得他喘不过气来。

樊以扬送他上学时还在问，最近几天你怎么越来越闷，脸色也不好，是不是爷爷那边情况不好。

“有需要帮忙的你就提，我帮不上什么，我爸妈总行。”樊以扬很认真地对他说。

“没有，挺好的。”柳小满调整表情，冲着他笑笑，“可能快考试了，最近我有点儿累。”

“你有事一定要告诉我。”樊以扬看了他一会儿，又强调一遍。

柳小满点头，心里很迷茫地想着：我能告诉你什么呢？

星期天晚上，柳小满去医院看完爷爷回来，夏良仍没有消息。

柳小满撑着精神做完作业，趴在床上蜷了很久，把一直藏着的大章鱼翻了出来。

他想去找夏良。

但是什么时间去呢？

他上课的时候十四中也上课，他周末放假十四中也要放假。

他不知道夏良在市区的家，知道了也不可能冒冒失失上门去找。

连住在附近的夏良姥爷他都不能去问。

他倒是偷偷去过夏良姥爷家附近，假装买东西路过，从小路拐进小毛裤胡同，再从胡同拐回小路。

当时夏良姥爷正好到家，在做饭，还放着戏。柳小满像做贼一样飞快地看了两眼，感觉夏良姥爷看着挺怡然，不像外孙出了大事的模样，就赶紧走了。

他不敢进去问，以什么身份问呢？以前的同学？同桌？朋友？一条胳膊的朋友？找夏良？找夏良做什么？怎么别人都不找，就你想知道夏良好不好？

柳小满被自己假设的问题逼得哑口无言。

如果是夏良呢？他换了一个思路。

如果他跟夏良的处境互换，夏良连着好几天联系不上他，会怎么做？

夏良会直接来找他，这根本不用想，答案就在那里。

无所谓什么上不上课，无所谓这一千万种假设，夏良什么都不怕，只会在第一时间来找他。

柳小满把脸往大章鱼上使劲埋了埋，他突然有点儿喘不上气，胸口好像有一台抽气泵在把氧气抽空，把肋骨跟心脏狠狠地攥在一起。

他很费力地侧着身，抱着被子蜷起来，滚烫的眼泪沾上大章鱼。

都是借口。

他张嘴呼了一口气，心里闷得生疼，眼泪更加不受控制地往外涌，他又紧紧咬住嘴唇，不敢呜咽出声。

什么上课、考试、时间、心力交瘁，都是借口。

罗浩说他想夏良就去找。他沉默半天，不是想不到该怎么解释，不是想不到怎么说，只是在给自己找借口。

他根本没有夏良那么勇敢，这就是唯一的答案。

承认一个差劲的自己比拼命去塑造一个优秀的自己更困难。

不知道过了多久，柳小满才缓过来这口气，可能最近他的压力真的太大了，眼睛被压得一片黑，章鱼湿了一大块，他脸上也鼻涕眼泪一大把，鼻子堵成了实心的。

他想往床头柜上拽一张纸，手机不知道在哪儿很轻地振了一下。

他愣了愣，赶紧坐起来翻手机。

当他把手机从被子里掏出来时，手还在哆嗦着，刚看见消息来自夏良，眼睛又“唰”的一下被眼泪蒙上了。

——小满子。

夏良给他发了这句话。

柳小满算是明白什么叫眼泪开了闸了，不知道是手上还是脸上掉下来的泪水糊得屏幕按键失灵了。他抬起胳膊，使劲蹭了下脸，又把手机在被子上擦了两下才解开屏幕。

其间，手机又振了一下，夏良给他发了一张照片。

他点开照片，是几张摞在一起的试卷，每一张都只露出题头的分数栏，语文、数学、英语和文综，一张都不少。

96、132、104、217。

柳小满迅速回想夏良上学期期末考的成绩，他进步了。

他一瞬间又高兴又难过，一边因为夏良终于出现心里猛地踏实了，一边又沉在刚才的情绪里拔不上来。

对话框上显示对方正在输入，一般看见对方在打字，柳小满会停下来等着，但他这次没法等，夏良不知道在打什么长篇大论，他抢在对方发消息过来之前先打过去四个字。

——我想看你。

夏良立刻停止了输入。柳小满揪纸擦脸擤鼻涕，又深吸了两口气，那边才发过来一个视频请求。

“我得小点儿声跟你说话。”视频电话接通后，夏良出现在画面里，光线很暗，他指了指耳朵上的耳机，又朝旁边指了指，应该是在指房门。

柳小满刚擦完眼泪，看见他眼泪又想往外涌，他赶紧憋回去。

“你哭了？”夏良皱起眉，朝镜头前探了探。

柳小满吸着鼻子摇摇头，盯着夏良的脸仔细地看，生怕看见他挨打的痕迹。

本来他有很多问题想问，但真看见夏良的脸了，又什么都不想问了。

夏良望着他沉默了一会儿，眉头一直皱着，不知道在想什么。

过了一会儿，他的嘴角扬起来，舒展了表情，轻声对柳小满说：

“你看见我的分数这么高兴啊？”

“还是我上星期没找你，你生气了？”他把手机放在书桌上靠着，整理了那几张卷子，故作轻松道，“这几天学校有个小考，我琢磨着考好了你肯定开心，就光顾着复习了。”

“结果你还哭上了。”他看着柳小满笑了笑。

柳小满明白夏良的意思，他想哄自己高兴，想把一整个星期失联的原因一句话带过，想用这个蹩脚的理由把自己糊弄过去，想跟之前每次一样，把糟糕的家事藏起来，只让自己看笑脸。

“你爷爷的状况是不是好转了？”夏良继续说着，“有意识了就快了，当时我奶奶中风……”

“你为什么穿着毛衣？”柳小满打断他，还是高领毛衣。

“嗯？”夏良顿了一下，很快又笑了，“帅啊。”

“这打扮，”他往后靠靠，让镜头把自己整个上身都拍进去，“不好看吗？”

是好看，好看得不正常。

“你一直都是进了屋就换衣服，这几天暖和，我在家都不穿毛衣了。”柳小满的鼻子发涩，说着说着声音就走了调，“你的空调都开着，你在家穿毛衣？”

夏良回头看一眼墙角的空调，苦笑一声：“你倒是给我留点面子啊，我专门套上高领毛衣想烘托一下颜值，你两句话就把我的台全拆了。”

“她是不是又打你了？”柳小满不听他的，“你把领子往下扒，让我看看。”

“柳小满……”夏良皱皱眉，没有动。

“就因为那天你没回家，没接她电话？”柳小满的情绪不太平稳，眼泪重新涌了出来，“那天早上的电话是你妈妈打的吗？我看见了，我以为不重要就没叫你。”

他哽咽了一声，别过脸，使劲往肩头蹭了两下，红着一双眼重新看着视频里的夏良：“是因为我？”

“跟你没关系。”夏良说。

“所以你还是被揍了。”柳小满崩溃了。

“你是名侦探柯满吗？”夏良被他这兜了一大圈的话弄得又想笑又心疼。

柳小满这一通眼泪直接扰乱了夏良的心思，隔着屏幕，他不知道怎么安抚柳小满，只能放低了声音：“我说了，跟你没关系。”

“我疼啊！”柳小满朝他喊了一声。

别说对夏良，就是在生活中，除了爷爷中风那天，他也没这么激动地对谁喊过。

夏良又沉默了，搁在腿上的一只手紧紧地攥着掌心。

“小满，”他伸手碰碰屏幕，“别哭。”

柳小满喊完也知道自己情绪失控了，他现在没法正常地跟夏良说话，心里的感受太多，自责、难过、心疼、压抑、烦躁、无能为力……他囫囵说了句“对不起”，就把视频电话挂断了。

梅姨在外面小心地敲了敲门，喊他：“小满，你没事吧？”

“没事。”柳小满擤着鼻涕回她。

“你是不是不舒服？”梅姨说，“要不要我给你……”

“不用。”柳小满把声音扬高，“你回去睡吧。”

梅姨在门外站了一会儿，没再多问，转身回房间了。

她没法问，问了也不知道说什么。她觉得是因为钱，让正上高中的小孩子为了钱半夜跟人打电话哭，她这个大人连安慰的话都说不出口。

柳小满擤了好几次鼻涕，把自己擤得头晕眼花。他听见手机响，拿起来看，夏良给他发了一条消息：这周我去找你，好不好？

你找我干什么，回家挨揍？

——不用。

他给夏良回过去。

夏良收到柳小满的回复，拇指悬在键盘上停了一会儿，他想打几个字，摁两下全删了，再摁两下，还是删了。

他把手机扔在桌上，脑袋往后靠着椅背，有些烦躁地呼出一口气。

他是想见柳小满，肯定想见，这几天都想见。

但他要是能去找柳小满，一早就去了。

夏良扒掉刚才匆匆套在身上的高领毛衣，摸了摸左边脖子挨着下巴的长口子，已经开始掉痂了，他对着手机看一眼，看着还是挺狰狞。

他重新靠回去，仰头望着天花板。

严格来说，这算是误伤的结果，老妈没想到他真的会躲也不躲，看见血涌出来明显愣了一下。

夏良看她的表情，心里很疲累。

争吵和质问是无休止的，只有见血才能暂停。

“你发完火了吗？”他当时对老妈说了这一句。

老妈望着他，心里的暴躁消退下去，换上一副悲伤的表情。她看起来挺累的，扔掉随手抄起来的腰带，闭了闭眼，声音嘶哑：“你爸又去公司闹了，找我要钱、要房子……”

“所以你就把气撒我身上？”夏良点了点头。

老妈看着他，眼睛里全是血丝，很快平复了情绪，重新换上质问语气：“你去哪儿了？为什么不接我的电话？我是你妈，接我的电话能死吗？”

夏良看着地上已经摔裂了屏的手机，“嗤”地笑了一声，抹了下脖子上的血，转身往外走：“你报警抓他，再找个医院看看你自己吧。”

老妈在身后忍着没吼他，她最厌恶那些只会扯着嗓门吼的泼妇，极力想维持自身的涵养，只是声音都被气得发抖：“你给我好好上学，再敢乱跑……”

再敢乱跑怎么样？

夏良当时没听清，也没想听清，反正脖子好之前，他没心情去见柳小满，也要调整自己的情绪。

结果他还是忍不住去联系柳小满，脖子的伤也没瞒住。

夏良顺着脖子摸到左耳根后面的疤，只觉得累。

真逗，老妈倒是换一个方向啊，可着一边儿下手。

他想想柳小满哭的样子，没忍住叹了一口气。

他把手机拿过来，看了一会儿柳小满这几天发给他的消息，又看一眼桌上的卷子。

“我们谈谈吧。”第二天早上，夏良在餐桌上对他老妈说。

联考前这一个星期，柳小满过得浑浑噩噩。

他精神上不浑浑噩噩，心里却混沌。

他让夏良不用来找他，夏良就真的没来。失落肯定有，但比起失落，他更多的还是松了一口气。

现在他确定夏良妈妈有多可怕，掌控欲有多强了，他真的受不了夏良再因为来找他挨打受伤。

见不了就见不了吧，经历过一次失联，能打打电话发发消息，知道夏良没被他妈活活打死，柳小满就觉得够了。

反正夏良成绩进步了他高兴，要考试了，他也没心思琢磨别的，每天只想把时间全用在学习上，什么都不去想。

但事情的发展不是根据他想不想来决定的。

之前爷爷又是针灸又是做高压氧，终于有了效果，他的状态一天比一天好，这半个月来左手和右腿开始自主移动，脸上也有了表情，对家属的呼喊有意识了，却进入了另一种状态——不认识人。

他说不了话，不知道自己是谁，不认识柳小满，不记得事情，甚至不知道自己生病了。

他能感觉到柳小满是他很亲近的人，但就是不知道柳小满是谁。柳小满跟他说了半天，跟他说我是你孙子，这是你儿子，我的胳膊是怎么没的……

爷爷似乎稍微明白了一点，但还是稀里糊涂。

医生说因为脑出血使爷爷的脑细胞受到不可逆的损伤，这些只能通过后天的康复锻炼来慢慢回忆。既然他能醒来，大部分记忆应该还是没有问题，但恢复程度也不能强求。

“而且老爷子的出血部位靠近语言中枢，说话、写字，包括对事物的理解都存在问题，这些都是一早我就跟你们交代过可能会有的状况。”医生很冷静，“总之，老爷子能醒过来就很厉害了，他这个身体状况……慢慢来吧，后面还需要观察，同时你们可以准备找医院给他做康复治疗了。”

做康复治疗又需要另一笔钱。

柳小满谢过医生，坐在爷爷的病床旁边愣了很久。

虽然医生说了，一切都是正常情况，但他的喜悦也敌不过面对这样一个爷爷时的迷茫和难过。

“爷爷，我是你的小满啊……”他对着爷爷小声嘟囔，一开口眼泪就直接滚下来，“你怎么能不记得我呢？”

柳小满浑噩到联考头一天，尚梁山在讲台上说完考试安排，李猛回头喊他：“柳小满，你明天……嘿，满满快看我！”

柳小满抬起头。

“你最近怎么了？”李猛打量他，“像几宿没睡过觉一样，一点儿精神都没有，那大黑眼圈……”

“怎么了？”柳小满直接问他。

“啊！”李猛想起正事儿，眉毛立马挑来挑去，“你多少考场？”

“你就不该问。”王朝接了句，“你们俩的分差至少隔两层教学楼。”

“你不隔！”李猛捣了他一肘子，继续冲柳小满挤眉弄眼，“几考场？”

“二。”柳小满看了眼考场安排，一个字都没力气多说。

李猛的笑容瞬间退散，摆了摆手转回去了。

“我说什么来着。”王朝看着李猛写在书上的考场号就乐了，“三十八号。”

“滚你的！”李猛开始掐他。

柳小满没心思跟他们闹，搓了搓脸，争分夺秒继续做题。

李猛说他几宿没睡觉，其实也差不了多少，这一周下来，他每天晚上就睡不了几个小时。

不是他不想睡，是总觉得时间不够用，越到考试前越不够用。

爷爷那边几乎每天都有新状况，这两天他可能因为长了褥疮不舒服，脾气特别大，明明手嘴都不利索，还老想挠那个地方。

灿灿已经不敢跟着梅姨过去看爷爷了，他害怕。

今晚放学柳小满本来该去看爷爷，想着考试，他咬咬牙没去，直接回家逼着自己静心复习。

当夏良的电话打进来时，他刚去了趟洗手间，打算再刷一套题，有点儿不敢接电话，怕跟夏良一聊又上瘾。

他犹豫了两秒，还是舍不得不接电话，滑下接听键，喊了声“良哥”。

“你在干吗？”夏良的声音听着很轻松。

“做题。”柳小满没法边接电话边做题，也不想开免提吵梅姨他们，只能用眼睛瞄题目，“明天我们要考试。”

“联考？”夏良说，“我们也考。”

“真的？”柳小满的思路停了停。

“这有什么真的假的，”夏良笑了一声，“就是十四中出的卷子。”

“你们考试怎么这么频繁？”柳小满说，“上周不是刚考过？”

“那就是一个开学摸底考，”夏良说，“自己班里就考了。”

重点学校果然还是重点学校。

柳小满莫名有些焦虑，盯着眼前的题目，咬了一下口腔内的肉：“那你好好考。”

“我考完去找你吧。”夏良说。

“别。”柳小满想也没想就回了一句。

“怎么了？”夏良顿了一下，把声音放得柔和了些，“我考完试出去一趟不至于挨揍，你别这么紧张。”

这是一方面。

“等成绩下来再说吧。”柳小满垂下脑袋，把脑门儿抵在桌沿上。

夏良听他这么说又笑了：“干吗，你考不好还不见我了？”

柳小满也笑笑：“不见。”

“那要是你考好了，我没考好呢？”夏良说。

“也不见。”柳小满说。

“真的？”夏良说。

柳小满顿了一下才开口：“真的。”

夏良那边大概有十秒钟没有说话。

“你这样，”他笑了笑，“搞得我好像是插足你跟考试之间的第三者。”

柳小满也想配合着笑一声，但是他笑不出来。

“柳小满，我肯定会好好考。”夏良感觉出他的状态不对，该说自从那天视频以后，这一阵子他的情绪都不好，“你会考好的，这就是一次月考，别说高考了，连期中期末都不是，你别给自己这么大压力。”

“我能给自己的只有压力了。”柳小满脱口说。

夏良又沉默下来。

“良哥，我能做的只有学习，今天我连爷爷都没去看。”柳小满的嗓子很嘶哑，“你明白吗？”

“我明白。”夏良过了很久才说。

挂完电话后，柳小满维持着顶着脑门儿的姿势，半天没能坐起来。

他不知道自己怎么了，压抑得难受。

他很难受，想见夏良，特别特别想。他一想到夏良明明开开心心地想见他，结果因为自己的焦虑被泼了一盆冷水，就心疼得想哭。

到底什么时候是个头？

为什么今年要高考的不是他和夏良？

如果这样的煎熬再撑三个月就能过去，他就能随意地去见想见的人；他就能没有学习的压力，把心思都放在照顾爷爷身上；他就能去打工，能赚钱，能让自己不那么看不见前方，踩不到脚下……

那样一切是不是就能变好了？是不是就不会这么累了？为什么偏偏是不上不下的高二呢？

柳小满闭了闭眼，感觉浑身的力气都在消失。

快点好起来吧，他真的太累了。

联考的成绩下来了，柳小满的成绩说不上好。

他在班里的名次上去了，从第三变成第二，但他在年级的名次下滑了十多名，直接掉出前五十。

班里的第一名还是韩雪璧，她在年级上的名次也往下滑了，但滑坡不大，上下五名的浮动都不是问题。

也就是说，这次他们班的成绩跟上次期末考试比，全线掉分。

尚梁山脸都黑了，晚自习发了成绩单，就把前十名一个个叫出去单独谈话。

轮到喊柳小满的时候，李猛在座位上不安分，一个劲儿挪屁股："阿山是不是飘了？这才是咱们班该有的水准好吧，装什么重点班呢。"

王朝一边托着腮帮子一边转笔，他的成绩还是不上不下，瞥了李猛一眼："你抄出好成绩你是不虚。"

"那还是有点虚的，"李猛整个人呈现一种逃过一劫的松懈状态，"但是比起那次前三十名，还是这次比较真实。"

"你爷爷现在怎么样？"尚梁山没直接提成绩，盯着柳小满先问了这一句。

"他醒了，准备做康复治疗。"柳小满没看他，眼神投向尚梁山的小腿上。

“家人生病肯定会影响到学习，你，”尚梁山抿了抿嘴，对柳小满不能说下次努力，已经没人比他更努力了，“调整自己的状态，名次有起伏是很正常的，这次的卷子也比较难，大概第十周还是第十一周你们期中考，到时候……”

柳小满维持着一贯平和的表情，看起来在听尚梁山说话，其实脑子里一团糨糊，听了几句就开始走神。

其实跟卷子的难易没关系，如果真的难，就该是全年级一起被影响。

他就是退步了。

状态也好，爷爷生病也好，发挥不好也好，都是借口，高考是不会管你心情如何、几天睡不好觉的，最后分数条上的成绩就是一切。

“总之，你别给自己太大压力，考试的主要目的还是把学习上的漏洞挖出来。”尚梁山说了半天，见他都没回应，干脆直接安慰他，“只要不是高考，任何一场考试发现的问题越多，你就越占便宜。”

“嗯。”柳小满点了下头，“谢谢老师。”

“你有心事或者困难，可以跟我说。”尚梁山看着他。

柳小满又道了谢。

尚梁山也说不出什么了，拍拍他：“行了，你进去吧。”

尚梁山说的道理柳小满都懂。

他看重每一次考试，就像他对夏良说的那样，他能做的只有学习。所以考不好他会失落，同时不用任何人来说，他也明白自己没那么多时间用来失落。他要做的是迅速分析试卷，把漏掉的知识点补上去。

樊以扬对他这次的成绩不怎么意外，压力大必然会影响状态，要么超常发挥要么失常。

放学后，他们俩没有直接回家，去柳小满教室里把丢分最严重的几道题解开，重新归拢了一遍思路和方向，别的什么都没多说。

等柳小满到家，梅姨正换鞋子要出门，看见他回来松了一口气：“你爸说你没去医院，给你打电话也没接，我正想出去找找你。”

“我在学校。”柳小满有点儿惊讶，他知道樊以扬如果太久不回家，樊阿姨会找樊以扬，夏良虽然往往是被叫回去挨打，但夏良妈妈也一样会找夏良。

当爷爷还在家的时候，他不管去做什么，大概几点回来，都会跟爷爷说好，有人专门要出门找他，他还是头一次经历，感觉还挺神奇。

“你回来就行，我还发愁，我就认得怎么朝菜市场走，不知道去哪儿找你呢。”梅姨说着，又进厨房给他端东西吃。

柳小满去洗手，听她这么说突然发现情况确实是这样，梅姨带着灿灿跟柳勇过来也有两个月了，除了医院，她还什么地方都没逛过。

她也不容易。

他看一眼日常趴在沙发上看电视的灿灿。

“你爷爷今天又不高兴了。”梅姨端着几张馅饼从厨房出来，跟他说爷爷今天的情况。

“你爷爷嘴馋，灿灿拿了一袋虾条，他一定要。”梅姨把灿灿叫过来，给灿灿一张馅饼，又拍拍屁股让灿灿上一边儿吃去，“我们哪敢给他吃，咳嗽都直哼哼，就又发火了，你爸想给他翻个身，他撅着身体不让动。”

柳小满想象着那个画面，干巴巴地嚼着馅饼。

“你喝稀饭，干吃噎得慌。”梅姨把粥碗往前推了推，笑了一下，“他像一个小孩儿一样。”

“他还想抢我的虾条呢！”灿灿在沙发上接了一句。

“吃你的！”梅姨瞪他一眼。

“明天我去看看他。”柳小满耷拉着眼皮说。

“我看他也是想你想的。”梅姨又递给他一张馅饼，“你再吃一个，这阵子瘦得没样子了。”

柳小满摇摇头。

他哪里吃得下，一点胃口都没有。

他洗漱完回房间，打开手机，看见三个未接来电，一个是夏良的，另外两个陌生号应该就是梅姨。

他把号码存上，给夏良发了微信：刚到家。

“你去医院了？”夏良的电话很快打了过来。

“没有，卷子下来了，扬扬哥去给我讲题。”柳小满仰在床上对夏良说。

夏良“哦”了一声，问他：“你考得怎么样？”

“不怎么样。”柳小满说。

“题目确实难了点儿。”夏良没具体问，“我们班主任也骂了一晚上。”

“你呢？”柳小满问他，“进步了吗？”

“排名往前了几名，分数没有上次高。”夏良简单地说。

柳小满望着天花板，发了一会儿愣。

如果有什么比自己成绩滑坡更不能让他接受的，那就是夏良成绩滑坡。

转学，挨打，像换了个人一样刷卷子做题，每天那么折腾，结果他的成绩还下滑了。

“没事，没多久就该期中考了，到时候……”他下意识把尚梁山说的那套话搬出来，想安慰夏良。

“我没事儿，”夏良笑了，“我怕你受不了，再像上次似的趴在桌上哭。”

“我哪那么好哭。”柳小满很疲倦，闭上眼睛，“上次也没哭。”

“上次有我在。”夏良说。

就这么一句话，五个字，柳小满像挨了生活一顿痛揍，本来想装作什么事儿没有，装了一路了，突然被人抱过去“哎”一声，说“腿怎么瘸了”一样，这些天他压抑的情绪，一下子全部要溃堤。

他张张嘴，挂了电话。

——我做题了。

——良哥，“清明”放假再见吧。

——期中好好考。

他一个字一个字打，给夏良发过去。

过了好一会儿，夏良才给他回复消息。

——好。

这场被延期了两次的见面，并没能延续到“清明”放假。

期中考试前一周，可能由于换季，天气忽冷忽热，爷爷半夜发烧，身体扛不住，直接烧出了肺炎。

“就怕这个。”医生说。

柳小满自联考后一天都没敢放松，其他同学或多或少都分散了精神，哪怕还有期中考隔在“清明”假前面，他们也紧张不起来——那天晚上，柳小满跟夏良聊完，他随意扫了一下那个多人群，还看见罗浩在说要给谁过生日。他没兴趣点开，上课刷题看爷爷，他的时间都被挤满了。

结果第二天早上他一起床，梅姨就慌慌张张地跟他说爷爷又进了重症室。

柳小满根本不知道那几天是怎么过的。

他什么也顾不上，去医院泡了一上午，下午被梅姨赶回去上课，晚上放了学就直奔医院守着。

他连着守了三个晚上，梅姨跟他说什么都没用，他实在是怕了，怕在他全身心投入学习里时，爷爷突然就没了。

老天爷好像随时举着一杆秤，左边称着学习，右边称着爷爷，不允许他往任何一方偏颇一点点。

直到第四天，炎症压下去，爷爷的体征稳定了，他才松下一口气，同时感到极端的累。

“你必须回家睡觉，过两天不是还要考试吗？你都没有个人样了！”梅姨拎着他往家走。

十点晚自习下课他就去了医院，回到家楼下已经快两点了，他绷了那么多天的神经缓下来，精神都觉得恍惚。

他看见楼道旁站着一个人，觉得这人的身形有点儿像夏良。

然后他突然想到这几天都没跟夏良联系，到家得赶紧发条消息。

他一边想一边往前走，没等他回过神，梅姨先“哎”了一声，指着那个人说：“这不是你那个……”

柳小满愣着停下来。

那人从楼道的阴影里走出来，赫然是已经一个多月没见的夏良。

“我没理你的那个星期，”夏良眼睛里有血丝，他不知道站了几个小时，嘴唇是干的，声音也是沙哑的，“原来你是这种心情。”

梅姨一脸愕然地看看他，再转过头看柳小满。

柳小满张张嘴，想喊“良哥”，然而他看着夏良的样子，半天都没能发出声来。

高二下学期的期中考试，柳小满和夏良都考得一塌糊涂。

成绩出来后学校就放假了，本该四、五、六号放三天“清明”假，学校调整来调整去，就着周末直接放三天。

尚梁山没机会跟柳小满谈，柳小满回到家，对着他和夏良接连两次滑坡的成绩单看了很久。

他有记录成绩的习惯，跟樊以扬学的，拉一张曲线表，每个阶段是上是下一目了然。

他跟夏良熟了之后，就在曲线表上加上了夏良的成绩，两个人的成绩放在一块儿看，从上学期期末开始，他们的成绩一直在下滑。

手机连着振动，他拿起来看一眼，李猛在那个群里艾特（提到）了他，像在商量明天去哪儿玩。他没细看，刚把群消息关掉，夏良的电话打了过来。

“明天我去找你。”他直接说，“别再跟我提考试了。”

“我明天要去医院。”柳小满顿了一下才说。

“那我就去医院找你。”夏良说完就挂了电话。

第二天傍晚夏良才去医院见柳小满，是那次他们说好一起吃饭，他却没能过来的时间。

他是想中午就过去，也确实睡醒起来就开始收拾准备，结果还是用了一整个下午跟他老妈僵持。

“朋友给你过生日？”老妈脸上挂着讥讽的笑，她从酒店订来的饭菜摆了一桌子，“你考得跟一个笑话一样，还有脸出去过生日？”

“谁让你生我这日子跟一个笑话一样。”夏良没有表情地看她，“上次我不是跟你谈过了，以后出门我都提前告诉你，你让我回去就回……”

“前几天晚上我也让你放学就回来，你却在外面混到半夜，你听话了吗？”老妈打断他，“然后你给我考个稀巴烂的成绩。夏良，我跟你谁说话更不作数？”

“就今天。”夏良长久地望着她，抿了抿嘴，第一次在老妈面前真正用上示弱的口吻，“我想跟我朋友一起过。今天过后，我把心思全用在学习上。”

这话说出来他觉得自己确实不太有资格说老妈说话不作数，他是会把心思放在学习上，他不放柳小满都得让他放。

但是他的心思肯定还得留那么二三四五分给柳小满。

“你先跟我吃顿饭。”母子两人互相晾了一会儿，老妈指指餐桌对面，让夏良坐下。

夏良从家里出来后，罗浩又给他打了一个电话，骂他不仗义，哥儿几个饭店都布置好了，放假前就策划给他过生日，结果被放鸽子。

“夏良，你不是人！”方正他们在电话里吼。

“愚人节快乐。”夏良笑了笑，“吃吧，回头你们找我报销。”

他问了柳小满爷爷现在的病房，给蛋糕店打了一个电话，让他们大概半小时以后把早上订好的蛋糕送去住院部。

在夏良到病房之前，柳小满刚被爷爷搡到地上。

他想给爷爷喝点儿水，爷爷心情不好在撕被子，他想拦，爷爷用膝盖铆着劲儿顶上他的小腹。

其实爷爷力气不大，只是他手上端着杯子，撞着床头柜也没手扶，往后跌的时候还带倒了保温杯，大半杯热水全部浇在手腕上。

“哎哟，我的老天！”梅姨拎着饭盒推门进来就喊，连忙过去扶柳小满，“烫不烫啊？什么时候打的水？”

“不烫，中午打的。”柳小满低着头站起来，甩甩袖子上的水，手背还是红了一片。

他弯腰要捡东西，梅姨把他挡开了：“你过去吧，你那个朋友来了，去吃饭，这儿我来。”

柳小满转头就看见了门口的夏良。

“你来啦？”他对夏良笑了笑。

夏良没说话，皱着眉，走过来拉着他的手想看看。

柳小满把手抽回去，耷着眼皮往外走：“先出去吧。”

到门口，夏良拉着他直接去卫生间，给手冲凉水。

住院部的走廊一如既往人山人海，吵吵嚷嚷。这一小段路柳小满跟在夏良身后，一直看着夏良的背影。

考试前那次半夜的见面很匆忙，夏良是怕他出事匆匆过去的。两人见了一面，看到对方憔悴的模样，柳小满就赶紧把他赶走了。

夏良好像瘦了，不知道是不是因为春天衣服穿得少了，他有点儿记不清。

同时他也记不清这是第多少次跟夏良穿行在医院走廊里。

好像他们认识以后，总有各种各样的原因要往医院跑。

不是他家出事就是夏良受伤，从夏良为他磕断了胳膊开始，两人就没个利索的时候。

医院真的不是一个好地方，损害人的身体，消磨人的意志，不该是夏良这样的人常来的地方。

柳小满被热水浇过的手确实没事，只是红了一片，到洗手间都快消下去了，夏良还是攥着他冲了半天水。

“手本来不红，现在冲红了。”柳小满小声说。

夏良关上水龙头，抽纸给他擦水。

“不疼？”他边擦水边问柳小满。

柳小满摇摇头。

“那天你回家挨打了吗？”他反过来问夏良。

“我还能天天挨打啊？”夏良笑了笑，“怎么说也是亲生的。”

柳小满也笑了笑，看一眼他挡住一半脖子的外套领口没说话。

冲完水出去，两人晃晃荡荡，不知不觉又绕到了楼梯间。

夕阳的光线和景致从这里看过去很好，金灿灿、红通通的，带着它特有的温柔味道。

他们朝那个没人的小天台走，一前一后，这次是柳小满在前，夏良落后两阶踩着他的影子。

“下次考试得好好考，不然你妈妈都白折腾了，你还白挨那么多打。”柳小满数着脚底的台阶。

“啊。”夏良在身后应了一声，“咱们今天能不能不提考试的事儿？去吃饭吧，今天有蛋糕给你吃。”

“听你妈妈的话，就像你说的，到底是亲妈，她的出发点肯定都是为了你好，不能害你。”柳小满接着说。

“你今天……”夏良在身后有些迟疑地开口。

柳小满像是没听见，还在继续说：“你的数学那么好，高考是要占大便宜的，别浪费自己。”

“你……”夏良想打断他。

“笔用完了就盖上盖子放好，别乱扔。”柳小满踩上最后一级台阶。

“柳小满。”夏良没再动，捞住柳小满的手往回拽，让他转头看着自己。

柳小满转过来了，跟夏良对视一会儿。他往下走了两级台阶，跟夏良站在同一层楼梯上，他们互相看着，夕阳把他们的脸照得通红。

“良哥，”柳小满声音很轻，“我们以后别见面了。”

夏良盯着他看了两秒，笑了：“你闹我呢？”

“我现在觉得特别累。”柳小满怔怔地说，“你也累，你还得学习，别总帮着我跑来跑去了。”

“我累不累自己没数？用你说？几岁了还过愚人节？”夏良抓着柳小满的手，一点点加重了力气，语速也在不由得加快，“你真觉得我累，就不会张嘴来这一句，你知不知道再好的朋友也不能随便拿这个当玩笑开？”

柳小满只是垂下眼睛，往外拽自己的手。

“学习就学习，一码归一码，你到底能不能拎清？”夏良还是用力抓着他。

“疼。”柳小满声音哆嗦着，眼泪从他眼眶里掉了下来。

夏良立马松开了手。

手机在兜里响起来，是蛋糕店打来的，夏良怕自己接不着，专门把来电从静音调成响铃。

柳小满就在铃声里毫不犹豫地往下走。

夏良顾不上手机，也说不出话，只伸手想拉他。

可是他们的方向已经换了，柳小满的一只袖子从他伸出去的指缝间晃过去，空荡荡的。柳小满一次也没回头。

第十一章
你太强了，柳小满

从楼梯间出去后，柳小满没回病房。

夏良去病房找他，去过年那阵儿他们总挤在一起说话做题的走廊角落找他，去医院食堂找他，去打水房找他，路上人那么多，每个人都跟他匆匆擦肩而过，每个人都不是柳小满。

蛋糕店的电话一直打过来，他接通后只说了一句“不要了”就挂断，然后一直给柳小满打电话。

他一直打，一直没人接。

前两个是被挂断的，到了第三个，手机就关机了。

夏良打车去柳小满家。

柳小满家里也没人，两层楼门紧闭着，不知道是真的没人，还是柳小满躲在里面不愿意见他。

他在家的可能性确实不大，夏良重新往医院去。

路上，他重复给那个关机的号码打着电话，拨号，关机，挂掉，再打。

他不知道重复了多少遍这套动作，听筒里响起来的终于不再是冷冰冰的机械音，夏良一激动差点儿挂掉电话重拨，“嘟”了两声后，对方接了电话，他张嘴就喊：“柳小——”

“良良。”手机里传来姥爷的声音。

夏良愣了。

“那孩子刚才来给我这部手机，说是你落在他那儿的。”姥爷说。

夏良看着车窗外一帧帧甩过去的街景，全身的力气瞬间全散了，呼吸突然变得困难，他整个人仿佛往下坠着。

“扔了吧。”好一会儿，他费劲地挤出三个字，然后挂了电话，仰在车后座上闭上眼。

柳小满，他控制不住地回想柳小满头也没回的背影，你就不疼吗？

柳小满快疼死了。

他坐在樊以扬的卧室里发愣，他是突然跑过来的，红着眼，把樊以扬一家吓了一跳。

“怎么了，小满？你跟阿姨说说，是不是爷爷那边有什么情况？”樊以扬妈妈拧热毛巾给他擦脸，让他坐在床沿，她端着小凳子坐在他身前。

“叔叔陪你去医院看看好不好？”樊爸爸也问他。

柳小满只是摇头，说爷爷没什么，挺好的。

“那是怎么了？你哭着过来的，肯定有事儿啊，”樊妈妈皱起眉，小心翼翼地说话，“你得跟阿姨说，阿姨才能帮你，是不是？”

“小满？”樊以扬倒了一杯温开水给他。

“我……”柳小满张张嘴，眼泪又下来了，“没考好。”

“哎哟，你这孩子，”樊妈妈松了一口气，拍了他一下站起来，跟樊爸爸对视一眼，哭笑不得，“你吓死我了！”

“我当什么事儿呢，”樊爸爸笑了，在柳小满脑袋上摩挲一把，“你没考好，来找你扬扬哥就对了，他就会考试，除了考试别的都……”

“行了，爸。”樊以扬打断他们，把人往外推，“我跟他说，你们该干吗干吗吧。”

“那我做饭了，小满，你跟你扬扬哥聊会儿天，晚上在家里吃。”樊妈妈交代他。

樊以扬把门关上，在小凳子上坐下，看了柳小满好一会儿。

“真就因为考试？”他抹了一把柳小满脸上的眼泪，轻声问。

柳小满别过头躲开，他被发胀的喉咙噎得说不了话了，张嘴都说不出来，浑身一点力气都没有，心像被人捏着拧着，抽气都打战，只有眼泪没完没了地往下掉。

“我好难受啊。”他哽咽了半天，只说出这一句。

樊以扬动了动。

“我好难受啊……”柳小满低头把脸埋进膝盖里，樊以扬听见他喘不过气一般，“啊”了一声。

“清明”假的最后一天，夏良被罗浩他们逼上门拽了出去。

“高考完就见不着了，阿姨，我们吃顿饭就回来！”郭魏负责跟夏良他老妈借人。

老妈没拒绝，人都堵上门了，她也没有拒绝的道理，只吩咐夏良明天开学了，晚上早点回来。

夏良在家里窝了一天两夜，真就是窝着，他到家后就往床上一躺，不想开灯，不想说话，不想喝水，不想吃东西，也不想看手机。

要不是还做不到尿在床上，他连床都可以不下。

他被罗浩他们强行摁着洗漱换衣服拉出来，太阳一晒，他觉得自己如同行尸走肉一般，走几步就会现形，是头顶冒烟的那种。

“你行不行啊，我的哥？”高宇翔见到夏良的样子就惊呆了，他是在半路叫上车直接坐过来会合的，“个把月不见，你是遭遇了什么……你妈打你脑袋了？”

夏良看着高宇翔还没想说话，罗浩就把夏良推上后座，扒拉夏良的脑袋往他后耳根上看。

“滚。”夏良没心情跟他闹，只皱皱眉。

罗浩坐回去了，从自己包里抽了一瓶运动饮料递给夏良：“这动静……你不活了啊？”

“我刚来的路上就说渴，没见你递水给我。”方正抬脚就蹬罗浩。

夏良拧开盖子灌了两口饮料，把水瓶扔给罗浩。

“夏良，你不对啊。”郭魏最后上来，把胳膊肘支在膝盖上，探头打量着夏良，“咋的，你转个学还真一心扑在学习上了？”

“你再动动，干脆坐我脸上吧。”方正一边横着胳膊把郭魏往后杵，一边掏手机要回消息。

“你杵他没用，你自己往后靠靠。”罗浩挪挪屁股。

“我跟哥们儿去吃饭，良哥补过生日，晚上我给你带好吃……”方正被挤得话没说完消息就发了出去，骂了一声也开始蠕动。

“你们两个往前，两个往后啊！”高宇翔从前面回过头指挥。

“哎呀，你们要说有五个人，我就不过来了。”司机也开始跟着抱怨。

车里叽叽喳喳，夏良的脑袋顶着车窗，一动都不想动。

他倒不是因为难受，最揪心的那股难受已经在前两天被压下去了，在这种环境下，他想重温那种强度的难受都费劲。

可能说封印更准确。

他现在觉得自己就是忘了在哪儿看过的一张傻图片——画一个人形的壳子，体内百分之七十都是蓝色的水。

少动少说话就不用耗力气，不耗力气，体内那百分之七十的水就很平稳。

否则水晃晃荡荡，荡起来的每一颗水珠里都是柳小满跟他分开时的场景，还有那部还回去的手机。

“夏良，你到底怎么了？半天什么话都不说。”罗浩寸土不让，保护着自己屁股的领土，还要强行关心夏良，“哇，跟你们爱学习的真是聊不来，现在你就是一个完整版的小残疾，在群里喊都喊不出来。你别叫夏良了，去改名叫夏大满吧！”

“哎，不是，”郭魏贴着车门反应过来，“你生日那天不会是跟柳小满一块儿过的吧？”

“真的假的？”方正惊了，“我来给你补过生日的意义在哪儿？良哥，你有没有心？”

当夏良听见“小残疾”三个字时，脑浆就缓慢地开始灼烧。

“停车。”他一脸烦躁地从车窗里抬头。

司机从后视镜看他一眼，在路边缓缓把车停下。

夏良拉开车门下去，在罗浩他们瞪着眼喊“我的天”的声音中拉开副驾驶座旁边的门，对高宇翔说：“换个座。”

“哎，你直说啊！”高宇翔立马从副驾驶座上下来，往夏良肩上打了一拳，“我都准备好跳车跟你玩马路追踪了。”

夏良觉得自己可能真的恍惚了，耳朵里回荡着“小残疾”和“柳小满”，身体里的水花晃荡起“我们以后别见面了”，他都没反应过来是怎么回事，头就“砰”的一声狠狠磕在了车门框上。

他捂着头在路牙子上蹲下来。

良哥，我们以后别见面了。

“我……你傻了啊！”罗浩在车里就要站起来，激动到撞了头，“上车你倒是弯个腰啊，以为自己是茅山道士啊？”

“怎么还能撞……撞着哪儿了？”司机赶紧往这边探着身子问。

夏良听着他们的声音，脑子里很奇异地重复那天的画面，声音逐渐和在一条线上。

柳小满说良哥，我们以后别见面了。

柳小满说疼。

柳小满的眼泪砸到手上，他慌忙松开柳小满的手。

柳小满那抓不住的空袖子。

“那孩子刚才来给我这部手机，说是你落在他那儿的。”

……

“没事吧？”高宇翔跟着蹲下要看他，着急地问，“你感觉怎么样？”

有温热的液体在指缝间扩散开，不知道是血是水还是汗，他感觉不出来。

夏良现在眼睛是麻的，脑子、心里都是麻的，整个人又莫名很平静。

以前他看电视里那些半死不活的人还觉得搞笑，原来真轮到自己身上，他比谁都要搞笑。

“疼啊。”他平静地回答高宇翔，连嗓子都是哑的。

柳小满在将近一个月以后，才知道他跟夏良分开的那天，是夏良的生日。

前面几天他魂不守舍，在樊以扬家哭完一鼻子，他还是一抹眼什么都没说。

他回到医院，再见到梅姨和爷爷，也什么都没说，好像什么事都没发生，只是出去上了趟厕所。

梅姨欲言又止了好一会儿，最后还是没主动多问。灿灿看出他哭了，还指着他的眼睛扭头对梅姨说：“妈妈，小哥哭了。”

梅姨把他的手打下去，跟他说别的话题，没再对柳小满提起“你的小伙伴”。

后面爷爷该去康复中心了，柳勇在跟医生咨询转康复中心的事，他跟着去听。他知道除了医保能退点钱，让家里喘口气以外，中风病人还能去申请重症补贴，运气好的话有机会得到。他就又跟柳勇家里家外几头跑，去给爷爷申请。

其他时间，他上课、做题，不管不顾地用题目把自己塞满，最好头都不用抬，什么都不去想。

他也不能想。

他必须把自己塞满，一丝空隙也不能留，必须不停地走，累到每天倒头就昏睡，才能把夏良从脑子里挤出去。

直到那天李猛趁着王朝不在座位上，扭头嘀嘀咕咕地问他："哎，满满，夏良生日那天你送什么了？我朝哥生日马上到了，我能想到的礼物都好女性化啊。"

柳小满正在草稿纸上列式子，光听到"夏良"这两个字就心里一空，又听见"生日"，整个人都蒙了。

"什么生日？"他睁着眼睛，失神地问李猛。

"王朝月底生日，"李猛已经习惯他永远不看群了，"我……"

"我说夏良的生日。"柳小满打断他。

"什么鬼？"李猛眨眨眼，"你傻了？我那时候不是在群里艾特你了吗？愚人节啊，夏良生日。"

后面李猛再说什么话，柳小满都没听进耳朵里。

他难以描述那是一种什么样的感觉。

他前面那么多天的自我麻木和自我逃避，全部功亏一篑。

柳小满自虐一般反复回想，每一个细节还像昨天刚发生过一样清晰，夏良的表情、语气、对话、动作，全部放大了，映着红红的霞光，不断地在他脑子里交织。

他每回忆一点，心里对应着散开的就是让他手指尖都发麻的心疼。

他自责、懊悔、茫然、酸涩……心疼。

柳小满甚至觉得心悸，不明白自己闭着眼挑日子都那么过分，要在夏良生日那天跟他说那些话。

为什么他不能往后拖一天？为什么就那么自私呢？

他在掌心被笔尖和指甲扎到钻心疼的情况下逼自己回过神，李猛还在滔滔不绝地说着。

"你跟他，"柳小满又打断李猛，"说生日快乐了吗？"

“说了啊，我当然说了。”李猛一脸怀疑地扫他两眼，“不是吧，你不会连艾特你的消息都没看吧？你这个前同桌也太……”

他冲柳小满和夏良的桌子指了指，用了一个不恰当还自觉相当满意的成语：“人走茶凉！”

上课铃打响后，柳小满用了很漫长的时间来让自己集中精神。

他失败了。

那节是郭大嗓子的课，不知道他说了什么，班里的人“嗡”地笑起来。他提起音量管纪律：“好了，大家别笑了哦，给点面子。”

这句话就像钥匙，某段小小的记忆被点亮，柳小满想起什么，手腕自己动起来，顺着草稿本往前翻。

没有。

他又在桌斗里找了半天，抽出已经用完的上一本草稿纸，一页页从尾翻到头，终于在某一页看见了那段想找的对话。

——第一节课，给点面子。

——幼稚。

这是他跟夏良刚认识时，在第一节政治课上，夏良找他借第一支笔，顺着郭大嗓子的发言写下来的话。

那时候他们谁都不知道，看起来八竿子也打不到一起的两个人，后来会发展出什么样的关系。

也想不到短短半年，青春能带给他们的除了放肆与炙热，还有多少仓皇、无奈的变动。

两人相处时更多细小的琐事“扑簌簌”地往外跳，柳小满借着桌上高高堆起的书，一个人在后排的角落偷偷抹了抹眼泪。

然后他拿起笔，在底下悄悄地加上一行字。

良哥，生日快乐。

高二那一年，对柳小满来说势必是特殊的，在经历童年截肢以后，他经历了第二次改变他成长的漫长时光。

遇见夏良、与夏良熟悉、跟夏良相处，家人变动，爷爷中风，等待爷爷苏醒时疲惫的煎熬，接连滑坡的成绩，自我麻痹，给爷爷转院，爷爷开始康复治疗……如果一个人的感情完全按照亲友爱三等份来划分，那其中两项的痛苦，都让他在这一年内完全感受到了。

爷爷在病倒之前跟他说：人这一辈子，经历什么都是有数的，该享的福，该吃的苦，都在那里，早早晚晚的事儿。他越想越觉得有道理。

没道理也得有道理。

他必须相信老天爷安排给他的苦难是有头儿的，是把往后一生的挫折都凝聚在这一段。

不然他想想以后还有受不完的挫折，那就真要把心气儿都耗空了。

所以那年的五月份，爷爷去了康复医院，柳小满收拾了自己的心情——不论是个人心事还是家庭剧变，最痛苦难熬的部分终于缓缓平息，生活节奏渐渐回归正轨。“小满”到来的那一天，柳小满给自己许下了生日愿望。

他不图一切往更好的方向发展，不敢期待了，就这样平缓前进，不要再有变故就行。

许完一个愿望以后，他还是带了点儿私心，又加了三个。希望爷爷更好，夏良更好，即将上考场的扬扬哥稳定发挥，考出好分数，考上好学校。

他对生日其实没什么概念，常年跟着爷爷一起生活，受老人家的影响，不到逢整逢五不大过。

他生日大多是爷爷多炒两个菜，爷孙两个在饭桌上说两句话，就那么过去了。

所以那天他从康复医院看完爷爷回来，看见梅姨摆在桌上的小蛋糕，真的挺惊讶的。

“你爸前几天就跟我说了，今天小满，是小满生日。”梅姨喜气洋洋地往他脑袋上扣生日帽子，“过了今天你就十八岁了。”

帽子是买蛋糕送的，塑料纸，卡不稳当，柳小满用手扶了扶，一瞬间不知道该说什么。

“谢谢梅姨。”他对梅姨说，又看一眼柳勇，还是张不开嘴，只好点了下头。

“吃饭吧，”柳勇也不知道说什么，只把莫名兴奋乱跑乱叫的灿灿架上餐桌，“吃饭。”

这还是他们一“家”四口第一次正经坐在一起吃饭。

生日歌、吹蜡烛许愿这些流程都省略了，虽然梅姨一直带着灿灿渲染气氛，柳小满还是有点儿不自在，像被几个半生不熟的人围住了，有些尴尬，但心里还是暖了一把。

饭后他帮着收拾碗筷，梅姨赶他，不让他沾手。

柳小满去爷爷房间坐了一会儿，把床底的小箱子拉了出来。

“这是什么意思？”梅姨两手裹着洗洁精，看看他，又看看他手上递过去的户口本。

“爷爷让给的。”柳小满把户口本放在旁边的灶台上，“给灿灿上户口，他该上幼儿园了。”

梅姨愣了半天。

柳小满没跟她多说，把爷爷的意思转达明白，没管她和柳勇怎么商量，转身回了房间。

下午爷爷跟他说这些的时候他还挺难受的，倒不是难受户口本上要加一个人，反正已经是事实了，灿灿住都住了那么久，早晚得加上。

他是难受爷爷脑子钝了一半，很多事还是想不起来，连说话都不利索，还为他操心着以后的事。

“以后我不在了，你们就是一家子。”爷爷拽着被角，一字一句地对柳小满说，他努力想把字说清楚，“他们对你还……还……”

“对我挺好的。”柳小满用柔和的语气把话接过去。

爷爷点点头，他现在能做出的表情很有限，但是柳小满能看出他眼神里的烦闷：“哪天等我死了，少一个累赘，他们应该能对你更好一点。”

柳小满听不得爷爷说这个。

他现在不怕爷爷走路费劲、说话费劲，不怕他病后性情反复，时不时像一个小孩一样发脾气磨人，他就怕爷爷自己觉得没劲。

医生说中风后接受不了变故，压抑自杀的患者不在少数，尤其是中老年人。柳小满真的害怕爷爷哪天想不开来个一了百了，到时候他会怎么样，连想都不敢想。

“爷爷，你别瞎想，”他打断爷爷，往爷爷没力气的右手上塞了一个橘子，让爷爷配合自己一起剥皮，“我明年考上大学，还得带你去逛呢，到时候你就全好了，你得配合医生好好练，走路训练、语言训练，都得……”

“我烦练说话。”爷爷很烦躁地打断他，“天天读绕口令。”

柳小满笑了笑，说其他好玩的话题，转移爷爷的注意力。

柳小满一边做题一边琢磨着爷爷的康复计划。房门被人敲响了，他过去开门，站在外面的是樊以扬。

“扬扬哥。”柳小满喊了一声，让他进来，梅姨很热情地去切了一块蛋糕，端来让他吃。

“谢谢。”樊以扬笑笑，灿灿贴在梅姨腿后瞪着眼看他，他扒拉一下灿灿的脑瓜。

“你不好好复习，现在过来找我干吗？”柳小满关上房门。

“你过生日我能不来吗？”樊以扬把蛋糕盘子放在桌上，同时放下的还有一个纸袋。

“我又不过生日。”柳小满腼腆地笑笑。

“你过不过生日，我都得惦记着，我不惦记我妈也得惦记。”樊以扬也笑了笑，在床边坐下，指指纸袋，“樊神独家纯干货复习笔记，一二三轮复习直接拿着就能用。”

“谢谢扬扬哥。”柳小满没跟他多客气，这也没法客气，都是实打实的宝贝。

他在纸袋里翻了翻，还有一本崭新的数学题集，是他没见过的版本，封皮很质朴，翻开看看，内容倒是蛮好。

樊以扬是有这个习惯，买题集买两份，总给他也捎带上。

“没几天就考试了，现在还买题集能做完吗？”他看看樊以扬，“你别闷头做题了，攒攒精神，看你熬得眼下都发青了。”

“这个不是我送的。”樊以扬搓了搓脸，“是罗浩给你的。”

“啊？”柳小满愣了。

罗浩？

“你说陆航送的我都能理解……”他又翻翻题集，“罗浩送我干什么？”送的还是数学题。

罗浩送他数学题集，这句话的逻辑简直就是郭德纲送王后雄一筐西瓜，压根儿不挨着。

“谁知道呢，他说赶着去联机，从窗户把东西递给我，让我给你，就走了。”樊以扬看着他。

柳小满跟樊以扬对视一眼，没再说话，心跳一下下活跃起来，他低头又翻了半天题集。

他心里有一个答案，但是……

“小满。”樊以扬还是在看他，目光突然有些沉重，“等高考完……”

他好像突然决定想跟柳小满说什么，开了个头又犹豫了，咬咬嘴唇，皱了下眉。

“嗯？”柳小满的注意力全被手上的题集拐走了，半天没等来樊以扬的下文，赶紧抬眼看他，“什么？高考完打算做什么？”

“没事。”樊以扬的眼皮垂下，嘴角硬往上扯了扯，“等高考完，我就能解放了。”

柳小满笑了，他是真的突然很开心，又在题集上摸了摸，那个不敢多想的可能在心里热得发烫：“是啊。”

樊以扬高考那两天不是好天气。

学校要布置考场，柳小满得了两天假期，带着一书包的作业去康复医院陪爷爷。

“这雨下个没完了，”梅姨带着灿灿，跟他一起坐在床边削着苹果嘀咕，“闹心。”

柳小满抬头看一眼窗外，乌沉沉的，雨水斜着拍在玻璃上，半天了也没见小。

“爷爷，扬扬哥今天高考了。”柳小满转头对爷爷说。

爷爷歪在躺椅里没说话。

他心情不好，头天晚上尿床了，护工换床单的时候估计说了他几句，当时他就摔了东西，把护工吓一跳。

现在雨下得人生厌，尿湿的床褥只能搭在床边晾，他就谁也没理，梅姨递过去的苹果也被拍开了。

“这老爷子……”梅姨去把苹果捡回来，放在小碗里，倒水泡了泡，捞出来给灿灿，“爷爷不想吃，就你吃吧。”

灿灿面无表情地啃苹果。

柳小满看了爷爷一会儿，把他膝盖上的小毯子又掖了掖，心里有些不好的预感，总觉得要出事。

也不知道该说好还是不好，事实一次次证明，他的直觉一向很准确。

第二天天蒙蒙亮的时候，雨还在下，爷爷到底给他玩了把自杀。

爷爷只是想，也试着实施了，但是腿脚过于不利索，刚爬上天台还没走到楼边，就被柳勇带着夜班医生和保安冲过去拖回来了。

柳小满心急如焚，找了爷爷半天，跟着爬上天台，看见爷爷透湿的身体就膝盖发软。等柳勇喊着“爸”扑过去，他在兜头盖脸的雨水和无法细想的后怕里一屁股坐在楼梯上。

幸好，他只能想到这两个字。

爷爷自杀未遂，自己还发了一通脾气，口齿不清地嚷嚷为什么救他，屎尿都憋不住的人了，死了算了。

谁也不敢说他，医生给他打了点儿安抚情绪的药，大家轮流看着他，让他睡了一觉。

柳小满一整天都沉浸在“幸好”的余韵里，什么也想不到，心里空落落的。

雨下得天都要漏了，该出的事都出了，一切不好的事总该过去了吧？如果还有什么该发生的没发生，那就一起来，然后一起结束吧。

可是柳小满真的没想到，生活砸向他的最后一棒，是樊以扬挥过来的。

樊以扬高考一结束就过来了。

当时柳小满正好看见水瓶空了，去打水。

“你帮我看着爷爷，”他拎起水瓶交代护工，“千万别让我爷爷醒了一个人。”

“行，你去吧，有人来了我再走。”护工说。

等他拎着水瓶回来，就看见樊以扬坐在床边，在跟爷爷说话。

柳小满本来想直接推门进去，胳膊都抬起来了，他突然听见了“电线杆”。

其实樊以扬能感觉到有人回来了，但是他停不下来。他也不敢停，不管门外站的是谁，他都不能停。

如果这次他停下了，可能以后一辈子都没勇气再开口，自责和愧疚太沉重了，背一辈子能把人熬垮。

“当时爬电线杆的人，”他望着熟睡的爷爷，心跳剧烈到让人发抖，头皮上全是汗，“其实该是我。”

他闭了闭眼，紧紧攥着膝盖的手掌一点点泄了力气。

柳小满从电线杆上摔下来，昏迷中失去的不只是一条胳膊，还有部分混乱的记忆。

他忘了自己为什么要爬电线杆，当时年龄那么小，小孩子们聚在一起玩，本来就是乱糟糟一片，没有头脑和逻辑，一窝蜂跑了，一窝蜂停下。樊以扬自己也想不起是谁先提了爬树，又是谁发散思维，提议了一句“谁敢爬电线杆”，谁喊了一声“樊以扬敢不敢”。

樊以扬不敢，他那天穿的新衣服，出去玩之前被老妈说了半天，不许蹭脏衣服。

“你不爬就得找人替你！”有个小孩儿说。

他几乎下意识就看向柳小满，柳小满跟他玩得最好，每次谁跟谁一伙儿，柳小满都跟着他，他让柳小满干吗柳小满就会干吗。

就那一眼，柳小满就爬了电线杆。

后来大人们问起来，谁都说是柳小满自己爬的电线杆，谁都下意识把自己撇干净。但樊以扬明白，如果他不暗示，没看那一眼，一切不会变成后来那样。

他们都太小了，太幼稚，也太不懂事了。

他知道柳小满以后只剩下一条胳膊，做了很长一段时间噩梦，梦里的柳小满用透亮的眼睛看着他，问：“扬扬哥，你为什么要看我？”

这个梦压了他十多年，他不知道当时一起玩的其他几个小孩儿现在如何，长大后搬家的搬家、转学的转学，不知道他们还记不记得那段人人心虚又人人都能自我欺骗“跟我无关”的过往，但他忘不掉。

随着他们长大，对这个世界越来越了解，堆在他心里的罪恶感就更多了。

他除了想方设法对柳小满好，不知道自己能做什么。

他只知道自己早晚有一天要把这些事说出来，尤其在小满爷爷中风以后，这事快把他压垮了。

“对不起。”说完最后一个字，樊以扬抹了把脸，不敢去看爷爷醒没醒，站起来转身要走。

当他看见站在门口的柳小满时，腿都是软的，想喊一声小满，想说你打我骂我吧，牙关却连开合都困难。

柳小满也没想打樊以扬，他张张嘴，眼神是彻头彻尾的空洞。

这种感觉很奇怪，他好像找到了一切苦难的源头，发泄的源头，但这个源头却不能成立，怒不成怒，气不成气。樊以扬的每一个字听到耳朵里，配合着樊以扬对自己的每一分好，最后带来的只有什么东西崩塌了一般的茫然、失落。

“你说高考完就能解放了，”他声音低沉地问樊以扬，“就是指这个？”

樊以扬的眼圈迅速变得猩红。

“对不起。”他又道了次歉。

柳小满摇摇头：“你先走吧，我现在不太想说话。”

他得想想。

樊以扬还想再说什么，他没心思听，直接进了病房把门关上。

有句话怎么说来着？人绝望到一定程度，就不会再有绝望将他打倒。

柳小满蒙着脑子想了半天，他以为自己会痛苦，会崩溃，会觉得天地都歪了，最好的人会离开，信赖的人会欺骗，这个世界自始至终对他就不公平。

他望着窗外愣了很久，心里却像死水一样泛不起丝毫波澜。

可能人绝望到谷底，真的就感受不到更多的绝望了。

还会更糟吗？还能更糟吗？再糟还能糟到哪儿去？他不太能想到。

十八岁的柳小满，已经真正地失去了童年的一切。

你太强了，柳小满。

他在心里鼓励自己。

这一轮撑住，以后再没什么事能打垮你了。

柳小满又盯着窗外看了一会儿，游散的目光定向某个点，然后轻轻地笑了一声。

“爷爷，长寿花竟然现在开了。”他指了指。

回应他的是爷爷的呜咽声。

柳小满回过头，看见爷爷在床上望着他，像一个小孩子一样歪咧着嘴哭。

他没忍住又笑了，过去给爷爷擦擦眼泪，在爷爷身旁蹲下来，把脑袋轻轻枕在爷爷不再结实、早已干瘦的膝盖上。

“长寿花都开了，你得好好活着。”他轻声说。

罗浩他们高考那两天，十四中也放假了。夏良哪儿也没去，闷在家里刷题写作业。

以前他看柳小满一扎进题海里能大半天不动，还觉得费解，现在发现只要不想琢磨事儿，做题是最有效的方法。

“回头我给你请几个老师，周末和暑假你就在家补课吧。”老妈翻着他最近一次月考的试卷，分数是满意的，期望值是没法满足的。

“随便。”夏良头也没抬。

“你要是没留级，这一批高考就轮到你了。”老妈又说。

夏良没理她，在草稿纸上列了两个式子，往卷子上写答案。

“不过也快，”老妈不在乎他搭不搭理，折了折卷子，“下半年你进了高三，时间就快得你抓都抓不住，明年这时候你坐在考场上，就知道有多感激我了。”

她的话太多了。

夏良不耐烦地往后一靠，把笔扔在桌上。

“写吧。”老妈“嗤”地笑了一声，转身出去了。

像他生日那天跟老妈保证的那样，他什么也不想，把心思全放在学习上以后，他跟老妈之间的关系确实有了改善。

虽然是很僵硬的改善，只服务于学习，好歹也算是改善了。

至少现在他摔下笔老妈会主动离开，如果放在之前，她只会顺手拿起什么东西摔回来。

这种改善带来的效果是连锁的，比如在高考结束后，罗浩他们喊夏良出去聚个餐，不用再几个人上门五花大绑，强行带人。

“他们放松了，你不能放松，差不多就赶紧回来。”老妈说。

这群人就没有不放松的时候。夏良在心里接一句。

等到了约饭的地方，他才知道这次不是几个人小聚，是以前班级所有人的毕业聚餐。

夏良有点儿尴尬，不知道给自己这个准高三生找个什么样的定位，混进这个全员准大一的前前班级里。

而且托他那个想一出是一出的老妈的福，他高中三……不对，四年，过得很差。

高一高二高二高三，入学分班留级转校，他硬是去了四个不同的班，同班同学拢一块儿奔三百了，脸熟的不到五十个。

熟悉起来的他两只手数得过来，一直玩在一块儿没生分的，也就罗浩他们四个。

所以他对“班集体”和“毕业”这种需要三年打底、共同经历的词儿，实在没什么概念。

也不能说一点儿没有。

夏良看见他们不管学的不学的，能考上的考不上的，都在这晚卸下担子互相拥抱说话，不由得想到了柳小满。

他那个扬扬哥也考完了，不知道有没有……

“良哥，走吧，转个场！”罗浩一嗓子打断夏良的思绪，明明罗浩喊着让他过去，自己却拎着一个瓶子走了过来。

“樊以扬来了吗？”夏良顺嘴问了句。

“没来吧，你找他干吗？”罗浩往夏良肩上杵了一下，“你还会想起他？三年没说够两句话。”

夏良看他一眼，懒得说话。

各所中学的高三生们包揽了所有能通宵的场所，一群群解放的考生从清醒到发疯，从撸串到唱歌，最后像夜游一样在大街上晃荡，扯着嗓子笑，扯着嗓子哭。

高宇翔先哭，他揽着郭魏的脑袋说“我的高中结束了”，夏良像看神经病一样看他。

等方正和罗浩也跟着哭，他就受不了了。

五个人搭着肩走在夜路上哭，太傻了。

“没完了？”他在罗浩企图拥抱过来时毫不犹豫地闪开，“四个人加一块儿，一千分都费劲，顶多去开发区上个师范，加戏有意思？”

几个人摸摸鼻子，高宇翔把郭魏拉过去，特不要脸地接了句“我们俩各占四百”。

夏良在路牙子上蹲下。

罗浩他们也一字排开蹲下了，他们从走在路上一块儿哭的傻瓜，变成蹲在路沿的傻瓜。

更傻的是，旁边天桥上路过另一组夜游的人，两方队友还互相点了点头。

“不过说真的，”罗浩叹了一口气，“以后再想随时随地说出来就出来，真不容易了。”

“可不是吗。”高宇翔点点头。

“九十七路一个小时就到了。”夏良说。

“哪儿啊？”郭魏没反应过来。

“开发区。”夏良说。

郭魏捅了他一肘子。

路口有个便利店，高宇翔他们顺便拐进去买水，路边只剩下夏良跟罗浩无所事事地发呆。

“良哥。”罗浩碰碰他。

夏良看他一眼。

“你为什么不接受黄慧啊？”罗浩问他，“她刚刚专门从隔壁过来想跟你说句话，你倒好，直接绕着走。”

“你是不是喜欢她啊？”夏良突然反应过来，笑了。

罗浩跟她提黄慧的频率也太高了点儿。

“也不是，”罗浩抱着脑袋搓了搓，“哎”了一声，“我就觉得人家一个姑娘，有里有面儿的，也不是没人追，你老让人下不来台，多伤人啊。”

“你上头了？”夏良又看他一眼。

“我没上头。”罗浩说。

夏良没说话，罗浩低头捡着地上的小石子，慢吞吞地接着说：“以前吧，我只当她不是你喜欢的类型，不搭理就不搭理。后来吧，我也忘了从什么时候起，你老跟小残疾泡一块儿，包括前阵子你让我给他一本题集，我就觉得吧……”

“你再‘吧’一个。”夏良打断他。

罗浩跟夏良对视一会儿，感觉夏良不是让他闭嘴的意思，只是有点儿不耐烦，就咂了下嘴飞快地继续：“我直接点儿，就是想知道你为什么对小残疾那么好。”说完，他呼了一口气，“憋死我了。”

他一边呼气一边看着夏良的反应，夏良没什么反应，至少看起来没什么表情。

夏良也没打算反驳，只抬抬手，抛了一粒小石子：“不为什么。”

罗浩立马“哦”一声，他已经做好不管夏良认不认都把话题转移的准备了。

“我就是觉得他不一样。”夏良接着说。

“不是，”罗浩干脆往地上一坐，揉着自己鼻子瞪着眼，“他除了比你少一条胳膊，还有什么不一样的？”

夏良知道罗浩想说什么。

这个问题他不是没想过，自己也没想出答案来。

罗浩见夏良没说话，认真地拧起眉头：“你不会是想欺负他才跟他交朋友吧？”

夏良的表情动了动，他立马举起手：“当我没说。”

然后罗浩又开始叨叨：“就算不说胳膊，他的性格看着也没多好啊，温温暾暾的，也不太爱说话，回回都不搭理我。”

“我看他好就行了。”夏良说。

“所以好啥啊？”罗浩咧了咧嘴。

他在旁边认真地研究，夏良沉默着听他一条条举例，心想柳小满好的地方可太多了。

柳小满性格乖顺，有点儿倔，骨子里有一股韧劲。

这每一点总结配合着他们每一次相处的记忆：从见面说话到接触熟悉，从玩笑逗弄到确定成为朋友。

他骨折的时候藏不住紧张的柳小满。

跪在地上掉着眼泪，咬着牙也要把爷爷托起来的柳小满。

知道他胳膊疼要去拿糖葫芦的柳小满。

夏良像被回忆蜇了一下，一帧帧画面烟消云散，他垂下眼皮，想起柳小满已经不再跟他见面了。

他还是被柳小满排除在那颗小小的星球之外。

“而且就算你看柳小满哪儿都好吧，”罗浩还在发表见解，他只从夏良这边看出了端倪，并不知道夏良跟柳小满之间发生过什么，所以张嘴就是一刀，“柳小满也不见得觉得你好啊。”

“你好？”夏良特想抽他一个嘴巴。

“那倒也不必。”罗浩摆摆手，“他要觉得谁好也该是樊神，两人情同手足，天天一起上下学，你连一个同学都当不成了，还……”

“闭上你的嘴。”夏良眼神凶狠地打断他。

罗浩往嘴上做了一个拉拉链的手势，一副“原来你看樊神不顺眼还有这么一层关系”的表情。

罗浩没再说太多，他这人虽然大大呼呼，但情商还够，知道点到为止。正好郭魏他们回来了，一群人跟大部队会合，继续去闹。

夏良没什么心情玩下去，那天以后，他一直控制着不去多想柳小满，突然冷不丁想了半天，又被冷风催发一下，心里胀得让人撑不住。

老妈第一个电话打过来他就回去了，回去后先不管三七二十一，睡了一觉。

他昏昏沉沉地做了一个梦。

梦里是他和柳小满最后见面那天，金红色的光铺在整层楼道里，上楼、说话、眼泪每一个步骤都那么清楚，梦里都剜着心让他喘不上气。

但是在最后一刻，夏良在柳小满转身的时候拉住了他。

他手指尖一弹，从梦里睁开眼，卧室里一片黑沉，什么都没有。

当然什么都没有，他们已经拜拜了。

夏良闭了闭眼，把胳膊覆在眼睛上。两人分开后他第一次认真琢磨这件事，没有下意识去逃避：不再见面？是一个人说不再见面就能不见的吗？

他又躺了一会儿，然后下床开灯，望一眼书桌上没做完的卷子，去洗手间洗了把脸。

水龙头开得很大，水花溅在大理石台上，他撑着台子抬头，看着镜子里自己满脸的水，听见老妈从卧室里出来喊他：“夏良？”

他抬抬手，在镜子上龙飞凤舞地写了三个字——柳小满。

他盯着名字看了一会儿，又抬起手，就着满掌的水将名字抹了。

你给我等着吧。

第十二章
新年快乐

录取通知下来了，樊以扬的名字没什么意外地拉成红条幅挂在学校大门上。

他们学校上一次出现这么长脸的学生得掰着手指头往五年前数。柳小满在分数下来后就在学校的食堂、楼道甚至是厕所等各种场合，听了至少一万八千遍“樊以扬”。每天他从不同人的嘴里听着又有哪所名校来联系了，路上遇到樊以扬的班主任，感觉她连着一个星期走路都想蹦高。

挺好的，柳小满打心眼儿里为樊以扬高兴，不过只能高兴一下，心里很快就被别的情绪盖下去了。

自从那天在病房外听见樊以扬的自白，之后他们就没再说过话。

心情真的太复杂了，柳小满最初几天根本不愿意回想，整个人干什么都恍惚。

后来他试着去理解，去接纳这个事实。他明白其实怪不到樊以扬头上，怪也没用，事情已经发生了，胳膊跟童年一样都回不来，但他还是跨不过心里那个坎儿。

别扭，真的别扭。

樊以扬对他的意义，好像突然之间就从“扬扬哥”变成了陌生人。

柳小满觉得自己应该会在以后的某一天释怀，但不会是现在。

现在他去楼下超市买一袋卫生纸，都得先伸头看一圈，避着樊家人走。

樊阿姨上门来邀请他们去参加樊以扬的升学宴，他连开门打招呼都不自在，忍不住想樊以扬的心事他家里知不知道，如果知道的话……

他们知道的话也不能怎么样。

他不想想那么多，有种糟蹋了别人好意的不忍心，也不想把自己在他人眼中真想得那么悲惨。

最后他把补课拉出来当借口，只有柳勇一个人去了升学宴。

柳小满确实是要补课。

高二升高三基本没有暑假，学期结束后，学校意思意思放了一星期的假，柳小满几乎每天都去康复中心泡着。

柳小满再回学校，高二（十二）班的牌子已经换成了高三（十二）班，他们的高二楼升级成为新一栋高三楼。

虽然还没正式开学，但是班里的同学一下有了升入高三的紧迫感。

这个紧迫感指的不是突然全班幡然醒悟闷头学习，而是当半个班在炎炎夏日的午后昏昏欲睡，醒着的另一半人也没心思闹出嘈杂的动静。

班里的氛围显得很肃穆，也可能纯粹就是热的。

“蝉叫得我好烦啊。”李猛趴在桌上半死不活，用书盖着脑袋拖长嗓子，“补了两个月的课，它们就叫了两个月，它们到底在吱什么？就不热吗？”

“关上窗户得了。”王朝听得也烦，从桌上抬起头要拉窗户，“别两个月了，它们到十月都不一定能歇，且叫着吧。”

“别！”李猛立马喊了一声，中气挺足，人还是摊在桌上，头都没抬，只晃了两下手，“开窗好歹偶尔还能刮点儿风，这破风扇刮出来的风都是往上的。”

王朝看一眼桌子上被刮得“哗哗”响的卷子，热得连斗嘴都懒得斗。

等太阳照进来的方向斜着往前走，李猛立马顶着书挪到夏良的位置上缩着，半边身子贴着墙哼哼：“舒爽。”

柳小满空着的那边袖筒正好对着李猛，李猛看两眼，没忍住伸手戳了一下：“你这……”

李猛的手指尖刚挨上，柳小满就动静挺大地往旁边躲开，看着李猛：“干吗？”

全班睡倒一片，他看着本来也挺困，硬逼着自己好好听课别走神，被李猛戳这一下，立马精神了。

李猛没想到自己真就戳上去了，虽然没有恶意，但也有点儿尴尬，跟在大街上见一个缺一条腿的人直接去搂人家腿一样。

“你好凉爽啊。”他迅速找了一个借口，“你不出汗的啊？”

“可能这边比较通风。”柳小满低头继续做题。

“哎……”李猛在旁边盯着看了一会儿，不确定柳小满是不是讲了一个冷笑话，自己是不是该笑一声，抓抓脑袋继续往桌上一趴，喊他，“柳小满。”

“嗯？”柳小满手脑没停，应了一声。

“你是不是有心事儿啊？”李猛问他，“感觉你的话越来越少了，以前老跟夏良咯咯地在后面笑，现在也不怎么笑了。”

还总有股沉浸自我无视全世界的漠然。不过这句话李猛没说。

柳小满的笔停了下来。

他有几个月没听见“夏良”这个名字了。

他正在做的就是夏良……罗浩送的那本数学题集，当时樊以扬给他拿过去的时候，他跟樊以扬还没变成现在这样。

题集也不一定就是夏良送的。

柳小满又有点儿恍惚，突然觉得自己的生活真的挺没意思。

以前他埋头苦学的奔头是爷爷，目标是樊以扬，还能做做跟夏良一块儿考大学的小美梦。

现在他也不知道想干吗，脑子里混混沌沌的。

学肯定是要学，他也明白自己现在的任务是什么，就像看什么都没胃口也要让自己吃够一日三餐，只是觉得少了很多的动力。

“我跟谁咯咯笑？”他笑了笑，反问李猛。

李猛脑子里用来思考人性的纤细神经就那么两根，听柳小满这么说，立马觉得很有道理。

“也是。”他点点头，又很有义气地拍拍柳小满的背，“我会多来陪你坐坐的。”

这种状态在柳小满身上持续了从夏到冬一整个学期。

他本来以为这一年的下半年会跟上半年一样难熬，但可能是他被练出抗体了，下半年的每个季节都发生一点情况，也就那么过去了。

先是暑假补课结束，樊以扬去外地上学之前来了一趟，柳小满还是不知道跟他说什么。

以前樊以扬来找他，两人都是关上门坐在房间里写题说悄悄话，现在那种没有秘密的亲密已经荡然无存，他低着头，樊以扬也没有多说，只把整理出来的笔记放下就走了。

柳小满觉得自己挺坏的，不跟人家玩儿了，还要用人家的高考笔记。

等天气凉快下来后，爷爷从康复医院回来了。

其间，他换了三家医院做康复治疗，一直是走路没什么问题，右手和说话都是问题。

他拿不住碗，说不清话，还糊涂，记不清东西。

他又去医院做了一遍检查，发现脑出血后引起的脑水肿还没有消，医生判断影响他恢复进度的一大原因就是它。

如果他的身体状况再好点儿，直接做手术就把水给抽出来了，但是他毕竟上了年纪，柳小满有点儿害怕，柳小满真怕生活再给自己一闷棍。

结果爷爷坚持做手术，不然又寻死觅活。

抽出水后确实有效果，爷爷恢复也快了，虽然右手还是没什么力气，但是说话和回忆过去的能力好了不少，这是柳小满这半年来唯一舒心的事。

可爷爷回家也意味着家里的床再一次面临不够用的窘境。

起初柳小满坚持跟爷爷睡在一起，不盯着爷爷不放心，每天恨不得拿一个小本记上爷爷有没有按时按量吃降压药，量血压，生怕爷爷咳几声又咳上去了。

第一波冷空气一过来，家里如临大敌，医生说过冬天天冷血管容易收缩，中风容易复发，一定注意保暖。

柳勇买了电暖炉回来，早早地就给插上每天烤着。

结果爷爷没事，反倒是柳小满到了学期末压力一大，每天又早起晚睡不安生，直接被流感撂倒。

他是要么不生病，一病病半月的体质。

柳勇赶紧去买了一张能折叠的小床，每天晚上往客厅一支，凑合着睡。

这么折腾到期末考完试，好歹分数下来还让人满意，柳小满整个人活像被扒了一层皮。

年前补课的最后一天，李猛和王朝往后趴在桌子上，盯着他直“啧啧”。

“干吗？”柳小满记着黑板上的作业，吸吸鼻子。

“我觉得你瘦了，王朝觉得你是高了，我们俩研究研究。”李猛说。

“反正人是轻了。”王朝接了句。

“那就是瘦了，人瘦衬得个子就高。”李猛坚持。

“无聊。”柳小满笑着把他们俩拨开，“你们别挡我看黑板。”

“下雪了。”李猛转身的时候指着窗外说了句。

柳小满转头看看，还真是。

“今年雪下得好晚。”王朝收拾着书包随口说，“去年这时候都下几轮了吧？”

“可不吗，去年圣诞还是元旦就下了雪，”李猛站起来，突然乐了一声，“去年鱼头要是告白成功，这会儿都跟韩雪璧一周年了。”

“你欠不欠？”王朝瞥他一眼，“带着你的分数条回家跪着吧。”

李猛骂了一句，提起这个他就烦躁，这次期末考特别严，成绩单一下来，他就两眼一抹黑，硬是把成绩单捂到现在还没敢告诉他妈。

他把柳小满从座位上捞起来：“走了走了，哎哟，你又愣神！放假了！”

柳小满挎着书包跟他们一块下楼。

他不是愣神，是又想到夏良了。

去年第一场雪，夏良给他在窗台上放了一个小雪人。

竟然一年了。

他边下楼梯边呼出一口气。

这一年真像一个慌乱可怕的梦。

“你们年前出来玩儿吧？半年没出去动弹了。”离楼道口还有几级台阶时，李猛的忧伤已经被放假的喜悦彻底洗刷，连着在王朝和柳小满脸前各搓了个响指，“柳小满，你也叫上夏良！”

柳小满猛地一回头，还没想“啊”一声，就觉得脚底一空，随着耳边李猛差点儿破了声的“我的天”，最后几级台阶被他天旋地转踏空了。

小老鼠，上灯台，偷油吃，下不来。

喵喵喵，猫来了，叽里咕噜滚下来……

柳小满被李猛王朝从地上架起来的时候，脑子里闪过的竟然是灿灿从幼儿园回来，每天叨叨个没完的儿歌。

“夏良！”最后一节课下课铃打响，班里的人直乱窜，班长没从座位之间挤出来，就扬着嗓子喊了一声。

“班长都有经验了，”李猛2.0版一边收书包一边笑，“再晚一点都逮不着你。”

夏良已经拎着书包往后门迈出一只脚，并且打算强行没听见直接出去。同桌这么说了句，他只好停下来，望着走廊外的雪叹了一口气。

手机在兜里像疯了一样狂振，他拿出来看一眼，罗浩的电话，他挂掉又将它塞回了兜里。

“哎，夏良，”班长终于从前面挤过来了，推推眼镜拍一下他的肩膀，“明天同学聚会你去吗？就在银河大……”

“不去。”夏良直接开口。

“别啊，上次你就没去，好歹一年同学了，咱们班每学期都聚会，你就别这么外道了。”班长努力劝他。

“我没空。”夏良看着他。

“啊，”班长眨眨眼，“就一顿饭……没空啊？”

“行了，班长，”李猛2.0版收拾完书包，笑着站起来，“他的时间金贵得很，我让他陪我去趟食堂都费劲。”

班长又说了些什么，夏良没听，从后门出去了。

他顺着熙攘的人潮走出教学楼，一只手扣上帽子，另一只手掏手机出来给罗浩拨过去：“到了？”

“到你校门口了！”罗浩在手机里喊，“你赶紧出来吧，我看这架势马上就得堵！”

夏良“嗯”了一声，脚下没停，挂了电话。

他说“没空”不是刻意敷衍班长的邀请，虽然不管他有没有空，都懒得去，但也确实是没空——期末考试前，罗浩他们就把年前这两天的活动安排完了。

当时高考分数下来后，几个人算总分都考了个稀巴烂，但是除了罗浩，高宇翔、方正和郭魏都没留在本地。

连罗浩都没去开发区上师范，他去坐动车只用四十来分钟的临市，上了个名字听着挺像样、实际啥也不是的学校。

也不知道他什么运气，正好赶上专升本，四舍五入也算是一个本科生。

大学放假早，郭魏前几天就回来了，老嚷着要聚聚。夏良不是学校补课就是老妈又往家里给他找名师，直到年前这两天才喘口气。

“他们到了？”他拉开车门上车，把书包扔在车后座上。

他们现在要去接机，接高宇翔和方正还有方正女朋友的机。

方正跟他女朋友不在一个学校，在一个市，正好跟高宇翔离得近，三个人放假后先去玩了一圈，踩着年前的点才往回赶。

“早到了。”罗浩瞄一眼后视镜，开始倒车，“郭魏都过去半天了，几个人都找个店坐下了，非等着去接，不接不往回走。”

“闲得慌。”夏良笑了笑。

从他们这儿到机场起码要一个钟头，有这个来回的工夫那几位都能到家睡一觉了。

“也不知道仨人怎么往一块儿住，高宇翔这个大灯泡很亮，方正也没赶他走。”罗浩想想就想笑，冲夏良眉飞色舞，“你看群里他们发的照片，合影都是两人带一只狗，乐死我了。哎，等你毕业了，咱们再一块儿找个地方……”

“你看点儿路吧。”夏良把手机拿出来，“下雪了，再刮个脱臼的，你自己在这儿掰扯。”

“我就知道郭魏那个家伙得满世界说！”罗浩拍了一巴掌方向盘，“上回我脱臼是被人碰瓷儿好吧？我那么大本事呢，车子没蹭烂、没破皮儿，给人精准脱臼？”

一提这个罗浩就恼。他是暑假学的车，上学半年也没什么机会练手。郭魏刚回来那天，他兴冲冲去接人就碰上一个碰瓷儿的。他缩车里，不愿意下去跟人磨嘴皮子，最后把他爸搬出来事情才解决，他挨了顿臭骂不说，还被郭魏笑了好几天。

夏良没搭理罗浩，高宇翔催人的电话又打过来了，他在手机里扯着嗓子又号冷又号饿，夏良说句“等着”就挂了电话。

“哎，良哥，”车子上路后，罗浩喊了他一声，喊完自己直咂巴嘴，“我现在喊你良哥怎么那么怪呢？你一破高三的，我还喊习惯了，拗不过来了。”

“你别拗了，好习惯保持就行。”夏良听他这么说也想笑，“浩哥。”

罗浩乐了半天：“拉倒吧，你喊声学长我还能接着，哥还是你来当。”

“你妈现在还监督着你？”他接着问夏良，“过年你能出来跟我们一块儿玩吗？”

“回我姥爷家。”夏良看着窗外说。

老妈肯定还是监督，但是比起刚转学那阵子，母子俩的相处模式已经优化太多了。

夏良发现他老妈就是绝对的商人思维，最开始又留级又转学，要的就是成绩，成绩不好就没有好脸。现在他成绩像样了，这一年闷头学下来人也“乖”了，她跟他说话就能和颜悦色。

前两天她说过年回姥爷家的事儿甚至跟他打了商量，毕竟高三的寒假就那几天，如果嫌来回折腾，那他不想回去也无所谓。

打商量，在这之前，夏良和他老妈之间绝对不存在这一环，毕竟用老妈的话来说，打商量的前提是有资本。

“学习”竟然在无形中成了他握在手里的资本，还是作用在家庭关系上的资本，真让人没话可说。

不过，他要的也是这个。

“哦，那你……”罗浩看了他一眼，“又能见着小残疾了吧？”

夏良动了动眼皮，继续看着窗外没说话。

柳小满满脑子转着“喵喵喵，猫来了”，被两人扶起来以后，愣了一会儿才回神，想不通自己怎么就能踩空了滚下来。李猛喊了他好几声，差点儿要上手掐他的人中，被王朝阻止了。

“你真没事儿啊？”一直到校门口，李猛和王朝还警惕地瞪着他，“能走？”

“能，我没事儿。”柳小满活动活动胳膊，冲他们俩笑一下，“又不是磕着腿了。”

“你是磕着脑子了。”李猛很严肃，“我说你状态不对你还不认，一天不在状态……你注意点儿啊，别又摔了，我都怕过年回来见不着你。”

“你这个嘴。”王朝很无奈地别过头。

“干吗？”李猛还在说，“柳小满你回去看看，要不行就去医院。”

“知道了。”柳小满那一跤虽然摔得很尴尬，被李猛这么扯着嗓子嚷也有点儿尴尬，但还是感到了来自前座的温暖。

不过，温暖过后就是新一轮尴尬。

“你刚说一块儿去玩，”他又冲李猛笑了笑，“我就不去了。”

“你赶紧回家吧。”李猛叹了一口气，“让你摔一下，我也没玩的心思了，回家领跪得了。”

“开学见。”王朝摆摆手。

在外面穿着衣服感觉不出来，回到家把外套脱掉，再脱毛衣的时候，柳小满觉得胳膊肘疼得慌，布料从皮肤上拽过去让人“咝咝”地疼。

衣服脱掉后，他看着自己的胳膊肘倒抽了一口气。

真神奇，外套都没擦破，皮竟然擦烂了一大块，正好就是胳膊肘的位置。

柳小满架着胳膊想去卫生间冲冲的时候，梅姨看见了，一眼扫过来就喊了声“我的天”。

“你这是怎么了？”她赶紧放下锅铲冲过来，“摔了？”

“什么？”爷爷在沙发上问。

“磕着了。”柳小满没好意思说自己从学校的楼梯上滚了下来。

灿灿立马跑过来跟着看，“咝”了一声。

“大冬天还能磕成这样！”梅姨皱皱眉，转身先去厨房把火关了，洗洗手去给柳小满找了一瓶白酒，抬着他的胳膊到水池上用白酒消毒。

“好疼！”灿灿打了个激灵，扭得跟一个麻花一样抱着脑袋跑了。

柳小满的伤口只是看着严重，掀起半层皮，其实口子没多深，第二天就开始结痂。

但是柳小满伤的位置不好，胳膊总得弯，穿衣服、刷牙、拿筷子、写作业都得活动，头天夜里结的痂没两下又绷开了，开始往外渗血。

他也不好喊疼，只能咬着牙来回活动着，活动开了就习惯了。

好在现在是过年放假，他能在桌子前扎个马步伸直胳膊写作业，被爷爷跟灿灿笑着说像练功，也不觉得丢人。

“灿灿，把糖糕端过去给爷爷跟小哥吃。”梅姨在厨房里喊。

“来了！”灿灿转身就跑了过去。

柳小满扶着爷爷回沙发上坐着，爷孙三人对着电视吸吸溜溜吃糖糕，梅姨自己也拿了一块，靠在厨房门口边笑着看他们边吃。

“你先吃一块糖糕解馋吧，柳勇下班带猪头肉回来，咱们晚上吃猪头肉。”她也吸溜着糖糕说。

“不等过年再吃肉了吗？”灿灿骑在沙发上问。

梅姨一摆手：“过年也有肉吃。”

灿灿“哇”一声，笑着往爷爷怀里一扎。

“别压你爷爷！”梅姨立马喊。

“没事。”爷爷用没什么力气的右手在灿灿的脑袋瓜上摸了摸。

柳小满把最后一口糖糕塞进嘴里，擦干净手，拉了拉爷爷的毛衣领口。

爷爷眯着眼冲他笑，他也冲爷爷笑了笑，突然感觉现在这样好像也蛮好的。

柳勇回来的时候，除了猪头肉，还带了不少小零食，灿灿稀罕了半天，柳勇拿出来一点儿，让他跟爷爷、小哥分着吃，其他的留着过年看“春晚”再开。

灿灿咬着一块儿酥糖，又喊了声：“妈，我要喝果汁！”

“哪有果汁！”梅姨在厨房里煮粥，“喝稀饭！”

“我去买吧。”柳小满从沙发上站了起来。

柳勇本来外套都脱了，听他这么说又要穿上：“我去，你接着看电视。”

“我顺便出去走走，两天没下楼了。”柳小满说。

“哦，那你去，看想吃什么也买点儿。”柳勇听他这么说就没再坚持，把兜里的零钱摸出来塞给他。

柳小满没拒绝，杵着胳膊把外套穿上了。

他要下去也不单是为了走走，柳勇上班以后虽然腰板直了许多，说话做事也不显得那么窝窝囊囊了，但跟他之间还是有一道合不上的鸿沟。

父子俩还是对视一眼都不怎么自在，家里客厅就那么大，沙发上塞三个人就满，柳勇下班回来没地方坐的样子挺局促的。他也不好意思直接站起来回房间写作业，索性借着买东西直接下楼，等会儿上去再回卧室，也不显得太僵硬。

不过他既然已经下来了……

他在楼道口往宋叔超市门口看一眼，又看看路两边扫起来的雪，万家灯火配合着清冽的雪味，他一直觉得很有感觉，走走就走走吧。

柳小满朝上面的便利店走过去，经过樊以扬家楼下时他加快了步伐。

他知道樊以扬已经放假回来了，他还没放假的时候就听梅姨说樊以扬来家里看了爷爷，但是爷爷好像不那么热情，所以樊以扬坐了一会儿就走了。

柳小满听着挺不是滋味的。

樊以扬那天的自白，他和爷爷都藏在心里，别说说给梅姨听了，他们爷孙俩都没再提过。他们都想着已经到现在了，那就让过去的事慢慢消化在过去。

从樊以扬的角度考虑，他肯定也不比他们心里好受。

爷爷以前是拿他当亲孙子对待的，两家大人还在正常相处着，小辈却疏远了，想想也不会真正感到多解脱吧。

每个人都有自己的难处，他很轻地叹了一口气。

柳小满一边想一边走，从小路穿出去往大路上拐时，他抬眼看看前方，突然顿住了脚步。

他不仅顿住，要不是膝盖发软挪不动，他都能缩着身子转回小路里。

——他看见夏良了。

虽然只是一个背影，对方离他还有一小段距离，天色也暗暗的，看不真切，但他知道那就是夏良。

只有夏良才能给他这种感觉。

柳小满像头部挨了一掌，持续了半年的恍惚在这一瞬间猛地消散。

他愣在原地盯着夏良的背影，眼睛都忘了眨，心口像回血一样开始跳得飞快。

对，过年了。

夏良说过，他们家过年，年年都是要回姥爷家的。

柳小满不知道自己在想什么，等他发现自己竟然在跟着夏良的时候，已经走出去快十米了。

你在干吗？他一边问自己，一边继续跟着夏良。

真的是不由自主，刚才他一直愣在小路口看夏良往前走，拐个弯就要看不见人影的瞬间，他一下就慌了，好像不跟着，以后就再也见不到夏良了一样。

等夏良走到大路口，在斑马线前的红绿灯停下时，柳小满又猛地一蒙。

他跟得太急，现在这个位置前不着村后不着店，眼前就是车来车往的大街，过了马路就是便利店。他在夏良身后几米的位置停下，身边什么遮挡物都没有，夏良只要回头就能看见他。

回头……他会回头吗？

夏良回头看的话，他应该做出什么反应？

打个招呼？该喊良哥还是喊夏良？该笑一下吗？合适吗？

夏良又会有什么反应？他会不会张嘴来一句“你笑什么”？

还是会问他别见面的事？

夏良会凶他吧？

柳小满脑子一团乱，只有心跳依然不听使唤，跳得飞快。

他有点儿迷茫，迷茫里还掺杂着复杂的情绪。

激动、期待、害怕、渴望、内疚、自责……他自己都不知道究竟是想让夏良回头，还是不想。

当时是他提的别见面，商量没打，头也没回，一面不见，连手机都是通过姥爷还回去的，现在又跟在人家屁股后头走，他根本不知道自己想干吗。

可能他只是很想看看夏良。

柳小满在原地凌乱了半天，觉得现在的自己就是坐在考场上的李猛，呈现出一种慌乱的状态。他看红绿灯上的倒计时都有点儿心惊肉跳。

最后几秒的时候，他的心都虚了，旁边走过来几个阿姨，一看就是刚从超市采购年货回来，拎着大包小包、有说有笑地准备过马路。

要不他干脆趁现在直接转身回去吧，万一真碰上面了，他真不知道该怎么办。

柳小满心里这么想，腿还是没舍得动。他心里慌乱，又好像隐隐在期待什么，继续隔着不远不近的距离张望夏良的背影。

柳小满还在张望着，夏良突然有所感应般回了头。

在他脖子有转动趋势的那一刻，柳小满连呼吸都停了一下。

然而他的呼吸都要停了，夏良的动作却没停。但夏良真的只是回了下头，眼睛一扫，视线连停顿都没有，就那么掠过所有人转回去了。

正好绿灯跳了过来，他迈开腿直接朝马路对面走过去。

柳小满愣了。

什么意思？夏良没看见他？还是说夏良看见他了，但是不想理他？

前一秒，他还像一个揣着赃物的贼，一门心思想转身逃窜，现在他整个人都蒙了，愣了半天，眼见着绿灯“唰唰”地就要结束，两条腿又不受自己的控制，望着夏良的背影继续跟了上去。

直到看见夏良进了便利店，柳小满的脚步才慢下来，犹犹豫豫地站在便利店门口的牌子旁边，重新陷入对自己的质问。

你在干吗啊，柳小满？

柳小满那一兜子复杂情绪消散得七七八八，现在除了迷茫，他只剩下失落和无措。

他在便利店前吹了一会儿风，被夏良的背影勾没了的理性重新回到脑子里，耷拉下眼皮，决定趁夏良没出来前赶紧回去。

但这次属实是没来得及，他连脚都还没抬起来，便利店的门就随着“叮咚”一声打开了。

夏良两只手抄在外套口袋里，左边手腕挂着一个纸袋，站在台阶上看向他。

柳小满对上他的目光，腿一软，顿时又走不动了。

夏良的眼珠还是这么黑。

他心里只来得及冒出这一句，去年第一次跟夏良在便利店门口遇见时的画面如海啸一样从脑海里浮现出来。

“你……”柳小满先前想的什么夏良还是良哥，打招呼还是笑一下，这会儿全忘了，他不知道怎么就心慌意乱地开了口，不敢看夏良的眼睛，目光飞快投向夏良手腕上挂着的纸袋，声音轻得差点儿发不出来，“来买猫罐头啊？”

说话的同时，他的喉咙就跟着一阵收缩。

夏良看着他，没说话。

难堪和心虚瞬间顺着血液直往脸上涌，柳小满感觉头顶要破一个洞了，脚指头在鞋子里都恨不能抓着地，很慌乱地想低头离开。

“嗯。”夏良没什么起伏地应了一声。

这是这么久以来，他们第一次对话。

“啊，”柳小满又停住了，他还是不敢看夏良的眼睛，没话找话一样飞快地轻声说，“我来给灿灿买果汁。”

夏良没说话，只是看他。

柳小满瘦了。他沉默地打量着。

之前柳小满就瘦，脸小小的，肩窄窄的，但是瘦得匀称，不是现在这样带着病态的瘦。

他的脸色也不好看，在便利店灯牌暖黄的灯光底下都显得苍白。

没等到回应，柳小满飞快地抬了下眼，夏良感觉他本来就单薄的眼皮都能透出发红的血管。

他想安慰柳小满，但现在还不是时候。

“哦。”夏良又应了一声，蜷在兜里的拇指一下下摁着掌心。

“哎，两位，”身后便利店的门突然开了，店员探了脑袋出来，“不好意思哦，你们可不可以不要挡在店门口说话？别的顾客还要进来的。”

虽然没见到别的顾客，但柳小满还是赶紧道歉，往旁边让了让。夏良从台阶上下来，正好站在他身前。

柳小满不知道自己还该不该再说什么，夏良好像没有多想跟他说话。

夏良不想说话也是对的，如果自己是夏良，也不会想跟自己多说什么。

他们现在连同学都不是，有什么好说的呢？

虽然他很想知道刚才红绿灯前的那一眼夏良究竟有没有看见自己，但是这个问题知道了也没什么意义，他也张不开这个嘴。

他还是赶紧进去买果汁，和夏良说拜拜吧。

他想是这么想，一对上夏良的眼睛，又没忍住问了句："你是回来过年吗？"

说完，他有点儿烦躁，咬了下口腔内的肉，就像抬脚跟着夏良过来了一样，他真的是控制不住想跟夏良说话。

他等着夏良再给他一个单字的回复就赶紧结束话题，结果这次夏良没多看他，从兜里掏出手机看了一眼，不知道是不是觉得不耐烦了，在看时间，然后才没什么表情地看向他："是啊。"

柳小满望着他张了张嘴，不敢再说话了。

他觉得自己真有意思，刚才竟然还担心夏良会不会问之前的事，怕夏良凶他，其实夏良根本没想多搭理他。

"那你……"他猛地低下头，眨了两下眼，"新年快乐。"

他压着发哽的嗓子小声说完，从夏良跟灯箱之间侧过去，快步迈上台阶。

他的胳膊肘在灯箱的框子上刮了一下，让人牙根发酸的痛蹿起来，他猛地缩了一下肩，余光里夏良的身形似乎顿了一下，他没敢回头，闷着脑袋扎进了便利店。

柳小满不知道自己在便利店里愣什么。

他对着放果汁的货架看了至少三分钟，依然是眼睛看向第四排就忘记第五排摆的什么东西，看向第五排就想不起第四排是桃汁还是葡萄汁。

原来是苹果汁。他挪回去仔细地看了一眼。

夏良不想搭理他了。

柳小满盯着胡萝卜汁发怔。

柳小满不知道怔了多久，连店员都在收银台前够着身子偷偷盯他了。他吸了一口气，把胸口翻滚的难过压下去，转身去旁边的货柜底下拎了一瓶便宜又大瓶的橙汁。

当柳小满去收银台付钱的时候，店员看他都像看神经病。

柳小满抱着橙汁出去，门开之前他还有些紧张夏良会不会还在，出去后看见空荡荡的门口，他都快忍不住笑自己一声了。

柳小满啊，你是真完蛋了。

他吸了吸鼻子，心里复杂的情绪跟怀里晃荡的果汁一样翻滚着。

而在所有的情绪里，最让他无措的是他发现就算夏良懒得搭理他了，他还是想多看一眼夏良的脸。

夏良一直走进小毛裤胡同才掏出手机给罗浩拨回去："有事？"

"你人呢？"罗浩的声音不高，像故意压着嗓子，"我来找你玩儿，一进门光跟你……阿姨和姥爷瞪眼了，你买什么东西赶紧回来！"

"都大年二十九了……"夏良有点儿无奈，"门口了，我马上到。"

罗浩哪还能坐得住，挂了电话就去院子门口等着。隔着一段距离，夏良就看见他在家门口无聊得直蹦。

"你妈怎么在啊？"罗浩迎过去跟他咬耳朵，"她往年不都得忙到大年三十吗？好家伙，我喊着'老爷子'直接进去的，你妈一眼扫过来吓我一跳！"

往年确实是那样，但是从去年开始，她就把重心转移到夏良身上了。

"你怎么饭点儿过来了，你妈没把你扣家里？"夏良推开院门进去。

"今年不是在我家过年吗，我姥姥、我二姨、我舅都一块儿过年了，几个小孩吵吵闹闹，烦死了。"罗浩一边抱怨着，一边扒拉夏良挂在手脖上的纸袋，"你买什么了？"

"吃吧。"夏良松手让他拎着纸袋。

罗浩骂了一句脏话，拿出一个罐头去引小锅，"这猫吃得忒肥了，刚我都没敢认。"

夏良看了一眼忒肥的小锅，进屋打了个招呼。

罗浩不是第一次来吃饭，夏良没转学前他总来，跟姥爷也熟，就是有点儿怵夏良妈妈，坐在一块儿吃饭也是头一回。

老妈也看不太上罗浩，虽然她不会把情绪挂在脸上，但是夏良知道，在她眼里，自己身边都是狐朋狗友。

大年二十九晚上饭点儿跑别人家蹭饭的朋友，在大人眼里是有点缺心眼儿。

狐朋狗友浩吃了如坐针毡的一顿饭，被夏良老妈不紧不慢却一个接一个地问了许多关于大学的问题，汗都问下来了，他在桌子底下捅夏良好几遍。

当罗浩被问到打没打算考研的时候，夏良都想笑了，这才放下筷子说句“出去逛逛”。

“你早点儿回来。”老妈看他一眼，“别去不该去的地方。”

“过个年，他能去哪儿？”姥爷站在书桌后面涮着笔，“良良把围巾戴上。”

夏良从衣架上抽下围巾，随便往脖子脸上裹了两下就带着罗浩出去。

“去哪儿？”他问罗浩。

“就随便走走，消消食。”不知道罗浩是不是说给夏良老妈听的，他还清了下嗓子，“要不去学校吧？”

夏良“嗯”了一声。

“你妈可真逗，”一直蹦跶到胡同口，罗浩才敢放开了胆子说话，“你又不是读初二，什么叫不该去的地方啊？红日？今天那儿也停业休息好吗。”

夏良没搭理他，从胡同出去，走到他们以前上学要经过的十字路口，他朝柳小满家所在的方向看了一眼。

“哎，良哥，你说神不神奇，”罗浩在路边蹲下了，等着红灯，“我以前烦上学都烦得不行了，去学校跟送死似的，这刚毕业没一年，竟然还有点儿怀念。”

“你怀念的是跟你一块儿送死的郭魏他们。”夏良说。

罗浩暗骂了一声就开始乐，乐到一半他猛地从地上蹦了起来，一脸“我懂了”的表情指着夏良：“你妈说的不会是让你别去找小残疾吧？她竟然知道？”

“你的声儿再大点儿，”夏良看着他，“两人就都能听见过来了。”

罗浩瞪了他半天，才又发出了声。

夏良并不知道老妈知不知道柳小满。

他觉得老妈应该是知道的，从去年她和姥爷说的那些话里，他多多少少能听出端倪，只是后来都没有再提。

罗浩仍在纠结高考完那天没得到答案的问题：夏良到底觉得柳小满哪点儿好。路上他一直在说，非要翻墙进学校逛一圈时还在说。

夏良不知道黑灯瞎火有什么好逛的，门卫都回家过年了，整个学校死气沉沉的。但是他不想回家，去哪儿都无所谓，就分了一只耳朵给罗浩，一边听罗浩叨叨，一边在学校里逛着。

“到了大学，我发现其实各种各样的人都有，大家都挺包容的。”

“我那破学校都那样，你回头考个厉害的学校，就更不用说了，良哥。”罗浩伸手想拍一下夏良的肩，摸着黑拍了两下才没顺着胳膊直接滑下去，“你妈现在管着你就让她管，你考出去了，以后能养活自己了，你就死不回头一条道走到黑，她其实不能拿你怎么样，左右不能真把你打死……反正你也挨打这么多年了，现在就忍忍呗，不差这最后几个月。”

夏良没说话，这确实是他跟他老妈之间的问题。

罗浩也没管他吱不吱声，“嗐”了一下：“反正广阔天地，大有作为，你就尽力往更大的世界里奔吧。我问你半年了，你不想说，我也不问了。你从来就有主意，当哥们儿的就想安抚你几句，感觉你这一年话都少了。”

广阔天地，大有作为。

“大学生跟高三的说话就是不一样，”夏良笑了，“这句是这么用的吗？”

“你听重点行不行啊？”罗浩也跟着笑。

之后罗浩就没再扯这个话题，夏良知道他确实是想表达一下支持，嘴上没说什么，摸着黑又陪他逛了两圈。

在路口分开回去的路上，他从小路穿过去，靠在之前等柳小满的路灯底下站了一会儿。

他没站没多久。

罗浩那句“反正广阔天地，大有作为”一直在他脑子里转着，他觉得自己今天就是一部人形复读机，现在重播这一句，前半截脑海里一直浮现柳小满最后狠缩了一下的胳膊。

冬天衣服厚，胳膊肘刮一下灯箱不会有什么感觉，柳小满的反应那么明显，不是应激就是碰着什么伤口了。

夏良觉得自己挺厉害的，当时竟然能忍住，没把人拽回来看个究竟。

他也不能拽。

被他硬拽到身边的柳小满不敢真的去拉他的手，出了问题有了压力，只会自己缩起来去扛。

有一阵子夏良回想起来其实挺恼火。

他觉得柳小满真就是转不过弯，表面上软软的，实际上骨头硬得能戳人。

他扛得住要扛，感觉扛不住了，第一反应是先把可能会被拖累的人推开，也不管自己会不会垮，闷不吭声接着扛。

他喜欢柳小满的倔强和有韧劲，但柳小满不该把他排除在外。

他恼火过后，心里跟着拱起来的还是说不出来的心疼。

夏良知道自己如果想把柳小满拉回来，伸手就能拉。今天，他看见柳小满望他的眼神，听柳小满说“新年快乐”，心里一阵翻腾，特别不是滋味。

但他还是决定不拉柳小满。

是柳小满推开的他，他要让柳小满自己找回来。

否则，这一次出了事柳小满把他往外一推，以后如果再出什么意外，柳小满还会把他往外推。

对不起，我错了，下次还敢。

这个特别可恨。

夏良不想再来一次了。

他用了这半年琢磨来琢磨去，也就是柳小满舍得这么推开他。

而这份“舍得”的根本，其实是柳小满因为残疾，深深植于骨子里的自卑。

柳小满打心底就不敢相信自己能拥有好东西，从他不止一次强调的“我只有一条胳膊”就能看出来。

可那时候夏良就是没多想这一点，因为在他眼里，这压根儿就不是个事儿。

现在想想，他除了心疼，依然不觉得这是个事儿。

一条胳膊的柳小满比两条胳膊的人还坚强、还能扛，他到底比谁差了？

虽然罗浩说了一大堆话都没说到点子上，但“往外奔”这一条确实适用于夏良。

他跟老妈之间的相处方式在于他得走出去，柳小满跟他其实也一样。

夏良会想方设法朝柳小满走，柳小满也得真正愿意走出自卑才行。

只有自己伸手抓住的东西，才敢真正抓牢在手心里，才舍不得说撒开就撒开。

夏良望着柳小满房间窗户里透出的光，把围巾往脸上拉了拉，转身往姥爷家走。

让良哥好好治治你自卑的臭毛病。

第十三章
生日快乐，今年也要快乐

柳小满跟夏良在便利店前说了没超过五十个字的四句半话后，回到家里一直打不太起精神。

虽然自打柳勇他们回来，平时他在家也说不了几句话，但是连大年三十晚上看“春晚”都能走神，他还是头一回。

一个小品演完，镜头切给鼓掌的观众，梅姨笑得不行，连柳勇都剥着花生在“嘿嘿”，他还没明白他们在乐什么。

去年这时候，他和夏良在一块儿。

柳小满又开始走神。

当时爷爷还在昏迷，夏良脸上、身上都挂着彩，两人拼在一块儿就是一个大写的“惨”字，但他觉得特别踏实，在沙发上看“春晚”，困得眼皮都垂下来了也不舍得睡。

“小满是不是困了？”梅姨一句话把柳小满的思绪拉了回来。

柳勇跟着看他一眼，欠着身子在沙发上摸遥控器。

“不用。”柳小满赶紧摇了下头站起来，“你们看，我去爷爷屋里写作业。”

“你爷爷都睡了，灿灿也睡了，”梅姨把遥控器夺过来直接摁了关机，从沙发上站起来去拉折叠床，“你也睡吧，明天我跟你爸也得早起去庙里烧香。”

电视屏幕一黑，客厅也陡然静下来，柳小满没再说什么，过去跟梅姨一起拉折叠床。

“我来。”柳勇过来一步把他挤开。

柳小满只好去抱被子。

他一只手抱被子，整张脸几乎被挡在被子后面，回到客厅就听见梅姨笑着问他：“你跟我们一起去庙里吗？”

“啊？”柳小满从被子后面露出半张脸，他上次去庙里烧香是跟爷爷，都记不起是多少年前了。

可能他真的该去庙里拜拜了，从去年到现在一直不顺。

不过他想了想，还是拒绝了。

柳勇、梅姨他们去是一家子，加个他，他自己都觉得别扭。

第二天，柳小满一早就听见梅姨他们起床收拾东西的动静，柳小满没好意思继续睡，又不好起来跟他们挤卫生间洗漱，整个人有点儿蒙，坐在床沿上。

昨天他没睡好，忘了梦了些什么乱七八糟的东西，脑子轻飘飘的，随便拿了一本书出来背，想醒醒脑。

平时他不管什么心情，只要告诉自己要学习了，立马就能投入。今天也不知道怎么就那么懒，他的眼睛还盯着书，脑子又开始发愣。

他愣了一会儿，想起昨天夏良看着他没有情绪的眼神。

啊——

柳小满低头揉揉脸，没心情管梅姨他们还在家里走来走去，很疲惫地歪在床上，叹了一口气。

这不行啊，没几天就开学了，开学就等于一只脚已经进了高考考场，他这种状态不是胡闹吗？

其实一鼓作气说不见面也就不见了，过去相处的点点滴滴都强行压了下去，只要不去细细回想，时间一天天过去也就不觉得如何，偏偏他们在这时候见了一面，不仅见了，他还觍着一张脸去跟夏良说话，这算什么事儿啊。

柳小满瘫在床上，没什么力气地蹬了一下腿，他突然觉得有点儿委屈，不是因为夏良不理他，而是觉得……什么呢？

其实他也察觉不出什么来，就是心里难受，涩得慌。

他想到以后跟夏良就这么变成陌生人了，连气儿都喘不上来，胸口一阵阵疼。

人果然还是贪心的。

柳小满强行翻了个身。

以前他算得可好了，还想着等夏良烦了，他就离得远远的，绝不打扰夏良的正常生活，现在才知道根本没那么轻松。

现在他宁愿跟夏良没有深交，他还能当夏良的同桌，像刚开学那几天一样，只是坐在一块儿不说话，他都愿意。

他本来是仰着躺的，这一翻身对上灿灿的眼睛，他才发现灿灿也被梅姨从床上拎了起来。

“小哥还不起。”灿灿正站在卫生间门口，被梅姨用热毛巾搓什么一样在脸上擦着，擦得晃了好几下，指着柳小满模模糊糊地说。

“别吵你小哥。”梅姨把一小瓶护脸霜拧开塞进灿灿手里，“自己擦。”

她转身进卫生间洗毛巾，灿灿继续望着柳小满，用手指头蘸着护脸霜在脑门和脸颊两边点了几下，点完还用手拍拍。

柳小满有点儿不好意思，坐了起来。梅姨出来一看见他就“哎”了一声：“小满，你睡你的，进被窝，我抹个脸就带灿灿走。”

“我不困。”柳小满摇摇头，他就是矫情了想躺躺，被灿灿瞪着眼盯了半天，那点儿矫情都被灿灿盯飞了。

“他想抹护脸霜。”灿灿转头对梅姨说。

梅姨笑着“啊”了一声，柳小满简直不知道他怎么得出这个结论的，连气都叹不出来。

“好了没？”柳勇跟爷爷说完话，站在门旁边换着鞋问他们。

“去，你跟你爸先下楼。”梅姨往灿灿背上一推，自己边抹手边进屋穿外套。

等她再出来，手上多了一个小红包，她喊了一声“小满”，过来把红包往柳小满手里一塞：“压岁钱。”

柳小满愣了愣。

“你跟灿灿一人一个红包，他的我替他管着，你的自己拿着，不多，就是个意思，你想吃啥就买，是你爸的钱。”梅姨笑得很自然。

说完，她也没等柳小满反应，直接转身走了，关门的时候还在说让他再睡一会儿，大年初一不用写作业。

“啊。”柳小满捏着红包站起来，下意识想送一下他们。

梅姨还没迈开腿，关门关了一半又推开，探了探头："锅里有早点，你等会儿叫你爷爷起来吃，我们烧完香就回来。"

说完，她很快地关上门走了，柳小满听着她下楼的动静，在客厅里站了一会儿才回床上坐着。

他搓开红包封口看了看，是一张红票子。

钱很薄，拿着却莫名有些发烫。

虽然这一年相处下来梅姨确实挺好的，但他总觉得梅姨是一个"外人"，从外人手里拿红包，让他感觉有点儿奇怪，奇怪里又有些说不出来的其他感觉。

刚才该道个谢的，柳小满有点儿懊恼地想。

接着，他又不受控地想起了去年夏良发给他的过年红包。

也不知道今年夏良还会不会挨揍。

这一年的大年初一，梅姨除了给柳小满一个红包，烧完香回来还给他带了一个小护身符。

说是符，其实更像一个精致点儿的布料小红包，布面上印着金线的图案，拴着小金绳，外面裹着塑料皮，塑料皮的背后贴着"请购价 50"。

柳小满有点儿想笑，盯着这个"50"看了半天。

"这是我在庙里求的，也不知道你们这儿的庙灵不灵，我看也有不少人求，我就跟你爸去给你请了个学……学习符？"梅姨转头看向柳勇。

"学业。"柳勇正在泡茶，有点儿无奈地纠正她。

"都一样，我问保不保高考，那和尚说保，保就行。"梅姨无所谓地笑笑，从柳小满手里把符拿过去，要去找他的书包，嘴里还在念叨，"那和尚说符得系书包上……我看看怎么给你系，别掉了。"

"还有一个！"灿灿捏着一袋巧克力豆喊。

"你过来拿给你爷爷！"梅姨忙着系符，头也没抬地喊回去。

灿灿立马去翻梅姨的包，又掏出来一个除了图案没有任何区别的小布包。他手上还捏着巧克力豆，掏个符出来掉了半袋子，赶紧认真地扒拉着包捡豆。

柳勇把符从他手里抽走，过去给爷爷看了一眼，说是保长命百岁的，要把它压在爷爷枕头底下。

“钱多烧……的。”爷爷咧咧嘴，他说连起来的字还是有些困难，脸上也抽抽，但是柳小满能看出来爷爷心情不错。

柳勇笑了一下，进卧室给爷爷放符。

“你们都有符，就我没有！”灿灿还在捡豆，闷着头大声喊了一句。

“你高考了再说！”梅姨拎着系完符的书包过来，往灿灿屁股上拍一巴掌，“烦死人了，我养你这么多年，你还这么点儿大。小满，给你书包，过两天开学你就背着吧。”

爷爷跟柳勇都笑了，柳小满把书包接过来，也没再忍着，冲梅姨弯弯眼睛：“谢谢姨。”

梅姨“哎”了一声：“一家人，不说这个。”

五十块钱请回来的学业符有没有用，柳小满不清楚，但每天上学放学他看见这个小红袋子，心里都会生出一点儿柔软的感觉。

爷爷对柳小满学习上的事一向放心，没怎么问过，他当然希望柳小满考好，但是不那么好也没关系，平平安安就是福。

这么多年来，柳小满头一次感到家里除了他自己，还有人也在期待关心他学习上的事。

他想到这一点，就用最快的速度让自己收拢心思，把所有一切跟高考无关的东西都暂时从脑子里清出去。

其实一直对他学习抱有期待的人应该算上樊以扬。

很多时候柳小满还是会想起樊以扬——不想都不行，他用着樊以扬的笔记，那些整理得条理明晰的字字句句，像樊以扬曾经给他讲题一样利索，一句废话没有，全部直切核心的知识点。

樊以扬这次放假，从回来到走，柳小满都没见他，主要是不知道见了能说什么，这让柳小满每次翻开他的笔记都有些难受。

尤其是在学校给高三学生举行百日誓师那天，他回家时在宋叔超市门口遇上了樊以扬爸爸。樊爸爸还是很亲切自然地喊他“小满啊”，对他说：“你扬扬哥那天还问你呢，快一模了吧？”

柳小满差点儿没能说出话。

“对。”他只能笑着点点头。

“你好好考，跟你扬扬哥考一个学校。”樊爸爸也笑着说。

跟樊以扬考一个学校比较困难，樊以扬连去年自己的一、二、三模试卷都留下来给柳小满。两套卷子难度差不多，柳小满的一模成绩还不错，但是跟樊以扬的分数还是差了一截。

不过这时候确实属于查漏补缺的阶段，他丢分的地方确实都是薄弱项，他就盯着丢分的那几个知识大类研究。

一到这时候，他又忍不住想夏良，不知道夏良现在的状态怎么样，考得怎么样，跟妈妈相处得怎么样，复习得怎么样，还能不能想起他们说过要考一个学校。

这些问题都得控制着，他不敢多想，否则没完没了。

但是随着四月的接近，这种十分容易没完没了的心情还是达到了一个峰值。

夏良的生日要到了。

柳小满从三月的最后一个星期开始焦灼。

他一想到夏良去年生日那天是什么心情，他就连手指尖都发麻，越是告诉自己别想了，越是想得厉害。

等到四月一号那天上午，连王朝说一句“头天受凉了”，他都能惊一下，抬头就问：“夏良来了？”

“你疯了吧？”李猛回头看柳小满，“他没事儿过来干吗？”

“来体检吧。”王朝想了想，“之前他说体检要回学校，之后拍毕业照什么的也得回学校。”

“啊？”李猛眨了下眼，“咱们什么时候体检？”

“谁知道呢。”王朝摇摇头，“三中前两天体检了，不知道几号排咱们学校，应该快了。”

柳小满在座位上愣了半天，第二节课做历史卷子，快到下课的前几分钟，他把去年那个草稿本拿了出来，在那句“良哥，生日快乐”的后面又加了一句：今年也要快乐。

下课铃响，他正好搁下笔，还没来得及扣上笔帽，窗户突然被敲了一下，他吓了一跳，胡乱拽一本书挡住草稿本，扭头往外看。

“你是柳小满吧？秃驴让你去办公室找他。”窗外是一个十三班的学生。

“秃……”柳小满没反应过来，“教导主任？”

“啊，就他，你赶紧去吧！”那人说完就走了。

柳小满一头雾水地站起来，不明白教导主任找他干吗，赶紧过去了。

等他再从办公室回来，手里多了几张表，是高考关于残疾人方面的政策。教导主任也没细说，他也没什么心思听，前几天尚梁山找他问过，教导主任只是让他过去确认一下个人情况。

柳小满从教导主任办公室回班里，上楼梯的时候脚底滑了一下，没缘由有点儿心慌。

幸好他没跟马硕似的，在楼梯上卡个大马趴，趴一下起都起不来。

他想到起不来，跟着想起的又是夏良。他心慌意乱地往教室走，想到自己的草稿本还没合上，他加快了脚步。

结果他从窗前过去，还没进后门，就看见有人站在桌子旁边，在看他的草稿本。

柳小满心里“咯噔”一下，赶紧从后门进去，却整个人都呆住了。

夏良从桌子旁回头，直直地看向他。

“小满子，你快看谁回来了！”没等柳小满回过神儿，李猛先蹦起来冲他使劲招了下手，牙都乐龇了，“你心心念念的良哥！”

夏良的眉毛很轻地动了一下，看了李猛一眼。

李猛这一嗓门儿太响亮了，班里大部分人跟夏良没什么交际，除了余首过来打了招呼，其他人该说话说话，该上厕所的上厕所，但他们都在扭头往柳小满这儿看。

柳小满这才跟被火燎了屁股似的，赶紧走到座位旁，假装收拾东西，重新把草稿本盖上。

走两步加抬下手的事儿，特别简单的几个动作，他做得手心都要出汗，胳膊腿儿僵硬得像不知道从哪儿掰了一根假肢在操控。

夏良的一只手松松地搭在草稿本上，五根手指很漂亮，上面那两句快不快乐肯定被看完了。柳小满根本不知道自己在想什么，把手上不知道什么时候捏皱的资料纸往上盖的时候，还下意识等了一下。等夏良把手拿开，他差点儿张嘴道了句谢。

不过心脏都蹦到喉咙口了，让他没能顺利地张开嘴。

“还不好意思了。”桌上挡着一排书，王朝他们应该是没看到草稿本上的内容，就靠着墙笑，“上节课你还出现幻听问我夏良回没回来，你这嘴开过光啊。”

“小满跟前同桌感情好，有第六感，你以为跟你似的。”李猛只要遇上一点儿新鲜事就激动，这会儿直接坐到了桌上，用鞋面去蹬王朝的椅子。

说完，他还激动地往夏良胳膊上拍两下：“夏良，你都不知道，上个星期，有天晚上我被尚梁山抓出去站了一节课，王朝等下课了才扭头来一句‘哎，李猛呢’？”

夏良笑了笑，把书包扔自己原来的凳子上：“朝哥的嘴是抛光。”

“良哥太客气了。”王朝赶紧从夏良桌上把自己的一厚摞书抱走，“这是我的。”

李猛在旁边乐了两声才反应过来，骂了句：“你这是夸他踩我呢？”

他往柳小满桌上一拍：“你前同桌帮王朝说话，咱俩的感情深不深，柳小满你看着办吧！”

“啊？”柳小满被他拍得一愣。

他们刚有说有笑了半天，柳小满硬是没回过味儿来。他一直盯着夏良发愣，心里充满了不真实。

夏良回来了。

虽然不知道夏良回来干吗，但是他突然回来了，现在就在自己旁边。

这太不真实了，他都有点儿怀疑自己是不是在做历史卷子的时候睡着了，现在还在梦里，没人喊他起来。

李猛让他说话，他既不敢跟夏良说，又不知道能说什么。

李猛、王朝他们两个前座可以很自然地跟夏良打招呼，柳小满去办公室来回不到十分钟，他们几句话就能将一年没见的生疏打破，以旧同学的身份开玩笑。

但他跟夏良之间的距离也不只是两个学校的距离。

上回两人在便利店门口那四句半对话清晰得跟昨天一样，柳小满现在回想起来还觉得心悸，让他连做样子笑笑，打个招呼都觉得困难。

反正夏良应该是回来办些手续，他能这么跟夏良待会儿就行了。

结果他还自我沉浸在悲伤中，夏良竟然开始收拾桌子了！

什么忧伤便利店、解忧杂货店，柳小满瞬间都忘了，取而代之的情绪是惊讶与淡淡的雀跃，他刚想平复下去的心跳换了个频率，重新加速蹦起来。

“你的？”夏良拿起来一摞复印的文言文与古诗词大纲，看着柳小满。

“都是我的。”柳小满连忙接过东西塞进桌斗里，开始收拾夏良的桌子。

现在各科老师每天都有数不清的教材和卷子往下发，有些拿起来就要用的和不怎么用得上的，他都分别搁在夏良的桌面跟桌斗里。

夏良在凳子上坐下，慢条斯理地跟他一块儿收东西。

之前夏良站着，柳小满的目光放平了，也就在他肚子和胸口上转悠。夏良一坐下就不一样了，他收拾东西本来就有点儿朝夏良桌子上倾斜，余光直接就能扫见夏良的脸。

虽然夏良压根儿没看他，但防不住距离一下子拉得很近，让他有点儿紧张。

东西很多，柳小满又心慌意乱，收了半天也没见收出什么成果，只是从夏良桌上往他桌上搬，把两人的桌子都弄得一团乱。

“你……”他想问问夏良这是要回来上课还是什么意思，鼓起勇气刚发了个音，李猛就回头打断了他。

“哎，夏良，你真就这么转回来了啊？”李猛他们在夏良进教室时就问过他回来干吗了，刚才光激情扯皮了，现在想想也觉得不太真实。

“啊。”夏良一边收着卷子一边大概地翻看，应了李猛一声。

柳小满正往桌斗里塞卷子的手使劲儿使猛了，他觉得卷子好像被他戳了一个洞。

“学校好转？”王朝也回过头。

“我的学籍本来就在这儿没转走，在十四中就是借读。”夏良说。

“有点儿亏吧。”王朝跟李猛一通琢磨。

要是按照师资、教学质量、学习氛围这些硬件来算，夏良从十四中回到他们学校肯定亏，亏的还不是一星半点儿。

夏良转去十四中的这一年，如果在他们学校，就算他愿意主动学习做题，得到的提升和进步都不一定有十四中的一半。

重点中学毕竟是重点中学。

当然，老妈像批发似的往家给他搬名师也功不可没。

但是两所学校之间教学质量的悬殊跟高考弃考比起来，就说不上亏不亏了。

夏良跟老妈提出要转回来时，老妈久违的差点儿跟他动手。

夏良把一模的成绩单放在她面前："你让我转回去，高考分数我保证不会比这个低。"

虽然年前他就有这个打算，但这话真说出来他还是觉得好笑。谁家都得经历一点儿不稀奇的高考，但在他们家硬是折腾成了赌场压筹码的厉害场面。

"你保证什么？"老妈脱口骂了他一句，她最近很忙，可能也是因为看他彻底乖了，就把大部分重心放回了公司上，这会儿是在硬压着火气跟他讲道理，"夏良，你不算小了，道理不用我跟你讲，我的时间比你宝贵多了，每天屁股后面一摊子事儿，你不要最后几个月跟我犯浑！"

"行啊。"夏良无所谓地点了点头，"那你就别耽误了，咱俩都别耽误了。"

他转身就要走，老妈气得直接从沙发上站起来喊他："你给我站着！"

"你什么意思？"她过来狠狠地在夏良胳膊上扒了一把，"我不让你回去，你还不高考了？你以为我花那么多钱，又给你转学又给你请人，是跟你闹着玩儿呢？"

"你以为是因为你又转学又请人，我才愿意坐下来学？"夏良盯着她直接反问回去。

夏良还是刚才的表情，语气没什么起伏，老妈的脸却是一瞬间绷紧了。

"夏良。"她嘴角的肌肉很细微地颤动，虽然她在强撑着，但夏良还是能看出她有些崩溃的眼神。

夏良上次在她脸上看见类似的表情，还是他被抽一脖子血那次，老妈突然红着眼眶说夏广志又去公司找她要东西。

"你为什么从小到大一定要跟我对着干呢？你们都……"老妈的声音很嘶哑，她猛地转过身，一边深吸了一口气，一边在客厅很暴躁地来回走了两大步。

夏良很想说，这个问题到底应该谁问谁？

他曾经也很想知道，为什么老天爷要给他一个这么稀巴烂的家，后来他懒得知道了。他去姥爷家，认识了让他觉得安心的柳小满，结果他这个伟大的妈还要态度强硬地阻拦，把他捆回这个充斥着神经质与不定时暴力的家里。

到底是谁在逼着他跟自己的亲妈“对着干”？

焦躁与暴力情绪的膨胀真的很可怕，很容易影响人。

当老妈用力踢开了茶几旁的小皮墩子时，夏良差点儿没忍住将那句话反问出来。

但他发现老妈只是踢开了凳子，没有像往常一样下一步就冲向他。她掐在腰上的手指隔着衣服往下压，指尖都白了，紧绷到有些颤抖。

夏良不知道她是从心底里对他和夏广志的“对着干”感到疲惫失望，还是说她在压抑对自己动手的冲动。

但毫无疑问，她有了退让的迹象。

他靠分数和高考支撑起来的单薄可笑的“筹码”，竟然真的发挥了作用。

也许真到了高考前，老妈也像大部分正常的家长那样，愿意做出稍稍的妥协让步。

“你可以继续找名师，”夏良放缓了语气，“我不白瞎你花的钱。”

“哎呀，对咱们而言没什么亏不亏的。”李猛自己不学，琢磨不出什么来，很无所谓地一摆手，“我樊神没去十四中，名字不也挂了半年，柳小满不比谁都上进。”

说是这么说，王朝还是觉得有点儿可惜，又问夏良：“不过你都转过去了，干吗又回来？”

如果柳小满耳朵上长天线，这会儿都能支一米来长。

“踏实。”夏良还在翻手上的资料卷子，很平淡地回答。

“什么鬼？”李猛又蒙了，“谁踏实？你踏实啊？咱们食堂吃得香啊？”

“我踏实，有个人也踏实。”夏良笑了笑，随手把卷子卷起来，往桌沿上敲了一下。

“谁啊？你姥爷？”李猛还在问，“怎么你从十四中回来，我还听不懂你说话了呢？”

柳小满明明告诉自己别多想，但夏良这一下还是像在他心里敲了一下似的，并且自行循环，敲个没完没了。

一直敲到大课间结束，第三节课又开始做卷子，他突然想起来什么，从自己桌斗里拿了一支笔放在夏良桌上。

夏良看了他一眼。

柳小满掏了掏，又给他拿了一支笔。

“我有。”夏良打断他还想往外掏笔的动作。

柳小满“啊”了一声，他就是想给夏良拿点儿什么，毕竟今天还是夏良生日。

他想了半天，打开书包，把自己早上带来还没吃的早点在桌子底下给夏良递过去。

早餐递过去的同时他自己都嫌寒碜，也怕夏良不要。

但他还欠着夏良一百来顿早点，每天还一份，这种互动与接触，总是天经地义的吧？

夏良垂着眼皮看一眼柳小满递过来的早饭。

他往后靠着椅背，右手拿着笔搭在桌上，柳小满的手就从他胳膊底下递过来，跟递了个什么宝贝蛋一样，透着些试探和小心翼翼。

夏良手上的笔转了两圈，又抬眼去看柳小满。

柳小满没跟他对视，视线往下，也不知道在看哪儿，就等着他接早餐。

“我吃过了。”夏良没接早餐，搭在腿上的左手抬了抬，往柳小满手背上弹了一下。

夏良这是让他收回去的意思。

夏良这个弹手的小动作一上来，柳小满像被弹了眼皮似的，睫毛根儿猛地颤了颤。

这动作他太熟悉了，弹一下摸一把的，两人最开始熟悉起来的时候，夏良总这么逗他。他有点儿恍惚，以前两人相处时的随意和放松感瞬间涌了上来，让他有一种一切并没有变过的错觉。

他把手收回去，什么都没送出去的失落被抵消了不少，还忍不住有点儿美滋滋的。

夏良也不是一点儿不愿意跟他接触，至少跟便利店那次的态度比起来已经好上太多了。而且夏良都转回来了，他光想着这一点，就够雀跃一节课了，写起卷子笔尖都想弹着走。

“去吃饭啊！”上午最后一节课结束，李猛几乎跟着放学铃一块儿站起来，伸了个懒腰，左手正好扬在王朝脑袋后面，特手欠地拍了一下。

王朝甩了下肩膀，把他顶开，转过来贴墙坐着，冲夏良和柳小满扭了扭头：“一块儿吃饭？”

“你们俩中午不回家了？”夏良还在写着一道题，扫了他们一眼。

“这学期开学中午我就没回家了。”李猛说。

“你去的不是十四中，是《变形记》吧？”他又勾着脑袋往夏良正在做的题目上看，“这是什么？我怎么没见过，咱们发过吗？”

王朝扫了一眼夏良的东西：“十四中的吧，咱们学校的你也不认得。”

“内部教材啊？”李猛咂了下嘴，“厉害。”

柳小满别过头跟着一起看，发现夏良在写一本打印纸订在一起的册子，挺厚的。上午他就想问，没好意思。

夏良写了最后一笔，把册子翻过来露出封面，封面也只是一张纸，上面印着几个正黑的大字——内部教材（数学）。

“还真是。”李猛直接就乐了，“内部就内部，还真往封面上印，生怕全世界不知道，这学校缺心眼儿啊？”

“少一句‘未经允许，不得外传’吧。”王朝打完游戏，收着手机站起来跟着乐。

“良哥，借我印一份呗，”李猛把内部教材拿起来“唰唰”地翻，“拿回去给我妈看看，能把她感动得够呛。”

“她能不感动吗？傻儿子哄妈，一哄三年。”王朝接了一句。

“你快别提这个了，想想要高考了，我都要心肌梗死了。”李猛一脸痛苦地捂着心口。

“随便。”夏良让李猛直接把内部教材拿走，掏手机看了一眼，也站起来，“一食堂？”

“我回来再拿内部教材，别让我甩丢了。”李猛把内部教材放回夏良桌上，扒拉一把柳小满，“走吧。”

“你们去吧，我把这张卷子写完。”柳小满用笔头顶着嘴唇下边，盯着题目没抬头。

他自己单独坐两张桌子太久了，又总忍不住琢磨夏良，每次刚一集中注意，夏良那边抬抬胳膊，他的眼珠子又不由自主地往旁边转，老觉得自己在做梦。

一上午他过得兴奋又没效率，得趁中午补回来。

夏良看他一眼，李猛抢在他前面习以为常地开了口："你又不去啊？"

"我给你带饭？"王朝跟着问。

"不用。"柳小满摇了下头，"我有饭，不饿。"

"你这回归同桌的地位也就这样。"李猛拍拍夏良的胳膊，笑着叹了一口气，"我平衡了。"

柳小满愣了愣，他真没想着这个，赶紧回过头看着夏良。

"写题目吧。"夏良对他说了一句，从后门出去了。

离高考还有两个月，就算是他们班氛围也紧张了不少，走读的同学中午基本不回去，住校的也有不少直接泡在教室里，吃了饭趴桌上歇一会儿，接着做题。

班里除了柳小满，还有好几个没去吃饭的，有些托了人带，有些等着食堂高峰期过去再动，凑在一块儿聊着天看综艺节目。柳小满感觉自己还没写两题，夏良的凳子就动了动，他还想着夏良怎么吃这么快，转头一看发现是余首。

"你没去吃饭？"余首拎着一份打包的盒饭，抬起一条腿压在夏良的凳子上。

"我不饿。"柳小满冲他笑笑。

"这是夏良的吧？十四中带来的？"余首冲夏良桌上的内部教材抬抬下巴。

"对。"柳小满点了下头。

"能看吗？"余首把盒饭放在窗台上，在夏良的位子上坐下了。

按夏良的性格肯定是能，柳小满知道他不在乎这些，不然也不能放桌上，收都不收。

但他还是犹豫了一下："你等夏良回来吧。"

他自己想翻都没敢动。

"行。"余首笑了笑，他往前面看了一眼，胳膊往夏良桌上一杵，撑着脑袋，放低了声音对柳小满说，"其实我是想，如果夏良不介意的话，我复印一份这个给韩雪璧。"

柳小满看了看前面的韩雪璧，他一猜余首也是这个意思。

去年韩雪璧爸妈在办公室里对余首那一通挤对过后，余首一直没再在班里明着对韩雪璧好，但两人都在班里又都是班干部，接触的机会还是不少，每次他们俩一碰上，李猛都会晃着凳子直分析，余首那个劲儿还是没下去。

有好几次柳小满也看见余首从韩雪璧座位旁边走过去时，还会似有似无地再往她那儿看一眼。

李猛总说余首太卑微了，谁看了不落下爱情的泪。

“你还喜欢她呢？”柳小满也往桌子上趴了趴，小声问他。

“那我能说不喜欢就不喜欢吗，脑子又不听我使唤。”余首很轻地叹了一口气，不太好意思地笑着拍了柳小满一下，“你不懂，你一天光闷头做题了。”

柳小满也跟着叹气。

“主要我怕什么呢，”余首盯着韩雪璧的背影接着说，但看见韩雪璧动了一下，虽然只是勾着脑袋从桌斗里掏书，他还是立马把声音压下去，“我怕是我给的她不要。”

“那应该不会。”柳小满认真地摇摇头，“她也许不喜欢你，但肯定喜欢十四中的题。”

他不是说韩雪璧功利，不过高考就到跟前了，上进点儿的学生谁都想更好，好的复习资料谁看了都挪不动步。

余首欲言又止地看了他一会儿。

柳小满“啊”了一声，反应过来后有点儿想笑：“对不起，她也不一定就不喜欢你。”

“你别补了，已经说穿了，”余首揉了揉心口，“你们学霸是不是都这么渣？你照着自己的逻辑比的吧？”

“那我肯定是不喜欢你。”柳小满还是想笑。

“是，你也喜欢十四中的题。”余首点点头站起来。

柳小满笑着没说话。

“反正等夏良回来，要是他能借，我就先复印一份备着，让班主任给她也行。”余首低头拽拽裤子，飞快地低声说，“等他回来你喊我一声。”

“行。”柳小满拿起笔继续做题。

柳小满笔头还没磕出来，就听见余首转身喊了声“我天”。

柳小满回头看，夏良不知道什么时候回来的，正抱着胳膊靠在门框上看他。

柳小满心里一惊。

“聊着呢？”夏良笑笑。

“啊。”柳小满盯着他。

“你来了不出声，我等你半天了。”余首往夏良肩上捣了一下。

“你们俩聊得跟小姐妹似的，我没好意思打断。”夏良说。

“滚。”余首笑着往他桌上指指，“这个能借我复印吗？”

“直接拿。”夏良把内部教材扔他怀里。

“谢了！”余首搓个响指，直接从后门出去了。

夏良在座位上坐下，继续收拾上午没规整完的一堆卷子，柳小满继续盯着他看。

柳小满看了有三分钟，夏良才别过头对上他的眼睛：“你看什么？”

“你吃完啦？”柳小满打量着他的表情。

“不然呢？”夏良说。

“哦。”柳小满拖着嗓子点了下头，夹在手指间的笔晃了晃，视线挪回桌上的卷子。

“你的题呢？做完了？”夏良反问他。

“没有。”柳小满又晃了晃笔，他突然没那么紧张了，心情莫名很好，特别好，非常好，好到他虽然不好意思继续看着夏良，但是嘴角不由自主地想往上扬，“我跟小姐妹聊天了。”

这次换夏良盯着他看。

柳小满假装看不见，眼观鼻、鼻观心，一颗心直晃荡，开始做题。

直到他余光看见夏良的嘴角也像没忍住一样忽然翘起来，然后收回目光接着收拾东西，脑袋越垂越低，嘴角越扬越高，最后索性背着夏良把嘴往胳膊里一埋，眯着眼睛乐了半天。

人吧，就是容易得寸进尺，顺着杆子往上爬，给点儿好脸就上天。

柳小满在别的事儿上不这样，在夏良这儿就有点儿忍不住了。

平时晚自习放学后他会在教室里多留一会儿，现在晚上放学留下来的人也多，住校的很多都能留到熄灯，有什么问题一块儿讨论讨论，或者一块儿扎堆把老师堵在讲台上问问题。

但是今天他没坐住，夏良等走廊上最汹涌的一批放学潮过去后就开始收拾书包。他跟着一起收拾书包，夏良把书包往背上一甩走出去，他立马跟着出去。

他跟着夏良要干吗，他不知道，也没想。

可能他是想知道夏良转回来了是不是还能回姥爷家住，反正理由总是好找，他就想跟着，再往深了想，脑子就会浮现夏良翘起来嘴角的样子。

他也没跟得特别紧，挨着走还是不太敢，就不远不近的，保持两三米的距离。夏良走得不快，他跟散步似的，盯着夏良的背影晃荡。

这个时间街上的店面基本上关了，马路上只有骑着自行车、小电驴回家的学生呼啸而过。从校门口往下，两边路上都是卖小吃的摊子，最近天快暖和了，来了不少新摊子，经过新开的那家糖葫芦摊，他停下脚步想了想，过去买了一根糖葫芦。

走到十字路口的时候正好是绿灯，夏良过去了就往右边走，柳小满确定他回来住了，松了一口气。

他又看看前方自己家的方向，犹豫了一下，眼见夏良就要拐进胡同看不见了，他赶紧继续跟在夏良屁股后头。

反正他进了胡同从小路也能穿过去，之前每次想夏良了，放学他就会从这边拐回家。今天是夏良生日，如果夏良没回来，他也得从这边走。

结果他一转身，弯还没拐成个直角，他就吓得“啊”了一声，攥着书包带子猛地往后一退。

夏良进了胡同就没往里走，他两只手往兜里一插，正靠在墙上懒洋洋地看着他。

用“看”都不准确，柳小满非常有自知之明，在心里纠正自己。

该用“等”，或者是守株待兔的“守”。

柳小满虽然没想过跟得神不知鬼不觉，甚至心底还有点儿想让夏良知道他就在后头，但夏良全程没回个头，他还以为自己保持的距离挺好，这冷不丁跟抓包似的一撞真把他吓了一跳。

他脑子里一瞬间闪过好几条开场白，哪句都不太合适。

你也回家呢？

你在这儿干吗？

哈哈，这么巧，我就路过。

……

这些都假得很。

夏良不说话，也不走，就看他。

柳小满憋了半天，实在憋不出来，本来这块儿拐角就背光，夏良又正好站在三角阴影里，柳小满也看不明白他的表情和眼神，似乎他压根儿就没什么情绪，只是看自己而已。柳小满干脆直接把糖葫芦往前一举："你吃吗？"

如果他刚才心跳加速是被吓的，这一句开了口，就奔向另一个方向了。

他的手还抬猛了，比较激动，糖葫芦差点儿隔着纸袋戳在夏良鼻子上。夏良往后仰了一下，才看清戳过来什么东西。

"你跟我半天就为给我这个？"他看清楚东西以后，歪歪头继续看着柳小满。

"没有。"柳小满下意识就反驳，有点儿不好意思，"我从这儿也能回家。"

"哦。"夏良点了下头，转身就走。

柳小满愣了愣，忙又跟上去。

夏良一停，他又停了。

"还说你没跟着我？"夏良转过来站定了。

他的语气不凶，也不是质问的意思。柳小满想着中午他那个笑，不太能拿准他现在对自己是个什么态度，反正左右不会是不耐烦。

"我就是想……"他清清嗓子，试探着开口，看着夏良的眼睛，"跟你说一句生日快乐。"

夏良没说话，在原地望着他站了半天。

"没了？"他问柳小满。

"啊？"柳小满眨了下眼，又看向手里的糖葫芦，忙再举了一次，"还有这个。"

"我不吃这个。"夏良很轻地叹了一口气，也不知道是无奈还是无语，"你自己吃了吧。"说完，他又转身往上走了。

走归走，夏良一转过身就忍不住低头笑了一下，一边走一边耳朵提溜着，继续偷听柳小满窸窸窣窣攥着糖葫芦的反应。

如果柳小满能主动喊自己，再递一次糖葫芦，那他就拿着。

夏良是有持久战的计划和准备的，毕竟凭柳小满的性格，能这么跟过来已经鼓起莫大的勇气了。钓鱼还得摆一根杆子等半天，钓柳小满怎么也得耗他一阵子，不指着一蹴而就，得慢慢跟他……

“咔。”

他没走几步，听见身后一小声脆响，是糖葫芦外面裹的糖稀被咬碎的动静。

夏良脚步顿了一下，回过头一看，柳小满一边腮帮子鼓着，一边跟着他一边嚼着糖葫芦，在他回过头的瞬间还抿着嘴唇正想吐粒籽。

他还真吃上了！

“糖葫芦好吃啊？”夏良无法描述现在的心情，他都快想笑了。

“我忘了你不爱吃酸的。”柳小满两三下把嘴里的糖葫芦咽下去，还是一脸的不好意思。

夏良“哦”了一声，有一瞬间都怀疑柳小满是不是故意的。

毕竟两人从见第一面算起，认识一年半了，什么脾气性格、说话做事的方式，不说跟了解自己一样，也都互相摸透了。

他要让柳小满一点点主动，柳小满肯定也得一点点试他的态度。

但是柳小满跟着挺小心地说了一句：“这根糖葫芦不酸，挺甜的。”

夏良看了他好一会儿才转身继续走：“那你吃吧。”

夏良姥爷家在胡同口靠近中段的位置，他走得很慢，柳小满就跟在他身后吃，隔一会儿小声“噗”地吐一粒籽儿。

他买给夏良一根糖葫芦，夏良不要，他就这么美滋滋地全吃了。

到了院门口的路灯底下，夏良停下来回头看，柳小满手上只剩下一根签了。

“你以后都回来住了？”柳小满小声问他。

“嗯。”夏良应了一声。

“哦。”柳小满点点头，从小路口还得往上走一段路，他看夏良也没什么要说话的意思，就慢吞吞地从夏良跟前走上去。

他没走出两米，又转过来倒着慢慢走，问夏良：“你不进去吗？”

夏良没说话，眯着眼看着柳小满。

柳小满没话找话般又说了几句，他现在不怕没话找话，夏良要真是烦得不想听，肯定不会在外头不进去。

但他知道自己真的该走了，平时这些时间都够他回趟家再回学校了。

“对了。”当柳小满快要脱离夏良家门口的路灯光圈时，又停下来望向夏良。

最后一句话。

“明天我还给你带早饭吧？”他有点紧张，搓了搓手上的签子，望着夏良的眼睛在黑暗里亮亮的。

夏良刚要张嘴说话，他就飞快地接了一句“就这么定了”，转身朝小路大步走过去。

他拐进去的那一刻还挺开心的蹦了蹦。

他的人影在小路口消失了两秒，突然又探了一个脑袋出来：“生日快乐。”

这次他才真的走了。

夏良在门口站了一会儿，笑了笑，转身进屋。

第十四章
你等我吧

柳小满跳着上楼梯，在家门口掏钥匙都觉得钥匙串“叮当”出来的节奏特欢快，虽然他的钥匙加在一块儿就三片，还有一把裹着塑胶头。

“回来了？”梅姨又是直接从屋里拉开了门，看见柳小满的脸就“哟”一声笑了，“你捡着钱了？这么高兴？”

捡着宝贝了。柳小满冲她弯了弯眼睛，换拖鞋进屋。

灿灿从沙发上飞奔下来就把他拦住了：“小哥捡了多少钱？”

“哎呀，你上一边儿去，我开玩笑的，哪有钱，傻不傻？”梅姨从厨房端了一碗馄饨出来放在桌上，“小满来，吃点儿东西。”

“谢谢姨。”柳小满对灿灿笑了下，“我先去看看我爷爷。”

“对了，姨，”进爷爷房间之前，他又回头说了句，“以后我每天早上得多带一份饭。”

“一份饭不够是吧？怪我，你都要高考了。”梅姨连连点头。

柳小满笑着没多解释。

“今天您血压怎么样？吃药了吗？”爷爷已经靠在床头准备睡了，柳小满趴过去，在爷爷胳膊上捏了捏。

“好。”爷爷也捏捏他，“考试了？”

“嗯？没有。”柳小满摇头，“二模好像要等这周末。”

“我看你这么高兴，以为你考试了。”爷爷笑着说。

“今天我是挺高兴的。”柳小满想笑的心情就刹不住，低头搓了搓脸，“我那个好朋友转学回来了。”

跟夏良之间的事柳小满从来都是自己想着，不管是高兴的还是难过的，他从来没跟任何人说过。

但今天他有点儿忍不住，虽然不能多说，但还是想有人能分享一下自己的开心。

他觉得自己这会儿就是一个充满喜悦的氢气球，要是不放出来点儿，窗子一开，他就能原地腾空旋转上升。

爷爷“哦”了一声：“扬扬回来了？”

“哎，不是扬扬哥。”柳小满笑着把爷爷的胳膊塞回被子底下，“夏良，来过咱们家。”

“不认识。”爷爷说。

“你认识他，你还挺喜欢他的。”柳小满帮着爷爷回忆，“骨折的那个，胳膊绑了白绷带。”

爷爷笑着不说话了，只是看他。

柳小满知道他这是想不起来，这是他中风的后遗症，大部分记忆还算恢复得不错，更多与家里无关的记忆就零零散散，得慢慢一点点找。

“没事，以后见到面你就有印象了。”柳小满站了起来。

“好朋友，你就好好跟人家玩。”爷爷说了一句。

“是吧，我也这么想。”柳小满笑了笑，又给爷爷掖了掖被子。

柳小满带给夏良的除了早饭，还有两根香蕉、一个苹果、一盒花生奶，以及两小袋坚果。

坚果是灿灿给他的，其他一堆是他去厨房拿的，没挑没拣，看见什么都想拿一点儿，跟早饭一起码了一小袋，拎在手上像要去春游。

夏良到教室后，看见东西都愣了，转过头看着柳小满：“这是什么？”

“饭。”柳小满说。

我知道是饭。

夏良在袋子里翻了翻：“怎么这么多？”

柳小满又看看他，没好意思说话，把政治书翻了一页继续背。

“以后别弄这些。”夏良把早饭跟花生奶拿出来，剩下的全塞回柳小满桌斗里。

不过这方面他说话不太好使，第二天柳小满还是带了一堆东西来，水果、牛奶基本没变，只把坚果换成了小煎饼和小馒头。

“你是不是平时在家不好意思拿你弟的零食吃？”夏良特认真地

问他。

“我不吃零食。”柳小满说。“那你为什么觉得我会吃这个？”夏良把小馒头放他桌上，戳了戳。

以前夏良动不动就爱给柳小满弄点儿小东西，什么酸奶、雪人、大苹果，不管他拿的什么，那种突然得到一个小礼物的惊喜都能在柳小满身上维持半天。

可那时候都是夏良给他东西，他光操心自己、操心学习、操心爷爷，也没想着给夏良带过些什么，后来想想都觉得自己不够意思，现在是看见什么都想拿给夏良，比如这袋小馒头。

柳小满拿小馒头的时候真没想什么，看见桌上零食盘子里有，就顺手拿了，这会儿看着夏良的表情，他才觉得想笑。

是有点儿不太合适。

“挺香的。”他把小馒头给夏良推回去。

“那你吃。”夏良不要他的，嘴上还忍不住加了句，“吃这个不用吐籽儿。”

连着一个星期直到二模，柳小满就这么每天早上变着花样偷拿他弟的零食来给夏良吃，虽然最后都是吃回他自己肚子里。

一天要是按照上下学和三顿饭来切割，那他们确实又跟之前似的待在一起——上午去学校给夏良带早饭，中午和傍晚跟夏良、李猛、王朝一块儿去食堂吃饭，晚上放学跟在夏良屁股后面回家。

这比之前他们在一块儿吃饭的时间都多，以前还有一半时间他是跟樊以扬泡在一起的。

填充在这三点一线以外的其他时间，就是为了迎接高考而把屁股都坐麻的刷题。

夏良从十四中带来的内部教材复印件成功送进了韩雪璧手里，不过不是余首给的。余首复印完资料拿给了尚梁山，尚梁山直接跟夏良说了一声，复印了六七十份，班里一人发了一套。

“你十四中班主任知道了，都得昏过去。”李猛从别的班回来就嚷，“现在除了咱们班，六班跟八班都快配齐资料了，再传传，全校都得人手一份。”

夏良无所谓，王朝跟着感慨：“良哥独自去十四中发育（游戏术语），回来凭一己之力救了半个年级。”

“你有毒！”李猛笑得停不下来。

柳小满听不懂，看夏良笑他也跟着笑。

他笑完后心想，也不全是一样，内部教材现在所有人都有，但是去年罗浩给他的那本复习题，全班却只有夏良和他有。

这是柳小满“无意”中发现的。

罗浩那本题集他一直在做，夏良刚回来那几天他就想问，没好意思，也怕夏良不承认。否则，想想他把罗浩莫名送来的一本题集当个宝贝抱了半年，这落差也太大了。

后来他看见夏良也有一本一样的题集，答案就不言自明了。

柳小满发现这个情况时正好赶在二模前一天，他先是高兴，高兴得连考试都觉得下笔带风，状态光用个“良好”来形容都不够。

但在二模考完以后，那见不到夏良的一天休息时间里，可能因为绷紧的神经突然松了松，柳小满坐在家里放慢节奏刷着题，心里有点儿没着没落的难受。

——他跟夏良现在确实重新回到了一开始的同桌关系，能坐在一起，能说话，偶尔还能开两句玩笑，但就到这儿了。

没人再进一步，谁都没有提过之前的事。

柳小满把藏了很久的大章鱼翻出来看了半天，跟那本数学题集一起摆着。

要不是有这些东西，还有他草稿纸上那几句话，他都忍不住怀疑之前那段是不是他臆想出来的，两人一直就是普普通通的同桌，没有变成后来的样子。

重新回来的夏良对他就像对李猛、王朝、余首一样，没有任何不一样的地方。

这是怎么了？柳小满出神了，往床上仰躺下去。

这个提问不是对夏良的态度，而是对自己。

其实柳小满一直不敢细想跟夏良“以后”的关系。

去掉“夏良”这个前缀，所有的“以后”对他而言都是从小到大畏惧幻想的东西。

他做事只能看脚下，睁眼就是眼前，别人两条胳膊能对世界抱个圆，他的手一伸出去，只能紧紧攥着能抓住的东西，一步一步地往前走，不敢好高没法骛远，走到哪儿算哪儿。

夏良第一次回来那天，他无法自控地跟过去，跟到了便利店。夏良不想搭理他，他恍惚好几天，只想跟夏良重新做回同桌。

现在他做到了，又开始妄想其他的。

贪心不足蛇吞象。

柳小满有些烦闷，在床沿晃悠着腿。

你想要什么啊，柳小满？他皱着脸，瞪着天花板问自己。

夏良能跟你做回同桌已经很好了，别再见面是你说的，你们也做回了同桌。夏良不提之前是觉得现在这样挺好，你还想怎么着啊？

柳小满感觉自己回到了大年初一那天早上，他被自己的反问折腾得难受，什么也没琢磨明白，还被灿灿指着“哈”了一声：“小哥偷懒！”

偷懒还是不行的。

柳小满被他一嗓子炸起来，四月都过一半了，现在该放在心里的除了高考，还是高考。

柳小满在家歇了一晚上加大半个白天，晚上还得去学校上自习。傍晚吃饭的时候，柳勇突然说了句：“路上我遇上扬扬爸，说扬扬问你考得怎么样，我说挺好的。”

“问小满啊？”梅姨喝着粥接了一句，往柳小满手里又塞了一个饼。

柳小满“哦”了一声，下意识去看爷爷。爷爷对樊以扬还是那样，平时不念叨，听见了就当没听见，正跟灿灿用筷子互相夹着玩。

“这孩子真挺好的，回回见我就喊‘姨’，看着也不生分。”梅姨又说。

“那他还能喊你什么？喊姑？”柳勇笑了一声。

“老姑！”灿灿张嘴喊。

“我就那么一说，就你会挑刺。”梅姨往灿灿脑袋上敲了一筷头，“什么事都有你的份儿，吃你的饭。”

柳小满笑了笑，继续吃饭。

他现在听见樊以扬，已经没有当时在康复医院时那种难受到脑仁儿都转圈的状态了，也谈不上别的。

夏良对他可能也是这种感觉。

四月中旬，傍晚总有股太阳晒过的青草味儿，被小风一搅，扑在人脸上很舒服。

当柳小满挎着书包出门的时候，梅姨硬让他换了一件厚一点的外套，说晚上还是冷，马上高考了，别贪凉快冒冒失失的。

“你姨说得对。”爷爷也说。

“行。”柳小满听话地换上了外套。

在梅姨帮着他撑领口支袖子的空当，灿灿绕过来往他外套兜里塞了一个东西，瞪着眼珠子笑嘻嘻的。

“什么？”柳小满掏出来看一眼，是一根棒棒糖。

“奶茶味儿的。”灿灿自己嘴里还裹着一根棒棒糖，说话都挤得弹不起来舌头。

“谢谢。”柳小满笑笑。

“不客气。”灿灿立马挺直腰杆，一本正经地回他，“今天你还没拿零食吃。”

“啊？”柳小满愣了愣，有点儿哭笑不得。他想说平时我拿了零食也不是我想吃，是给夏良吃。

但这话说出来也不对，夏良压根儿不吃，说到底还是他在吃。

不过棒棒糖说不好，柳小满就把糖揣上了。

柳小满刚认识夏良的时候，他说过不爱吃软糖，但小超市里当作找零的硬糖也不是没吃过。

到校门口的时候，他遇上了李猛，李猛拎着一个大煎饼果子，跑了两步跟上来，跟柳小满一起走。

“你没在家吃饭？”柳小满随口问他。

“别提了，”李猛看着有点儿郁闷，“我压根儿没敢在家，一大早就假装来学校自习了。”

“啊？”柳小满笑了一声，也没多惊讶。

李猛每次考完试出成绩之前都这副熊样，不知道第多少次开始跟柳小满倾诉在家面对他老妈的压力，现在他连老妈炖的老母鸡汤都不敢喝，生怕成绩一出来他妈让他喝了多少全吐出来。

“我现在是真的觉得慌了，柳小满。都二模了，咋整啊？”李猛一边说一边狠狠咬了几口煎饼果子。

“你能学一点儿是一点儿吧。”柳小满安慰他。

“我要是有夏良那个脑子，我一准儿学啊，关键不就是……”说到一半他停了，飞快地换上兴奋的语气把柳小满拉过来，“有情况啊！”

柳小满跟他一块儿从楼梯拐角往二楼西边伸出去的走廊栏杆上看，夏良跟一个不知道是谁的女生站在那儿，不知道在聊什么。夏良背对着他们，他们看不见夏良的表情，那个女生一会儿笑一会儿捂嘴，映着夕阳的脸乐得跟一朵小红花一样。

“这姐姐很正啊，”李猛乐得眉飞色舞，冲人家抬抬下巴，“就露上腿、穿上凉鞋了。”

柳小满的目光往女生裙子上看了看，可不吗，小薄裙子，校服外套披着跟没披似的，小风一来，衣摆跟着裙摆一块儿卷着飞。

“她手上拿的什么啊？”李猛观察的同时又咬了一大口煎饼果子，“给夏良的吧？那么精致的小纸袋子。”

精致什么？柳小满就跟一个机器人一样，李猛遥哪儿他看哪儿，他有些烦躁，抿了抿嘴。

这跟他天天给夏良拿早饭的袋子有什么区别？

“哎，我看她像上一届的，不会是给夏良送苹果那个小红帽吧？”李猛又说。

柳小满回忆了一下，是有这么一出，不过不是小红帽，是小红帽的一篮子小苹果，罗浩当时专门跑他们班说来着。

“你们干吗呢？”李猛还要再说什么，身后传来余首的声音，他看一眼楼梯口也跟着笑了，“啊，他们总算说上了。”

“什么说上了？”柳小满立马扭头看他。

“就这女的，前两天就来找过夏良一次，你们都吃饭去了没在。”余首说完就要上楼，“人家聊天你们盯什么？赶紧上去了。”

“走走走，咱们一块儿，”李猛拉着柳小满，特幼稚地鼓动，“上去就一块儿冲夏良吹口哨啊！”

柳小满没心情吹口哨。

都几月几日了，他们还在外面聊天！

他从夏良跟前过去的时候走得飞快，李猛跟余首在后面又笑又闹的，他都不想让夏良看见他，尴尬、不自在，心里顶得慌。

他的眼角余光跟夏良的目光一擦而过，他蜷在袖子里的手把灿灿给的棒棒糖棍子都攥弯了。

他闷头进了教室，把糖往夏良桌子上一放，盯着看了两眼，怎么看心里都不是味儿，又一把将糖抓了回去。

还吃糖，吃你个头，吃苹果去吧。

“你给东西还带往回拿的？”夏良在他旁边跟着坐下了。

柳小满吓了一跳，跟夏良眼对眼看了半天，脑子里有一连串的话想问，却一句都张不开嘴，最后还是把糖拍回夏良桌上，拽了一本书出来“唰唰”地翻。

夏良也不说话，他的嘴角始终挂着点儿笑，慢条斯理地把糖拆开吃了。

情绪这个东西，一上头就特不讲道理。

到第二节课，柳小满烦闷的心情从头下到脸，又从脸下到心，窝在胸口下不去了。

那个小苹果的笑脸一直在他脑子里转悠，他特想知道她来找夏良干吗，一次不成还要再找一次，但他又不想跟夏良说话。

他没法说，跟他有什么关系呢？

好在还有李猛这个以天下八卦为己任的好前座，他梗着脖子回头冲夏良问个没完，从“那人是谁”到“你们俩看着挺合适啊”，该问的不该问的他都问了一遍。

夏良就挑着两个问题答了。

那人是谁？

“以前的同学。”

她找你干吗来了？

“借书。”

柳小满竖着耳朵偷听，听完也不知道自己是什么心情。他还是不想说话，用笔头一下下抵着脸，盯着历史老师刚讲过的二模卷子发愣。

他知道自己没什么不高兴的必要，也没意义，夏良就是跟以前的同学说几句话，正常得不能再正常了，自己这样挺没劲的，可他还是觉得憋屈。

放学的时候，柳小满跟韩雪璧一起在办公室问问题，人多，老师已经尽可能语速飞快了，但等他们一帮人从办公室出来，学校里的学生走一大半了。

夏良肯定走了。

柳小满朝他们教学楼看了一眼。

他下意识想加快脚步，韩雪璧在旁边冲他说了一句："你这次文综考得挺好的。"

"是吗？"柳小满笑了笑，韩雪璧估计又去办公室帮着理过卷子了。他也觉得这次手感和状态都不错，应该考得还行。

他想了想，问韩雪璧："夏良呢？"

"我没看见。"韩雪璧摇摇头，"卷子还没送齐，明天就差不多了。"

"这次出分挺快。"柳小满说。

韩雪璧叹了一口气："快高考了嘛。"

柳小满回到教室，班里只剩下十来个住校的学生。夏良的书包果然已经不在了，柳小满有点儿失落，这样弄得好像是他故意在躲着夏良。

他突然后悔一晚上没跟夏良说话，明明很珍惜每天晚上跟着夏良回家那一小段路了。

当他从楼梯口下去的时候，楼道拐角有个人影，他没看。走出去三五米了，他猛地停下来回头，夏良在他身后也停下来，疑惑地"嗯"了一声。

柳小满保持着回头的姿势，愣在原地。

"走啊。"夏良对他说。

"啊。"柳小满转身继续走，一边走一边嘴角就往上翘，什么烦啊失落的一下子都没了，心情好得直荡漾。

他们还真没这样一前一后走过，从刚认识起，柳小满就习惯跟在夏良后面，这会儿听着夏良在身后的脚步声，他老想回头看看。从路口往胡同口拐过去他越走越慢，等进了胡同口那片没有光的区域，他干脆就不想往前挪了。

停下来的瞬间柳小满自己都挺蒙，在心里问：你停下来干吗？

他停了，夏良没停，不仅没停，还不紧不慢地走到他身后，问他："你是不是有话想说？"

夏良的声音在头顶响起，柳小满觉得自己后背心都能感到夏良的温度，后脖子连带着耳朵那一片麻酥酥的。他有点儿心虚地转过来，跟夏良之间只有半臂不到的距离。

夏良看着他。

“我……”柳小满张张嘴，“不知道。”

他说了句真情实感的废话。

夏良没忍住笑了一声：“那你知不知道，你有时候特气人？”

他这一笑，柳小满突然就没那么紧张了，改成不好意思，也跟着笑。

“芝麻胆儿。”夏良朝他鞋尖轻踢了踢。

柳小满垂着脑袋，吸了下鼻子，轻轻踢回来。

“如果我没等你，今天这事儿是不是就这么过了？是不是把你憋死也不会主动跟我张嘴？”夏良看着柳小满的头顶轻声问他。

柳小满沉默了一会儿，这次不想装了，声音很低地“嗯”了一声。

“你就这点儿出息？”夏良继续看他，“如果我不等你呢？不跟你说话呢？”

那我就这么憋着呗。柳小满没吱声。

“如果我没转回来呢？”夏良还在继续做反问假设。

这回柳小满终于抬起眼皮看着他，眼里有些迷茫。

“咱俩真的就这样了？”夏良问他。

这下柳小满彻底不知道什么感觉了。

夏良这话怎么听都不是想跟他“就这样”的意思，这让他不知道说什么好，因为他回答不出夏良上一个问题。

如果夏良没转学回来，柳小满真的没勇气去找他。

他们各自复习，各自高考，各自去向新的大学。在柳小满的想象里，他不知道自己多久能放下夏良，但夏良不管在哪里都能吸引更多优秀的人，很快就会把他这个残疾忘掉。

就是完了。

他打心底里就没赋予自己争取和挽回的资格。

但现在夏良这几句话，勾得他的心蠢蠢欲动。

“柳小满，有些事你可以试着勇敢一点儿。”夏良的声音还是放得很低，听着甚至让人觉得柔和，没什么压迫感。

但与此同时，他朝前又迈了一步，盯着柳小满：“不然，我的心思就真白瞎了。”

柳小满心里一空，往后退了退。

“你不能让我一个人用劲儿，这对我不公平。”夏良又向前一步。

这次柳小满再想往后退都退不了了，脚后跟磕着的就是墙。

胡同里没有人，胡同外的马路上呼啸着驶过一辆货车，配合着“嘟”的一长声喇叭，轮胎像从柳小满心里碾过去，让他一下子有点儿喘不过来气儿。

夏良离得太近了，上次两人离得这么近，都像八辈子以前的事儿了。

“有时候，你也该相信一次，只要你张嘴，就会有回应。”夏良望着他说完这一句，就往后退开了。

安全距离一拉开，柳小满说不来是松了一口气还是有点儿失望，轻轻抿了抿嘴。

“我知道你有你的顾虑，该说的我都说了，你自己看着办吧。”夏良扯着嘴角笑了一下，“我等你到高考结束，到时候不管你怎么想，给我一句准话。”

只要你张嘴，就会有回应。

夏良的话给柳小满打了一剂强心针。

那天回去他想了半宿，自己的顾虑，夏良口中自己的顾虑，夏良一直看在眼中的自己的怯懦和摇摆不定。

他才知道夏良全部知道。

柳小满设身处地地认真比较，如果两人的身份换过来——一个身体健全哪哪儿都优秀的他，看一个自卑到了极点、什么决心都不敢下的残疾，别说等对方想通，那点儿来由莫名的好感估计早就被消磨干净，烦都烦死了。

夏良怎么能这么好？

“我等你到高考结束，到时候不管你怎么想，给我一句准话。”

夏良把什么都给他考虑好了，主动权、考虑的时间，都交给了他，只要他一句话。

如果他选择就这样，就这样终结在普通同学的关系，也许往后一生，两人就跟曾经分开的小学、初中同学一样，难得再见一面，时间久了，连面孔都模糊在过去。夏良自有他的广阔天地。

这听起来像符合他们各自人设的人生。

而如果他把一切都抛在脑后，向夏良迈出这一步，就说什么都不能再撤退了，否则就像夏良说的那样，对他不公平。

他自己也不甘心。

不甘心，甘心。

柳小满琢磨着，像又回到了下决心要不要跟夏良在一块儿做朋友的那天。

他反复地想，这么好、这么好的夏良，一辈子真的只有这一个。

好在夏良把时间宽限到高考以后，在这之前，不管是他还是夏良，都能心无旁骛地把心思放在高考上。

这是眼下第一等要紧事。

柳小满在日历上画了一个圈。

还剩一个半月，他先拼了再说。

在这高中生涯的最后一个半月，黑板上的高考倒计时一擦一变，飞快又焦灼地前进着。

高三年级的一切课外活动都被中止了，包括大课间的跑操。没人知道春夏之间如何进行了更迭，窗外吹进来的小风何时从棉絮变为柳絮。

上次柳小满跟李猛看着小苹果穿裙子还想不通她冷不冷，一晃神，班里很多怕热的学生就换了短袖，开了电扇。每天新发下来的试卷都散发着新鲜的油墨气息，被电风扇刮得“哗啦啦”响，教室里的穿堂风逐渐有了夏天的味道。

时间不再以“天”为单位来划分，只能依靠这期间发生的三件事作为柳小满高中生涯最后的时间切割与纪念。

第一件，是李猛离家出走了，在二模成绩出来以后。

“真的假的？”王朝在上午第二节课被尚梁山叫出去，没听几句就瞪着尚梁山蹦了起来，“我不知道啊！”

“好好说话。”尚梁山叉着腰跟他对视，眉毛拧成一个蝴蝶结，满脸的烦躁跟紧张，“你们俩天天待一块儿，你不知道？”

尚梁山真是要疯，他这个班主任当得可太累了，一个两个学习不怎么样，一天净给他整事儿。

“我真不知道啊！”王朝也急了，掏出手机一阵狂点，“我看他没来问他了，他没回。我以为他在家睡觉或者请假了，他离家出……

他妈都过来了？”

最后一句话他是压低嗓子问的，柳小满和夏良就在窗边坐着，一块儿转头朝窗外看。

不管李猛是离家出走还是逃课，哪怕只是出去躲顿揍，他老妈都找来学校了，他肯定不会有好果子吃。

到了高三，总有几个心理出问题的学生，他们学校不多，上星期火箭班也晕了一个女生。李猛虽然每次考完试都半死不活，但挨一顿揍就又生龙活虎。他看着没心没肺的，柳小满真是没想到他还能搞一出离家出走。

尚梁山又分别问了柳小满他们，谁也没跟李猛联系上，班里好久没什么刺激的八卦了，全部扯着嗓子开始议论，惹得英语老师在讲台上直敲桌子：“安静！管好你们自己！”

“李猛不会想不开吧？”柳小满有点儿担心。

“他没那个勇气，”夏良笑了笑，“估计就想给他妈打个预防针，出走半天，归来啥事没有。”

最后夏良的猜测是对的。

李猛离家出走确实只走了半个上午，但他归来时仍带着早上被他妈甩在脸上的一个大巴掌，原因毫无意外是他惨不忍睹的二模分数。

他是被他小姑护送来学校的，在尚梁山办公室里见了他妈，没说几句话就“嗷”一声又跑出来。他妈跟演电影一样红着眼追他。他跑到走廊尽头，二话不说抬起一条腿往栏杆上一跨，冲他老妈吼：“你别逼我了行不行？我就不是学习的料！”

“你跳！摔不死你，我亲手掐死你！”李猛老妈气得发抖，指着他骂。

“妈？”李猛的语调都拐弯了。

楼底下和楼对面本来就有一半看热闹的学生，他这一嗓子“妈”喊出来，剩下的一半也乐了。

秃驴带着保安一路跑过来，喊着：“怎么回事？”

尚梁山追在李猛老妈后头劝她冷静，一脸痛苦，头皮都炸了。

“猛哥，你醒醒！这是二楼，你跳下来顶多摔断一条腿，高考还是得考啊！”王朝在楼底下直喊。

“你赶紧站好！”余首也朝他喊。

“我辞职、租房子看你上学，从高二守着你，你一天天糊弄我，你有没有良心，李猛？”李猛的老妈开始骂他。

“啊——”李猛耙了把头发，他收回腿在走廊上蹲下来，抱着脑袋带着哭腔狠狠吼了一声，“妈，我求你了！”

“是妈求你了！”李猛妈妈哑着嗓子回他。

看热闹的学生们因为这两声吼叫静了下来。

除了刚认识的时候，李猛因为他老妈在教室里吼过一次王朝，之后柳小满都没听他再这么喊过。

他们都以为李猛已经当二皮脸当惯了。

看来想当一个合格的二皮脸压力也挺大。柳小满有点儿难受，他不由得看了眼一脸云淡风轻的夏良。

夏良一直没有细说他是怎么说服他老妈转回来的，也没说转学的这一年是下了多大的功夫，做了多大的努力，才拿到这个漂亮的二模分数。

柳小满只知道他比谁都能藏事儿，谁都不是看起来那么轻松和无忧无虑的。

李猛这次离家、逃学、伪自杀一条龙，雷声大雨点小，回家挨完一顿揍，第二天该来上学还得来上学。

不过，他跟他老妈闹的这一场还是给紧绷的高三生活撕开一条喘气的口子，学校紧锣密鼓地组织了一次考前心理疏导会，不是开给学生的，是开给家长的，等于家长会。

这就引发了第二件事。

姥爷不方便出门，柳勇要上班，来开会的只能是梅姨，还有非要跟着一块儿过来的灿灿。

“这是你弟啊，柳小满？”王朝跟李猛趴在教室门口的栏杆上问他。

家长会就在高三各班班里开，用周六下午最后一节课的时间，晚上还有晚自习，学生们去吃饭的吃饭，吃完了就在走廊里晃荡着等，有的背书有的闲聊。

灿灿照例瞪着大眼珠望着每一个人，他听王朝这么问，有点儿怕生地攥着柳小满的手。

“啊。”柳小满应了一声，没把手抽出来。

“我没听你说过。”李猛从兜里掏了一块糖逗灿灿，打量着灿灿跟柳小满的长相，又小声说，“你妈挺年轻啊。”

这句“你妈”让柳小满有些恍惚，他下意识看了一眼灿灿，又看了一眼唯一了解他家里内情的夏良，说不上来心里想不想应下这一声“妈”，很含糊地笑了笑。

尚梁山没有开班会的经验，别的班一节课不到基本就开门往外走人，他们班用了一节课多的时间才散场。

夏良姥爷出来就叫夏良一块儿去吃饭了。梅姨听得特认真，结束以后还跟着一群家长一块儿围着尚梁山问柳小满的具体情况。

灿灿等得无聊，又怕人，就去楼梯口又爬又蹦。柳小满拿着一本书坐在楼梯上，边背边看着他，突然想起自己好像还不知道他的大名。

他正想喊灿灿来问一声，肩头忽然被人从后背顶了一下，很用力，像是故意的。

他回过头一看，马硕就在身后，一副找茬的表情：“你在这儿挡什么啊？”

这人也是无敌了，记仇记到让人恶心。都在一层楼里上课，上次他摔跤被夏良揍完以后虽然没再专门找事，但每次他们在楼道里遇上了，他非得挤一下骂两句，找找存在感。

柳小满皱着眉，站起来给他让路。他瞪了柳小满一眼，还没迈开腿，就听见他后背“啪”的一声响，梅姨的嗓门儿特别大，喊了起来：“你骂谁呢？”

马硕骂了一句，楼梯上的人都扭头看过来。

“这谁呢？你跟你妈也这么说话是吗？”梅姨指着马硕的鼻子，张嘴就顶了回来。

再横的学生也是学生，都怕家长。

尤其是梅姨这样，吵起来一股……泼妇气质的家长。

马硕把梅姨的手挡开，他不敢冲家长动手，很没面子地龇着牙：“你谁啊？”

“我是谁？我是他妈！”梅姨一把把柳小满拽了过去。

柳小满已经蒙了，跟马硕一块儿瞪着梅姨。灿灿跑上来抱着梅姨的腿躲在她身后，够着腿往马硕鞋上踩了一脚。

“有你什么事儿？”梅姨往灿灿脑袋上拍了一下，把他推回身后。

对面三个人，老弱病残占了俩，还有一个泼妇级的妇女，这事儿放谁身上都说不着理。

跟马硕一起的人拉着马硕骂骂咧咧地往下走："走走走，神经病。"

"泼妇啊！"马硕一边下楼一边说了一句。

"谁是泼妇？你过来让我打一巴掌，你看你妈是不是泼妇！"梅姨还要追着马硕骂。

周围的家长和学生促狭地笑起来，柳小满已经不知道是什么滋味儿了。

尴尬是真的，他平时最不喜欢的就是这样随时吊起嗓子就能骂街的妇女，但在尴尬的同时，这种被"妈妈"保护的感觉又让他有些说不出话。

原来是这种感觉。

"没事，我们走吧。"他拉了一下梅姨，带着他们往校门口走。

"没人教的家伙！"梅姨到了校门口还在拧着眉毛骂人，把柳小满扳过来，拍着柳小满的肩头上下看，"我跟你说，小满，这种人就别让他，往脸上打一巴掌就跑，骂他！骂完让你爸过来收拾他！"

"收拾他！"灿灿跟着重复。

"你别乱学！"梅姨往灿灿脑门儿上弹了弹，又问柳小满，"他刚是不是踢你了？"

"没有。"柳小满任梅姨又拍又看，心里暖洋洋的，想说以后在外面不要这样，想想还是没有开口。

回到家，他把这事儿告诉爷爷。爷爷咧着嘴笑了半天，拉着他的手拍了拍："当妈的就这样。"

"嗯。"柳小满也拍了拍爷爷的手，那点儿温暖在心底荡来荡去，最后他跟着爷爷一块儿笑起来。

第三件事正好发生在柳小满生日那天，五月二十号，又一年的小满日，天气很好，蓝天白云。

他们要拍毕业照了。

"昨天我就说了，每个人都要穿校服，"尚梁山在讲台上使劲拍了两下讲桌，"没穿校服的去找拍过的班级借！不然不要上镜！"

"咱们什么时候拍啊？"有人在底下喊。

"轮到了就拍，急什么？"尚梁山看了一眼时间，"到时候我来喊你们。"

尚梁山说完就出去了，班里的人呼啦一下散开，借衣服的借衣服，凑着往窗外看别班拍毕业照的都挤在窗边，还有一些女生已经拿着手机找人帮着拍合照。

“毕业了。”李猛往后荡凳子，后背心一下下顶着柳小满的桌沿，远远看着窗外大榕树底下排队拍毕业照的班级，一边转书一边拖着长音念。

“下一个节目是不是就开始撕书了？”王朝坐在桌子上也往外看。

“真的？”李猛兴奋地搓了搓手，“我等三年了！”

柳小满从高一就怕这个，赶紧提前把自己的书都藏好，还把夏良的也往桌斗里塞了塞。

“哎，等会儿一块合影啊。”王朝朝每个人桌子下面都踢了踢，“夏良？柳小满？”

夏良比画着手机，“嗯”了一声，柳小满一直有点儿怕拍照，也点了下头：“行。”

轮到他们班下楼的时候，正好是大课间的尾巴，阳光金灿灿的。十一班的人热热闹闹地回来，他们班脱了外套往楼下走，隔壁十三班的艺体生们已经趴在走廊栏杆上开始准备了。

柳小满照旧等班里人撤得差不多了，才站起来出门，刚一转身，胳膊被夏良拉了一把。

“这是什么？”夏良盯着他的胳膊肘，用拇指抹了一把。

李猛回头一看就乐了：“他摔的，眼都没眨就从楼梯上滚下去了。”

“留疤了？”王朝也看了一眼。

柳小满现在看着疤也想笑，脑子里又开始转那句“叽里咕噜滚下来”。

当时他每天被衣服磨来擦去，好一阵子才掉痂，留下淡淡的疤。

“什么时候？”夏良皱了下眉，盯着柳小满。

柳小满被他看得心里暖暖的，把胳膊抽出来笑了笑：“冬天。”

冬天。

夏良想起柳小满磕在便利店灯箱上猛地一缩肩的画面，抿了下嘴没说话，掌心包在他手肘上又揉了揉：“走吧。”

拍毕业照是一个信号，如同高考前的最后一项流程，从心理上暗示着他们的高中走到了独木桥前的最后一站。

不舍包裹进热闹里，还未分别就已涌出怀念。

紧绷了一个学期的氛围开始松懈，过去三年里，不论学习的还是不学习的，交好的还是不交好的，一起疯过的还是有过矛盾的……这集体里的每个人都被模糊又近在眼前的“毕业”围在一起，他们的中学时光都将被定格在这个夏天。

一班人在大榕树前被摄影师吆喝着怎么站怎么换，全部叽叽喳喳的，平时总苦着脸的尚梁山也在前排跟其他老师们说说笑笑。

关系好的女孩子都想站一起，男生没有那么多讲究，柳小满不知道怎么就一推二搡被李猛、王朝他们带到了倒数第二排靠中间的位置。

他看了一圈，夏良在最后一排，虽然就在他身后，但是他有点儿想两个人并排站着。

柳小满悄悄比着夏良的位置，又往他身前挪挪，还没挪两下，摄影师就举着手喊：“好了，不要动了！我说一二三，笑，你们就笑！”

这个摄影师带点儿口音，又拖着长音，班里不知道谁笑了一声，全班就跟着开始笑。

“我还没说呢！你们要等我说‘笑’了以后再笑！”摄影师站直了跟他们强调。

班里的人笑得更厉害了。

这时候的笑是会传染的，前排的几个老师都跟着笑了，一边笑一边小声说：“这群孩子傻乐什么呢？”

“好啦，好啦，那大家就笑得好看一点，速战速决，后面还有班级在排队。”摄影师重新埋在镜头后面，手举起来比着一二三。

“一！”

“二！”

当他数到三的时候，柳小满的肩膀前绕过来一只手，夏良弯腰从身后揽着他，以一个松散自然的姿势贴在他耳边，声音里带着愉悦：“笑。”

头顶的太阳光突然璀璨得晃眼，一缕清风卷过来，榕树被晒得发出淡淡的树香，柳小满来不及愕然，跟夏良一起望着镜头翘起嘴角。

当黑板上的倒计时终于写到个位数时，时间突然之间就像长了两条腿，蹦着往前走。

柳小满总觉得上一次抬头黑板上还是个“9”，再抬头就剩个“5”了。

各科老师到了最后一周都没课上，对学生们呈现出前所未有的温和与鼓励，上课就是自主复习，谁有问题自己去问，有时候还跟班里的人开开玩笑，让大家该放松放松，调整心情。

“不放松也不行啊，到这个时候了，不管怎么样，别晕在考场上就行。”郭大嗓子趴在讲台上，笑眯眯的。他到了最后一周，连说话都不突高突低了，“也别拉肚子哦。”

“高考不能去厕所？”有人在底下问。

“能去啊，监考老师跟你去，再跟你回来。”郭大嗓子点点头，“上厕所当然不是问题，主要有些学生心理素质不行。去年我监考，隔壁考场有个小子考数学连着去了三次厕所，最后一趟抹着眼泪儿跑回来的。”

“那后来呢？”底下立马有人接着问。

“那还有什么后来，自己都把自己吓死了。”郭大嗓子“啧”了一声，“所以你们最重要的还是心态。”

李猛本来趴在桌上装死，听见这些突然来了精神，九十度弹起来接了句：“这招儿好啊！”

王朝被他的一惊一乍唬了个激灵：“你还用得着吗？你妈都要掐死你了。”

“你还看书？你看得懂吗？你要脸吗？”李猛瞪着他。

“我走个流程，要不然心虚。”王朝确实看不下去书，书在手上“唰唰”一通翻。

李猛拍了拍他的肩，目光重新凝满友军的光辉，很虚弱地瘫回桌子上，接着说他老妈：“她就嘴上那么说，实际上还抱着我能超常发挥一炮冲进北大清华的梦想。”

“阿姨真可爱。”王朝点点头。

“谁活着不得有点儿梦。”李猛叹了一口气，“赶紧到头吧，早死早超生。这日子熬得我太难受了，后面那两个大仙这几天都没个人动静了。”

被点名的大仙正瞪着桌子上的复习资料咬嘴唇。

五天，这个数字确实有点儿磨人。

不是只有李猛这样破罐子破摔的学生盼着赶紧上刑场，柳小满也有点儿没着没落的。

感觉还有一个星期，但真想做点儿什么又无从下手。

他也没什么好下手的，考点该抓的都抓了，没有让他格外没底的知识点，但也没有稳如磐石的自信。

发挥失常。柳小满就怕这四个字，他人生中的意外可太多了。人没满二十岁，失常的事一件接一件，在这个当口让他有种说不出来的紧张。

不知道樊以扬去年是什么……

没等他把“心情”两个字琢磨出来，就感觉身后有动静。

柳小满跟坐了一根刺一样猛地挺直了背，身后的手被他压在了椅背上，他又赶紧往前挪挪屁股，朝旁边的夏良望过去。

夏良正在背政治，一如既往态度不端正。他整个人靠在凳子上，很闲适地伸着腿，政治书就架在他腿上靠着桌斗，一会儿翻几页。

“你干吗？”柳小满小声问他，回手摸摸自己的腰。

夏良那一下弄得他有点儿麻。

“你愣半天了，”夏良把手收回来，在柳小满摊开的书上弹了一下，“想什么呢？”

柳小满的目光随着夏良的手晃了一圈，讲台上郭大嗓子还在说各种有关高考的轶事，班里听得一头劲。

他小声叹了一口气，趴在桌上用胳膊蹭了蹭脑门儿：“我突然有点儿紧张。”

夏良看了他一会儿，把政治书收了，胳膊杵在桌上，撑着脸轻声说：“那怎么办？我安慰安慰你？”

柳小满埋头蹭脸的动作顿了一下，偏偏头露出一只眼睛看着夏良，心里顿时一阵酸软。

自从那天晚上夏良把话都说给他听以后，对他的相处模式就恢复成了从前，该说话还是说话，但是不提别的。

柳小满明白夏良的意思——我的态度就是这样，人就在这里，只等你做决定。

夏良直接对他好。

柳小满突然很想问问夏良，当时没了联系以后，他是什么心情，有没有生气，是不是很想揍自己一顿。

但他不敢，想这个问题会让他心虚，还心疼，每次看到夏良在旁边，他又觉得自己幸运得不得了。

像夏良说的那样，他也该勇敢一点儿，不能总让夏良一个人使劲。

毕竟夏良就比他大一岁，跟他比起来，夏良再厉害也只是一个高中生，也有需要被安抚的时候，几天以后也要上考场，肯定也会紧张。

“你不怕吗？”想到这里，他小声地问了夏良一句。

“怕倒是不至于，”夏良往窗外看看。

“你看。”夏良坐起来，往他背上拍了一下。

柳小满跟他一块儿靠在凳子上坐直。

“咱们班里六十六人，算上理科二十五个班，光我们学校就有一千五百多个学生要高考，十四中的学生要翻一番儿。”夏良的手指搭在桌沿上，轻轻敲了两下，“把好学校、烂学校匀开，按照每个学校两千人来算，全市的高中加一起，刨掉保送的、弃考的、发生车祸生病乱七八糟考不了的……三万人吧。”

“这三万个人，每一个的心情都跟你的一样。”夏良说，“包括我。”

柳小满的目光从班里或做题或背书或看手机扯皮聊天的同学们身上扫过去，回到夏良脸上。

“我算这个是想让你知道，不管是在六十六人里还是在三万人里，我都跟你在一起奋斗，”夏良看着他，声调平缓，“跟你保持一样的节奏，做同一件事，为了同一个目标前进。”

“我不知道说什么才能让你不紧张，搬数据听着比较能唬人。”夏良说着自己笑了。

柳小满眼睛一弯，也跟着笑。

“有点儿用吗？”夏良问。

“没太显现出来。”柳小满眼睛里的笑意就没散开，“我得多品一会儿。”

“嗯，你慢慢品。”夏良笑着重新摊开政治书，“这话没有保质期。”

从倒数第五天开始，柳小满开始每天晚上往家里运书。

学校要布置考场，书运到五号，他们就要放假了。

五号下午最后一节课是语文课，下课铃响以后，语文老师笑着说了一句“大吉大利”，底下桌子基本清空了，同学们拍着桌子扯着嗓子吼“考完吃鸡”。

尚梁山在一串“吃鸡”的喊声里背着手上讲台，瞪了一眼学生：“吃什么吃！”

班里“哎哟”一声笑成一片，不知道谁说了句“土成这样可咋整”。

尚梁山在讲台上背着手看他们一会儿，拍了拍讲台，说：“两件事。”

这是一贯的尚式说话风格，班里的人临着最后关头也没什么顾虑了，该吃的吃该说的说，留一点面子慢慢安静下来，懒懒散散地等着他说事儿。

第一件事是发准考证。

发完准考证后，尚梁山开始强调第一万遍与高考相关的事，提醒他们明天一定要看考场、准考证一定不能丢、后天一定不能迟到、衣着一定要规范。

他说了一堆“一定”以后，又唠叨着注意铅笔、橡皮、矿泉水，拿到答题卡先写姓名考号，交卷前务必再好好检查，以及高考完回校领报考指南的时间安排。

“第二件事，”尚梁山停顿了一下，两只手撑在讲台上，酝酿了一会儿才开口，“我是第一次当班主任，你们是我带的第一批学生，以前有很多事我做得不够好，没有经验，但是初衷都是为了你们好。到现在了，我也没办法了。”

闹哄哄的班里彻底静下来。

“你们马上就要高考，考完就是成年人，那今天我就用成年人的方式跟你们聊一聊，好的不好的，对我有意见的、不满意的……”尚梁山撑着桌子的手抵了两下讲台，望着教室后墙上的钟表，“都包容吧。”

即将分别的时候挺怕这个的，尤其是尚梁山这么挺不招人喜欢的班主任，突然也招人喜欢了一回。

班里有半分钟没人说话，每个人回忆起跟尚梁山相处的点滴，那些当时又气又无奈的心情好像也没多深刻。

“没事儿。”静悄悄的班里，余首突然喊了一句。

尚梁山朝他看过去，常年绷着的嘴角露出一个笑，班里其他人瞬间也笑开了。

“还能离咋的！”李猛用手捂着嘴也喊了一嗓子，班里人又是一阵胡闹。

尚梁山扫视着全班，这是他第一次没有黑着脸让班里“安静”，大家却在他抱起胳膊时自发闭了嘴。

“那就这样吧，我提前祝你们毕业快乐。”尚梁山动了动嘴角，又露出一个笑，“马到成功。”

柳小满的考场在十四中，102 考场 025 号。

“你呢？”他勾着脑袋要看夏良的准考证。

夏良笑着把准考证给他，上面同样写着十四中学，87 考场 003 号。

“我酸了。”李猛瞪着所有人，他一个人在本校，王朝和余首都在三中，韩雪璧在八中。

“考神爱你，让你妈妈租的房子发挥价值到最后一秒。”王朝拍拍他的肩，跟余首一块儿冲他比了个心。

“这是让我死在家门口好吗！”李猛非常郁闷。

柳小满出了校门还一直在笑，他不是笑李猛要死在家门口，是在这一刻无比鲜明地感到了夏良所说的“踏实”。

真的踏实。

不论是六十六个人还是三万个人，夏良真的与他同在。

而当第二天他们去看考场，发现柳小满所在的考场就是夏良在十四中的班级，连座位都在夏良曾经的座位旁边时，他跑去教室门口和一楼的考场分布牌前确认了两遍，半天才敢相信自己不是走错了，也没拿错准考证。

“不可能吧？”柳小满瞪着夏良快说不出话了。

夏良跟他对视了半天，又一块儿开始笑。

“幸好我的考号不是这儿，”他在柳小满旁边坐下，拍了拍自己坐了一年的桌椅，“不然我就要报警了。”

柳小满按照郭大嗓子提给他们的建议，在这张桌子上按照高考的标准做了一套文综选择题。

夏良给他批卷子，三十三道单选错了两道，一百二十四分。

“你是不是给我放水了？”柳小满拿着卷子重新看。

“你嫌少？”夏良把答案摆在他眼前让他看，“本来你的上限就是错五道题，你是不是飘了？”

“那就是这张卷子简单。”柳小满嘴上这么说着，眼睛里的光芒却藏不住，嘴角一个劲儿地往上翘。

“这就是你该有的水平。”夏良站起来准备走。

“夏良。”柳小满突然拉了一下他的手，坐在位子上没动。

“我地位变了，也不喊良哥了。”夏良靠着桌子叹了一口气。

“良哥，我现在不紧张了。”柳小满又说。

“哦，好的，那你保持，”夏良想笑，“别明天玩真的你又㞞了。”

“我说真的。”柳小满在他手上握了一下。

前排还有来看考场的学生，夏良先垂眼看看自己的手，又看着柳小满，也握握柳小满的手：“我知道。”

“我……”柳小满还想说什么，又有点儿不好意思地看了眼旁边。

“你等我吧，等我考完。”柳小满还是开了口。

夏良看了他半天，窗外的光线照进来，落在他眼睛里，很亮，前所未有的亮，也是本就该属于他眼睛里的光芒。

“啊。”夏良笑了。

他在柳小满眼睛上轻轻抹了一把：“我等着呢。”一直等着呢。

第十五章
一切都是值得的

前几天一个个火上房一样不自在，学的不学的都有点儿盼着早死早超生，反正伸头一刀，缩头也是一刀，赶紧考完拉倒。

结果真到了高考跟前儿，他们又什么感觉都没了。

柳小满不知道是真的不紧张，还是在考场里对夏良说的话真的产生了强大的心理暗示，柳小满的心态确实好极了，到家都比平时多吃了半碗饭，比梅姨和柳勇都靠谱。

他没有专门调节作息时间，跟之前三年里的每一日一样，吃了饭洗个澡，该刷题刷题，该复习复习，睡前把明天要带的东西又检查了一遍——准确来说是第四遍，梅姨、柳勇和爷爷一人来问一次，一个也没落下。

“小满睡吧，明天加油！”梅姨胳肢窝底下夹着灿灿回房间。

今天灿灿没电视看，被夹得像一只大虾米一样冲柳小满晃胳膊：“加油！”

“加油。”柳小满笑了笑，又去看了一眼爷爷，关灯上床。

他闭着眼睛，把必背的古诗词、文言文飞快地默背了一遍，睡着之前在心里对自己说了一句：“你好，我叫不紧张。”

今年高考的天气比去年樊以扬考试那两天要好，没下雨，又有风，清清凉凉的，一睁眼就让人觉得神清气爽。

梅姨没摆摊，做了一桌子早点，还专门煮了皮蛋瘦肉粥。她不敢让柳小满喝豆浆，怕他带水的喝多了老想去厕所。

“得早点儿出门吧？过时间就不让进考场了，也怕堵车。”柳勇手上磕着一个鸡蛋问。

“嗯，”柳小满看了眼时间，“我吃完就走。”

“我得上班，不能送你了，”柳勇垂着眼皮把鸡蛋放在柳小满面前的碟子里，“让你梅姨送你过去。”

“没事儿，不用。”柳小满其实吃不下了，想了想还是用筷子把鸡蛋隔成两半，自己吃一半，另一半给了灿灿。

“什么不用！”梅姨立马打断他，“谁家孩子高考家里人不送，姨送你去！”

“我也去。”灿灿还困着，面无表情地吃鸡蛋。

柳小满刚张张嘴，爷爷也说了一句：“送，得送。” 全家人态度这么一致，他只能先把手里半个鸡蛋慢慢吃下去，吃完才轻声说：“我跟夏良一起去。”

“他爸妈不送他？”梅姨看着柳小满。

“应该不送。”柳小满摇摇头。

梅姨“啊”了一声，往灿灿嘴里又塞了一筷子菜，站起来去收拾东西：“那正好一块儿，我送你们俩去。”

夏良跟之前一样，直接叫好了车在路口等着，看见梅姨跟着一块儿过来，一点儿也没惊讶，笑着打了个招呼：“阿姨。”

“哎哎，快上车！”梅姨盯着夏良看了两眼。

她上次见夏良已经是去年了。夏良去病房找柳小满，柳小满回来哭了一鼻子，之后就没见两人来往。

再上一次是老爷子进重症监护室，这孩子半夜等在她家楼下，把她吓了一跳。

梅姨带着灿灿先上了车子后排坐好，一扭头看见车门外的柳小满正冲夏良弯着眼笑，夏良往他后腰上拍了拍，让他上车。

“夏良，你爸妈是不是工作很忙啊？”车开动了，梅姨望着夏良的侧脸说。

“还行。”夏良点了下头，“我跟我姥爷住。”

“你姥爷没送你？”灿灿抠了抠车座上的凉席片子，梅姨往他手上拍了一巴掌，掏了一个苹果给他抱着啃。

“他钓鱼去了，一天不钓鱼浑身不舒服。”夏良有点儿无奈地笑笑。

梅姨“哎哟”一声，车里包括司机都跟着笑，梅姨又问：“那你吃饭了吗？”

“吃了。”夏良说。

“你没吃姨这儿有。”梅姨拎了拎包，夏良没让她掏，他真的吃了。她点点头把包放下，说，“那中午你跟小满一块儿回家吃饭吧。”

夏良还没说话，柳小满先转过头冲她笑了笑，她往他脑袋上摩挲了一把，没再多问什么。

十四中是大考点，又在市中心，一大早就封了路，除了送考车和挂着绿丝带的爱心送考车，其他车子全部不让进。

“就这儿吧，走两步，我也进不去。”司机在路口把车尽量往前停下了，在手机上飞快地摁了几下，“给你打个对折，平台得收钱，不然我也爱心送考一回。”

“谢谢。”夏良笑了笑。

“加油！”司机冲他们乐，“明年我儿子也高考，给他攒点儿福报。”

“我以前光听说有免费送考的，原来还真有。”梅姨下了车，有些惊讶地小声说。

“我们老师说年年都有。”柳小满被她带得也跟着小声。

“真好，还是好人多。”梅姨点点头，扒拉一把灿灿，“以后你要高考了，也让你爸去送。”

“我们家没有车！”灿灿认真地皱着眉，晃晃梅姨的手。

“那还能一直没有啊，让你爸挣钱买！”梅姨笑着晃回去。

考场还没开门，校门口已经乌泱乌泱围了好几圈人，都是家长带着孩子。路边扎了不少小凉棚，是各个学校的送水休息点。

“咱们学校是不是也有这个？”夏良随口问了句。

“有吧，咱们学校每个考点都安排老师了，”柳小满踮脚看了一圈，“就是不知道在哪儿。”

他们没往门口挤，在校门旁一片阴凉的地方停下来。梅姨随便去一个凉棚底下看了一眼，就被人塞了一把小扇子，还领了一瓶水，回来就“呼啦啦”对着两人扇。

“我看好多学生都在看书，你们俩都没带啊？”她瞪着柳小满和夏良。

“没有。”柳小满摇摇头。

“占手。”夏良说。

“这给我弄得，你们像没事人一样，我反而紧张了。”梅姨不给他们俩扇风了，自己扇了半天。

“妈，我也要！”灿灿够她的扇子。

“你给妈扇。”梅姨把扇子塞他手里。

灿灿脸一垮。

“可不是嘛。”旁边一个家长正把小孩喝完水的保温杯往包里塞，苦笑着接了一句，“小孩高考，大人也跟着受罪。”

“谁说不是！”梅姨转身跟人聊了起来。

柳小满望向四周，不能说人人都带着家长，但只要是家长，全部是一脸关切的表情。

“你瞅什么呢？”夏良笑了，看着他。

柳小满抿嘴笑笑，没说什么，反正夏良都明白。

“中午我考完在楼下等你。”夏良说。

“好。”柳小满点头。

十四中小得可怜，他们俩的考场楼对楼，中间隔着一片假装是操场的空地，夏良的考场楼就靠着大门。

“考完去吃饭，明天。”

“明天晚上吗？”柳小满揉了揉鼻子。

“嗯。”夏良提起来就想笑，“李猛前两天就开始拉群撺掇毕业聚餐，吃完饭唱歌，包厢都订完了。”

“他就干这些有精神。”柳小满跟着笑。

“明天晚上……”夏良看着他还要继续说什么，手机一阵振动，进来一个电话。

他掏出手机看一眼，冲来电号码抬了抬眉毛。

“谁？”柳小满勾着脑袋跟着看，没备注，“你妈妈？”

“嗯。”夏良滑下接听键。

这个电话接得很快，柳小满转身跟灿灿对视了一会儿，感觉都没有一分钟，通话就已经结束了。

夏良从接通电话到挂断电话统共就说了三个字：喂、啊、嗯。

“说完了？”柳小满有点儿呆愣地看着他。

“完了。”夏良把手机塞回兜里。

“哎，说什么完了，赶紧呸呸！”梅姨上一秒还在跟人说话，下一秒就无缝衔接地转过来朝夏良胳膊上拍了一下，“得说‘好了’！快说！”

“好吧，”夏良笑着又说了一遍，“好了。”

“你妈妈说什么了？”柳小满还在好奇。

“她让我好好考。”夏良说。

“嗯。”柳小满看着他点点头。

“没了。”夏良说。

“你妈妈真是……”柳小满苦笑着不知道该说什么，夏良妈妈有时候跟小孩儿一样，好好的关心一定要弄成这样不情愿的模式。

不过有这一句话就够了。

他看着跟梅姨说笑的夏良，心里一块无形的疙瘩被悄然抹平。

他现在越来越能理解爷爷当初对他说的话，能感受到“家”和“家人”的意义。

人纵然可以一意孤行，对夏良这样性格的人来说，还可以走得很坚定很漂亮。

但带着祝福的前行，必然多一分温暖与力量。

柳小满希望夏良是放松快乐的，方方面面都快乐，像现在的他所得到的这样。

考场开门的那一刻，本来还有点儿松散的氛围瞬间变了，人头攒动，大家开始往校门里拥。

告别的、让爸妈回家别在门口等着的、给孩子加油的、喊着“拿好准考证”的……乱七八糟的声音全响起来。

“你们赶紧去吧！反正就两三个小时，平时在家也打个盹儿，写完就解放了！”梅姨汗都下来了，朝他们大声交代着，“中午我还在这儿等你们啊！”

“你姨比我还进入状态。”夏良笑着对柳小满说。

柳小满又回头朝梅姨挥挥手，示意她拉好灿灿，点点头：“她挺好的。”

时间充裕，夏良先把柳小满送到他的考场楼下。他催着夏良赶紧回去，一边催一边下意识往前跟了几步。

“你站那儿。”夏良往他脚下一指，“别动了。”

两人隔着几步距离，又开始笑。

周围的学生行色匆匆，第一场考试，每个人的神经都绷得发紧，没人管他们两个神经病，看都不想多看。

“你上去吧，跟平时一样就行。”夏良看一眼他手上拎着的透明袋，东西都在。

“你带笔了吧？”柳小满也看他的。

“嗯。”夏良拎起笔袋给他看一眼，“行了，你别磨叽了，我也过去了。”

柳小满突然往他脸上扫一眼。

“你是不是紧张啊？”夏良乐了，小声问他。

“嗯。”柳小满眨了眨眼，承认了。

他可能还是有点儿紧张，或者说激动，心里有种说不出来的东西在窜，让他莫名牙根发痒，想咬点儿什么才能释放。

“你憋着，把劲儿往卷子上使。”夏良扬着嘴角笑，“明天晚上让你放松得找不着北儿。”

柳小满笑着“哦”了一声，在心里骂了一句，退着往楼里走：“那我去了。”

“去吧。”夏良也往他的考场走过去，“中午见。”

他们互相都没说“加油”，老师、同学、家里，甚至路人，包括他们自己，加的油已经够多了，现在只需要往卷子上使力。

柳小满在位置上把袋子放好，去了一趟楼层里的卫生间，回来后就安静地坐着，在脑子里默背知识点。

监考老师进来以后，他呼出一口气，开始让自己进入状态。

正式开考前还有好几个流程与步骤，柳小满的心越来越静，什么激动突突、牙根痒，全部平复下去。

卷子拿到手后，他快速浏览一遍全卷题型，确定默写的分值十拿十稳，心里就有了底。他按要求写完考号，思索着作文等待开考。

身边的环境与杂音逐渐被拖拽清空，他感觉回到了熟悉的班里，旁边坐着夏良，跟他面对同一张卷子。

九点三十分，全国高考开考铃响。

柳小满稳稳地拿起笔。

我开始了。

当柳小满从考场出来的时候，脚底有点儿飘浮。

跟早上进考场时的氛围不一样，第一场考试一结束，从各个考场出来的考生也不知道从哪儿迅速找到了认识的人，大家都没那么肃穆了，叽叽喳喳地开聊。

从他下楼到走到夏良考场楼下，身边经过的全是人，两个三个，都在讨论卷子的难度，主要话题全集中在作文上。

“作文什么鬼，要不要每年都这么迷？我废了。”路人甲说。

“你的作文怎么写的？我觉得我好像跑题了。”路人乙说。

“我都不知道我写的什么，关键看钻石跟演小品有什么关系啊？唉！”路人丙一脸暴躁。

“我写的科学技术是第一生产力。”路人丁的声音有点低。

“啊？”路人甲乙丙同时瞪过来。

……

柳小满一路飘一路听，听着听着就有点儿飘不动了。

他本来觉得还好？没那么难？挺好理解的？

他正有点儿迷茫，旁边一个看起来起码复读了三年，胡子都爬半张脸的大哥打着电话走过去，扯着嗓子嚷嚷。

柳小满蒙了。

夏良从楼上下来，看见柳小满就笑着吹了一声口哨。

柳小满赶紧过去，想问他考得怎么样，突然发现他旁边还跟着人，也在分析这次的作文。

“李猛 2.0 版。”夏良说。

“所以我觉得就这三个层面嘛，不过中心立意应该还是想说方法论……哎，你好，是夏良以前的同学吧？”李猛 2.0 版果然不愧于这个名字，说话嘴皮子翻飞。

柳小满对他笑了笑。

李猛 2.0 版看见柳小满的胳膊愣了一下，也没做什么别的表情，倒是反应过来瞪着夏良：“什么 2.0 版，我不配拥有名字？”

“怎么样？”夏良看着柳小满。

“还行。”柳小满点点头，他对这次作文的理解跟李猛 2.0 版差不多。

“还是说你压根儿不知道我的名字？”李猛 2.0 版还在问，表情悲愤，“你不是吧？”

夏良看他一眼没来得及说话，李猛 2.0 版又飞快地换了一个话题：“对，明天晚上你也去吧！”

“哪儿？”夏良带着柳小满往校门走，考场还没开门，人们跟早上进来前一样，都在门里等着。

“聚餐，毕业聚餐。”李猛 2.0 版跟着他们。

柳小满看了一眼他，又看了看夏良。

一片小叶子从头顶的大树落到柳小满脑袋上，夏良像胡乱撸小狗似的伸手给他撣掉，说：“不去。”

“别啊！”李猛 2.0 版喊了起来，“你做个人好吧，夏良。咱们怎么说也同学了一年，班长回回喊，你回回不答应，你……”

“要不你们换个日子？”夏良叹了一口气。

“啊。”李猛 2.0 版懂了，“你原来的班也得聚餐是吧？那回头谢师宴再叫你？这个你总得去吧？”

“嗯。”夏良点头，“你们定好日子提前说。”

考场大门一开，李猛 2.0 版摆了两下手就赶紧往外跑。

柳小满跟夏良不紧不慢地往外走，周围全是嘈杂的议论，大部分人还是觉得作文题目不可理喻。

“我本来写的时候挺有把握，”柳小满竖着耳朵边听边对夏良说，“结果出来往你这儿走，都听得心里快没底了。”

“我也觉得还行。”夏良笑笑。

语文能聊聊的也就是作文，说完也没兴趣对别的答案，反正卷子也交了，知道互相状态都不错就行。

他们出了门，梅姨果然已经在上午那棵树底下等着，见到他们就用一副期待里带点儿小心的表情问：“怎么样？”

她看见柳小满和夏良笑起来，立马跟着笑，还拍了拍胸口：“哎哟，我的天，赶紧回家吃饭，这刚第一场，也太熬人了。”

夏良没去柳小满家吃午饭，手机开机后姥爷就来了一个电话，已经摆好中午饭了，等他到家就开吃。

“放盐了吗？没放我就不回去受罪了。”夏良笑着说。

“你妈早几天就跟酒店说好了，你赶紧的别废话了。”姥爷也跟着笑。

两人在路口分开后，约好下午几点再见，就各自回家吃饭。

“我做了一桌子菜呢，来家里吃呗？”梅姨还很热情地招呼夏良。

“以后有机会，姨。”夏良说。

柳小满别过头看了他一眼。

两人回到家，饭菜已经摆了一桌子，灿灿趴在凳子上，在餐桌旁晃悠，见他们终于回来，立马大喊：“我快饿扁了！”

“吃饭吃饭，”梅姨让柳小满赶紧去洗手，把灿灿从凳子上提溜起来，“让你小哥坐这儿。”

柳小满洗手出来后喊了声爷爷，爷爷看一眼他的脸就笑眯眯的，什么都没问。

倒是柳勇打了一个电话过来，说看见网上有专家分析题目了，今年作文有难度，他把分析的内容念给柳小满听，问柳小满没跑题吧？

“你烦死了，小满好得很，你不回来吃饭就别叨叨叨！”梅姨直接冲着电话喊。

“好好好，”柳勇也不生气，他现在的脾气越来越好，笑呵呵地说，“怎么都行，你们快吃饭吧。”

柳小满笑着把电话挂了，他现在能确定自己跟夏良都没跑题，心情无比的好。

这是一个好兆头，开门红。

下午的数学是夏良的强项，柳小满对他有信心。他自己也觉得还行，有难度的题型都跟二模差不多。

有两道题他拿不太准，全卷检查一遍后又认真推算了两遍，改了一题，剩下那道选择题没动，跟着第一感觉走。

这一场考试结束，柳小满从考场出来时有种马拉松跑了一半的拉扯感。

最令人紧张的科目考完了，剩下的文综和英语都没什么压力。他的心态已经彻底平稳了，现在只想赶紧考完，彻底放松。

晚上回到家，柳小满重新沉下心，把“政、史、地”十二本必修书拿出来，一本本过了一遍。

他没看笔记，只是对着目录整理知识点——每个单元、每章课时、每个小节的每个知识点，那一列列三四句的标题像树杈一样在他脑子里拉开框架，填充内容，疯狂生长。

这些是他高中三年每天埋头熬夜早起背诵，一天也不敢耽误的内容，是他唯一有把握付出必然会有回报的东西。

这些内容早就深深刻在他脑子里了。

这种脉络明晰的“张开”状态，在柳小满脑子里一直维持到第二天文综结束。

他拿到卷子后，快速浏览大题，头脑里的知识框架随着眼睛掠过每道题目飞速翻转，跳出对应的答题点。

在初步确定没有让他一眼看过去摸不着头绪的大题后，他张了张手掌。

郭大嗓子反复强调的“心态”，真的是一个挺重要的东西。

文综的答题就是大段大段书写，漫长而不能停歇，好的心态让他觉得下笔特别“顺”。

这套文综卷子大概是柳小满开始大三轮以来做过最有感觉的一套，没有卡壳、没有一头雾水、没有苦思冥想和生搬硬套，只有思考。

他飞速地思考。

搁下笔的那一刻，他的大脑还保持着轻度的兴奋。

稳了。柳小满悄然呼出一口气。

到了下午最后一场，考场的氛围开始明显松懈。

前面不管考得有谱没谱，从考场开大门那刻起，每个往里走的考生脑门儿上都写着几个大字：马上解放。

柳小满最后检查完姓名、准考证号条形码，考场里已经有人上去交卷了，他能听到十四中的校园里一点点喧哗起来。

他看了一眼时间，静静地坐着没动，等交卷铃响。

“考试结束，停止答题。”监考老师随着铃响大声宣布。

柳小满看着监考老师伸手拿走他的答题卡，收拾完东西站起来往外走的那一刻，莫名觉得有点儿不真实。

好像也没有传说中那种骤然放松的心情，挺平静，平静里还带点儿恍惚。

他的高中，这就结束了。

不过到了楼下，当柳小满看到满校园松散热闹的场景和站在楼道口旁等着他的夏良时，人瞬间被扯回真实里。

他不仅被扯回来，还扯出一点儿激动。

“夏良！”柳小满朝他跑过去，最后一步差点儿弹起来。

昨天考前那股说不出来的牙痒又上来了，他特别想抬手使劲儿抱抱夏良，或者用力揉两下。

“心情这么好？”夏良看他过来也笑了，“走吧。”

“啊？”柳小满正满脑子想着重新开始，一下子没回过神，“走哪儿？”

“聚餐。”夏良说。

“哦，对。”柳小满点点头，又看夏良一眼。夏良拿着手机看定位，开始跟他说吃饭的地方。

他们俩的准考证被梅姨拿走了，走之前她问柳小满吃到几点。柳小满没这方面的经验，戳了一下夏良：“几点？”

“说不好，吃完了还要唱歌，去年罗浩他们闹了一宿。”夏良说着话，手机又响了，做了一个手势示意要接电话。

“那你去玩儿吧，好好玩。”梅姨把准考证往包里一塞，看看他又看了一眼夏良，笑了笑，小声交代，“你就跟夏良待一块儿，也别太疯，别去乱的地方，无聊了就打车回家。”

说完，她赶紧又掏了点儿钱让柳小满装着，柳小满推了一下说自己有。梅姨“啧”了一声，硬把钱塞进他兜里：“装好，别掉了。”

“好。”柳小满笑了笑。

马路已经解封了，夏良叫的车堵了一会儿才过来，在路上慢慢挪，到处都是人和车。

柳小满挨着夏良坐着，光听夏良接罗浩、郭魏他们的电话就听了半天，具体听了些什么也没记住。

高考之前，他的话说得挺潇洒，让夏良等他。

现在考完了，他又不知道怎么张嘴。

夏良也没有提这一茬的意思。

柳小满眨眨眼，又看向夏良，有点儿紧张，胳膊跟夏良碰一下都心跳加速。

“行了，回头再说。”夏良自己接电话都接得不耐烦了，胡乱“嗯”了几声，把手机调回了静音。

“罗浩还问你考得怎么样。”他扭过头对柳小满说。

“哦。”柳小满正走神，笑了笑。

夏良一边眉毛很轻地扬了扬，嘴角带了点儿笑，还是什么都没说，扭头看着窗外。

“良哥。”柳小满喊他。

“嗯。”夏良转过头。

柳小满不好意思地清清嗓子：“我……”

他刚想开个头，司机特别利索地靠边刹车，在手机上摁了两下：“到了。”

“您的目的地已到达，请带好随身物品，欢迎下次乘坐……”柳小满在手机背景音里心虚地收回手，闭上嘴，红着脸下了车。

然后他站在路边，冲着眼前的烧烤一条街叹了一口气。

这地儿人也太多了！

李猛订好的店在一条街靠尾巴的位置。

柳小满跟着夏良一路走过去，前半截人已经够多了，家家店面都坐满了人，一看就是跟他们一样刚解放的考生。

等到了他们约好的店，里里外外简直要爆了。

“这么多人？”柳小满愣了。

“夏良！柳小满！”余首和王朝从街尾那头走过来，手里拎着两大兜饮料，朝店里指指，示意他们往里走。

“店里不是有饮料吗？”夏良跟他们打了个招呼。

“贵。”余首看着心情不错，眉飞色舞的，冲夏良和柳小满轮流递眼神，“考得还行？”

“鱼头这是考好了，见了谁都问，刚遇着十三班的几个也问，人家差点过来捶他。”王朝在旁边咂着嘴。

“那很好啊。”柳小满跟夏良都乐了，几个人一块儿进店。

走了几步，柳小满突然反应过来为什么余首这么嗨了。

“你是不是……”他在余首背上点了一下，“要跟韩雪璧说话了？”

“我是想啊，”余首说，“还是等分数下来吧，万一差个两三百分还是白扯。”

“你也太夸张了，上哪儿能差三百分？”柳小满被他说得想笑。

“谁知道呢。”余首呼出一口气，“差一百也够我受的。”

最里面的一个大包间出来几个他们班里的人，喊着“在这儿”，冲他们招手。

柳小满没再说什么，看了一眼夏良，若有所思了半天。

班里的人没来齐，但也来了一大半，大包间里两张桌子差点儿坐不下，又去外面搬了好几张凳子。

平时说话不说话的都挤在一块儿。一开始，大部分人除了对答案还不知道说点儿什么，烧烤上得慢，没东西吃，一个个就拿着手机点。

过了一会儿，隔壁大排档里订的几大盘小龙虾送过来，大家吃着抢着，就咋咋呼呼热闹起来。

“谁喝酒？”李猛拿着菜单喊。

男生们要喝，女生大部分要饮料，最后要了两件冰啤搁在墙边，谁喝自己开。

柳小满跟桌上小山一样的两盆小龙虾对视着。

“我馋这口馋半年了！”对面有人激动地喊。

“吃啊！”李猛戴着手套，上手直接抓了好几只小龙虾，扔在柳小满盘子里，“啊，好烫！快吃快吃，看着多，马上就抢完！”

柳小满心想：我吃个头，这种需要两只手剥壳的东西，我上牙磕吗？

“你倒是服务到底啊。”王朝很无语地扫了一眼李猛，眼神飞快地暗示一下柳小满的胳膊。

“啊。”李猛愣了愣，他考完试太兴奋，忘了这茬了。

“没事，你们吃。”柳小满不在意地摆了下手。

他的手还没放下，夏良往他碗里扔了一只剥好的虾尾。

“人家有夏良呢！”李猛立马也无所谓了，继续热火朝天地抢小龙虾。

柳小满把剥好的虾夹起来吃了，轻轻“嘶”一声：“好辣。”

“你能吃吗？”夏良问他。

“能。”柳小满点头，“好吃。”

夏良笑着又给他剥了一只小龙虾。

夏良连着剥了三四只小龙虾，柳小满不让他剥了，说着“够了够了”推他的手：“你自己吃。”

夏良“嗯”了一声，顺手把刚剥完的虾尾巴往他嘴里一塞。

“哟——”旁边几个人跟着李猛大声地起哄。

柳小满心里特荡漾，还特别不好意思。但是他明白班里这群人就是在路边看见一条狗都能莫名哄起来，不会往深了想，就笑着闷头嚼虾尾，也不用说话。

“我朝哥来学学，”李猛跟王朝中间隔着，他伸着腿去够王朝的凳子，“你看人家同桌怎么当的，你羞不羞愧？”

“我的错。”王朝很虔诚地反省，然后捏了一块虾壳就过来掰李猛的嘴，“快吃！”

“王朝，你绝了！”李猛笑着跟他掐成一团，从这张桌子闹到另一张桌子，抢了人家一大把小龙虾回来。

这顿散伙饭从六点吃到晚上快十点，烤串从开始上菜就没停下来，氛围越来越好，大家话越来越多。

话题五花八门，从“五班的 ××× 因为烫个头，被三中和十中的一块儿堵在小巷口揍了一顿”说到尚梁山；又从尚梁山这个“班主任”的身份嘲到他“无论什么穿搭都一股体育老师的味儿”。

大家把尚梁山群嘲二十多分钟，炸金花三兄弟估计两瓶啤酒下肚胆子大了，互相撺掇着激了几句，竟然给尚梁山发了一个视频过去。

“班头啊，来喝酒啊！”炸金花三兄弟举着手机站在凳子上，用前摄像头转圈拍着一屋子人。一群人都挤到一块儿，冲尚梁山笑嘻嘻。

“你们注意安全，别去马路上乱跑。”尚梁山虽然被他们闹得想笑，但开口说话还是那么无聊。

“服了他了。”炸金花三兄弟嘟囔着叹气。

柳小满也不知道怎么就被这句话戳中了笑点，在餐桌上撑着腮帮子看他们闹腾，抿嘴笑了半天。

刨掉李猛过生日那次——那次还只听罗浩他们扯着嗓子乱号，听完就回去了，也没吃饭，这回是他从小到大，第一次正儿八经参加班里的聚会。

可能因为高考完了，他打心底里放松，觉得这样的氛围真的特别好。

热闹，每个人好像突然都没了隔阂，乱作一团也是可可爱爱的。

吃完饭，半个班的人拎着没喝完的啤酒、饮料和烤串往唱歌的地方走。

夜里十点了，路上还有很多学生，像他们一样，借着这个夏夜燥热又自由的风大呼小叫，放肆游荡。

唱歌的地方还是“银河欢唱”，柳小满才发现一条街就在“银河国际”后面，拐个弯就到，毫无意外也被一堆堆的学生包了场。

外面买的酒水不能带上去，一群人在楼道里藏啤酒，往女生们的背包里塞，手忙脚乱又笑得停不下来。

“其实我姨有卡，酒水八折。”往包厢去的时候，李猛小声跟柳小满咬耳朵，“但是我就喜欢这种感觉，多刺激。”

他边说边摇头晃脑，说话已经带着酒气了，柳小满特别怕他一脚没踩稳趴在地上，扶了他一把：“你喝多了？”

“开玩笑！”李猛一听就不乐意了，把柳小满的手打开，“这才哪到哪啊，我就是高兴。我跟你说吧，我的技能就在啤酒上了，只要不掺杂其他的，你们全喝趴了，我还能蹦着走。”

说着他还真蹦了几下：“你看，我能蹦！”

“神经病。”柳小满不想理李猛了，他是跟夏良一块儿走着走着被李猛一把拽过来的，还是想回头找夏良。

“你是不是不喝酒啊？我刚光看你喝可乐了。我跟你说，可乐喝多了杀精。”李猛还在蹦。

“我没喝过啤酒。”柳小满笑着想半张桌的人都喝可乐了，夏良也喝了，大家一块儿杀精。

“那你喝果酒吧，刚在楼下我买了，光喝可乐有什么意思。”李猛拍拍他，小跑两步进了走廊尽头的包厢，“来吧！豪华贵宾包！”

一群人闹哄哄地进去，夏良和余首在队伍最后跟着，本来光线就暗，余首的脸红得像一个包公。

“你喝多了吧？”柳小满站在门口等他们，看谁都像喝多了。

“没，我上脸。”余首挠挠脸，跟夏良一块儿在外面缓缓，进了包厢。

这会儿终于算是没人了，虽然走廊里还不时有人进进出出，但认识的人都在包间里鬼吼鬼叫，那就算是他们俩的单独空间。

柳小满站在夏良旁边，靠着墙，盯着他看。

“你看什么？”夏良也看他，把烟头插在包厢门口的烟头箱上。

“你怎么跟没喝一样？”柳小满问。

夏良吃饭的时候也喝了点，柳小满感觉他喝的还不少，两瓶？三瓶？

“啤酒又喝不醉。”夏良说着，歪了歪头，望着柳小满笑了，“还是说你想让我喝多点儿？”

喝多点儿等于不清醒。柳小满心里一阵急躁，猛地转过弯来——夏良到现在一直没提有关他们关系的话题，是在等他张嘴。

像那天他在胡同里说的那样，等高考结束了，自己给他一句准话。

柳小满心里有点儿酸，感觉特别心疼夏良。

一句“和好吧”都冲到嘴边了，身后包厢的门“呼”一下被拉开，巨大的音乐声跟李猛的声音一块儿冲出来：“你们怎么还不进来啊？”

“哎！”柳小满吓一跳，转过身李猛就往他手里塞了一个已经打开的玻璃瓶，里面是水红色的饮料。

“给，你喝这个吧。”李猛把他们俩拽进欢脱疯狂的氛围中。

包厢很大，大家很兴奋，连热场都不用，进门就直接放开。

沙发地毯吧台桌子上都坐着人，四个麦克风轮流抢，每个人都被拉去唱歌，谁也不放过，尤其点名夏良必须来一首。

“一共就两年，你还脱离集体一年，喝！唱！”有人嚷嚷着。

夏良这次没拒绝，随便在待唱歌单里切了一首就唱，不知道谁还喊了一声“那是我的歌”！

“你再点一遍！”有人喊回去。

这种时候，谁的歌都能变成大合唱。

柳小满刚听夏良唱了个开头，还在想果然很好听，旁边就有人拿着麦克风跟着附和，最后把夏良唱到扔麦，笑着说：“你自己唱吧，调儿能跑到姥姥家。”

那人叹了一口气，像鸭子似的跟着乐。

连柳小满都被李猛强行拽过去合唱《让我们荡起双桨》。

他有点儿紧张，好在李猛的嗓子覆盖力爆炸，没唱几句王朝就骂了一声，把他和柳小满的麦都扔了，扯着嗓子对他吼：“让傻瓜独自美丽吧！”

“好的。”李猛吼回来。

众人又唱又喝闹了半天，有人开始放飞了，大喊：“哎，这种时候应该有人表白才对啊！电影里都这么演！”

“鱼头！班长！来一个！”班里人嗷嗷叫着起哄。

余首也不知道是不是又喝酒了，还是这种时候一激动，也无所谓什么脸不脸的，夺了麦就往桌子上一站，冲撺掇韩雪璧的那一拨人指着喊：“你们别闹她，我喜欢人家是我的事儿，她愿不愿意是她的事儿，谁还不能独自美丽了！我自己唱，韩雪璧，你答不答应的，给我听着就完事儿了！”

一个包厢尖叫声炸锅，众人疯得不可开交。

“我的天。”王朝蹲在茶几前面笑喷了。柳小满喝着李猛给他的果酒，不知道为什么自己也蹲在这儿。他笑着给王朝拍拍背，站起来东张西望找夏良。

夏良正坐在沙发一角，两条腿很舒服地搭在茶几上，隔着群魔乱舞的一群人笑着看他。

他拨开旁边亢奋的同学往夏良身边挤，还得喊着“不要踩我”，重重地在夏良身旁瘫下去。

“晕了？”夏良别过头。

余首选的歌响起前奏，大家又开始蹦蹦跳跳尖叫，柳小满跟夏良对视着，有点儿出神。

但此刻他耳朵里听到的是同学们的大合唱。

“我怕我没有机会，”

“跟你说一声再见，”

“因为也许就再也见不到你。”

“有点儿。”柳小满点点头，在欢脱的歌声里用手撑着有些摇晃的脑袋，挺不好意思地弯着眼睛，“我没喝过。”

夏良没说什么，只是看他，跟他一起笑。

“明天我要离开，”

“熟悉的地方和你，”

“要分离，我眼泪就掉下去。”

柳小满听过的歌不多，但是恰好知道这首，是张震岳的《再见》。

合唱的调调从戏弄余首到变得很投入，每个人都唱得很大声，对着屏幕，勾肩搭背一起摇晃。

“我会牢牢记住你的脸，”

“我会珍惜你给的思念，”

“这些日子在我心中永远都不会抹去。”

“良哥。”柳小满突然抬抬手，戳在夏良脸上。

“嗯。”夏良任他戳着。

“我们和好吧。”柳小满很认真地对他说。

“嗯。”夏良被柳小满指尖戳着的脸颊动了动，眼里漾起波纹般的笑意。

“不回头，”

“不回头地走下去。”

……

柳小满不知道是他本身就不抗酒精，还是李猛给他的那瓶果酒有后劲儿，或者是生物钟到了点，他感觉自己睡了一会儿。

什么时候闭的眼他都忘了，也没真睡着，闭眼迷糊着，耳朵里还忽远忽近地能听见其他人唱歌的动静，后来不想回家打扰爷爷他们休息，还打车去夏良家住了一宿。

他再睁眼是因为梅姨的一通电话。

“嗯，没事，我跟同学在一起呢……啊，不用报警，对，这是夏良的号码……行，我知道了，我傍晚回去，回家吃……好，梅姨拜拜。”柳小满挂掉电话，趴在枕头上看了一眼时间。

14：48。

怎么这个点了？

“怎么还扯上报警了？”夏良端着一碗草莓进来，给他吃了一颗。

“她说不见我回家，也联系不上我，差点儿要报警了。”柳小满翻身坐起来，鼓着一边脸颊嚼了两下。

“你傍晚回去？”夏良打开投影仪，找了一部电影，把枕头垫了垫，和柳小满靠在床头一块儿看。

“嗯。”柳小满把腿架在夏良身上，“考完到现在我没着家，我爷爷该担心了。”

梅姨火急火燎要报警把柳小满叫回家，其实也没什么事儿，就是不放心柳小满失联在外头。

柳小满进了家门还没换鞋，她就喊着“终于回来啦”，从厨房迎出来。她看着柳小满“哟”了一声，笑了笑：“这是夏良的衣服？”

“嗯。”柳小满笑了笑，喊了声“姨”，就进客厅找他爷爷。

“你爸跟你姨有东西给你。”爷爷跟灿灿日常坐在沙发上看电视，也不问柳小满考得怎么样，对他换了一身衣服也不关注，只笑眯眯地拉着他的手在掌心拍拍。

“看把你爷爷急的，我还想等你爸回来再一块儿给你。”梅姨洗了手，从卧室里拿了一个纸袋出来递给柳小满，“你快看看，喜不喜欢。”

“我知道是什么，是——”灿灿蹦着喊了一半儿，又捂着嘴保持悬念。

柳小满没接纸袋就直觉应该是一部手机，打开袋子看见里面印着手机图案的小盒，想着果然是这样。

他很不好意思，看看爷爷又看看梅姨：“挺贵的吧？”

“贵能贵到哪儿去，贵不贵的咱也得有啊。你之前那部手机没了，你也没说，我看你同学都有，一出考场全掏手机……再说你马上上大学了，放假也天天出去玩儿，出门连一个电话都打不了怎么行。”梅姨飞快地说着，索性直接把盒子打开了，拿出手机往他手里一塞，挺期待地看着他，“你就说喜不喜欢，手机卡都给你办好插里面了。”

“昨天晚上，你爸一回来，就拉着你姨去买手机了。”爷爷指指梅姨，心情很好，“你姨的心意。”

“嘻嘻！”灿灿莫名娇羞，捂着脸往梅姨腿上一埋。

说不喜欢是不可能的，柳小满的拇指在崭新的手机屏幕上滑了滑，心里说不出来是开心多点儿，还是感动与复杂多一点儿，五味杂陈的情绪只能转为一声真挚的“谢谢梅姨”。

“你什么时候不跟姨外道了，姨还得谢谢你。”梅姨笑着往他脑袋上摸了一把，进厨房接着忙活，“我的菜啊！”

“扬扬昨天打电话来了，”爷爷也拍拍柳小满，“他问你考得怎么样，你有手机了，给他打一个电话吧。”

柳小满跟爷爷对视了一会儿，爷爷看柳小满的目光里只有慈祥——他希望柳小满“好”，方方面面都好，只要好就行，这辈子就剩这个念头。他的心结因为柳小满而系，也为柳小满而解。

明明挺高兴、挺开心的，柳小满却莫名有些想哭。他弯腰搂着爷爷，在爷爷依然无力的左手掌心蹭蹭脑门儿：“好。”

不过在联系樊以扬之前，他先给夏良打了一个电话。

“我就知道家里得给你买。”夏良那边的语调很愉快，“所以就没拿给你。”

“什么？”柳小满愣了。

“手机。”夏良也不瞒他，“本来我买了一部想给你当生日礼物，那时候给你，你肯定也不要，想着等高考完看看情况。你姨真挺好的，第一部手机还是用家里送的比较有仪式感。”

柳小满站在阳台上，冲着窗外红彤彤的晚霞愣神，喊了一声“良哥”，不知道该说什么。

他现在越来越相信自己是幸运的，失去的和曾经痛苦的终会过去，换来现在的开心和幸运。

“你别感动了，”夏良笑着说，“挂了电话，我就换上新手机自己用。”

“哦。”柳小满跟着笑，赶紧问他，“去年那本数学题集也是你给我的吧？”

“不然呢？我们务实派送礼物都很实际，别以为你那两句小破纸上的‘生日快乐’就能糊弄过去。”夏良说。

“也太实际了。”柳小满的眼睛都笑弯了，“那你想要什么？”

“务实派也需要讲究心意行吗？小同学。”夏良又笑了，“自己琢磨吧，往后一年年的，有的是生日等着你过。”

“良哥。”柳小满又磨叽着喊了一声，想说什么又没法张嘴。

“我知道，”夏良心照不宣地接话，“挂了吧。”

柳小满笑着把电话挂了。

柳小满重新跟樊以扬联系，比想象中要容易。

樊以扬那声熟悉的“小满”在听筒里冒出来，过往十数年的记忆突然在柳小满脑海里旋转起来。

小时候的樊以扬和小时候的他，那些来自樊家的呵护和照顾，星星点点，不论一瓦罐炖汤还是一套练习题，哪怕一个关心的眼神，都是真的。

这些模糊不了，也磨灭不掉。

柳小满真的说不出来现在对樊以扬的感情，理性上他明白，当年的事并不能算作樊以扬的责任。

真要追责，上到没做好防戒的施工队，下到没对他叮嘱过危险的爸妈……这样的意外真的很难把责任全盘扣在某一个人头上。更何况，当年对施工队与施工单位的追责都无疾而终，而自己给自己扣上这层责任的樊以扬，却只是一个没比他多多少常识的小孩儿。

可是情感上他很难不去幻想很多“如果”。

如果当时樊以扬没看他；如果当时他要去爬电线杆的时候，樊以扬把他拉过去说“算了”；如果他们根本没参与那场小孩子之间无聊的比试……毕竟那场游戏失去的不是一件衣服、一只鞋，失去的是他的一条胳膊，改变的是他的一生。

偏偏就是没有如果。

不过人活着也许就是这样，需要不断在各种难以平衡的事件中寻找平衡。

至少跟失去生命，或者失去双臂、失去更多的人比起来，他已经很幸运了，始终有人没有放弃他——爷爷、他自己、小樊以扬，乃至重新回来的柳勇与新加入的梅姨，甚至是夏良。

他确实不可谓不幸运。

彻底的释怀可能还需要很长一段时间，但他愿意试着去跟过往的每一分伤痛和解。

不为原谅与情操，是为了人生还很漫长的自己。

像夏良说的那样：人生呢，得往前看。

“啊，是我。”柳小满冲着手机笑笑，“扬扬哥。”

和樊以扬的聊天也与过去一样，他们都自觉不提康复医院里的那段忏悔。樊以扬只问了问他高考的状态，他说还可以，正常发挥，樊以扬就松了一口气，说：“那就挺好的。”

其他具体的分数与填志愿之类的问题他也没法问，要等二十多号才出成绩。

出成绩前的这段时间，他就是玩儿。

李猛在“玩”这方面组织力超群，隔三岔五就约几个人一块儿聚会。

他们去吃去喝，去看电影，坐一个多小时的车去吃一碗能在河里边踩水玩儿边享用的特色凉皮娃娃鱼，去临市刚开发出来的火爆景区两日游，在游乐园和人比鬼还多的鬼屋被挤到差点儿中暑，去密室逃脱晕头转向，全程被夏良带着走。

不想出门的时候，他们俩就泡在夏良家里，吃吃喝喝看电影。

假期乐无边。

出成绩的前几天，网上的各路专家们预猜的各种分数线已经闹得沸沸扬扬，一天一变。

虽然家家都猜得五花八门，也没什么意义，但是结合前两年的分数线来看，今年专家们都有统一把分数线往低了猜的趋势。

“专家预估的一本线比去年低了快四十分了，今年学生总体是考得多差？”柳小满盘腿坐在床沿上，看着夏良的电脑屏幕有点儿迷茫。

“去年卷子简单，今年不是都说作文和数学大题争议大吗？”夏良靠在他的高脚电脑凳上转了个身，“简单的觉得简单，难的觉得难。”

“太两极了。”柳小满手里还举着一根雪糕，吃得直皱脸。

夏良看他一会儿，撑着脑门儿就开始笑。

“你又笑什么？”柳小满莫名其妙地看他，把雪糕举到他的脸跟前让他吃一口。

“我看你跟小孩儿一样，”夏良就着他的手吃了一口雪糕，“举个小破雪糕吃得一板一眼。”

“你看什么都破……你还咬那么大口！”柳小满伸出去的手收回来，手里只剩个雪糕棍儿。

“哎，我没控制好，”夏良笑得停不下来，把雪糕棍儿往柳小满嘴里一放，“小破满嗦着玩儿吧。”

“神经病。”柳小满伸脚蹬夏良的腿，被带得也跟着笑。

他们二十三号出成绩，二十二号下午开始，整个城市就隐隐升腾起躁动的气氛。

“我快不行了，明天这时候我可能就不在了。”李猛趴在冷饮店的桌子上。他约了人出来吃冰，自己跟前那份儿从端上来起就没吃两口，一直在乱戳，一杯芒果酱戳得让人看着都倒胃口。

“你自信点，等不到晚上，明天早上你就没了。”王朝接了句。

余首在旁边乐，举一个勺去舀柳小满碗里的冰：“蓝莓味儿的？”

“葡萄。”柳小满把碗往前推推，方便他舀。

余首把自己的碗也推过来：“我是朗姆酒口味的。”

柳小满尝了一口，感觉不怎么样，让夏良试试，王朝也跟着舀了一勺。

几个人开始品评朗姆酒口味的刨冰，李猛一张脸憋成紫茄子：“天哪，你们真的做做人行吗？求你们了！”

“几个老爷们儿凑一块儿过暑假已经够不是人了。”王朝往椅背上一仰，叹了一口气，“考什么样都已经这样了，顺其自然吧。”

“这两人不紧张就算了。”李猛指指对面的夏良和柳小满，胳膊一拐又指向余首，“你怎么也像没事儿人一样？”

余首把李猛的手敲下去：“我在心里为韩雪璧紧张。”

“卑微而酸臭的力量。”王朝鼓了鼓掌。

韩雪璧对那晚余首唱给她的歌没有反应，也没法有什么反应，没唱两句就演变成了毕业大合唱。

不过往好的方面想，她至少没跟放烟花那次一样恼羞成怒。柳小满觉得韩雪璧应该是在等分数出来，如果余首真跟她差得特别多，他们俩也就只能这样了。

想到这儿，柳小满回去的路上就开始惆怅，夏良在十四中扒了一层皮不是白扒的，高考前最后一卷，以他们俩的分数上一本线都不是问题，但夏良跟他还差了三十多分。

三十多分，用尚梁山的话来说，一分能踩下去一万个人。

就算不算中间隔着多少万人，五打头的分数跟六打头的分数，光看着都让人心里不得劲儿。

“良哥。”柳小满碰碰夏良的胳膊。

“嗯。”夏良应了一声，转头看着他。

柳小满喊完却不知道要说什么。

高考后到现在，他跟夏良都没提过分数的事儿，也没太认真去想填报志愿的问题。他的念头只有一个，跟夏良去同一所学校，潜意识里一直默认实现这个目标问题不大。

现在真到查分跟前了，他还是有点儿难以控制的紧张。

“没什么，明天我来找你一块儿查分。”柳小满冲他笑笑。

“尿了？”夏良刮他的脸，又在他背上拍了拍，“我肯定跟你去一个地方。”

“那我更想你去你能去的最好的地方。”柳小满说。

夏良眉毛一挑。

“我不是那个意思。”柳小满赶紧解释。

“我知道。”夏良笑了，抬手弹柳小满的脸，“借你两百来个胆子也不敢有那个意思。”

查分通道据说上午十点打开，柳小满刚过五点就睁了眼，等梅姨起来忙活以后，他就没能再睡着。

微信的班群里像一夜都有人在守着，昨天过了零点就不停在试查分系统，柳小满把消息一条条翻上去看，来来回回就是“能查了吗”和“不能”这两句话，中间穿插着同学们各式各样的表情包，以及李猛每条都二十个字起的“啊”。

柳小满扒拉一通，顺手收藏了好几个好玩儿的表情包，一股脑儿全给夏良发了过去。

吃早饭的时候，柳勇说：“今天是不是能查分了？”

“嗯。”柳小满点点头，“十点。”

“那还早。”梅姨给他和灿灿剥鸡蛋，随口问他，“小满你想去哪儿上学啊？”

“我还没想，看分数吧。”柳小满刚被表情包们安抚下来的心又吊起来了。他不饿，也没心思吃饭，挨到八点来钟，估摸着夏良姥爷出门了，就装了点早饭，揣着手机去找夏良。

夏良还在睡，给柳小满开开门就把人往屋里带：“我再睡一会儿。”

“你还能睡得着啊？”柳小满惊奇地问。

“你闭上嘴就能。”夏良把被子一掀。

柳小满本来不困，也没想睡，听着夏良重新进入睡眠的平稳呼吸，脑子里东一头西一头地放空。他无所事事，听着院子里的鸟叫和小锅扑鸟的动静，不知不觉也开始迷糊。

他跑来跟夏良睡了个回笼觉，还做了一个梦。梦里都是查分，他和夏良一个考十五，一个考二十，李猛考了两百八，冲着他们俩笑得合不拢嘴。

柳小满小腿肚子一抽，硬是被吓醒了。

他睁眼后发现夏良已经醒了，正靠在床头滑手机，投影仪小声地放着什么节目。

“几点了？”柳小满忙坐起来。

“九点五十分，还有十分钟。”夏良扫他一眼就乐，“你梦见什么了，这么嗨？”

“我梦见鬼了，吓着了。”柳小满磨蹭两分钟，翻身下床，套上夏良的沙滩裤出去找水喝。

“冰箱里有豆奶，你手机有电话。”夏良也从床上下来，伸着懒腰开电脑。

电话是樊以扬打来的，柳小满喊了声“扬扬哥”，就坐立不安地在夏良旁边盯着他开网页，感觉电脑右下角的时间一万年才跳一次。

“你查分了吗？”樊以扬问。

“没呢，十点。”柳小满在原地转了一个圈。

夏良被他晃得眼晕，凳子往后蹬了蹬，把他按着坐下来。

“我怎么记得我去年是九点……”樊以扬听着比他还急，那边有人喊他去上课，他答应一声又交代柳小满，“出分了你赶紧告诉我，我们一个宿舍的人等着给你参谋学校呢。”

柳小满笑了：“好，谢谢扬扬哥。”

“他是不是又撺掇你往他那儿考？”夏良懒洋洋地滑着鼠标，说话时声带的振动从柳小满头顶传下来。

“我去不了，扬扬哥高我一百多分。”柳小满晃晃脑袋，挂了电话去看班群。

班群里刷新的速度已经看不过来了，隔着屏幕他都能感觉到全班人的激动和紧张。

李猛发了一条“我妈已经在电脑前刷新系统十分钟了，我好崩溃，我要死了”，柳小满看着就想笑，又不由得替他心慌。

“良哥，”柳小满搓搓夏良的腿，“我怎么感觉你一点儿都不紧张？”

“我心里有底，”夏良也搓搓他，“不能让我妈白折腾我一年。”

“万一你比我多考了一百分怎么办？”柳小满盯着屏幕上的09：59，脑子都快麻了。

“你疯了吧？”夏良笑了，“我妈请的是名师，又不是神仙。”

59跳到00的那一刻，柳小满的呼吸都窒了一瞬，心跳直冲喉咙口。

“查分吧。”夏良刷新一下界面，查分系统更新出来了，他利索地把键盘拉出来。

“我不行，你先查。”柳小满疯狂摇头，闷头刷群里的消息。

“尿货。”夏良笑着咬了一根棒棒糖，从桌上拿了准考证看了两眼，就开始敲键盘。

他敲完摁了回车键，往凳子上靠回去。

“成绩出了吗？多少分？”柳小满不敢看。

“卡了。”夏良说。

界面上小圆圈一直在转，柳小满忐忑地盯了半天，又有点儿急。

“怎么转个没……”柳小满话还没说完，界面突然刷了出来。柳小满猝不及防，像一只被掐了脖子的鸡，视线都模糊了，不知道该往哪儿看。

“哟。”夏良笑着别过头。

柳小满同时看清了总分那一栏里的“637”。

637……

637！

“啊！”柳小满先是一愣，反应过来后整个人都弹了一下，真是完全的肢体反应，激动得要死，“良哥，你太厉害了吧！”

夏良被磕了一下下巴，赶紧“哎”一声，手忙脚乱地给他拍了拍，说：“这是你的分数。”

“什么？”柳小满蒙了。

夏良把准考证拿过来，柳小满才看见夏良翻的是背面，上面不知道什么时候记下了自己的准考证号、考生号和身份证号。

他再看查分页面，上面的小字果然是自己的姓名和考生号。

“那你呢？”他还在发蒙，瞪着夏良。

“我这不是还没查吗。”夏良截了一张图存下来，托着柳小满的下巴转过去，“你再看看。”

柳小满望着自己的分数，真是一点儿心理准备都没有。

他没估分，六百三十以上的分数他在学校里考过，但是他们学校和他们那样的班……他只奢望高考能上六百分就心满意足。

这分数真的比他预期的要高出太多了。

惊喜来得太突然，柳小满还是有点儿回不过神。

“假的吧？”他摸了摸屏幕上自己高出以往任何一次考试的文综总分，“不会是登记错了？等会儿一刷新就变了？”

“是你应得的。”夏良说。

“你快查你的。”柳小满顾不上开心，赶紧把准考证翻过来让夏良查，伸手才发现自己的手心不知道什么时候沁得都是汗，手指紧张得快要痉挛了。

“我怎么感觉你快晕过去了？”夏良看他的表情就想笑，“给你放一首歌吧。”

“这时候还放什么歌。”柳小满真的快晕了，他现在就怕跟夏良的分差太大，看着夏良不紧不慢地开播放器，恨不得把夏良推开自己去查分。

结果《好运来》的歌声一响起来，他又忍不住跟着笑：“你赶紧查成绩！”

夏良重新点开考试院的网页。

柳小满盯着夏良输入考生号和身份证号。

他以为这次也跟刚才一样，得守着页面刷新半天，就抓着桌沿没挪眼。

谁知道这会儿是不是高峰期过去了，竟然一下没卡，点了“查询”就直接出结果。

连着两次没有心理准备，柳小满真是要疯了，扫见数学那一栏的“144”都顾不上惊喜，心慌意乱地赶紧往总分上看，他不求别的，只希望百位数是……

“611。”夏良还是紧张了，手指不自觉地攥着鼠标，报数的瞬间整个人才松下来。他呼出一口气，声音里带了一点儿笑，“这都超常发挥了吧？”

柳小满已经说不出话了，明明都没来得及感受情绪，眼泪就“唰”地涌了出来，满脑子都是“好运来那个好运来”和“谢谢夏良妈”。

两人的手机都在桌面上狂振，柳小满没管。他糊着一脸眼泪水，一把抱住了夏良。

太好了，一切都是值得的。

第十六章
身旁有你，明天很好

这一年的夏天热得特别厉害，滚烫的风一卷而过，七月末的中午，街上的树叶都反射着亮油油的彩光，蝉声阵阵，既嘹亮又半死不活。

“好热啊，你们快点好不好？”罗浩在手机里惨叫，柳小满离夏良一米远都能听见。

他回过头看了一眼，夏良坐在行李箱上摆摆手，把自己脑袋上遮太阳的棒球帽摘下来，往他头上一扣，示意他该干吗干吗，别过头对着电话那头的人反问：“你知不知道高铁站里有个区域叫候车室？”

柳小满笑了笑，按照梅姨的要求又确定一遍身份证、手机和充电器都带着，就催她和灿灿赶紧上去：“我就出去玩几天，下星期就回来，暑假还长着呢。”

“你一定每天都得给我打个电话，到了就打，住什么地方都拍给我看看，听见没？”梅姨说着又收起手上的遮阳伞，非要让他拿着，“这么热的天，去什么海边啊……再给晒得黑不溜秋的，真是的。”

“别，姨，我不拿遮阳伞，拿了也不打。”柳小满赶紧给她推回去，“没事儿，晒不着。”

“热死啦！”灿灿在旁边拽梅姨的手，要上楼吃冰棍儿。

“你出门就跟着夏良，别自己乱跑，”梅姨又交代他，“你出去了该玩就玩，别想着省钱。钱都装好了吧？”

“装好了。”叫的车已经到了，柳小满又转身看看，夏良已经挂了电话，正把行李箱往后备厢里放，“那我去了，你上去吧，姨。”

“去吧，我再跟夏良说说。”梅姨拍拍他，笑着叹了一口气。

柳小满又冲楼上窗台边的爷爷摆摆手，就开门在车后座坐好。夏良跟梅姨说了两句话就跟着上来，两人又一块儿隔着窗户跟梅姨说再见。

灿灿站在车窗边晒得苦着脸，夏良往他脑门儿上弹了一下：“回来让你哥给你带好吃的。”

“多带点。”灿灿继续苦着脸。

“不会晚了吧？”柳小满想着刚才罗浩的电话，不太放心地问了一句。

“不晚。”夏良掏出手机，又看一眼发车时间，“那几个家伙不进站，非要在门口等，晒死拉倒。”

柳小满心情很好，听什么都想笑，笑了一会儿又小声对夏良说：“我还没坐过动车，也没出远门玩儿过。”

“我这不就带你去了吗？”夏良揽着他的肩膀，给他看订好的民宿和附带的海景照片，“先坐动车去，回来我再带你坐飞机，开学前看看安排，有合适的地方再去玩儿。”

“李猛那天说想去什么山拜拜，住两天，”柳小满想了想，“他说要去算算他命里到底有没有学习缘，打消他妈让他复读的念头。”

“你想去就一块儿去吧。”夏良听一半就乐了，“我以为他那两百九十四分够明白了。”

“那比我梦见的还多十四分呢。”柳小满跟着乐。

这次出去玩儿算是罗浩、郭魏他们撺掇的，说是答应夏良的毕业旅游，其实就是一群人在家待腻了想出门了，随便找一个由头。

等他们到了动车站，几个人还站在门口等着，一人拽一个大行李箱，墨镜、帽子全副武装，在进站口的大圆球石墩子上或蹲或坐，没个正形儿。

“你们俩再晚十分钟，我们哥儿几个就晒成板鸭了！”罗浩看见他们下车就蹦起来嚷嚷。

“我看你们姿势摆得挺享受。”夏良从后备厢里拖行李。

“还行吧，一般般拉风。你们俩就一个箱子啊？衣服都装一块儿了？”罗浩咧嘴笑，露着一排大白牙冲柳小满抬抬墨镜腿，“帽子是我良哥的吧，小残疾？”

“啊。”柳小满摸摸帽子，冲他们笑笑。

“还挺潮。”方正笑着说。

“你倒是给人配整套啊，墨镜呢？”高宇翔对夏良喊。

“我有多的墨镜，要吗？你喊魏哥，魏哥给你。”郭魏挎了一个圆筒包，伸手进去掏来掏去。

“你还魏哥，差不多行了。”罗浩接了一句。

夏良拖着箱子过来，不知道从哪儿变了一副墨镜出来给柳小满戴上，直接揽着他进站：“我们有。”

他的动作倒是行云流水做得很酷，但是一条眼镜腿戳进了柳小满头发里。柳小满七手八脚地重新戴好墨镜，听着他们在背后“哎哟哎哟”乱叫，莫名地想笑。

柳小满第一次出远门，看什么都挺新鲜。

夏良也跟带一个孩子出门的爹一样，从检票到候车，连热水房都指给他看，教他刷身份证进站，教得乐在其中。

暑假出门玩的人很多，车厢都坐满了，罗浩他们换来换去，六个人凑成前后排，又找了乘务员过来调座椅，面对面坐着。

“腿都伸不开，你们有病啊？小桌板也没了。”罗浩跟夏良、柳小满坐在一起，跟对面的高宇翔你蹬我、我蹬你。

“这要是火车就能打牌了。”郭魏掏了吃的出来分，都没地方放，又给他扔了回来。

“你们俩通知书到了？都是K大？”高宇翔作为四人组里唯一的一本生，比较关心这个问题。

“嗯。”柳小满点头。

“专业也一样？”郭魏问。

“不是，我读历史专业，夏良读工商管理专业。”柳小满说。

“厉害。”方正给他女朋友录六个人像螃蟹一样挤在一起的腿，“谁能想到我良哥最后竟然能混上一个重本。”

“我服了，良哥文科数学考了一百四十四分，比我高一百分，我上哪儿说理去。”罗浩跟着咂嘴。

“你服着吧，我钻了分数线的空子，不服也不行。”夏良别过头看柳小满，他们俩一对视就会笑。

“哎，那个谁呢？”方正又问了句，“我给贡献大呲花那大哥，他们考一块儿了没？”

他问的是余首和韩雪璧，柳小满摇摇头。余首虽然很努力地考了快五百分，但是韩雪璧太爆发了，比柳小满还高几分，余首又高兴又难过，那成了学校里众所周知的悲伤故事。

“他一看就能找着更好的。”罗浩无所谓地摆摆手。

车程一共五个半小时，柳小满前半截兴致盎然地望着窗外，中途看困了，一群人歪七扭八地枕在一块儿差点儿睡过站。

众人从车站出去继续坐车，又坐了四十多分钟才到地方，下了车，天都要黑了。

民宿是郭魏选的，他跟同学来玩过，一片海景小区里的二楼小别墅，顶上还有一层天台。

柳小满进了客厅就被阔气的装修勾得上下左右看，探头探脑地转了一圈，发现后门还有一个布置得很精致的小院子，圆圆的地灯散发着暖黄的光，树上还挂了小吊床。

他拍了几张照片给梅姨，转一圈再回来，几个大男生已经鬼喊鬼叫地把行李箱胡乱扔一地，瘫沙发的瘫沙发，上厕所的上厕所，抢房间的抢房间。

“我们出去吃还是叫外卖啊？我饿死了！”高宇翔躺在沙发上喊。

“外卖吧，我不想动了，明天再出去。”方正说。

“厨房里还放了吃的，冰箱里的东西能吃吗，郭魏？”罗浩大声问。

“吃啊！”郭魏在二楼，“反正吃多少算多少钱！”

柳小满正要摸去厨房看看，一转身，夏良开了一瓶苏打水正在喝。

“那我点了啊，你们吃什么啊？”高宇翔又在喊。

“你想吃什么？”夏良把手里的柠檬水塞给他。

“都行。”柳小满心虚地往外看其他人在干吗。

夏良笑着看他一会儿，转身出去说：“烤肉。”

“来海边，不吃海鲜吃烤肉，您真有创意。”高宇翔嘟囔着。

柳小满又乱晃了半天才敢坐去沙发上。

虽然他一直知道罗浩他们这些人没脸没皮的，但是到分房间的时候，他才真正感受到他们能有多不要脸。

“楼上两间楼下一间，还有个小床的客卧，我已经选好我的心仪小房间了，你们怎么分？”郭魏转了一圈下来问。

“我跟你一起呗。”罗浩说。

“那我跟良哥一起呗。”方正接着说。

柳小满抓着一块烤肉在啃，一听这话就条件反射地抬起头，发现几个人都要笑不笑地看他。

“那就剩你跟我了，”高宇翔笑着用胳膊肘碰他，“还是你去睡那张小床？”

夏良也不说话，垂着眼皮笑着吃东西。

“我都行。”柳小满知道他们是故意的，就把肉塞进嘴里模糊着说。

“我睡楼下那间。”夏良说。

柳小满点点头：“好。”

“啊——”几个人又笑又叫着蹦了起来。

柳小满被他们闹得也想笑，感觉在这些人跟前儿确实没什么必要不好意思，红着耳朵指指夏良面前的盘子：“我要那个。”

夏良就笑着给他包肉。

吃完饭以后，大家在天台和小院子里瞎晃荡一圈，各自洗了澡，又都搬了一堆吃的在沙发上赖着。

柳小满看电影，他们姿势各异地打游戏，聊些有的没的，各有各的话题，聚在一块儿轻轻松松的，好像笑点也都变低了，动不动就笑得停不下来。

坐车和笑都耗人精力，柳小满没他们能熬，过了十二点就开始犯困。夏良让他先去睡，他就跟几人道了晚安回房间，关门睡觉。

床很大，床垫又软又舒服，他在床上滚了两圈，搂着被子没多久就没了意识。

夏天总是过得飞快，被海边的浪花一卷，荡漾而起的都是最好的时光。

六天的游玩被郭魏和罗浩安排得充实又有意思。

一群男生没什么精致的计划，每天睡醒了先醒半天困，在精神最好的时候不紧不慢地出门。

他们去当地有名的景点，也去无名的大街小巷乱逛。

他们去海边玩脏兮兮的沙子，喝用报纸当杯子的饮料，逛破到要关门的旧时光博物馆，在涂鸦巷子里互相抓拍丑到爆的照片，然后一起把方正的照片挑出来发给他女朋友。

其中一整个半天，他们坐漫长的中心线公交穿过傍晚最有生活气息的陌生城市，然后随便在某个看着热闹的站台下来，专挑各种没见过的东西吃，走一路吃一路，买乱七八糟、没用的小玩意儿，累了就打车回去。

等半夜歇过劲儿了，他们再想一出是一出，突然去附近的影院看午夜场电影，然后嘻嘻哈哈地光着脚走路回来。

每个地方都有很多人，每个人都可能来自不同的地方，说含着不同方言味道的普通话，但开心的时候都会露出相同的笑容。

认识夏良以前，柳小满一直没机会知道，人和人的相处原来可以有那么多种方式，带来那么多快乐。他可以不用那么自卑地走在路上，像任何一个正常人一样，在任何陌生的地方肆意地游玩笑闹。

第四天晚上，他们都懒得动了，买了一堆啤酒和海鲜，在后院里吹着风侃大山。

柳小满发现这群人喝多了也很有意思，郭魏话多，高宇翔发愣，每天跟女朋友“么么哒”个没完的方正还哭了一鼻子，撑着脑门儿喊：“我容易吗，她还嫌我陪她陪得少！”

“你现在跟我们在这里，人家说的话就没什么毛病。”郭魏严肃地看着他，“老弟。”

方正“嗯”了一声开始思考，几个人都笑了。

罗浩不知道是喝多了还是没喝多，因为他突然问了柳小满一个挺有深意的问题：“夏良那个脾气，考上大学他妈也管不了他了，你呢，小残疾？”

柳小满跟着喝了一瓶啤酒，脑子很钝，认真地想了一会儿才说：“我家里，我的事我说了算。”

确实差不多是这样，爷爷除了“好”，对他没要求，生了一场大病以后尤其如此。

至于柳勇和梅姨，说到底也左右不了他什么想法。

“啊。”罗浩眨眨眼，一副放心了的表情和口吻，还拍了他两下，“那就好。”

柳小满被他拍得差点儿从吊床上荡下去，被夏良一把接着，直接拎着脖子往屋里走：“回去睡了，一身蚊子包。”

“我给你舔舔，唾沫专治蚊子包。”高宇翔跟着站起来往里走。

“滚。”夏良被恶心得给了他一脚。

柳小满听后头昏脑涨。

酒后侃大山的第二天，天气特别好，他们睡到下午两点才睁眼，一个个都懒洋洋的，开着电视在客厅里晃来晃去，从冰箱里拿水果吃，谁也不想出门晒太阳。

赖到晚上八点，郭魏伸了个懒腰站起来，提议出去溜达，说趴得头疼。

“去哪儿啊，这个点？”几个人边问边换鞋出门。

“附近就有个小海滩，我们走过去吧，我想吃小龙虾。”郭魏点开手机查地图，七扭八拐绕了半天才找到路，手一挥，“Go（走）！”

“Go你个头，我都看见灯塔的光了！”李猛甩着胳膊就冲了过去。

这个小海滩比景点海滩让人舒服得多，至少柳小满很喜欢。

虽然这儿人不多，但是也不冷清，外面的路边就有一排大排档，进了沙滩区，还有一些卖小饰品小零食的摊子。摊主们摇着扇子聊天，顾客过去愿意看就看，除了付钱的时候，他们懒得多跟你说一句话。

罗浩他们在沙滩上光着脚滚来滚去打仗，柳小满跟夏良顺着这些小摊子慢悠悠地看，基本是一些粗制滥造的批发款海螺、贝类和珍珠。不过海风凉爽，海浪的声音听得人身心舒畅，这么随便看看也闲适得不得了。

经过某个小摊子跟前，柳小满停了下来，在一个小筐里扒拉扒拉，拽出来一条细黑皮链子。

链子中间悬着的是一块小石头，粗略地打磨过，看不出什么形状，穿个孔就挂上了。链子单看没什么稀奇，整体一眼望过去，反而有种说不出来的粗糙的精致。

最关键的是，柳小满看见它的第一眼，就想到了它挂在夏良脚脖上的样子。

夏良的脚脖很漂亮，因为他的腿很长，又直，穿什么样的裤子都有型有款，踩个夹板都能趿拉出气质。

柳小满沉迷在自己的思绪里，花二十五块钱把链子买了下来。

“你戴？”他们俩找了一块光线朦胧的地方坐下，夏良拿过链子要往柳小满手上比画。

“你戴。”柳小满摇摇头，示意他往脚踝上系。

“送我的？”夏良笑了，他平时看不上这些小玩意儿，但是柳小满送他礼物这件事本身就让他很愉快。

“我也不是专门想着要送。”柳小满诚实地说，“我看见它了，觉得你戴着好看，就想买给你。”

夏良笑着看他一会儿，屈起一条腿把链子系上了。

“好看。”柳小满歪头打量，眼睛弯了起来。

“你出来玩儿高兴吗？”夏良问。

“嗯。”柳小满连着点了两下头。

夏良用脚去蹭柳小满的脚，柳小满又蹭回来，蹭得两人脚面上都是沙子。

就这么无聊的游戏，两人都能你一下我一下地笑出来。两人天南地北地闲扯，想什么说什么，说以后，说现在，说大学……他们互相望着对方的眼神都像夜风一样带着温度。

他们一直说到罗浩他们扑过来一通胡闹，滚得衣服裤腿里都是沙子，才吆喝着爬起来，嚷嚷着“饿了”，几人去路边的大排档吃东西。

柳小满和夏良光着脚走在最后，迎着灯塔的光线往外走，影子在身后拉成斜斜的长线，覆盖他们前行的脚印，融进今夜的海浪里。

夏良真好。柳小满不知道第多少次突然在心里感慨。

与此同时，夏良突然喊了他一声：“柳小满。”

“嗯？”柳小满立马回应他。

“没事，”夏良转头看他，眼角眉梢都挂着笑，“我就是想喊你的名字。”

柳小满说不出来这是一种什么感觉，他觉得自己像一只纸灯笼，被柔和的风灌满了，整个人都飘在天上，感情浓郁到要溢出来。

柳小满还要继续跟他闲扯，突然听见罗浩他们齐齐地念着“一二三”。

“你们俩好烦啊！”前面四个人集体回头，扯着嗓子吼。

他们大笑起来，索性就这么大步朝前方走过去。

身旁有你，明天很好。

番外
《灿灿日记》

【2月1日，周五，外面很冷，但是有大太阳】

小满哥哥今天终于回家了，他前面一直都不在家，有好几个月那么久，上次看到他，我还穿着凉xié（鞋），现在已经穿mián ǎo（棉袄）了。

妈妈每天接我从幼儿园回来，家里都只有爸爸和爷爷。妈妈说小满哥哥出去上大学了，以后我长大了也会出去上大学，上北大，或者清华。

我不知道北大和清华是什么，也不想出去上大学。小满哥哥去上大学都见不到他，我如果也出去，不就更见不到他了吗？还有爷爷、爸爸、妈妈。

今天，小满哥哥回来了，还给我带了巧克力和小火车，我很高兴。

【2月5日，周二，上午下了一点点雪，中午天很蓝】

其实这一piān（篇）应gāi（该）是昨天的日记，但是昨天过年了，妈妈让我可以不写，看春节晚会。

我觉得春节晚会不好看，我想看小猪pèi（佩）奇，但是爸爸不让我看，爸爸太坏了。

好吧，他只是有时候有一点点坏，也没有特别坏。

然后今天，我想让小满哥哥跟我玩，但是小满哥哥没有时间，因为夏良哥哥来了，还拎了很多很多好吃的，还有 jú（橘）子，说来 bài bài（拜拜）年。

过年很好，我喜欢过年，小满哥哥也喜欢，因为他今天一直在笑。

【2 月 7 日，周四，今天风很大很大】

今天，我发现了小满哥哥的 mì mì（秘密）。

今天，夏良哥哥又来 bài（拜）年了，但是爸爸妈妈去买东西不在家，我和小满哥哥陪爷爷看电视。

夏良哥哥来了以后，我们说了话，然后他就跟小满哥哥进 wū（屋）了。 爷爷让我不要去打扰他们，跟他一起去睡午觉。爷爷睡着了，我没有，我想出去再看电视，听见他们两个在笑，我去门口想听听，正好他们就出来了。

夏良哥哥说我 tōu（偷）看，我说我没有，他们还笑我。

真奇 guài（怪）。

【2 月 11 日，周一，大太阳】

今天，我犯错误了，我让小满哥哥帮我拿架子上的飞机，他从 dèng（凳）子上 shuāi（摔）倒了，脸上破了一块皮。

我被妈妈打了，小满哥哥护着我，说是他自己不小心。

我觉得很难受，本来就难受，小满哥哥让妈妈不要打我，我就更难受了，所以我哭了，结果我一哭，妈妈更生气了，小满哥哥把我拉走，让妈妈打不着我。

我给小满哥哥送了果冻和巧克力，想把飞机也给他，但是他不要，跟我说没关系，让我不要生妈妈的气，还说他不疼。

我不生气，因为我不 gǎn（敢）告诉他，我觉得他脸上涂了药水之后变丑了。

李好天说长得丑没老pó（婆），小满哥哥万一以后找不到老pó（婆）可怎么办？

【2月14日，周四，天气好】

今天，夏良哥哥又来家里玩了，他看到小满哥哥的脸，也吓了一跳。

小满哥哥跟他解释了半天，说已经结痂了，过两天掉了就好了，但是他很不放心，一直在看小满哥哥的脸，带小满哥哥出去玩。

我也想去玩，妈妈不让，让我在家写日记。

【2月16日，周六，本来是大晴天，后来下了毛毛雨】

今天，我终于跟夏良哥哥和小满哥哥一起出去玩啦！

夏良哥哥带我们看电yǐng（影），本来很高兴，看完电yǐng（影）还要去吃好吃的，可惜一出来走一会儿就guā（刮）风要下雨了，我们只好先回家。

【2月17日，周日，阴天】

爷爷说，医生可以给小满哥哥安上假胳膊，不过要很多很多钱才可以买。

我问爷爷是像机器人那样吗？

爷爷说衣服一穿跟别人没什么两样。

我觉得爷爷没听懂我说的是哪种机器人，这也没关系，我知道就可以了。

我问爷爷要多少钱，一百块钱可以吗？

爷爷说不可以，要一万块钱才可以。

一万也太多了，我都不知道有多少。

不过我决定从今天开始，把妈妈给我的零花钱存一半给小满哥哥，让他以后去找医生装假胳膊。

今天，我已经存了五毛钱了。

【2月18日，周一，跟我的心情一样】

妈妈上午洗衣服，让爸爸 tāo（掏）裤子，爸爸 tāo（掏）出来两块钱给我了。

下午，妈妈让爸爸去买 yán（盐），爸爸又把钱拿走了，连我的五毛都拿走了。

气死我了。

【2月25日，周一，又是大太阳】

今天，夏良哥哥来找我玩，他说下星期又要开学了，来看看我。

我说 jiǎ（假）的，我不信，你就是来找我小哥玩的。

夏良哥哥笑着说真的，我和你小满哥哥去了学校也能见。

我觉得他这样说也对，所以就相信了。

然后我 tōu tōu（偷偷）告诉夏良哥哥，有一万块钱就可以给小满哥哥买胳膊了。

夏良哥哥也 tōu tōu（偷偷）告诉我，他也在给小满哥哥存钱，让我保密。

现在我有 mì mì（秘密）了，夏良哥哥的 mì mì（秘密）我要保密，我也太忙啦！